흩어진 중심

흩어진 중심

한국문학에서
주목할
장면들

김형수 지음

자음과모음

이름을 남기지 않고 세계를 만든 선배들에게 바친다

지난날을 만든 많은 이름들이 지금은 없다. 귀족스런 잔디밭으로 변한 시청 앞 광장에는 그날의 바람소리가 들려오지 않고, 세속적 손익을 초월해 헌신하던 사람들도 어디로 가버렸다. 당연히 그 시절의 문학은, 그 전천후(全天候)적 사변을 목격하지 않았거나, 목격했다 하더라도 그것을 중시하지 않는 세대에 의해 음화화되고, 그날의 공동의 정신사에 참가했던 이름들은 더욱 먼 과거 속으로 묻혀갈 것이다.

나는 이 책에서 그것을 환기하고 싶었다.

당시의 환경과 지금의 상황을 비교하면서 현실에 대한 근본적 성찰과 대안을 모색하는 것은 여러 가지로 의미 있는 일임에 분명하다. 하지만, 추억을 회고하는 것과 시대적 변화를 소화하는 것은 전혀 다른 문제일 수 있다.

시대가 달라지면 주인공도 달라진다. 문학의 내용·형식·정신도 달라진다.

그럼에도 옛이야기를 전하는 것은 문학이 내게 그날의 기억과 열정으로 당대 세계의 지평에 참여하라고 촉구하는 느낌을 받기 때문이다.

왜인지 모르지만 책을 준비하는 동안 문학을 위해 고생한 선배들이 많이 생각났다. 그들을 뒷바라지한 가족·친지들도 문득 그리워진다. 한결같이 나를 견디는 우리 집 숙자, 설옥, 서정, 용민에게도 좀 낯 뜨거운 자리이긴 하지만 한없이 감사의 표현을 남기고 싶다.

2010년 7월에

넘고 넘고 또 넘어

학문의 세계에서 '역사'는 사회과학의 영역에 속한다. 그러나 역사의 시간 속에는 학자들이 취급하기 어려운 숱한 미로와 짓궂은 출구가 있다. 누구도 자기 사회에 내재한 수동성의 시간이 새로운 능동성의 시간으로 뒤집히는 '지점'을 일목요연한 언어로 색출할 수 없을 것이다. 역사의 시간들에서 신비에 찬 순간은 실천적인 사회의식이 탄생하는 순간이다. 독서를 통해서든, 토론의 과정에서든, 아니면 어떤 고난의 현장에서든, 하나의 이념이 한 개인에게서 나와 도취된 듯 수백, 수천, 수십만의 사람들 속으로 들어가고, 그런 우연한 불꽃이 초원의 불길처럼 대지를 활활 태운다…… 대개 그런 혁명적인 흐름의 진원점은 뒷날 찾아낼 수가 없다. 한 인간이 가장 내밀한 결정들을 내린 순간을 스스로 기억하는 경우가 드물듯, 망각이 그 지점을 뒤덮고 나면, 역사는 한 시절의 장쾌했던 풍경들을 몇 토막의 뼈다귀에 불과한 개념어에 담아서 사지선다형 수준의 지식체계 안에 암장(暗葬)시킨다. 그러나 그 목격자들이 겪었던 정신적 확장의 기억들은 머나먼 훗날까지 관련자 전원의 육체와 정신의 세포들 속에 새겨져 피와 함께 순환할 것이다. 그리고 그것은 원폭이나 고엽제의 후유증을 연상시킬 만큼, 헤어나기 어려운, 뒷세대의 운명이 된다. 우리가 그 수혜와 해악을 한꺼번에 입었던 '1980년대'도 그런 맥락에서 전혀 '돌출된 연대기'가 아니었다.

광주에서 5·18 30주년을 맞는 심포지엄이 있다 하여 이 글을 쓰게 되었다.

한없이 흩어진 '중심'의 향기

30년 후

시간은 모든 것을 지우고 또 쓴다. 나도 한때는 반공 글짓기에서 상을 받곤 했다. 교련복을 입고 목총을 맨 채 무등산까지 행군한 적도, 학도호국단의 일원으로 휴전선과 땅굴을 시찰한 적도 있다. 그때는 그런 불행을 인지할 주체가 없었다. 그러나

어찌 잊겠는가
그 속에 경악한 너의
아름다운 눈물을 그 눈물이
세상보다 넓게 번져
세상보다 넓은 세상의

중심으로 육화되는 것을

_ 김정환, 「被殺」

30주년이라는 말에는 불가피하게 '기원'과 '종언'이 담긴다. 그것은 뒤돌아서서, 어떤 성과와 한계를 남겼는가, 묻게 한다. 관습이다. 가만히 보면 세계는 그런 식으로 숨 쉬지 않는다. 이영진 시인이 어떤 인터뷰에서, 강물은 샘솟을 때 바다로 갈 경로를 계획하지 않는다고 말할 때 나는 깜짝 놀랐다. 틈만 나면 미시 서사에 눈 감고 마는 관성. 그렇다! 생명은 매 순간 존재의 한계를 넘어서고 있다. 목숨의 본질, 삶의 주제는 항상 창의성이다.

주체의 탄생

모든 게 명료하던 시절의 일이다. 자아와 세계가 분열되기 전, 그러니까 1976년이었나? 광주일고 야구팀이 '황금사자기'에서 우승했다. 사람들이 거리로 나와 통금(通禁)이 지났는데 귀가하지 않았다. 도청 앞 금남로와 충장로 우체국, 광주공원 앞에도 인파들이 있었다. 다들 기뻐하는 소리, 술 취한 〈목포의 눈물〉과 관제(官製) 〈도민의 노래〉……. 5·18이 내게서 앗아간 것은 이런 '마을의 온기'이다. 살육이 진행되고, 소위 폭도(?)가 점령한 거리에도 마을의 온기는 살아 있었다. 마침내 5월 26일 밤, 대한민국 군대가 도청을 침공한다. 무장한 정규군과 시민의 전투는 결말이 뻔했다. 날이 밝자 아주 말끔하게, 거리의 부랑아·잡상인·산책자·장애인들이 청소되고, 그 자리에 손님처럼, 아니 도둑처럼 제5공화국이 끼어든다.

　내게는 그것이 옛이야기의 끝이었다. 이후, 5월의 전율과 슬픔에 갇힌 세상에서 삶의 편에 속하는 것은 아무것도 신성하지 않았다. 살아남은 자에게도 용기가 있는가? 양심이 있는가? 진정성이 있는가? 이렇게 존재의 밑바닥을 무참할 만큼 환하게 밝혀버린 '금남로의 판타지' 때문에 온전한 사람이 없었다. 다들 겸허한 표정. 낙향한 학우, 무장봉기를 역설하던 선배, 지하신문을 내자던 후배, 학살자를 야유하던 행인, 밤새워 '일어서라 꽃아'라고 쓰던 친구……. 하늘에는 김지하 같은 별이 빛나고 지상은 온통 시궁창인데, 죽은 자들이 자꾸 호명해 부른다. 세상은 5·18을 지닌 자와 지니지 않은 자로 거침없이 양분되었다. 가슴에 5·18을 지닌 자는 두 가지에서 다르다. 하나, 역사가 왜 민중의 것인지 안다. 총을 들지 않은 선각자들이 언어로 열심히 세상을 구원해도 전혀 위안받을 기색들이 없었다. 앞으로는 상처 받은 자도, 극복해갈 자도, 먼 훗날 화해와 용서를 베풀 자도 민중이다. 주체의 재발견이었다. 둘, 미국의 민주주의를 믿지 않는다. 자아와 세계의 관계방식에 얼마나 박식해졌는가? 한반도에서도 제3세계적 지식인이 나고 자라서 변증법을 공부하고, 의식화로 조직화하며, 피아의 전망을 재설정한다.

　문청(文靑)들이 문학을 혐오하는 상황도 있을 수 있다는 것을 처음 알았다. 전성기의 고은, 이문구, 김지하보다 동료에게 감동하는 날들이 시작된다. 『오월시』『시와 경제』『삶의 문학』『분단시대』들이 우후죽순 등장했다. 신춘문예 같은 것은 쳐다볼 틈조차 없었다. 훈련병 시절도 없이 전쟁터로 배속된 신병들처럼 곧장 전투에 참가했다. 이게 그 세대가 등장하던 풍경이다. 기성 문단의 어떤 기득권도 달가워하지 않았다. 대부분 훈련되지 않고, 선별되지 않았으며, 축복받지 못했다. 안정된 매체도,

혈연·학연·지연에 의존하는 위계도 없었다. 그 역사를 제도적으로 기술할 필요가 있을까?

전개

일본의 가라타니 고진은 "동북아 5개 국가 중 시민에 의한 민주주의의 획득이란 경험을 가진 나라는 한국이 유일하다"고 했다. 사회학자들도, 건국과 함께 위로부터 주어진 민주주의는 4·19혁명부터 자발적 참여와 저항 속에서 아래로부터 다시 채워지면서 마침내 광주민중항쟁을 겪고 6월항쟁에 이른다고 말한다. 그 시절의 문학사를 간추리는 게 어려운 것은 아니다.

(1) 배경

한국의 민족문학 운동이 이루고자 한 것은 자주적 근대문학의 확립이었다. 식민지를 겪은 이래 '주체 상실의 문학사에 참(眞) 자아를 심으려는 노력(일제하 문학운동)', '정치적 속박에서 문학의 자율성을 되찾으려는 노력(순수·참여 논쟁)'은 시야에 언제나 민족의 독립, 혹은 민주주의의 실현이라는 사회정치적 지평선을 두고 있었다. 문학을 국가적·민족사적 내홍 속에서 사유해야 하는 것은 운명이었다. 작가 개인도 그 안에서 약진한다. 가난과 반공, 동구 밖의 서낭당 고개를 칭송하는 문예주의, 한자문화권의 그늘에서 하층민의 문자로 방치된 한글의 허약한 서술기능, 어떤 종류의 지적 발호도 할 수 없는 무기력한 신파시대와 결별한 것은 김수영이었다. 그는 재래주의자들이 전통이라고 오도한 한국문학의 기본형을 수정했다.

뒤이어 4·19 세대가 그때까지 풍미하던, 문화적 토양과 문학적 뿌리를 알 수 없는 소속 불명, 정체불명의 관념적 세계문학에서 독립하여 때로는 권력과, 때로는 외래 유행 사조들과 싸우며 자아를 탐사한다. 고통의 소유자이자 해방의 주체로서의 피억압 대중을 하나의 범주로 읽는 일이 인문학적 지성의 과제였다.

(2) 본편

분단과 전쟁, 조국 근대화, 개발독재의 억압 속에서 원자화되고 분절된 개인의 부정과 집단주의적 재구성의 문제는 5·18을 겪자 더욱 절실해진다. (다음 문장은 굵은 글씨로 쓰고 싶다. 민중은 인민의 번역어가 아니다.) **급속한 산업화 과정을 겪으면서 농경적인 전통사회가 깨지자 파편화된 개인들은 공동체적 삶의 양식이 해체되는 것에 저항하여 '민중'이라는 개념을 확보한다.** 문학도 그들에 의해 움직이는 시대가 되었다. 이전까지 어떤 문인도 문예지와 문단 바깥에서 대중적 영향력을 행사한 바가 없는데, 얼굴도 모르는 노동자의 시가 비평을 사로잡고, 노보나 투쟁속보에 실린 박노해의 시가 대중적 영향력을 행사한다. 전업작가들도 동인운동이나 무크지, 지역 문화운동을 통해 민중의 벗이 되고자 했고, 다투듯 나서서 '미학적 난쟁이들'을 문학적 창조와 향유의 주체로 성장시킨다. 자본주의 사회의 모순, 민중이 문학으로부터 소외되고 문학이 민중으로부터 소외되는 현상도 극복되기 시작한다. 채광석 등의 민중문학론이 실천론(삶의 글쓰기, 공동창작론, 장르확산론 등)을 이끌었다. 민중을 위하는 문학을 넘어서 민중에 의한 문학이 필요하다는 주장은 창작주체 논쟁으로 비화되고, 작가들도 '소시민적 민족문학'을 극복하기 위해 지식인문학과 대치한다. 『오월시』『시와 경제』 등 동인지 시대에 이어서 민중적 민족문학론, 노동해방문학론, 민족해방문학론 등 보다 높은 차원의 정치성을 얻으려는 이념비평의 할거, 김남주·박노해·조정래·방현석 등 변혁적 전망이 확고한 작가들의 활약, 민족문학작가회의를 비롯한 각지의 문인조직, 대중을 문학의 주체로 내세우는 대중문예조직, '노해문'이나 '노문연'을 지향하는 정파조직들로 확장된다. 자주적 문예운동은 예술활동과 계급계층운동을 결합하여 당대 운동의 주류를 점한다. 이렇게 민중주체 문제, 제3세계 연대와 확장의 문제, 리얼리즘 문제, 전망의 문제가 쉴 없이 밀려오던 중에 과녁은 쓰러졌다.

(3) 결말

날이 밝으면 별은 보이지 않게 된다. 사적 체험이지만 1980년 겨울에 책임자 구속까지 30년쯤 걸리리라 토의했었다. 그러나 10년도 되지 않아 터널이 끝났다. 이 고강도, 고속도, 고밀도 서사가 5·18의 것이다. 낡은 것과 새것, 옛날과 지금, 전통과 혁신의 논쟁은 언제나 전자의 참혹한 패배로 종결된다. 미학적 보수주의는 기본적으로 반(反) 전통의 '외침(外侵)'에 의해 침몰되는 법이다. 1980년대 정신의 무기도 반 전통이었다. 관용에 의지하는 약자의 구호로는 피지배자의 지위를 변화시킬 수 없다. '치열한 불온성'은 전 국면의 조화로운 발전을 통찰할 수 없게 하지만, 고립된 병사가 적진에 깊숙이 들어가는 것처럼 돌파지점을 찾게 하는 초능력을 갖는다. 이것이 급진적이게 되는 이유이다. 막대한 희생 끝에 절차적 민주주의를 하나씩 전리(戰利)할 때, 주권자들은 그런 일을 할 국회의원으로 학살자 대표와 시민군 대표와 코미디언 대표를 뽑았다. 비극에서 희극으로 다시 희비극으로, 시대정신이 좌충우돌하면서 해체기를 맞는다.

어렴풋이 나는 알고 있다

여기 홀로 누군가 마지막까지 남아

주인 대신 상을 치우고

그 모든 걸 기억해내며 뜨거운 눈물 흘리리란 걸

(……)

그러나 대체 무슨 상관이란 말인가

_최영미, 「서른 잔치는 끝났다」 일부

마지막 줄에 꽂히는 비수가 너무 아프다. 그럼에도 "이념의 대홍수 이후 그것의 범람에 가담했던 세대의 기록"이라는 호평 속에서 5·18 걸 어내기가 활발해진다. 취지는, 1980년대 세대가 사용한 인식 틀이 근대적 주체의 것이다, 타자를 끝없이 동일자가 되도록 강제했다, 계몽주의가 당 대 개인들에게 폭력적이었다는 것이다.

망각의 시대

이상의 전말을 형식주의적으로 해석할 여지가 없는 것은 아니다.

러시아 형식주의는 문학의 중심개념을 '낯설게하기'에 둔다. 첫번 째 입맞춤의 '황홀경'은 백번째 입맞춤의 식상함 속에는 없다. 낡은 감각 이 일상의 묘지에서 부활하게 하는 것, 삶의 동작들이 사물이나 현상의 자 동화된 지각에서 해방되도록 전복하는 것(낯설게하기)은 리얼리스트나 혁명가가 아니라 더 급진적인 전사들에게도 언제나 갈구되는 것이다. 실 제로 어떤 문학수단이나 감각방식도 오래 사용하면 활력을 잃으므로 반드시 낯선 문학으로 교체된다. 하지만 새로운 것도 주도적 지위를 차지하고 나면 낡은 '관례'가 된다. 익숙해진다는 것은 성공했다는 것을 의미하지만, 곧 낯선 느낌의 상실이라는 위기를 가져온다. 아무리 불온한 정신도 어느 날 갑자기 '유행하는 시선'에 불과해지는 것이 숙명이다. 빛나는 별들이 한꺼번에 낮달 뒤에 묻히는 것을 많이 불평할 필요는 없다. 전통에 대한 반역에서 차츰 전통 속으로 융화되는 것, 이것이 성공한 전위파가 걸어가는 과정이 아닌가? 그리고 전통은 다시 불온한 정신에 의해서 개조된다. 철저한 파열과 근본적 변혁을 믿는 열정적인 급진파가 있어야만 비로소 타협하지 않는 반역자로서의 전위를 희망할 수 있다.

　　나는 여기서 의문이 생긴다. 1980년대를 밟고 간 것은 전위였는가? '우리 안의 파시즘'과 국가주의, 민족주의를 겨냥하는 온갖 '탈(脫)'자 이데올로기들의 유행에 방어적 저항감이 생기는 것은 왜인가? 그 새로움이 진정한 것이라 하더라도(진정하다는 믿음이 왔으면 그랬을까마는), 그곳에서는 세금으로 조직화된 거대폭력을 묵과하고 자발적 동력으로 움직이는 내부자를 공격하는 자기기만이 들어 있지 않은지 자꾸만 의심하게 된다. 그들의 가치로서 당연해야 할 외국인 노동자, 소수자, 사회적 약자에 대한 연민이 그 반대편의 문학에서 나타나는 건 어떻게 해명해야 될지 알 수가 없다. 그래서 다른 진단이 필요해지는 것이다. 그곳에는 1990년대 이후 세계화·정보화가 가속화되면서 간판뿐인 전위들이 대량 유입되었다, 이렇게. 그리하여 짧은 몇 년 사이에 한국문학은 다시 유럽의 양식 혹은 유파들을 반영하며 독자들을 현혹한다. 인문학적 전망을 내부에서 찾지 못한 자에게 '새로운 이론과 방법'을 빌려오는 것은 '막을 수 없는 유혹'일 것이다. 또 이론적으로는 다원성을 주장하지만 그에 대한 도전과 비판에는 어떻게 대처하는가? 나아가 현실의 예각을 정교하게 피하는 것도 문학이고 정신인가?

그러나 여기서 강조하고자 하는 것은 그런 것이 아니다. 계몽주의와 민족주의에 대한 경고가 타당해지는 지점, "과거에는 식민주의나 파시즘에 대한 저항의 근원이었던 내셔널리즘이 오늘날 국수주의·파시즘적 사상으로 전락해버린 것은 민족·민중문학론이 '민족'이나 '민중'이라는 개념을 근본적으로 묻지 않고 자기완결적인 것으로 절대화해왔기 때문"이라는 진단은 내게 5·18정신의 '기원'을 다시 생각하게 한다. 2년 전 촛불집회 때 이명박 정부가 배후를 묻던 것과는 다르게, 인간정신의 위대함에 대한 믿음, 열정에 대한 신뢰의 회복, 생명활동의 무한한 가능성을 복구하기 위해서 되물어야 한다. 5·18정신의 배후는 무엇인가?

30년이 흘렀지만 나의 눈길은 아직도 이곳에 있다. 고은의 『만인보』에도 나온다.

> 윤상원의 총은
> 단 한 발도 쏜 적 없이
> 총탄 장전 그대로
> 방아쇠 당긴 적 없이
> 오는 죽음을 그대로 맞아들였다
>
> _고은, 「바다 파도」 일부

죽을 줄 알면서도 방아쇠를 당길 의도가 없이 도청을 지켰다. 도대체 이를 뭐라 해야 하는가? 자폭?

세계를 바꿀 수 있다고 믿을 수 있다면, 아무리 곤란해 보여도 그 길의 앞을 바라볼 수만 있다면, 어떻게 자폭 같은 것이 가능하겠는가.

이건 『디아스포라 기행』(서경식)에서 옮겨온 언술인데, 윤상원의 서사는 정반대의 것이라는 데 난관이 있다. 왜 그렇게 말할 수 있는가? 먼저 전제를 밝힌다. 나는 촛불집회 1주년 때 '문화적 인간주의'를 말하면서 인간을 숭고하게 하는 것은 '연민'이라는 감정이며, 그것이 마을을 만든다는 주장을 편 적이 있다. 마을이란 어쩌면 꽃밭 같은 것인데, 꽃나무는 싹이 자라서 꽃을 피우고 열매를 맺은 후 시들어간다. 삶에서 죽음으로 가는 경로이다. 그러나 다른 눈으로 보면 한 새싹은 열심히 죽어서 씨앗이 되는 길을 걷는다. 죽음으로 가는 삶의 길, 개체의 소멸이 종에게는 번성이 되는 지점, 여기에서 궤도가 달라지는 경우도 생각할 수 있다. 예컨대, 군사독재가 어느 도시에 거주하는 80만 명의 수명을 5년씩 단축시킨다고 계산하면 4천만 년이 되고, 이를 개인의 생애 70년으로 환산하면 5만 7천 명의 희생이 나온다. 국가 차원의 폭력으로 4천만 명의 수명을 5년씩 단축시킨다면 총량은 2억 년이 되고, 다시 개인의 생애 70년으로 나누면 350만 명의 손실을 입는다. 누가 이 같은 상황을 받아들일 것인가? 불행하게도 거의 모든 사람들이 받아들인다. 인간은 약한 존재이다. 까닭에 목숨을 내놓게 하는 이데올로기가 태어난다. 다음은 그러한 예이다.

귀족과 노예, 지주와 소작인, 부르주아와 프롤레타리아의 대립구도로 인류사회학을 이해하고, 계급투쟁을 통해 사회해방을 지향하는 것은 가능하지만, 거기에서는 '왜 다른 사람이 아닌 내가 노예여야 하는가?'라는 물음에 대한 답은 나오지 않는다. 왜 검은 피부로 태어났는가? 왜 여자로 태어났는가? 왜 재일조선인으로 태어났는가? '생의 우연성'과 연관되는 이런 물음에 대한 답을 근대 이후의 합리주의적 사상은 갖고 있지 않다. 이런 상황에서 운명의 불연속성을 연속성으로, 우연을 의미 있는 것으로, 세속적으로 변환시키는 일이 필요하게 된다. 그 '변환장치'야말로 내셔널리즘이라고 앤더슨은 말하고 있다. (……) 개인들은 운명의 우연성과 유한성으로부터 도망갈 수가 없다. 종교사상도 이미 의지할 게 못 된다면, 인간은 무엇에 의지해 죽음이라는 궁극의 숙명성을 견뎌내야 하는가. 거기서 영원불사의 존재로서의 '국민' 개념이 등장한다.

_서경식, 「죽음을 생각하는 날」, 『디아스포라 기행』

이제 문제의 핵심에 도달했다. 30년 전, 윤상원이 지키고자 한 것은 영토인가? 국가인가? 민족인가? 아니면, 인류의 보편적 가치인가? 항쟁의 현장에서 간첩을 배척했던 것은 국가주의인가? 학살에 나선 군대에게 방아쇠를 당기지 않게 한 것은 민족주의인가?

편의상 나눈다면 '실존의 중심'이 있고 '관계에 불과한 중심적 욕망'이 있다. 지엄한 현실 앞에서 전자를 후자로 뒤집는 것은 불안한 논술을 위해 미래의 시간을 불신하는 오류가 된다. 5·18의 심연 속에는 아직 소비되지 않은 수많은 인식의 지평들이 거대한 퇴적층을 이룬다. 인간을 위한, 인간성을 위한, 인간 사회의 모든 선과 가치를 위한 헌신, 열정, 섬김, 나눔…… 이것들은 매 순간 모든 곳에서 너무나 구체적이면서 동시에 야만이 될 수 있는 모든 곤혹과 딜레마들로 가득 찬 현실을 변화시킬 '문학의 에너지' 자체일 뿐이다.

문학이 역사를 사용하는 방법

문학의 궁극을 모럴로 본다면 하나의 문학적 자아, 주체, 인격이 형성하는 문학적 세대는 어떤 모럴을 현현하는가? 그것은 어떻게 죽음으로 가는 듯이 번식하는가? 이 같은 일을 역사하는 '필드'가 문예지이고 그것은 문학에게 마을의 온기다. 그래서 작가가 꽃이라면 문예지는 꽃밭이다. 문예지가 없는 작가는 꽃밭을 벗어난 꽃처럼 프로구단을 벗어난 선수가 된다. 그는 K리그에서 소외될 것이다.

해방 후 한국문학이 크게 세 갈래로 분화, 발전했다고 말하는 사람은 한국의 문예지가 크게 세 갈래의 미학적 지도력을 발휘했다고 말하는 셈이 된다. 전후세대가 『현대문학』을, 4·19세대가 『창작과비평』과 『문학과사회』를, 세계화세대가 『문학동네』를 일구었다. 그들의 편집권은 창업적 가치관의 연장선에서 과거와 미래를 끝없이 재구성한다. 이때 바로 앞과 그 뒤 세대는 갈등하는 만큼의 변별적 브랜드를 얻는데, 1980년대 정신에게 도전해오는 세대는 좋게 말하면 보편성을 욕망했고, 나쁘게 말하면 신자유주의의 물결을 탔다. 세월이 흘러 지금은 전후복구 정서와 4·19적 가치, 신자유주의 물결이 전쟁상태도 평화상태도 아니다. 논쟁하거나 합치되지 않은 채 문학활동의 전체적인 국면 속에서 독립적이면서도 삼투하는 안정적 삼각관계를 유지한다. 아마 공공의 적이 있어서 가능했을 것이다. 그곳에서 5·18세대는 타자의 가치지향성을 느끼기보다 반대로 그것의 해체를 느낀다. 모두 어디로 갔을까? 그 많은 동인지들, 『실천문학』과 『풀빛』과 『청사』들은 '꽃밭'을 왜 못 만들었는가? 실패했는가? 초극했는가? 나는 후자라고 본다. 『오월시』의 김진경, 『시와 경제』의 김정환의 헌신적 행로가 보여주듯이, 그들에게서 미학적 명망도, 자기 세대의 인프라를 구축하는 일도, 사회적 기득권을 얻는 일도 발생하지 않은 것은 분열과 실패 때문이 아니라 그들의 세대를 배후조종한 주검들이 자아를 버리는 중심이도록 만들었기 때문이다. 그리고 그것은 그냥 사라진 것이 아니라 드넓게 흩어져서 '중심'의 향기를 뿌린다.

그렇다면 나의 결론은 이렇다.

1980년 5월 18일, 내가 계림동 헌책방 앞에서 만난 것은 새로 탄생하는 자아의 얼굴이요, 한 번으로 완료되고 지나간 사건이 아니라 지속하는 정신의 출발이었다. 그들 소재의 작품이 언제 나오는가? 어제나 오늘 혹은 30년 후에 도청 이야기를 쓰는가 마는가 하는 것은 문제의 본질이 아니다. 『임꺽정』은 1930년대의 홍명희가, 『장길산』은 1970년대의 황석영이 썼다. 한반도가 대한민국이 아닌 어느 때 누가 '윤상원'을 쓸지 우리는 모른다. 다만 그날의 희생자들을 사다리로 삼아서 높이 올라간 사람들이 그 높은 곳에서는 사다리를 차버리는 패덕을 이겨야 한다. 사실, 문학에서 1980년대 정신은 20년 동안이나 '이지메'를 겪었다. 그렇다면, 과거의 가치가 새로운 질곡으로 변질되었다는 주장들은 왜 변질되기 이전의 초심을 재해석하지 않는가? 그들의 해체정신은 어찌하여 크고 무섭고 구체적인 제도폭력에 관대한가? 1980년대 정신을 넘어서지 않고 절하며, 기회주의적 차별화로 새것의 가치를 표방하는 기도들이 한시적 유행을 풍미할 수는 있다. 그러나 그것으로 사라지는 것은 아니다. 분단과 반공, 지역주의의 포위 속에서도 인류의 보편적 가치를 지키기 위해 탄환을 격발하지 않았던 정신을 과거완료형으로 암장(暗葬)할 수 있는 것은 아시아·아프리카의 분쟁지대에서 인간의 나약함과 싸워서 이기는 더 위대한 계승자들뿐이다. 한국문학은 여기에 동의하는가? 그렇다고 답할 수 있을 때 비로소 5·18은 그날의 기억과 열정으로 미래세계의 지평에 복귀할 수 있다. 다음의 조언처럼 말이다.

이렇게 해서 어떤 한 시대의 변혁을 중심에서 짊어졌던 '우리'는 해체되고 새로운 시대의 요구에 답할 수 있는 다음의 '우리'가 형성된다. 역동적인 분열과 종합의 과정을 반복하면서, 새로운 시련에 맞서는 새로운 운동과 사상이 단단히 세워질 것이다.

_ 서경식, 「죽음을 생각하는 날」, 『디아스포라 기행』

나는 믿는다. 새로 태어난 이들, 새로 태어난 마을이 대동세상을 획득하면서 지불할 내일의 고통들 앞에 5·18정신은 끝없이 '흩어진 중심의 향기'로 건재해 있을 것이다.

장편소설의 시대를 생각한다

이 글은 강의실에서 구상되었다. '장편 내러티브' 시간에, 30명의 학생이 시놉시스와 프롤로그를 제출하고 난상토론 하는 풍경은 '예감'의 대지를 연상시킨다. 현상이 아니라 징조로 실재하는, 실체도 없이 눈앞을 엄습하는……. 낯선 언어들 너머로 새로운 꽃과 줄기와 열매가 어른거릴 때마다 나는 연결 부위가 삐걱거리는 두 세대의 모더니티를 건너지 못해 애를 먹고는 했다.

새로운 시대가 반드시 높은 곳에 위치하는 것은 아니다. '매트릭스' 같다고 해야 하나? 학생들은 언젠가 내가 갇혀 살던 곳과는 다른, 편하지만 벗어나기 어려운 인식의 틀에 수감된 듯이 보인다. 고향도 부모도 실존의 현장도 있는데 문학적 사유는 좀처럼 '존재의 세계'에 착지하지 못한다. 빠져나가라, 나는 떠든다. 현란하지만 가벼운 '최신 관념'들의 세계가 아니라 낡아 보이지만 생성하는 현실을 만나라! 2009년 '6·9 작가선언'을 읽으면서 언뜻 신세대의 수사학이 현실과 결합하면서 내뿜던 마술 같은 빛을 목격한 경험이 있다. 꿈은 거기서 깬다.

내 이야기의 종점은 언제나 '장편'이었다.

그렇다면 소설미학의 표상을 김승옥, 조세희로 삼던 시절이 끝난다는 건가?

'한국소설사가 이른 가장 높은 경지이자 그늘'이었던 단편미학의 성지들이 백제의 성터처럼 적막해지는 것을 상상하지 않을 수 없다. 이제 어떤 소설이 우리 앞에 올 것인가? 아니, 와야 하는가? 그런 의문을 스스로 풀어보기 위해서 이 글을 쓰게 되었다.

문학이 내적 망명에서 돌아오는 길

1.

오늘날 문학에 대한 이야기는 자주 그것이 대결하는 현실을 도외시한 채 이루어진다. 한때 '역사에 대한 강박'이 문학의 자율성을 너무 침해한 것에 대한 후유증일 것이다. 민족문학이 20년 가까이 근신하는 동안 문학의 자율성은 '미의 절대성'으로 둔갑되었는지 모른다. 나는 현실 비평의 왜소함을 여기서 느낀다. 문학은 언제나 자신을 품고 있는 사회나 시대에게 민감한 '관능 부위'가 있다는 것을 잊어서는 안 된다. 가령, 1980년대를 '시의 시대'라 불렀던 이유가 작품의 양질에 있었던 것은 아니다. 그 시절에 모델이 될 만한 명시가 출현하지도 않았고, 광천수가 터지듯이 시적 폭발이 일어나지도 않았다. 그러나 오독이었다고 말하지 않는다. 때는 광주에서 정치적 참화로 숨겨간 무덤들 위에 펼쳐졌고, 이영진 시인이 "무덤은 큰 입이다"라고 썼듯이, 그 앞에서 작은 이야기를 많이 하는 것은 부덕이 되는 시대였다. 오직 진정성이 세상의 몸통을 울릴 것으로 사람들은 믿었으며, 시는 그러한 시대를 지속적으로 건드렸다.

지금을 흔히 서사의 시대라 부른다. 이것 역시 문학 장르의 릴레이에서 시와 소설이 '배턴 터치'를 하는 식으로 조성된 국면은 아니다. 소위 문화의 세기라 하는 것이 우리 앞에 '서사와 디자인의 욕망'을 가져다 놓았다. 서사와 디자인은 21세기의 도시들에서 벌어지는 거의 모든 생산과 소비의 중추를 이룬다. 심지어 주방용 상품조차도 실용성보다 그런 미학적 품질로 서열화된다. 경제효과를 배경으로 삼자고 하는 말은 아니다. 서사와 디자인의 시대라 할 때, 서사는 실존의 내용이고 디자인은 그 형식이다. 오늘의 세계에서 자기의 존엄을 유지하고 존재의 가치를 확인하고자 할 때 이것들은 인간이 더 나아지려고 하는 창조적 욕구, 상상력의 욕구를 대행한다. 문학의 위기(여기에는 근대문학의 종언과 한국문학의 추락이 포함될 것이다)에도, 또 분발의 촉구에도 이 같은 시대의 관능 부위가 욕망하는 의사표현이 담겨 있다는 말이다.

한때 맥루한 등이 그랬듯이 문자매체의 종언이 역설되던 문명의 막다른 골목에서 다시금 서사의 시대가 열린다는 것은 소설의 입장에서는 꿈같은 결말이다. 하지만 한국의 문화생태 지도에서 문학은 도태의 위기를 염려할 만큼 위축된 지 오래되었다. 가끔 그런 것을 염려하는 것조차 한심스러워하는 논객들도 출현한다. 그들은 문학담론이 마치 소멸되어도 무방한 국가를 지키기 위해서 독립운동을 한다는 듯이 희화화하지만 지구상에서 국가 하나를 없애기보다 현생인류에게서 문학을 추방하기가 훨씬 어려울 것임은 자명하다. 지상의 일기는 오늘도 어김없이 문학이 위협받는 만큼 인간의 존엄성도 위협받는다는 사실을 보여주고 있기 때문이다.

그런 의미에서 최근 '문학의 위기'를 돌파하려는 의지가 '장편소설'에 주목하는 것을 나는 환영한다. 시대적 열정을 집약하기에는 입론이 허술한 것도 사실이다. 『창작과비평』 2007년 여름호 특집이 제안하는 「장편소설 대망론」은 '소설의 위기'를 '사회의 위기'로 전제하면서 예고 담론도 없이 작가, 비평가들의 의견을 묻는다. 『자음과모음』 2009년 겨울호 좌담도 장편소설의 전망을 묻는데, 논의가 응모제도의 변화, 시장의 요구, 신자유주의적 글로벌 스탠더드, 인터넷 연재 등을 배회하다가 길을 잃었다. 이때 김형중이 던진 "어떤 장르가 활성화되어야 하는 지점이 있다면 시대나 사회의 변화가 총체적으로 그러한 변화를 요구할 때일 것"이라는 문제제기는 상당히 타당해 보인다.

나는 '시대나 사회의 변화가 총체적으로' 장편의 활성화를 요구하고 있다고 본다. 눈을 조금 크게 뜨고 보면 지금의 흐름은 분명히 장편소설을 위한 문예지의 약진, 주요 계간지들의 지면 확장, 인터넷 연재 활성화 등의 변화 속에서 '선언되지 않은 장편소설의 시대'를 구가하는 쪽으로 가고 있다. 그림자는 불가피하게 실체를 따를 수밖에 없다. 비평은 지나친 전문성을 과시하느라 소통에 무심하고 작가들은 귀담아들은 흔적을 남기지 않지만(서로 소외시키는 현상일 것이다) 작가들은 『창작과비평』 특집에서 겉으로는 딴청을 부리면서도 속으로는 장편 논의가 만나야 할 모든 주제를 이미 던졌다. "우리 문학은 서사와 현실을 등한시하고 있다"(황석영). "민주화와 경제성장은 문학에도 자유를 주었다"(공지영). "문학제도가 단편소설 위주로 구성돼 있다"(김연수). "분단이라는 특수상황 때문인지 작가의 자의식이 너무 강하다"(강영숙). "전망의 폐쇄로 인해 거리를 유지하는 자세만 중요한 것이 단편이다"(이기호). 아마도 작가들은 이보다 더 나아가 등단제도, 교육과정에서의 위치, 매체를 통한 기회부여, 문화상품으로서의 유통,

인세와 원고료를 통한 재생산기반 등 제도혁신에 마음이 팔려 있을 게 분명하다. 다들 서사의 시대를 주도하고 싶은 욕심들이 왜 없겠는가?

2.

서사의 시대를 우리가 처음 이야기하는 것은 아니다.

이택광의 『한국문화의 음란한 판타지』가 출간된 것은 2002년 2월이었다. 나는 그해 월드컵이 진행되는 도시에서 「서사의 무덤에 새겨진 묘사라는 비문」을 읽었다. 다소 이론적인 글에 현실감을 부여한 것이 붉은 악마 사태가 아니었는지 모르겠다. 빛나는 주장이 많았는데, 특히 눈길을 끄는 것은 '서사'에서 '서술'과 '묘사'가 작용하는 역할을 설명하는 대목이었다. "서사는 드러내지 않으면서 모든 사물을 가시화(可視化)"하고, "묘사는 사물의 가상 자체를 시각화(視覺化)"한다. 당연히 눈에 보이지 않는 서사를 위하여 눈에 보이게 하는 묘사가 중용되지만 근대소설은 기대와는 전혀 다른 길을 간다. 이를 깨달은 루카치는 묘사보다 서술의 중요성을 제기했던 모양이다. 묘사라는 스펙터클이 서사를 실종시키는 오류를 줄이기 위하여 작가적 개성의 구원자로서 '서술'이 재조명되는 과정은 내게는 매우 흥미로웠다. 과연, 묘사는 객관세계를 가장(假裝)할 뿐 당대의 리얼리티를 보장하지 못하니, 실험적인 작가들은 더러 대사만을 본문으로 하고 지문에 속하는 것은 일괄 각주로 설명해보기도 한다. 그렇다면 점점 묘사를 줄이고 서술을 늘리는 경향이야말로 21세기의 소설이 선택하는 '산문형식'의 진화일 수 있을 것이다.

한국에서도 이 같은 추세는 2000년대의 소설을 변별하는 중요한 잣대가 되고 있다. 언제부터인지 서울의 서점가에서도 시각적 전달에 능란한 박완서보다 개성적 서술에 훈련된 무라카미 하루키의 소설이 선호되고, 나도 박민규의 『삼미 슈퍼스타즈의 마지막 팬클럽』이 나오던 시점부터 비로소 새로운 소설이 나오는구나 생각했다. 어쩌면 한국의 소설들은 근대문학이 의존했던 두 개의 '시각중심주의적 장치', 즉 서술시점의 통일에 의한 소실점 유지와, 재현수단으로서의 묘사주의를 매우 충실하게 극복하는 중인지 모른다. 사실, 원근법의 소설적 형태인 단일시점도 1990년대 작가들에 의해 이미 무너졌다. 다중적 서술, 화자의 끊임없는 이동 그리고 빠른 속도를 가진 산문들은 묘사 및 구성주의를 미련 없이 해체한다. 문단도 여기에 빠르게 적응한다. 새로운 서사형식의 출현을 국제무대에서 확인했던 황석영의 발언에도 그런 경향을 뒷받침하는 메시지가 들어 있다.

> 해외에서 유행하는 경장편 소설들은 대개 시적 단문, 압축적인 구성을 특징으로 하며, 장면 장면이 분할되고 속도감이 있다. 이런 경장편 소설은 현대의 생활 패턴이나 주말 문화와 관련이 있다는 것이 작가의 판단이다. (……) 그(황석영)의 이전 작품의 이야기 전개 속도나 분량을 생각할 때 보다 긴 작품이 되었을 만한 내용을 한 군데 압축해 담으면서 그는 '경장편'이라는 말 대신에 '시적 서사'라는 이름을 붙였다.
>
> _김명석, 『인터넷 소설, 새로운 이야기의 탄생』

그런데 유감스럽게도 새로 등장하는 작품들은 서사의 실종을 극복하기는커녕 나날이 당대의 서사에서 멀어지기만 한다. 루카치의 생각이 틀린 것인가, 아니면 한국의 산문미학에 또 다른 결여가 개입된 것인가?

여기에 오늘의 주제로 통하는 비상구가 있다.

어쨌든 이택광은 "문학의 위기 논쟁이 재현의 위기에 따른 서사의 퇴조 현상으로 확대해서 논의되지 못했던 것"을 아쉬워하면서 서사에 대한 관심을 문학이 아니라 '문화' 쪽으로 끌고 간다. 그에 의하면, 소비사회는 묘사의 번성으로 서사의 죽음을 초래한다. "데카르트적 이성에 기초한 재현"이 "자본주의 사회에서 결국 '묘사'의 강화를 낳게 되며, 결과적으로 서사의 퇴조를 야기"하는 것이다. 그리고 특히 '공간의 확장'은 '언어적 대응'조차 난관에 빠트린다.

지금 우리가 살고 있는 자본주의는 과거와 달리 '묘사'가 왜곡될 수밖에 없는 복잡성을 초래했다. 따라서 재현의 위기란 이런 복잡성의 현실이 낳은 결과물이고, 이 복잡성은 실제로 공간의 확장에 따른 총체적 리얼리티의 팽창으로 인해 언어적 대응이 난관에 봉착함으로써 발생한 것이다.

그에 반해 우리가 오늘날 '문화'라고 부르는 것들 속에서는 복잡다단한 '서사의 결집'이 이루어진다. 이택광처럼 서사에 민감한 인문학자들이 '더욱 복잡해진 현실적 리얼리티를 적절하게 총체화할 수 있는 효과적 방법'을 찾아서 문학보다 '문화비평'으로 간 이유가 여기에 있다.

3.

오늘의 문학에서는 확실히 서사의 시대를 환영할 여지가 많지 않은 건지 모른다.

이택광은 소비사회의 스펙터클이 '서사'를 인지할 수 없도록 묻어 버렸다고 했다.—그렇더라도 인문학적 내공을 겸비한 '서술'은 전문성의 동굴들을 뚫고 종횡무진할 수 있을 것이다.—또한 나는 한국의 젊은 작가들이 꽤 진화된 서술능력을 확보했다는 사실을 별로 의심하지 않는다. 그럼에도 당대의 서사를 기대할 수 없다. 어찌해야 할 일인가? 사태를 비관적으로 만드는, 작가들의 '천편일률적인 개성의 충동'은 어디에서 온 것인가? 아마도 이 문제는 우리 시대의 보편적인 문명현상으로서, 오늘날 어느 사회에서나 겪는 난관이기도 할 것이다. 그 이유로서, 우리가 너무 많은 '근대'의 누적 위에 서 있는 점을 들 수도 있다. 언젠가 옥타비오 파스가 『활과 리라』에서 말했던 예언적 언술들은 모두 현실이 되었다.

하나는, 세계의 이미지를 상실하는 것이다. 다른 하나는, 기술이라는 능동적 기호로 이루어진 보편적 어휘의 등장이다. 또 다른 하나는 의미의 위기이다.

가만히 보면, '세계'라는 문명양상 전체가 하나의 이데올로기가 되어 있다. 디지털 도시에서의 삶은 횡단보도, 지하철, 건널목, 어디에서도 주체가 보이지 않는다. 모두 행인이거나 사물로만 존재할 뿐. 옛날에 강을 건너고, 산을 넘던 개체들은 대지에서 지워지고, 세계와 맞서던 불온한 개인들은 도시의 사물이 된다. 나이트클럽 앞에서 마네킹처럼 서 있는 '광고 인간'이 동작을 바꿀 때 우리는 흠칫 살아 있는 인간을 깨닫지만 그 순간만 지나면 다시 사물로 간주된다. 서사부재의 현장이다. 이렇게 도시의 구조나 세계를 해석하는 것이 사라진, 그래서 그 구조의 일부일 뿐인 사람들에게 어떻게 서사가 있을 것인가? 기어다니는 바퀴벌레에게 오피스텔과 아파트는 무슨 차이란 말인가?

반면에, 표현훈련을 쌓을 대로 쌓은 포스트모던 시대의 인간들이 발을 삐거나 길을 착각해서 당황하는 등의 미세국면에 대한 감정현상을 억제할 리 없다. 아무리 생각해도 신세대들의 반응하기, 감각하기는 구세대와 비교할 수 없이 뛰어나다. 그리하여 전체는 어둡고 개인은 헤매고 인식은 비주체적인 언어들이 대량으로 양산된다. 독자가 확인하는 것은 이 우울한 시대를 스펙터클하게 포장해내는 경이로운 표현의 기술이다. 하지만, 옥타비오 파스가 말했듯이, 기술은 인간과 세계 사이에 끼어들어 모든 전망을 닫아버린다.

> 기술은 너무나 사실적인―보이고, 들리고, 느껴지고, 편재하고―현실을 창조하기 때문에, 진짜 현실은 더 이상 자연적이거나 초자연적이지 않다.
>
> _옥타비오 파스, 『활과 리라』

그러나 오늘의 문학을 마니아가 아니면 찾을 수 없을 만큼 외딴 '전문성의 동굴 속'으로 끌고 간, 보다 직접적인 원인제공자는 통제 불가능한 지점에 이를 만큼 심각한 작가들의 '자의식 비대증'인지 모르겠다. 자의식의 비대화는 대화와 독백이라는 언어의 두 가지 기능을 소거시킨다. 대화는 서로가 다르기 때문에 생겨나고, 독백은 서로가 같기 때문에 생겨난다. 자아가 지나치게 확장되어 '자아의 바깥'이 사라지고 나면 대화도 독백도 사라질 수밖에 없다. 자아가 타자를 삼켰을 때 타인에게 하는 말은 모두 자기에게 하는 말이 된다. 자기가 스스로에게 말하는 것도, 감춰야 할 타자가 없기 때문에 독백으로 성립하지 못한다. 오늘날 흔한 풍경으로서, 노래방에서 자의식에 도취하여 똑같은 노래를 다른 목소리가 끼어들어 동시에 부르는 장면을 연상해보라. 사실, 자아의 확장과 기술문명의 확장, 도구의 확장과 도구로서의 자의식의 확장은 밀접한 연관이 있다. 그리하여 소설은 어느덧 이렇게 대지의 노래가 아니라 노래방 속의 노래처럼 공명이 없는 상자 안에 갇혀버린 것 같다.

여기에 추가하여, '대중의 아마추어화' 현상이 빚는 파동을 간과할 수 없다. 가령, 옛 독자들은 그런 글을 어떻게 쓸 수 있을까 물었다면 지금의 독자들은 그것으로 어떻게 관심을 끌 수 있을까를 묻는다. 수용자의 관심이 대상의 자리보다 주체의 입장에서 투사된다는 말이다. 그런 의미에서 전통적인 개념의 작가와 독자 같은 것은 이제 없다. 아울러 떨림과 경이로움 같은 것들이 예술을 감싸주지도 않는다. 대중의 아마추어화 현상은 전문가와 비전문가의 경계를 모두 지워버렸다. 이는 문화예술뿐만 아니라 언론이나 미디어 전반에서도 벌어지는 일인데, 그렇다고 누구나 창작자일 수 있는 시대라 해서 대중의 이목을 집중시키는 명망가가 없어지는 것은 아니다. 그래서 대중 앞에 도드라져서 쉽게 눈에 띄는 존재를 '스타' 즉 별이라고 부르는 것은 절묘한 비유라 할 것이다. 별은 어떤 상황에서도 어둠에 묻히지 않으려는 본능을 작동한다. 문학에 대한 아마추어리즘이 팽배해 있을 때 스타 본능을 가진 작가는 반드시 역주행이라도 하게 되어 있다.

이상과 같은 요인들로 인해 한국소설이 일반적인 위기만을 겪는다고 말하는 것은 그것이 끝없이 카피해온 유럽이나 일본 모델과 자신을 동일시하는 오류에 속한다 할 것이다. 문제는 그것을 결코 동일시할 수 없다는 데서 비롯된다.

4.

우리는 자주 한국의 언어예술이 매우 특수한 환경에서 펼쳐진다는 사실을 잊는다. 사람들은 문학을 문화예술의 일부라 말하지만 문화가 정체성, 소속감, 관습, 전통 따위에 묶여 있다면 예술은 범세계적 전문성과 관련된다. 따라서 주변부 사회의 예술가들은 자신의 문화와 동화되기보다 특정한 문화적 환경을 벗어나고자 노력한다. 그래서 예술의 세계에서 변방은 언제나 분열적이다. 변방은 중심을 동경하면서 거부하고, 거부하면서 선망한다. 한국문학은 세계 속에서 변방이며, 아시아에서(중국과 일본을 향해) 변방이고, 내부의 정치질서 속에서 분단으로 인해 또 변방이다. 이 같은 난관을 견디기 위해 선행 문단이 고투해온 역정을 기만하는 것은 필드에 대한 예의가 아닐 것이다.

어쨌든 그런 결과로서, 한국에서 소설에 대한 담화는 이론적으로는 언제나 서양의 소설이론을 차용하는데 그것을 적용하는 실제 대상은 '단편'이라 하는 전혀 다른 장르였다. 여기서, 서양 사람들이 단편을 '짧은 이야기(쇼트스토리)'라 불렀던 것은 퍽이나 상징적이다. 서사(내러티브)와 이야기(스토리)는 근본적으로 다르다. 서사는 인물의 성격 속에 들어 있는 것이고, 스토리는 통상적 관념으로 존재하는 것. 세계가 인간의 체험 속에서 신성하다는 말은 '서사'와 '이야기'의 차이를 드러내기에 충분하다. 아마도 이택광이 '서사'를 '역사'라고 말하는 이유도 여기에 있을 것이고, 작가들이 세계에 대한 개성 있는 통찰(인문학적 해석)에서 발생되는 광휘가 느껴지지 않는 소설을 스토리텔링이라 부르는 것도 이 때문일 것이다. 그렇다면 문학적 서사의 본령은 어디에 있는지 명백해진다.

서사 양식으로서의 소설을 이야기할 때 한국 사람들이 머리에 떠올리는 것은 두 종류이지만 단편과 장편의 차이는 너무도 크다. 장편이 단편에게 두고 있는 거리감에 비하면 단편과 콩트 간에는 거의 경계가 없는 셈인데도 한국의 문예지에서 소설을 이야기할 때 단편과 콩트를 동궤에 놓는 예는 상상할 수 없다. 그런 의미에서 한국의 단편은 '문학이라는 범세계적 전문성의 영역'에서 독보적으로 개성 있는 '돌출된 어떤 것'이다. 바로 그런 단편이란, 짧은 분량으로 생의 단면을 제시하는 것인데, 필연적으로 현실 속의 삶을 변형, 배제, 재배치하는 능력을 필요로 한다. 사건의 선택에서 인물, 배경, 플롯, 심지어 문장 하나까지 미리 구상된 작품의 미학적 중심에 부합하지 않는 것들은 들어설 수 없다. 그만큼 높은 형식적 치밀성을 요구하는 것이다. 작가도 작품 내부에 오직 하나의 폭발점을 두어서 작중 의도와 효과를 구현하기 위하여 사건의 반전이나 정서 환기, 인물의 갈등도 한곳으로 집약한다. 고로 일관된 이데올로기에 의거해 삶 전반을 해석해야 할 의무에서 상대적으로 자유롭다. 현실의 민감한 부분에 대해서도 '판단을 유보'할 수 있으며, '제시'할 뿐 굳이 '해석'하지 않아도 된다. 따라서 '독자의 창조적 개입'은 극대화되며 여운과 반향도 중요한 표현전략의 일부로 작용한다.

그에 반해 장편은 세계에 대한 이데올로기적 해석을 통해 세계를 구성하는 양식이다. 까닭에, 현실을 총체적으로 조망할 수 있는 이념을 필요로 한다. 장편은 '코앞'이나 '등 뒤'만 바라보아서는 성립하지 못한다. 단일한 것의 인과적 연속성만 그리는 게 아니라 그것들의 복잡한 관계, 지향성의 총체를 그리는 것인데, 장편적으로 사유한다는 것은 그런 것들을 포기하지 않고 사유한다는 것을 의미한다. 고로 한 사람의 인물에 관여되고 있는 역사적, 문화적, 제도적 맥락을 결여한 채 단편적 이야기가 길게 연장되는 것은 장편서사가 아니다. 숨겨진 세계를 드러내지 못하고, 보이지 않는 세계, 체험되지 않은 세계를 알리지 못하기 때문이다.

　　작가의 눈으로 봤을 때 장편과 단편은 축구에 비유하면 풀타임을 소화하는 선수와 조커로 뛰는 선수 같은 차이를 주는 것이 아니라 축구와 미니축구 같은 종목의 차이를 준다. 필드가 확장되지 않은 채 미니축구의 경기 시간을 늘린다고 축구가 되지 않듯이, 단편과 장편은 종자부터가 다른 것이다.

5.

하지만 한국은 단편의 나라이다. 한국에서 단편을 '예술적' 소설의 중심으로 사고하는 경향은 지금까지 별다른 이론적 저항을 받지 않은 채 유지돼 온 문학사적 대전제였다. 일이 왜 그렇게 되었는지를 증명하는 대표적인 글이 박헌호의 『한국인의 애독작품』이 아닐까 한다. 박헌호는 이 책에서 한국소설을 대표하는 일군의 단편들을 통해, 파행적 근대화의 위안처로서 '향토적 서정소설'이라는 개념을 도출하고, 독재권력의 왜곡된 한국적 민족주의에 편승하기도 좋고, 예술적 성취도도 높아서 '교과서적 작품'의 전형이 되기에도 적당한 단편들이 오랫동안 남한 국민의 심미적 경향을 좌우하게 되는 맥락을 밝힌다.

　　그에 의하면, 한국에서 다양한 독자들을 관통하는 하나의 '경향'으로서, 이효석의 「메밀꽃 필 무렵」, 김유정의 「동백꽃」, 황순원의 「소나기」처럼 대중에게 널리 읽히고 잘 알려진, 문학적 감수성의 원천이 되고 있는 작품들은 하나같이 전통적이며 서정적인 느낌을 자아낸다. 이를 그는 '향토적 서정소설'이라는 독특한 용어로 개념화하면서 "향토성의 세계는, 정서적 매개 없이 쏟아졌던 근대화에 대한 감성의 완충지대"였다고 부연한다. 그리고 그것이 한국인의 감성적 뇌관을 특정한 방향으로 형성시키면서 '단편양식의 주류성'을 정착시키는 과정을 추적하는데, "왜곡된 근대화 과정에 놓여 있던 식민지 작가들이 왜 단편을 자신들의 터전으로 삼았으며, 향토적 서정소설들이 왜 대부분 단편 형태로 창작되었는지" 밝히면서, "정치적 주권의 부재와 검열에 의한 총체적 상상력의 억압이 이러한 경향을 심화시킨 요인"이라는 점을 진단하고, 이것이 미학주의에 갇혀 생명력을 확장하지 못했음을 설명한다.

확실히 그의 말대로, 식민지 시대 문학은 이념 갈등을 내재적 원동력으로 삼아 발전했고, 분단이 고정된 뒤 남한에 남지 않은 작가는 모두 문학사에서 지워졌다. 그리고 '문협 정통파'의 문학이념이 '분단 이후 문학'의 좌표형성에 기준점을 제공한다. 고등학교 국어교과서에서도 알퐁스 도데의 「별」, O.헨리의 「마지막 잎새」 같은 소품들이 세계문학의 중심인 듯이 자리하게 된다. 박헌호는 여기서 '미적인 것'의 식민지적 작동방식을 두 개의 적대적인 양상으로 포착한다. 하나, 순수문학 또는 미학주의, 둘, 현실 강박증에 따른 '미적인 것'의 협소화. 그러한 결과 "한국의 근대 작가들은 많은 경우 영혼의 탐험이라기보다는 '미적인 것'의 휘황한 광채 속에서 내적 망명을 감행한 국외자"로 밀려나는 것이다.

결론적으로 말해서 박헌호는, 타율성에 기반한 근대화 과정이 "사회적 근대성과 문화적 근대성의 균열을 초래했고, 이것이 문학'만'의 근대화로 구현되어 근대적 현실과의 치열한 대결을 거세한 기형적인 '순수문학'을 탄생"시켰으며, 그로 인해 근대적 내용이 거세된 순수문학이 단편의 양식적 특성과 결합하여 향토적 서정소설의 지반이 되었다고 주장하는 것이다. 자못 통렬한 평가가 아닐 수 없다.

6.

단편 주류 사회는 장편까지도 단편의 내장으로 삼켜버린다. 그리하여 가지 끝에 핀 꽃의 스펙터클로 나무의 현실(서사)을 은폐하는 모습은 오늘날 한국소설이 앓고 있는 '자폐성'을 드러내는 대표적 증상의 하나이다. 가령, 정이현의 『달콤한 나의 도시』는 21세기의 서울이라는 도시 공간을 무대로 하여 동시대의 풍경과 내면을 그린 인기 있는 작품이다.

지상에는 모두 몇 개의 도시가 있을까?
나는 상상한다. 1975년 5월 25일 오후 두시, 대한민국 수도 서울 한 귀퉁이의 작은 산부인과가 아닌 전혀 다른 곳에서 태어난 나를.
스톡홀름, 상파울루, 뉴욕, 에든버러, 프라하, 이스탄불, 베를린, 로마, 암스테르담, 쿠알라룸푸르, 마드리드, 토론토, 부에노스아이레스. 아득하고 머나먼 이국 도시들의 이름이라면 앉은 자리에서 수십 군데는 댈 수 있다. 스톡홀름의 나, 뉴욕의 나, 쿠알라룸푸르의 나, 부에노스아이레스의 나. '그녀'들은 어떤 모습으로 살고 있을까.

여기서 스톡홀름이나 뉴욕에서 태어나지 않은 것을 '불운'이라 말하는 오은수는 절정의 나이에 이른 서울 상류층의 여성이다. 소설은 처음부터 끝까지 그녀가 '별 볼일 없는 삶'이라고 투정하는 동선을 따라 사생활의 내부를 탐사한다. 연하의 남성과 사랑하느라 꺼두었던 휴대폰에 문자메시지가 쏟아져 들어왔을 때 문득 "이 손바닥만 한 네트워크의 바깥에는 무엇이 있을까" 생각하지만 개의치 않는다. 그녀를 충동하는 것은 "2월에 50만 원짜리 가방, 5월에 독립기념 세간 구입, 8월에 괌 여행,

11월에 알파카코트 구매" 등이다. 그러나 섬세하고 깔끔한 문장력에 의해 오온수는 제법 철학적인 고뇌를 안고 사는 인간처럼 미화된다. 그래서는 안 된다는 말인가? 그것은 아니다. 그녀는 왼쪽 관자놀이에서 시작된 통증이 등뼈로, 무릎으로, 젖꼭지로, 실핏줄을 타고 구석구석 퍼지는 것을 감지할 수 있는 감수성을 가졌으며, 몸 전체에 있는 수만 개의 통점이 하나의 선으로 연결된다는 것을 깨달을 수 있고, 그것으로 육체와 영혼이 얼마나 치밀하게 필연적으로 얽혀 있는지를 포착하여 인간이 부서지기 쉬운 존재라는 것을 추론하는 이성 능력도 갖추고 있다. 이를테면 존재의 내부를 바라볼 때 뛰어난 서사감각을 발휘하는 작가인데, 문제는 '자아의 바깥'을 포기한다는 점이다. 그래서 『달콤한 나의 도시』에 나오는 인물들은 하나같이 고립돼 있고 외로운데 해소될 길은 없다. 자아가 지나치게 확장되어 타자를 삼켰기 때문에 만나야 할 타자도 존재하지 않는다. 결국 한없는 상황의 연결들만 있을 뿐 추구되고 지향되어야 할 세계가 없는 것이다. 그렇다면 관계의 단절, 또 다른 복원을 찾아서 헤매는 발길, 허무, 쓸쓸함, 사랑, 먹는 것, 입는 것, 섹스, 돈 버는 것, 이것이 실존의 전망인가?

이렇게 되면 작가는 세계에 대한 통찰자로서가 아니라 '감정노동'의 언어종사자로 전락한다. 오온수처럼 사는 것을 작가정신 안에 끌어들여서 치열하게 평가하려는 의지가 없다. 이렇게 현실을 비판하는 것도 수긍하는 것도 아닌 태도, 개인이 세상을 향해 속수무책임을 드러내는 것을 문학적 정직성이라고 생각할지 모르나 분명한 것은 실존의 관계들에 대해서 말하지 않는 것이 '아무것도 말하지 않은 것'은 아니라는 사실이다. 이 소설은 아주 강력하게 현실 앞에서 '개인의 어쩔 수 없음'을 웅변한다. 예전에 김수영 시인이 그토록 용인하지 않으려 했던 순수문학의

21세기적 현현인 것이다.

7.

오늘을 만든 모든 것들이 '과정'이라는 성격을 잃고 오브제로서만 이해되는 것, 지금 서 있는 자리에서 5·18의 기억도 지우고, 6월항쟁의 경험도 버린 채 오직 '불안이 영혼을 잠식하는' 상황만 남기는 것, 이것은 사실 한국적 인식의 특성일 뿐 객관세계가 존재하는 방식이 아니다. 그가 어느 나라에 살든 인간은 세계인식에서 온전성을 잃으면 반드시 사회적인 문제를 야기하게 되어 있다. 가령, 해질 무렵 선유도의 카페에 앉은 사람이 자신은 팔당댐 따위와는 아무 상관도 없으며, 오직 저녁노을이 아름다운 마포강만 온전하면 된다고 말해도 어쩔 수 없이 한강은 발원지에서 하구까지 하나의 몸통이다. 그것은 상류까지 그것도 항구적으로 연결되어 있어서 여주에서 공장을 짓고자 하는 사람은 서울에서 수돗물이 오염된다고 푸념하는 사람들 때문에 자유로운 생계활동을 제약당한다. 작년에도 임진강에서 야영하던 사람이 갑자기 늘어난 물 때문에 변을 당했는데, 억울한 희생에 대한 보상 문제는 북한의 정치적·경제적 사정으로 시끄럽다가 결국은 국가의 문제로 귀속되었다. 그가 어떻게 분단으로부터 자유인인가? 까닭에 개인과 전체, 사와 공은 편리하게 떨어져 주지 않는다. 이게 분리된 것처럼 말하는 것은 눈, 코, 귀, 입만 있고 얼굴은 없어도 인간일 수 있다고 말하는 것처럼 온당하지 않다.

　　서사문학이 그 때문에 존재한다는 사실을 실감나게 보여주는 작품이 인도의 로힌턴 미스트리가 쓴 장편소설 『적절한 균형』이다. 소설은 인

디라 간디가 선포한 국가비상사태 체제인 1975년에서 1977년을 역사적 배경으로 삼는다. 한국으로 보자면 『달콤한 나의 도시』의 '오은수'쯤 되는 신분을 가진 여성이 주인공인데, 소설은 어느덧 아주머니가 된 그녀의 작은 아파트에 살게 되는 삼촌과 조카와 청년의 이야기를 그린다. 네 사람의 인생 궤적은 그 작은 아파트라는 하나의 공간에 묶였다, 풀렸다 하면서 서사를 줄기에서 가지, 가지에서 곁가지로 끌고 간다. 한 사람은 카스트제도에 항거해 재봉사가 되는 불가촉천민의 궤적을, 한 사람은 새로 그어진 국경선으로 큰 사업을 잃고 마는 파르시 기업가의 길을 내포한다. 그것들은 다시 가지를 쳐서 국가비상사태로 의문의 죽음을 당하는 가난한 학생운동가, 신부지참금 문제로 스스로 목숨을 끊는 소녀들, 구걸의 수익증대를 위해서 아이들의 신체를 훼손하는 거지 왕초, 빈민굴 판잣집조차도 빼앗기고 노숙자로 전락하는 가난한 사람들, 국가라는 이름으로 개인의 생식력마저도 용납하지 않는 폭압적 관리 등을 연쇄시켜서, 이들이 결국은 '소설 속의 인도'라는 세계의 다면체를 구성하는데, 가만히 들여다보면, 누구도 살기 위해서 비굴하지 않은 사람이 없고, 또한 누구도 개인의 삶을 비웃는 현실을 인내하면서 존엄을 유지하고자 노력하지 않는 사람이 없다. 마침내 네 사람에게서 그런 생명현상이 소진되었을 때, 바로 우리가 몸담은 '이곳'처럼 복잡한 세계 안에서 독자는 사유할 것이다. 인간이 산다는 것은 무엇인가? 이 절망스러운 세계는 '균형'을 느낄 만큼의 희망이 살아 있는 곳인가?

추가로, 소설을 읽다가 속이 뜨끔해지는 장면이 있었다.

주방장이 땀을 뻘뻘 흘리며 풍로 위로 소리쳤다. "어떻게 당신들한테만 그런 일이 일어나는 거요? 여기 올 때마다 새로운 모험담으로 우리를 기쁘게 해주네요?"

"우리가 아니라 이 도시예요." 옴이 말했다. "이 도시가 바로 이야기를 만들어내는 공장이라고요."

_로힌턴 미스트리, 『적절한 균형』, 554쪽

이건 서사에 대한 작가의 견해이다. 그리고 다음의 지적은 마치 인도소설이 한국소설에게 말하는 것처럼 아프다.

"어떤 인간들은 그들의 감정이 다른 사람보다 크고 위대한 척한다. 그래서 작은 골칫거리에도 크게 분노하고, 미소와 웃음으로 충분한데도 히스테리를 부리며 웃는다. 모두 정직하지 못한 행동이다."

_로힌턴 미스트리, 『적절한 균형』, 721쪽

8.

우리가 단편의 나라에서 살기 때문에 구성원들의 사고가 모두 단편적이 되었다고 말할 수는 없지만, 적어도 그 때문에 '전체성'을 습득할 기회를 많이 유실했다고 말할 수는 있다. 단편적 사고는 오늘날 한국사회의 정신적 상태를 뼈아프게 반영한다.

최신 뉴스는 남북문제를 다시 6자회담의 틀에서 해결하려는 조짐을 보이며 설레고 있다. 세계 어느 곳에서 보아도 한국이 처한 최대의 정치 현안은 이것이다. (아니, 지상에서 유일하게 그렇지 않다고 여기는 '남한'이라는 나라도 있기는 하다.) 한국사회는 마치 인간이 서사 바깥에서 살 수 있는 것처럼, 자신들이 만든 역사에 대한 공통의 상상력을 가지고 있지 않다. 지난 선거 때에도 남북문제는 이슈가 되지 않고 오직 경제만 관심사였다. 서울 시민들의 상식 속에서는 남한만 잘살면 되지 북한은 몰라도 되는 것이다. 이것이야말로 한국의 여론 혹은 사회적 관심이 '전체성'을 상실하고 있다는 예증이다.

바로 이렇게 눈앞의 풍경 너머에서 펼쳐지는 미래에 대해서 생각하지 않으려 하는 태도, 구두코에 떨어지는 빗방울만 보고 있는 태도에는 현재만 있을 뿐, 과거도 미래도 없다. 미래가 없다는 것은 세계가 없다는 것이다. 왜냐하면 현재는 미래의 일부이기 때문이다. 그러나 그러는 동안에도 세계는 사라지지 않고, 현실의 총체성도 사라지지 않는다. 청년들은 여전히 군대에 가고, 정치는 6자회담이 보여주듯이 국제적 관계 속에서 우리의 의지를 초월하여 눈앞의 현실을 결정한다. 이 같은 상황을 도외시하고, 일상의 관계망 안에서 펼쳐지는 풍경만을 실존의 양상인 것처럼 포착하는 것은 어떻게 봐도 기만적인 인식일 것이다.

그렇다면 이제 단편의 외투를 벗고 거리의 이야기를 함께 나누는 것이 필요한데, 이게 너무 피곤하니까 소설가들은 피한다. 다문화 가정을 그릴 때도 가령, 파키스탄의 노동자가 자기의 땅에서 어떤 과정, 어떤 경로, 어떤 희망으로 와서 어떤 실존현실에서 좌절하고 죽어가는가 하는 것이 거대한 서사를 이룬다. 그런데 언제나 국면적 조건, 국면적 상황만 이야기하면서 다문화를 쓰는 것처럼 생각하는 것 같다. 이렇게 소설은 현실을 온전하게 대면하지 못하니까 힘들고, 힘드니까 피하고, 피하니까 실감 없는 세계의 놀이만 하는데, 그러다 보니 이 시대의 문제적 존재들, 적극적 실업상태를 선택한 노숙자들, 자기를 태워서 주변을 밝히는 '촛불'들에 대해서는 다루지 못한다. 어쩌다 다루어도 노숙자는 경제적 탈락자로만 포착될 뿐이다. 그렇게 되면 소설 속의 인물들은 현실세계에서 아주 흔하게 만날 수 있는, 촛불집회 때 발생한 '사망설' 문제로 감옥에 다녀와서도 인터넷 사이트에서 계속 싸우는 자, 적극적 실업자로 지하도를 배회하는 자보다 '사회적 인간형으로서의 존재가치'가 훨씬 떨어지게 된다. 이것은 우리 사회의 문화적 위계에서 문학의 자리가 현저하게 추락할 수밖에 없는 이유가 되기에 충분하다. 더불어, 비평까지 이런 분열적 특수성이 아예 없는 듯 외부에서 형성된 담론을 누가 먼저 또 많이 유포하는가를 경쟁하기에 바쁘다.

그에 반해 동시대의 시장을 선점하고 있는 문자, 비(非)문자의 문화예술 미디어 장르들, 예컨대 〈반지의 제왕〉〈해리포터〉〈매트릭스〉 같은 대중물까지도 모두 장편 서사의 요건을 갖추고 있다. 작품의 무대가 현실 공간이 아니라 미래 혹은 과거 혹은 시공간을 뒤집거나 착종된 것을 바탕으로 깔아놓고 거기서 인간을 캐릭터화하고 사건화하지만, 고향도 있고, 온전한 세계에 대한 꿈도 있고, 미래도 있다. 우리가 모조품을 만들려고 해도 안 되는 이유이다.

9.

인간의 정신은 그 시대에 형성되었으면서도 동시에 시대의 한계를 벗어난 '극복된 세계'를 생성해야 한다. 돌이켜보면, 문학이 전쟁의 상처를 치유했던 시대도 있었고, 공동체의 새로운 자아 구성에 복무했던 시대도 있었으며, 정신의 존엄을 위해 싸웠던 기나긴 정치투쟁의 후유증에 대한 반발로 순수적 자유인이 되고자 도피했던 때도 있었다. 그러면서 잃어버린 우리 자신에 관한 서사를 찾기 위하여 노력해야 하는 때가 지금일 것이다. 나는 민감한 문예지일수록 이런 '시대적 관능'에 가까이 다가가기 위해 노력할 것이라고 본다.

그러나 분단체제라는 거대한 기계가 작동하는 틀 안에서 살고 있는 한국의 작가들은 오랫동안 국가적, 민족사적 내홍이 개인의 운명을 송두리째 차압해버리는 사회에서 글을 써왔다. 군사독재하에서 그 숱한 제약과 압박 속의 현실에서 작가들은 '세계에 대한 총체적 실감으로부터 도피된 현실'을 다루거나 피투성이로 싸워야 했다. 그리하여 세계화, 정보화, 환경생태화 시대라 이르는 21세기에도 여전히 우리 사회의 삶이 오직 '세속의 확장'을 꿈꾸는 '주류적 욕망' 밖에는 없어야 마땅한 듯이 굴러가는 사회를 단편적 작가정신으로 버티고 있다. 결국 우리가 이 시대를 장편소설의 시대로 부른다는 것은 이택광의 말대로 '역사에의 참여의지'가 필요한 시대라는 것을 의미한다.

> 식민지 자본주의의 천민성과 파시즘의 야만성 그리고 마르크시즘의 공식성은 우리 역사에 씻을 수 없는 상처를 남겨주었다. 거대담론의 비인간성에 대한 환멸은 이데올로기 자체에 대한 거부감으로 이어졌다.
>
> _로힌턴 미스트리, 『적절한 균형』, 154쪽

이것을 털어내기 위해 20년 동안이나 현실을 대면하지 않고 기피했다면 이제 문학은 그간의 '내적 망명'을 끝내고 빨리 자기의 자리로 돌아와야 한다. 개인의 삶은 커졌는데 그에 대한 이야기는 왜 한사코 작아져야 한다는 말인가.

세계문학이 고은을 주목하는 이유

"한국문학에서 고은의 이름은 한국정치에서 김대중의 이름만큼 범람했다고 쓴 적이 있다. 1950년대 말에 전후세대의 주역으로 등장한 이래 내리 50년을 뭐라 규정할 틈도 주지 않고 쾌주했으니, 우리는 이 기나긴 사춘기를 어떻게 읽고 설명할 것인가? 대다수 국민은 언론을 통해서 쉴 새 없이 듣고 있다. 연보가 전하듯이 저서도 기백 권이다. 국민평균독서량이 1년에 한 권이라면 우리 국민이 고은을 아는 데 필요한 시간은 최하 200년에 이른다. 난처한 것은 해마다 3년 치의 분량이 늘어난다는 점이다. 이 대책 없는 홍수에 밀려 문예지나 비평계는 고은 문학에 대한 일기예보를 사실상 중단하였다."

_『오십 년의 사춘기』(고은 대표시 모음)의 「머리말」(김형수)

　　본문 「오십 년의 사춘기」는 2008년 고은 등단 오십 주년 기념 심포지엄 때 발표한 글이고, 보론으로 첨부한 「고은, 동참된 존재」는 2010년 『만인보』 완간 기념 심포지엄 때 발표한 '만인보론'이다.

오십 년의 사춘기

—고은 재해석, 2008년

0. 목격자들

고은의 시는 표절할 수 있지만 고은의 생은 표절할 수 없다. 그에 대한 목격담은 왼쪽에서 보나 가운데서 보나 오른쪽에서 보나 외수없이 '전대미문의 돌발사태'였던 것으로 묘사된다. "파옹은 문단의 토우목마(土牛木馬)와 달라서 그 자체가 문화였다. (……) 파옹의 정체를 집대성이라 하는 것은 물론 그의 뛰어난 미술감각이나, 조예가 마당에서 은막에 이른 연예감각 내지 관심이 논밭에서 장터에 이르는 생활감각까지, 전(廛)마다 판을 벌이고 있는 종합단지적(綜合團地的)인 대중성의 완곡한 표현이 아니다. 파옹에게도 대중성이 있었던가." 이는 이문구의 것(「문화의 집대성」, 『고은을 찾아서』, 31쪽~33쪽)이요, "그의 가면은 일상성 위에 세워져 있다. 그 가면 뒤에서 그는 그의 두 손과 가슴을 지극히 난해한 상형문자로 양각해놓고 있다.

그 양각된 선과 홈 사이에 얼마나 많은 그의 미지(未知)가 숨어 있는 것일까?"는 김현의 기록(「고은의 전설」, 같은 책, 41쪽)이고, "시인은 전보(電報)같다. 본질적으로는 '익사(溺死)'같은 삶 속에서도 그 삶을 역행하는 '전광석화'를 만들어내는 기적의 부족(部族)들, 56세에도 불구하고 시인 고은에게선 바로 그 눈부신 '번개'가 목격된다"는 강유일의 증언(「쓰지 않으면 살 수 없는 자」, 같은 책, 73쪽)이다. 호흡이 고른 산문가들조차 운문적 신명에 들뜨게 하는 데생 소재는 고은밖에 없을 것이다.

이렇게 놀라운 보고서들이 있음에도 불구하고, 우리는 늦게 태어난 덕에 더욱 풍부해진 문학적 '불완전동사'를 증언하고 재해석하는 행운을 갖게 되었다. 물론 쥐가 코끼리를 읽어야 하는 부담이 없지 않다. 그 종잡을 수 없는, 들끓고 저항하고 가로지르는 족적을 외눈으로 보면 일목요연할 것이며, 철이 덜 난 눈으로 보면 단순할 수 있을까? 나는 오늘, 타자기와 워드프로세서를 지나 노트북 자판에 타이핑하는 시대에 아직도 까마득한 만년필의 연대기를 구가하는 조부(祖父) 급의 시인을 '현재진행형의 사춘기'로 명명해보고자 한다.

1. 카오스

사춘기의 나이에 사회교육에 포섭되지 않고 곧장 세계 속으로 투신한 사람들의 이야기는 하나같이 드라마틱하다.

스위스의 한 '사춘기'는 열여섯 살에 집을 나서서 방랑을 시작한다. 길게 오래 프랑스를 떠돌다가 13세 연상 여인의 후원을 받아 독학으로 음악과 라틴어 그리고 철학적 지식을 습득하는 게 스물세 살. 나중에는 그

여인과 정부관계를 유지하며 수년간 함께하고, 노년의 저작에서 '이성으로는 포착할 수 없는 존재의 확실성에 대해 진술'하는 데 성공한다. 또 한 사람, 벨기에 소년은 열여섯 살에 학업을 중단하고 가출을 선택했다. "이제 난 가능한 최대한 방탕하겠다." 왜냐? "시인은 길고 거대한 타락에 바탕을 둔 모든 감각을 통해 선지자가 되는" 존재란다. 까닭에, 유럽을 넘어 근동 지역과 중앙아시아를 누비며 주유천하했다. 식민지 군대, 석수장이, 수출업, 심지어 에티오피아 왕을 위한 무기판매업 그리고 아직 탐험되지 않은 아프리카 지역에 관한 지리학회 보고문 작성 등의 직업에 종사했다. 그러고는 가위 '폭발'이라 부름직한 천재성으로 모호하고 비의적인 현대시의 원조 언어를 창조해버린다.

　　사춘기로 시작하여 그 상태 그대로 '영원'이 돼버린 듯한, 바로 이런 유형의 삶을 우리나라 독자들은 망설임 없이 '고은 식'이라고 분류할 것이다. 과연, 열여덟 살부터의 자살소동과 함께 미군 항만운수과 검수원, 엿장수, 중등교사, 거지, 승려, 시인, 정치범으로 이어지는 파란만장이 고은의 경로였다. 그를 통해 기백 권에 이르는 창조적 저작물을 거둔 행적을 우리는 어떻게 바라봐야 하는가?

　　한국 지식인상(像)에 이르는 길은 수를 헤아릴 수 없이 많지만 고은에게 통하는 코스는 어디에도 없다. 도대체 어떤 지식인이 집단적 위선을 공격하기 위해 '위악'을 무기로 드는 야만적 도발을 감행할 수 있단 말인가? 당대의 교양이 삶을 열망할 때 죽음을 꿈꾸고, 희망에 도취할 때 회의를 찬미했던 그의 파괴적인 행보는 그러나 놀라울 정도로 생산적이다. 허나, 그것을 한국 지성사에 기록하는 것에 나는 찬성하고 싶지 않다. 벌판의 비바람을 홀로 견딘 나무와 정원사의 보호 속에 자란 나무를 한 줄에 세우는 잘못 때문이다. 고은의 자취는 신작로도 이정표도 없이 황야를 가로지른 한국 야성사의 도전과 고독 속에 기록되어야 한다.

이미 있었던 길은 혼자 걸어도 수많은 발자국이 동행하지만 길 없는 광야는 오직 혼자인 자의 그림자밖에는 없다. 시력(詩歷) 50년! 그 머나먼 시간 속을 고은은 루소처럼 늘 '체제 · 제도와 함께'가 아니라 '홀로' 걸었다. 그러면서 '고독한 산책자의 몽상'인 듯 그가 저잣거리에 흩뿌려놓은 무수히 많은 축복과 모멸의 시간들은 고스란히 한국현대시의 나이테가 되었다.

2. 야성의 비밀

천재들은 보석처럼 빛나는 오류를 길에 뿌리고 다닌다. 고은은 특유의 오류(대표적으로 문법 무시)를 앞세워 분단국가를 지배하는 온갖 명제들의 가면과 허명을 수정해왔다. 주류판매가 금지된 국립 서울대학교는 중학교 중퇴에 불과한 시인 하나를 초빙하기 위하여 무소불위의 권위를 예외적으로 유보했다. 이 부끄러움 잘 타는 '음주강연자'로 하여금, 생의 매 순간 명분보다 육감을, 순응보다 도발을 선택할 수 있게 하는 권력은 과연 누가 부여한 것일까? 도대체 언제 어디서 어떻게 하여 이 같은 태도가 탄생할 수 있었는가?

그 전사(前史)는 선사시대 이야기처럼 아득하기만 하다. 아직 세상사에 참여하지 않고 있던 자연인 고은태는 군산중학을 수석합격한 천재였지만 당시의 사회로부터 어떤 유형의 가치지향성도 선험적으로 상속받지 않은 상태였다. 이유를 추정하자면 먼저 걸리는 게 전쟁인데, 그는, "1950년 여름에 남한체제는 좌익인사를 학살한 뒤 후퇴하고, 인공은 가을에 우익계열의 주민을 학살하고 도망치며, 다시 돌아온 우익이 도망친 좌익을 수색 검거해 사형(私刑)과 학살을 거듭함으로써 몇천 년의 농경 공동체가 하루아침에 해체되는" 현실을 목격했다고 말한다(고은, 「내 시의 행로」, 『우주의 사투리』, 151쪽). 그뿐이라면 착하고 조숙한 휴머니스트였던 것으로 치부하고 가도 되련만, 그는 또한 이미 콜레라로 환자를 격리했던 문명의 야만성, 체제적 상식과 교양의 폭력성을 경험했다고 술회해놓고 있다.

이런 태도, 운명적 환경의 거부, 천재지변적 상황의 부조리조차 수용하지 않는 저항을 우리는 흔히 사춘기적 반항이라고 한다. 그의 사춘기적 기질은 생애 내내, 흔히 전기, 중기, 후기로 나뉘는 고은 연대의 분류법을 초월하여 발현된다. 그에게서 루소의 '자연 상태의 인간'과 같은 '고귀한 미개인상(像)'에 대한 숭배의지는 폐기된 적이 없다. 곰곰이 보면 언제나 그것이 본문이었고 시는 그 표지였다. 그가 지상의 무대에서 외치는 신들린 대사들을 보라!

> 실제로 나는 폐허와 바라크 노천 술집 그리고 벌거숭이 산등성이 길을 떠도는 부랑자의 혼으로 살아가지 않으면 안 되었다. 태양은 늘 일그러진 채 황량한 땅에 그 빛살을 내리꽂았고, 달은 늘 배고픈 늑대의 절규를 들어야 했고 그렇게 삼라만상의 숨결을 빨아들여야 했다.
>
> _고은, 「내 시의 행로」, 같은 책, 155쪽

훗날, 생의 극적 전환점으로 강조되는 '전태일 체험'조차도 그는 민중운동사로서가 아니라 '자살의 뉴스'로 받아들였음을 주목하지 않으면 '고은론'은 기존의 해석처럼 계속 이데올로기 중심으로 편집될 수밖에 없다. 그는 나이 어린 대승적 자살자가 준 숭고한 영감을 통해 자연적 존재에서 시민적 존재로 승화되었을 따름, 삶의 태도만큼은 노년까지도 '홀로' 일 것을 명하는 자기 자신의 법률에 복종하고자 했다. 그러지 않고서야 어떻게 저 황당한 '고은문학사'가 성립될 수 있었겠는가?

3. 성난 얼굴로 돌아보라

고은의 문단활동은 초기부터 화려했지만 늘 피투성이었다.

1958년 그의 「폐결핵」을 맞은 한국 시단은 당시 서구의 19세기적 허무주의에 취해 있었다. 다들 '전후(戰後)'라는 수식 아래 통합되었는데, 고은은 이를 "모든 것이 파괴된 폐허와 초토 그리고 인간의 심성이 치명상을 입게 된 상태에서 그 시대에 대한 현실인식과 역사의식 자체를 유지"시켜준 시대정신의 하나로 술회한 바 있다. 나도, 한국의 전후정신이 유럽에서 유통된 진품보다 더 절실한, 어쩌면 더 진정할 수 있는 '짝퉁'이었다고 본다. (한반도는 20세기의 세계질서를 대리하고 축약한 냉전의 최전선이었다.) 나아가, 작가들 스스로 한국전쟁을 체험했다는 전후의식으로 2차 대전을 겪은 유럽의 전후와 연대감을 가졌으니 일제 때를 빼고 나면 우리 시가 국제감각을 터득하는 것도 그때라고 볼 수 있다.

중요한 것은 고은의 초기 시가 그 복판에서 사랑받았다는 점이다. 불교적 발상 위에 얹힌 그의 세련된 모던감각은 서정주와 김수영의 상반된 총애를 전혀 과분하지 않게 했다. 시절은 분명히 한국현대시사의 아침 나절이었고, 대다수 시인들에게는 아직, 식민지를 겪었음에도 불구하고 대지의 온전성과 모국어에 대한 자각이 없었다. 교과서는 주요한의 「불놀이」로 근대시가 시작되었다고 가르치고 있었지만 그것은 말뿐, 전래해온 서정 장르의 틀은 새마을운동의 융단폭격에도 끄떡없는 초가지붕들과 함께 지속되어서, 다분히 심정적이고 관조적이며 풍경 그 자체에 의존하려는 시풍이 외래시의 홍수 속에서도 여전히 '미학적 봉건잔재'(?)로 남아 있었던 것이다. 이 궁벽한 세계문학의 오지를 빠져나간 흔적이 고은 문학의 궤적이었다.

당연히 그는 탈주의 야심 때문에 자주 두 갈래의 동료들에게 모독적으로 굴었다. 전통주의자들에게 시는 눈앞의 세계에 대한 감흥을 표현하는 장르였으므로 행과 연을 짜가는 데에 백화점의 상품진열 원리와도 같은 디스플레이의 콘셉트가 필요 없었다. 한국시에서 적어도 '형상배열을 위한 구성의 콘셉트'가 사용되는 것은 데카르트적 영혼들이 출현하여 예술의 몸통도 '건축공학적으로 구축'하는 방식을 취하고부터이다. 하지만 한국시들도 논리적 분석적 조작적 자아를 얻자 시적 화폭 또한 금방 서양 회화처럼 원근법에 기초한 소실점 작도법 같은 구조를 갖게 된다. 리얼리즘과 모더니즘의 각축도 그 안에서 일어났다. 그것을 근대성이라고 하든 '포즈뿐인 근대'라고 하든 하여튼 한국시도 나날이, 바로 유럽 시단이 그러했던 것처럼 특히 프랑스 낭만주의를 전범으로 하는 '현대식 구조'를 겉모양으로 갖추는 것이다. 그리고 그러한 미의식은 작자와 독자의 오랜 습합으로 제도화되면서 우리 문화의 흐름을 주관에서 객관으로, 관념지향에서 감각지향으로 이동시킨다.

이 같은 길을 고은은 반항아로 동행했다. 서정주의 토착적 언술을 높이 사지만 거기에 배인 성찰 불능의 '노예체질'을 능멸했으며 김수영의 이성적 감각을 존중하지만 거기에 결여된 파란과 신명의 세계에 사로잡혔다. 그러고는 열심히 한국시의 관행과 안전에 대항해 '고의적 긴장관계'를 유지했다. 이 고의적 갈등을 다른 말로 '문학운동'이라 표현할 수 있다면 어쩌면 그는 한반도에 거주한 '비트 제너레이션'이었다고 해도 될 것이다. 아니 독불로 한국적 '비트 제너레이션'을 운동했다고 말해도 좋다.

그러나 불행하게도 그에게는 이 천재적 발상을 숨죽인 채 주목하고 갈채를 보내줄 객석이 없었다.

4. 우주의 사투리

1990년 여의도 여성백인회관에서 개최된 '고은·긴즈버그의 밤'은 그의 체질에 맞는 무대가 어떤 것인지를 한국 독자들에게 보여주었다. 1950년 대 미국 서부에서 있었던 기존의 서구적인 것, 미국적인 것을 거부함으로 써 샌프란시스코 르네상스를 구가했던 '비트 제너레이션'과 고은의 청진 동 시대가 한자리에서 협연된 사건이야말로 훗날 고은의 어느 책 제목이 암시하듯이 한국의 시인도 '우주의 사투리'를 말한다는 확인과 국제화의 충동을 이끈 배경이 되었다. 나는 그 밤 행사장에서의 기억이 소멸한 후에 도 고은과 긴즈버그가 함께 사진을 찍던 모습을 자주 떠올려보곤 했는데, 둘을 동궤에 묶을 수 있는 끈은 어쩌면 루소가 유럽현대시에 제공한 영양 소 같은 것이 아니었을까 한다.

그가 상상을 초월할 정도의 열정으로써 주장하는 절대적 자아는 자신 과 사회 사이의 균열을 초래한다. 그 균열은 그의 인격의 병리학적인 전제조건 하에서 발생한 것이기는 하지만 이미 초개인화되어버린 그 세대의 경험과도 명백하게 일치한다. 규범적이 되기보다는 차라리 증 오를 감수하겠다라는 원칙을 세울 수 있을 만큼 자아와 세계 사이의 필연적인 화해 불가능을 굳게 확신하면서 비규범성을 자신의 사명의 담보로 삼는 것이다.

_후고 프리드리히, 『현대시의 구조』

오늘날 고은의 시가 발하는 몇몇 장점들은 한국시가 모국어의 바깥에서 존중받아야 할 이유를 충분히 웅변한다. 그 하나로, 마치 김삿갓 같은 인간형을 연상시키는 그의 화자들이 항용 '정착태'이기보다 '이동태'인 것을 '행려'적이라고 진단하는 것은 본말을 흐리는 것이다. 정착과 유랑, 머물러서 안정을 얻는 영혼과 돌아다녀서 자유를 누리는 영혼은 같지 않다. 행려자는 정착의 자유를 잃었기 때문에 떠돌지만 유목민은 이동의 자유를 얻어서 떠돈다. 고은의 화자에게는 실패자의 탄식이나 행려자의 낙오의식이 없다. 뿐만 아니라 그에게는 일찍부터 만주를 낀 광활한 대륙을 자신의 영토로 삼으려는 탈주의식(脫走意識)이 있었다. 고은 식 서정이 끝없이 길 위에 놓이는 까닭이 여기에 있다.

또 하나는 그의 독특한 언술체계인데, 사실, 그가 한글전용 문제나 우리말 바로쓰기, 혹은 국어순화운동 따위에 집착한 적은 없다. 하지만 그의 모국어에 대한 자의식은 도전적이다 못해 오만할 만큼 독보적이다. 그것은 맛깔스런 우리 낱말을 죽이지 않고 살리자는 민족어 수호 차원이 아니라 근대식 언문일치로 우리글의 규범과 틀을 창조했다는 이광수 이래의 문장질서를 송두리째 전복하는 지점에서 미덕을 발휘한다. 그래서 그의 언어에서는 종종 원시인류가 야생의 벌판에서 내지르던 즉자적 발성기호에 대한 그리움이 배어난다. 가령, 황지우의 지적인데,

우리가 고은의 시에서 자주 무지몽매한 혼돈에 직면하게 되는 것도 그

의 직관의 광속 탓일 것이다. (……) 그러나 우리는 '누님이 더욱 아름
다웠으므로 가을이 왔습니다'(「사치」)고 말하는 그의 역인과적(逆因果的)
인 인식, '나 혼자는 내가 아니다'(「정릉에서」)고 말하는 그의 역설에서
보다 함량이 큰 아름다움과 시적 진실을 인수한다. 이해되지 않는 것
이 통하다니! 신기했다.

_ 황지우, 「귀소」, 『고은을 찾아서』

그가 가끔 서정주와 김수영을 높은 곳에 올려두고 폄하하는 것도
그들의 언어가 서로 다른 방식의 역량을 결여했다는 자부심에서 기인하는
것으로 보인다. 실제로, 「부활」이나 「자작나무 숲에 가서」 같은 절창들은
삶의 파란과 신명뿐 아니라 "파산, 헌신, 광증, 오뇌, 이런 고행을 담아내
는 틀로서의 시"를 가능해 보이게 한다. 그런 열정으로 고은은 한국 시사
(詩史)에서 '모호함에 가득 찬 직관과 영감의 영토'를 개척했고, 그것을 다
시 일상의 내면에까지 확장했다.

5. 계산서

이제 결산한다.

내가 고은의 영혼을 '오십년의 사춘기'로 명명하는 것은 첫째, 그의
사회적 행위들이 관념적 가치로부터가 아니라 '자기애'로부터 출발하기
때문이다. 루소에 따르면 "모든 동물도 지니고 있는 자연적 감정은 자기를
보존하는 것. 이로부터 모든 감정, 특히 정열의 감정도 도출된다. 또한 자
연 상태에서 인간은 '합리적 상태 이전 상태'에서 산다." 둘째, 비극을 인

지하는 예민하고 불안정한 감수성이 시종 멈추지 않는 까닭이다. 실제로 그는 사춘기에 들어 있는 생명만이 타락하지 않을 수 있다고 생각하는지 모른다. 상식세계나 교양세계에서 '미숙'으로 폄훼당하는 소년 상태를 그가 시 정신의 본령으로 삼는 까닭은 교양이 시대를 폐쇄시키고, 이성과 학문이 자연적인 감정을 약화시킨 결과 동시대인들이 '비극 인식의 백치상태'에 놓이는 것을 혐오한 때문일 수 있다. 사실 우리가 동물 상태였으면 한반도의 존재들을 60년 동안이나 비인간화 상태로 몰아넣은 군사분계선 따위를 아랑곳도 하지 않고 배회해버리는 자유를 누렸을 것이다. (물론 이것이 역사를 거슬러 동물적 상태로 퇴화하자는 말은 아니다.) 그가 반도(운명의 장소)에 갇히지 않으려고 노력하면서 동시대의 사유 틀을 쉽게 넘어섰던 동인도 여기 있을 것이다.

또한 그러한 결과로서 그의 문학은 서정주나 김수영과 동시대적 선후배 사이를 나누었지만, 그들과 영향사적으로 설명할 수 없는 단절을 획득했다. 동시에, 고은과 우리 세대 사이에는 사소한 영향으로 설명하기 어려운, 더러 영향의 요인들이 인지되더라도 그 자체만으로는 해명될 수 없는 공통점이 만들어진다. 그것은 시의 문체구조랄까 언어조직의 본질에 속하는 것으로서 현대시의 변화무쌍한 현상들 속에서 특이할 정도로 집요하게 재현되는 범인류적 문화유산이다.

그렇다면 그의 궤적은 이제 우리 후학들에게 무엇을 상속하고 무엇을 미제로 남기는가?

언젠가 몽골에서 야생마 프로젝트를 본 적이 있다. 인류가 아득한 공간의 숙명을 극복하고자 말의 등에 올라탄 이래, 아직 변종이 완료되지 않은 종자라도 복원하여 다시 "자연으로 돌아가게" 하도록 노력하자는 각성이 이루어지기까지 실로 수십 세기의 시간이 소요됐다. 나는 고은이 애써 '완성된 형태'를 부정하고자 노력하는 것을 '야생정신 프로젝트' 같은 의지로 이해해왔다. 그가 어떤 상황에서도 파격, 파문, 파계의 형식을 피하지 않는 것은 그 정신의 본질이 '역사·문명·체제의 감옥'에 대한 거부에 있음을 거듭 깨닫게 한다.

그로부터 내(우리)가 얻는 이문은 이렇다.

우리가 몸담은 시간과 공간 속을 '신성모독'적으로 가로질러온 고은의 존재는 자주 랭보의 행보를 연상시킨다. 랭보는 기독교적 생활양식과 가치관이 만들어낸 거대한 체계에 적응하지 않고 생물학적이며 존재론적인 '날것의 인간'으로 상식의 세계를 뒤흔들고 갔다. 유럽의 유구한 문화를 뒤집으며, 신에게의 의탁 없이 오직 '날것의 존재'로 대지를 통과하면서, 무겁고 장중하며 허위될 만큼 이성적인 삶의 틀과 제도와 부딪쳐 무수한 마찰음을 파생시킨 랭보를 지목하여 세계는, 유럽 최초의 '근대의 자식이 아닌 인간'이라고 명명했다. 나는 고은의 삶에서도 그런 무지막지한 저력을 엿본다.

그러나 다시 나는 그것을 눈으로 확인하면서도 무슨 위험물인 듯이 섣불리 받아 안지 못한다.

유럽이 구현했던 전면적인 근대는 랭보와 같은 저항자에게 단일 전선을 제공하고 전면전을 벌이는 게 가능한 환경을 안겨주었다. 하지만 한반도의 삶에는 그러한 축복이 예비되어 있지 않다. 오늘날 우리가 몸담고 있는 세계는 랭보의 것처럼 단일한 전선의 근대를 가지고 있지도 않으며, 아무리 자기파괴적이고 제도에 대한 저항이 철저할지라도 시대를 구원할 수 있는 '지적 주목'을 허용해주지 않는다. 분단은, 그에 대한 저항까지를 포함하여, 모든 온전성을 깨뜨려버렸다. 특히 목하 전개되고 있는 백가쟁명의 시대(모든 것이 주장이고, 모든 것이 주장이 아닌)는 지적 통일성에 대한 관심마저 끝없이 분산시켜버린다. 심지어는 그러한 기행(奇行)이, 단일한 문화나 제도 혹은 규범이 유지되지 못하는 파열의 상처를 끌어안고 사는 지극히 건전한 상식인들의 꿈을 방해하는 불성실한 허영이 될지 모른다는 의구심조차 드는 것이다.

0. 뱀의 뒷발

너무 큰 사물을 만나면 실체가 확인되지 않는다. 멀어지면 숨소리를 놓치고 가까우면 형체를 잃는다.

　　　나는, 인간의 수줍음이란 타자에 대한 섬김에서 흘러나오는 것이라고 늘 생각해왔다. 만일, 술의 힘을 빌려야 단상에 오르는 이에게서 섬김의 기운이 약하고, 고래의 노동력을 송사리들에게 보시하는 이가 도인이 아니라면 용량 작은 두뇌들은 얼마나 혼란스러워 할 것인가? 나는 민족문학작가회의 청년위원장 시절에 거장 고은 어른께서 후학들에게 가방을 들리거나 담배 심부름을 맡기는 것을 본 적이 없다. 아니 그러한 사적 의전 문화를 묵인하는 모습을 상상할 수 없다. 그렇다고 청년들로부터 '속으로 우러르는 존경심'을 받기라도 하는가? 이 불협화를 시에서 확인하려 드는 것은 아둔한 짓이다. 인간의 내면과 외양이 동일하지 않은 것처럼, 마음과 얼굴이 하나이지 않은 것처럼, 존재와 시도 얼마든지 따로 살 수 있다. 그래서 언젠가 가짜 고은 사태의 피해자들처럼 나도 가끔 내가 시집 『부활』의 영혼이 아니라 그 그림자에 매달릴지 모른다는 자중을 버리지 못한다. 왜냐하면 한국사회에서 고은의 길은 어느새 세상을 흔들어 깨우는 사회적 발언의 형식으로서, 오직 문학이 지켜온, 그러나 이제 고갈 위기에 놓인

천연자원화되는 단계에 접어들었기 때문이다.

　　지금의 고은은 한국 문단에서 수시로 빠져나와 혼자서 더 먼 세계 속으로 가고 또 가고 한다. 그것을 국제적 명망성을 향한 탐욕으로 읽는 것은 좁은 해석일 것이다. 고은을 통해서든, 아니면 또 다른 누구를 통해서든 한국문학은 하루라도 빨리, 오늘도 세계의 서점들을 들락거리고 있는 지구촌의 독서가족들 앞에 데뷔해야 한다. 또한 모든 각개 문학적 영혼들은 그런 세속적 영향력의 전선이 아니라 세계를 향한 자아실현의 확장과 심화를 위해 고투하고 있어야 한다. 한국문학은 지금 그 과도기의 허기 상태를 지난하게 견디고 있다.

고은, 동참된 존재

막이 내렸다. 아무 독트린도 없이 '만인'이 물러가고 사람들은 떠든다.

저마다 독자적인 4001개의 돌이 탑이 되다!

살아 있는 것들의 신성성!

천 개의 목소리가 만든 '유일하고도 같은' 하나의 함성!

비약과 직관의 극단화, 질서화되고 구조화되기 전의 샤먼적 영성, 선적 초월과 일상의 구체성을 결합하는, 민족이니 국가니 하는 것보다 우선하는 군상들!

이것은 우리에게, 아니, 세상에게 어떤 이해의 통로를 제공하는가?

1.

시가 춤이라 할 때 그 향유는 추는 자의 것이 아니다. 움직이는 인간은 의미 이전의 편에 든다. 이데올로기 이전, 규정된 틀 이전의 상태. 그러나 구경꾼이 동작 너머를 본다. 미학은 춤꾼의 것일 수도 있고 관객의 것일 수도 있지만, 춤은 둘 속에 함께 있다. 말하자면, 살아 있는 모든 것은 언제나 규정되기 이전의 어둠처럼 깜깜하면서 동시에 자명하다. 자명하면서 어둡고 어두우면서 자명한, 양쪽을 껴안는 관념의 바다, 의미의 바다, 질서의 바다에서 고은의 시가 산다.

초기부터 일관되었다.

어느 날 아는 얼굴을

눈부시어 바라볼 수 없었다.

눈부신 것은 죄를 짓고 눈부시므로

(……)

내가 집으로 돌아가서

그곳은 어제도 오늘이므로

밤에 자다 깨일 때도 있고

모든 모르는 얼굴이

무덤과 무덤 사이로 첩첩하다.

(……)

그러나 죽은 뒤에도 세상이므로

그곳에도 아는 얼굴이 있고

아직 이 세상에도 있다.

_고은, 「미지(未知)에 대하여」 일부

화자의 안 혹은 밖에 세계가 있는 것이 아니라 동시에 안팎에 존재한다. 우주도 이 지구 저 밖에 있지 않다. '이곳' '저곳'을 가르는 것은 문법적 교리에 지나지 않는다. 내가 바라보는 소실점이 아니라 소실점 너머가 거꾸로 나를 보는 곳. (미술사학자 이태호는 조선의 산수화를 논하면서 단일 소실점이 아니라 만 개의 시점으로 산재하는 경우를 솔개기법이라 했다. 산을 한 바퀴 빙 돌고 온 솔개의 시선에 어떻게 소실점이 있는가?) 그곳에서 '감정'이 아니라 직관이 격앙된다. 외부에서 투사된 '줄 세우기 욕망'은 그래서 당황한다. 이런 경우를 두고, 존재하는 것은 단지 별이요, 별자리는 바라보는 자의 것이라 할 수 있는가?

『만인보』에서도 마찬가지.

> 가게주인 미닫이 확 열었을 때
> 거기에 주인 딸
> 단발머리가 앉아 있었다
> 서본 적 없는 앉은뱅이
> (……)
> 나는 다시 자전거 뒤에 타고 가는데
> 그 얼굴이 끝까지 바라보고 앉아 있었다
> 지나가는 사람 보며
> 앉아서 큰 아기 되어
> 세상을 깊이 서러워할 것도 없이
> 지나가는 사람 보며 앉아 있었다
>
> _고은, 「나운리 가게」 일부

토굴처럼 어두운 점방 안에 여자아이는 남고 길 위의 자전거는 빛 속으로 떠난다. 모든 것이 분명하다. 하나는 남고 하나는 떠났는데, '만남'

을 지운 곳에 귀신이 남겨진다. "그 얼굴이 끝까지 바라보기" 때문일까? 신화의 연장선 같다.

직접 경험하거나 확인된 세계, 경험론이나 실재론. 이 두 가지가 세계를 구성하는 대부분의 실감이라면 고은은 경험론자도 실재론자도 그렇다고 초월론자도 아니다. 가령, 간밤에도 우리에게 인지되고 확인 가능한 범위 밖에서 천 개의 별이 태어나고 천 개의 별이 죽었다. 그것은 아무에게도 확인된 사실이 아니지만 '분명히' 있었다.—이때 나는 뭔지, 이를 우리는 뭐라 부를지, 이게 과연 '생각하기 때문에 존재'하는 데카르트의 자식일지, 이것이 우리가 세계 속에 놓이는 '참' 방식이 아닐지—이렇게 내부 외부가 없는 시선이 '엄연한 별'을 노래한다. 이를 오늘은 '동참된 존재'라 하자.

2.

동참된 존재의 인식론적 특징은 '번개가 번쩍이는 순간'에 출현하는가? 주역에서 말하는 명이(明夷). 땅거죽 밑이 순간적으로 밝아지는 땅 밑의 어두움. 번개처럼 내리친 행간에는 넓고 거대한 고요의 흔적이 순간적으로 드러난다.

> 불 안 들여 뜯은 방고래에서
> 집 나갔다던 개 죽어 있었습니다
> 아버지가 조심조심 들어다 뒷산에 묻어 주었습니다
> 다음날 비가 왔습니다 비 오자 나뭇잎 컹컹 짖으며 푸르렀습니다
>
> _ 고은, 「죽은 개」

4행의 두번째 문장에 그것은 착지했다. 백석의 세계에 그런 자리가 있는지, 김수영의 치열성에 그런 비약과 건너뛰기와 가로지르기로 모호한 내부 공간이 존재하는지 나는 모른다.

언제나 이렇게 순간적으로 산화(散華)하는 감수성은 비체계적이다. 풍경이 번개처럼 작렬하기 때문에 계획하고 지속하고 일관성을 유지하기 어렵다. 매 편이 존재의 즉시성, 찰나성에 예민하고 민감하게 반응한다. 빛도 어둠도 응축되면서 지워진다. 다큐멘트에 익숙한 자는 추적할 수 없다. 모멘트이기 때문에, 극적이면서 동시에 허무해지는 번개. 문장들이 조합되는 체제만 그런 게 아니다. 제시되는 정보 또한 언제라도 시·공간에 등장하고 퇴장한다. 특별히 쉽게 쓰고자 노력한 흔적이 역력한『만인보』에서도, 시간은 차원이 없다. 무수히 많은 다층성의 현현, 4·19를 얘기하다 신라가 나온다. 정확히 의미 밖, 이데올로기 밖, 실존 밖에 그가 있으니 순차성이 무시되어도 할 말이 없다. 어떤 종류의 체계나 질서도 지우고 돌파하는 고은의 정신은 이렇게 작렬하는 순간의 집중과 번뜩임 그리고 이후에 찾아오는 고요로 존재의 시원성(始原性)을 포착한다. 따라서 그 언어는 드라마화되려는 속성도 없고 개념화되는 경우도 아니다. 합리적이고 논리화되는 문장의 독재도 행사하지 않는다. 독재 너머의 독재, 의미 밖의 독재자. 여기에 돈오점수가 돈오돈수를 보는 난감함이 있다. 점점 배워가는 자가 한 번 꿰뚫은 자의, 학이지지(學而知之)에서 생이지지(生而知之)를 논하는 어려움이다. 생성 중인 시간의 층위에 하나를 더할 때는 인간의 현상으로서 알리바이가 구체화되고, 뺄 때는 하염없는 길 떠남으로 의미와 개념 밖으로 넘어가 버리는 정신. 소설조차도 고은이 쓰면 산문적이지 않다. 근대와 비근대도 없다. 언제나 동시다발적이므로, 동참된 존재는 전근대이면서 근대이고 탈근대이다. 그러나 세계가 파편화되는 양상을 보일수록 그 너머에 무엇이 있는가를 알려면 고은의 직관이 펼치는 파노라마를 따라가는 수밖에 없다. 여전히 의미와 새로운 세계를 꿈꾸는 자에게 고은은 계속 반항아이고 포착되지 않는 달아남이다. 저 날렵한 도망자를 보라.

3.

정리하면, 그가 쓴 모든 시가 '만인보'일 텐데 구태여 『만인보』를 따로 썼다. 어떻게 이데올로기가 없을 수 있는가? 선배들이 '민중 세상'이라 규명한 그의 완강한 공동체주의는 자유주의와 같지 않고, '악마의 맷돌'(경제학자 칼 폴라니는 블레이크의 이 말을 인용하여 신자유주의를 비판했다)로 목가를 지워버린 신자유주의와도 갈등한다. 하지만 이 시가 그런 갈등에 복무하는 것은 아니다. 올해로 30주년을 맞는 5·18 때 그는 "미로와 같은 구조여서 누가 어디에 살아 있는지 죽어 있는지 알 수 없는 2입방미터의 밀실"에서 이를 잉태하였다. 그것이 6년 후부터 출산되기 시작하여 오늘에 이르는 양상을 지목해 누구는 '민중사'라 하고 누구는 '중생사'라 한다. '대지적 인간주의'라 말한 사람도 있다. 모두 해석자의 것이다.

자신의 생각은 여러 번 유출되었다.

중국 문자로 사람을 지칭하는 '人'은 하나의 존재가 다른 존재에게 기대어진 채 서 있는 상태의 상형(象形)입니다. (……) 이런 관계로서의 인간 하나하나의 초상을 인간사(人間史)의 벽화로 그리는 일을 시도하면서 나는 이 세상에 살아 있는 사람들과 똑같이 죽은 사람들도 공존하고 있다는 사실을 깨달았습니다. (……) 만인은 만물과 별개의 것이 아닙니다.

_고은, 「만인보를 말한다」, 『우주의 사투리』

물속 어디엔가 물고기의 세상이 있고, 하늘 어디엔가 기러기의 세상이 있으며, 대지 어디엔가 인간의 세상이 있다. 그 물속, 그 하늘 속 어디를 그들의 세상으로 읽는 것은 대지 세상의 간절함 때문이다. 그것을 멀리서 보면 생명이 나고 죽는 장면밖에 보이지 않지만, 가까이에서 보면 어떻게 태어나서 무엇을 먹다가 죽는가가 보이고, 더 가까이에서 들여다보면 무슨 생각을 했는지도 알 수 있다. 문제는 이 많은 이야기가 한 사람의 기억에서 튕겨 나오는 이유, 이걸 말함으로써 얻는 효과, 왜 사람들이 나고 죽고 사랑하고 병드는 게 필요했던가 하는 점인데, 그 속에 내포된 가치지향성은 커피잔에 던져진 설탕처럼 자신의 양감을 생략하여 보이지 않는다. 숫자로 4001개에 이르는 만인은 근대 폭력이 창궐하는 인류사의 깊은 골짜기에 빠져 있다. 낱낱의 수명은 길어야 70년밖에 안 되지만, 그 영혼에 담긴 폭력의 축적은 지난 몇 세기를 합한 것이었다. 그것도 지구의 광범한 영역에서 집결한 폭력 시범지대처럼 냉전을 유지시키는 정전체제, 군대를 가진 자들의 분단체제, 그래서 독자적일 수 없는 원한체제까지 투하된다. 이 속에서 개인의 절대화를 주장하는 것은 "개뿔!"이다. "개인이 존재하는 것도 공공적"이란다. 보라!

먹밤중 한밤중 새터 중뜸 개들이 시끌짝하게 짖어댄다
이 개 짖으니 저 개도 짖어
들 건너 갈뫼 개까지 덩달아 짖어댄다
이런 개 짖는 소리 사이로

언뜻언뜻 까 여 다 여 따위 말끝이 들린다

밤 기러기 드높게 날며

추운 땅으로 떨어뜨리는 소리하고 남이 아니다

_고은, 「선제리 아낙네들」 일부

목숨이 죽음 속으로 떨어져 나갈 때 그리운 것이 어찌 정치적으로
옳고 논리적인 것뿐이겠는가? 『만인보』에서는 배은망덕도 '세상 안'이라
는 쓸모를 얻는다. 그렇다면 실제 주제는 '고독'이다. 그는 죽음의 방에서
존재들의 기억을 떠올렸고, 그리운 실체를 소묘하는 데 25년 걸렸으며, 그
전에, 바깥에서는 예의 마지막 세 권에 기록되는 죽음들이 펼쳐지고 있었
다. 뒤로 갈수록 언어의 조탁도, 모국어 품기도, 주정 토로도 줄어든다. 존
재를 마감한 인간에게서 연보(年譜)라는 뼈다귀만 남듯 이승의 시간이 번
쩍 했다가 사라진 장면을 얻는 것이 목표였던 셈이다.

4.

『만인보』에 관한 지적들은 통상적으로 예측 가능한 관념의 범주를 넘어가
지 않는다. 근대적 교양에 의한 처방전은 대부분 그를 역행하는 것. 가령,
3권의 「김병천」을 보면 주인공은 우물에 빠져 죽는 존엄성을, 이웃들은 욕
설로 존경하는 경배의 형식을 선택한다. 지구촌 오지에서 발견되는 어떤
원시부족의 추장에게도 일상 속에서는 생로병사의 문화가 있다. 김정환
시인이 노래했듯이 "전쟁의 반대는 평화가 아니라 일상"이다. 일상을 잃은
후에 문화가 다 무엇인가? 전쟁터에서 게걸스러운 자는 교양이 없는 것인

가? 부르주아적 포즈의 결여를 아무리 외쳐도 고은은 듣지 않았다. 그래서 민중주의자로 불러야 한다면 앞에서 말한 「죽은 개」는 어디 가고, 이승 자체에 대한 그리움을 전면에 걸었던 시들은 뉘 것이 되는가? 굳이 뒤진다면, 직관의 힘들이 번개처럼 작동할 때와 회심의 미소를 지으며 그 유사품을 방류하는 순간일 텐데, 그때야 광기와 황홀경, 육두문자까지도 이데올로기에 묻힌다. 하지만 거기 집착하면 '변하는 것과 변하지 않는 것'도 파묻혀버린다. 나는 호출하고 싶다.

그는 자신을 '문학'이라 정의했다.

"나는 운명적으로 정치가도 사상가도 아닌 시인입니다. 시를 정치 위에 놓고 있습니다."
_ 김재목, 「청춘희생 외면하는 역사 진행은 멈추어야 합니다」,
『고은을 찾아서』(황지우 엮음)

문학은 질문이지 대답의 형식은 아니다. 대답은 언제나 의미화, 개념화, 이데올로기화의 길을 가는 것. 생성하는 과정을 포착하는 것은 질문이다.

세계 냉전의 양극체제가 가장 첨예한 적대관계의 극점인 한반도에서의 여행이나 방랑은 결코 순탄한 것이 아니었다. 첫째 불심검문이 있고 뜻밖의 봉변이 있었다. 전쟁과 정치변동에 의한 척박한 인심에 의한 냉대(冷待) 따위는 병이나 굶주림에 대한 대책을 매우 어려운 노릇으로 만들었다.
_ 고은, 「회상으로서의 전진」

그에게 세상은 편하지 않지만 고마운 곳이었다. 그것 자체를 세 번 작품화하는데, 공교롭게도 초기, 중기, 후기에 걸친다. 『어린 나그네』에서 『화엄경』을 지나 『만인보』에 이르는 그 정신사적 궤적에서 순수주의(?)는 모두 털려 나간다. 이제 앞에 놓인 것은 진창(현실)에 뿌리를 둔 연꽃뿐.

결론은 이렇다. 4001명의 생애, 이 방대한 분절(分節)들에게 세상은 "천 개의 물방울이 모여서 이루는 '유일하고도 같은' 오직 하나의 대양"이다. 현대문명이 하나의 이데올로기라면, 또 다른 '영성(靈性) 있는 문명'을 드러내면서 떠돌아다닌 유랑정신이 지금 당도한 곳은 '대양의 기억'이다. 그것은 우리가 사라진 뒤에도 남아서 사람이라는 동물을 인간으로 만든 '폭력과 협잡까지도 그립도록 군집된 처소'를 구원할 것이다.

추신

그리하여 동참된 존재는 헤르만 헤세류(流)의 신성도 아니고, 타고르의 명상도 아니다. 남미적 감수성의 경쾌함, 그 비극적 밝음 등과 분명히 다른, 따라서 선적(禪的)이라 하는 것도 의미가 없다. 차라리 무당이었으면. 지상의 모든 이데올로기에 대한 일관되면서도 저항적인 이 몸부림이야말로 우리가 수없이 떠나서 다시 돌아오고자 안간힘을 쏟는 자리일 것이다. 고은이 귀의하는 곳은 언제나 인간이라고 하는 성정(性情) 안이지만 그곳은 인류의 문명이라고 하는 답답함을 비워내는 동물로서의 정신이었다.

작가와 모국어

작가들은 쉽게 '자신의 조국은 언어'라고 말한다. 하지만 언어가 죽어도 문학은 죽지 않는다. 아프리카 작가들이 세계적인 명성을 얻는 동안에 그들의 모국어는 멸종의 위기를 겪고 있었다. '작가의 조국은 언어'라는 명제가 작가를 모국어의 수호자로 둔갑하는 것을 받아들이려면 문학은 적어도 두 개의 질문에 답해야 한다.

하나, 문학은 '문화의 일부'로서 '문화예술'일 수 있는가? '문화'가 정체성, 소속감, 관습, 전통과 관련된 것이라면 '예술'은 장르라는 추상적 틀 위에 구축된 '범세계적 전문영역'의 성격을 띤다. 세계의 많은 작가들은 자신의 문화에 동화됨으로써가 아니라 오히려 벗어남으로써 권위를 얻었다.

둘, 작가의 조국은 '언어'인가 '모국어'인가? 언어는 지상에 존재하는 모든 말을 가리키지만 모국어는 "어머니 품에서 자라면서 배운 바탕이 되는 말(=모어)"이다. 재외 교포에게는 모국과 조국이 다르듯이 작가도 모국어를 숙명으로 삼지 않을 수 있다.

토착 언어를 삼키는 것은 전쟁이 아니다. 어떤 작가가 문학적 기념비를 쌓는 동안에도 그의 모어는 소리 없이 숨질 수 있다. 이때 문학은 모국어의 침략자인가 수호자인가? 이 같은 일은 '국가 문화' '국가 언어'의 관계에서만 일어나는 것이 아니고 그 내부에서도 일어난다.

한 언어의 죽음이 쓸쓸한 것은 그것이 문학에게조차 버려지는 고독을 수반하기 때문이다.

악마의 맷돌 아래에서

─ 우리 문학어의 미래

1. 죽은 말들의 고독

마침내 밀래미어(語)는
2006년 10월 7일 동틀 무렵에 죽었다.
우리들 모국어의 마지막 달인
함평 각설이가 서거한 것이다.

빌어먹을!

이 슬픈 부족사의 부음을
천혜의 고아가 된 내가 전한다.

서울 어딘가에
이풍진 형님과 곱슬이가 살지만
추장이 떠나면 대지는
불 꺼진 극장처럼 깜깜해진다

이제 저장소도 없고,
기록 보관소도 잃게 된 말들

나의 시도 식민지가 될 것이다.
한숨도 그리움도 표준어로 번역하마.

_ 김형수, 「부음」

밀래미어가 어느 나라 말인지 묻는다면 부끄럽다. 졸작 장편 『나의 트로트 시대』(원제는 『나는 기억한다』)가 발표된 것은 1996년이었다. 제목에 외래어가 있지만, 속표지의 헌사, "내 말의 고향 / 밀래미 장터에 바친다"가 증언하듯이 나는 이 소설을 모어를 기리기 위해서 썼다. 전라도 서해 변경의 장터를 무대로 그 땅 위의, 그 입술들 위의 낱말과 문장을 찾느라 각별한 언어 의지를 발동하던 기억이 새롭다.

밀래미에서는 이렇게 어려서 한때 불리다 말다 종국에는 없어지기 십 상인 별명 하나도 한번 짐지면 죽을 때까지 벗어지지 않고 멍에가 되 었다. 말(言)주전부리가 얌전한 이가 한 사람도 없어서였다. 입방아가 제법 정갈하기로 소문난 우리 할머니도 그랬다. 이 역시 어렸을 적 일 인데, 한번은 내게 옆집에 가서 접시를 찾아오라고 해서 찾아다가,

"할매, 으디다 뇌두께라우."

했더니 어처구니없다는 듯이 쳐다보면서

"들고 섰어라."

했다. 할아버지도 그랬다. 늦잠이 길다 싶으면 이제 그만 일어나거라 대신에

"잠산(山)에 뫼(墓) 썼냐?"

로 통했다. 그래서 장터의 돗자리전에 팔도의 혀들이 다 모여들지만 당할 임자가 나오지 못했다. 당연한 결과로서 밀래미는 실로 많은 연예인들을 배출했는데(밀래미 사람들은 무대에서 마이크만 잡으면 다 연예인으로 취급했다) 우리 아버지도 그런 사람 중의 하나였다. 바로 약장수였던 것이다.

_ 김형수, 『나의 트로트 시대』

일개 방언의 매혹에 집착하고자 한 것은 아니었다. 따옴표 안의 대사를 빼면 사용된 낱말들도 모두 국어사전에서 표준어로 분류되는 것들이다. 전문을 다른 지역어로 바꿀 수도 있다. 그러나 나는 이 말뭉치의 생명력을 타 언어로 완역할 수 있다고 보지 않는다. 인용문의 "들고 섰어라" "잠산에 뫼 썼냐?" 같은 대사들은 낱말의 혈통이 아니라 오히려 언어의 성격에서 '문제성'을 드러낸다. 언어가 단지 의사전달의 도구라면 "접시를 어디에 둘까요?"는 "적당한 곳에 두어라"로 연결하면 되고, 늦잠에 대한 꾸지람은 "언제까지 잘 셈이냐?"쯤이면 족하다. 굳이 장난이 끼어들어(보다시피 장난이 필요한 자리가 아니다) 개념적 의미망을 상회하는 언어유희를 야기할 필요가 없다는 말이다. 내가 이를 밀래미어라고 명명한 이유는 낱말, 토씨, 억양 따위보다 어문구조와 사유체계, 소통 형식의 독자성

때문이다.

　　문학을 예술이게 하는 강력한 힘은 언어의 유희성에 있다. 말이 '즐거움의 도구'가 될 수 없다면 시와 소설은 자신의 내용을 모두 2차, 3차 장르들에게 양도하는 극문학으로 바뀔 게 틀림없다. 근대문학사의 짧지 않은 여정을 통해서 서사는 '신파'를 등지는 쪽으로 달려왔지만 소설의 언어들은 압도적으로 가벼움을 늘려왔다. 유머, 위트, 풍자는 최근 문학의 첫 번째 전리품에 속한다. 그러나 유쾌한 웃음을 이데올로기로 섬기는 시대에도 그 절정이라 할 해학의 문학은 등장하지 않는다. 판소리 문체의 미덕을 현대적 산문으로 계승할 수 있다는 가능성과 기대를 나는 밀래미어에 담고 싶었다.

　　또한 당시에는 '민주주의와 시장경제의 병행발전'이라는 표현이 탈근대, 탈냉전의 세상을 담을 내용물로 회구되고 있었다. 모국어가 상업적 거래의 기능, 말의 권력을 행사하는 정치의 기능에서 밀린다면 도태의 위험에 처할 것이다. 고대 중국에서 사회적 열세를 말로 만회하거나 정치적 화를 언어로 모면하는 달인이 있다는 이야기를 읽은 적 있거니와 셰익스피어도 영어의 자질을 높이고 푸시킨도 러시아어의 품격을 창조했다고 평가된다. 나는 '민주주의와 시장경제적 공간'을 시골 장터라는 무대를 통해서 보여주되 그곳의 언어로 그것이 장차 야기할 문제들까지 은유하고 싶었다.

　　그런 의도가 성공하지 못했음을 다시 확인하는 것은 뼈아프다. 실패는 당연히 반성을 낳는다. 만일 『나의 트로트 시대』를 읽은 독자가 2004년에 출간한 『문익환 평전』을 읽는다면, 그리고 다시 「부음」을 읽는다면 나의 기세가 한풀 꺾인 것을 발견할 것이다. 그간 나의 언어가 동시대와 호흡하지 못한 점, 시류에 밀리는 점을 뉘우치지 않을 수 없었다.

2. 모국어의 달인들

언어에 대한 고민이 문학에서 의미를 얻는 길은 의지의 숭고함이 아니라 미학적 유효성에 있다. 작가가 모국어에 대한 사명감을 훌륭하게 발휘하려면, 가령 문장 하나가 두 페이지에 걸치는 만연체를 뜻이 혼동되거나 의미가 교란되지 않으면서도 읽는 재미를 누릴 수 있게 할 만큼의 능력이 필요하다.

과거 우리 문학에도 수많은 '언어의 달인'들이 출현했었다. 김병연(김삿갓)은 뜻글자인 한문으로 의성어 의태어를 자유로이 구사했고, 김소월은 근대의 여명기에 이미 훗날 김지하가 발견한 우리글의 축조적 한계를 넘는 모범을 구가했다. 산업화 이후에도 이문구, 서정인 같은 고유의 문체미학이 등장하는데, 주목할 것은 우리말에 활력을 보태는 문제적 현상이 매번 표준어가 아닌 주변부 언어에서 발생한다는 것이다.

방언은 강에 비하면 샛강 같은 것이다. 서정주는 「팔도사투리의 묘미」라는 에세이에서 경상도말의 최대 강점을 "경어와 평교어(平交語)와 하대어 중에서 말맛이나 음이 다채영롱하게 잘 발전된 것은 평교어라고 보는데, 이것은 경상도에 있어서 유난히 그런 것 같다"면서 그 예를 「밀양 아리랑」의 "날 좀 보소"에서, 또 전라도말에서 사치도 제법 할 수 있었던 농민층의 예술적 감각이 음악의 차원으로 승화되는 예를 평가한 적이 있다. 방언에 대해 소설가 전성태는 이렇게 말한다.

방언의 상상력은 그 방언을 사용하는 공동체의 상상력이다. 방언으로 구축된 문장은 구어체에 가깝고 그 구어체가 이끄는 언어는 농경사회의 상상력에 닿아 있다. 농경사회의 상상력에서 발화한 언어들은 자연과의 오랜 교감에서 나온 비유와 은유로 풍성하다. 농투성이들이 사용하는 입말이 그렇고, 관용구가 그렇고, 속담이 또한 그러하다. 죽음이 죽음이지 않고 '돌아가심'이 되었을 때 그 언어가 앞뒤로 열리며 아득해지듯이 방언에는 참으로 유서 깊은 말들이 많다. 방언에는 그 말들을 사용하는 사람들의 오랜 체취와 정조가 묻어 있다. 오랜 시간의 퇴적 위에서 태어난 언어들이다.

_ 전성태, 「방언의 상상력」

여기서 느끼는 유일한 불만은 방언의 사회학을 포착한 눈길이 '농경문명적'이라는 진단으로 향후 전망을 닫는다는 점이다. 평안도 사투리라는 김소월의 언어현상에서 탁월한 대목은 바람의 움직임을 닮은 종결어미들이고, 그것은 충분히 유목민적이며, 과거형이 아니라 미래형일 수 있다. 나는 문제의 핵심을 경제사적 혹은 문명사적 전망보다 정치사적 전망에서 먼저 찾는다. 토착 언어를 잃지 않으려는 문학을 독자들이 외면하는 상황은 '지배자의 용모를 기준'으로 삼는 '미의식'을 '자연의 용모'대로 복구하고자 노력하는 작가들의 좌표를 일거에 빼앗아버린다.

3. 태어나고 또 죽는 말들

오늘날 모국어에 대한 혼란의 상당 부분은 언어의 난개발과 그에 대한 문제의식의 착종에서 오는 것인지 모른다. 전근대와 탈근대의 자동차들이 동시에 몰려나와 뒤엉긴 베트남의 거리처럼, 낡은 시대의 잔재를 청산하지 못한 모국어의 광장에도 문명의 첨단을 걷는 언어들이 어지럽게 섞인다. 그래서 많은 이들이 인터넷 언어가 모국어를 파괴한다고 염려한다. 네티즌들의 언어가 나쁜 가치관이나 비속한 발음, 난삽한 문자 변형을 동반하는 것은 사실이지만, 그렇다고 권위주의가 허물어지고 언어유희 영역이 커지며, 혼종성이 심화되는 것까지 모국어 파괴라 할 수는 없다.

> 지금 우리의 언어생활은 (……) 활자 인쇄술이 도입되며 인류의 언어가 한 번 크게 변화한 지 500여 년 만에 인터넷이라는 뉴미디어 도구의 등장으로 또 한 차례 지각변동을 겪고 있는 것이다. (……) 현대사회가 '인터넷을 활용한 지식기반 사회'라는 점을 감안한다면 언어변화가 갖는 창의적 측면을 간과해서는 안 된다. 지식기반 사회에서는 지식의 양이 기하급수적으로 늘어나고 지식 간의 연계와 창의적 활용이 점차 중요해진다.
>
> _ 이정우, 「젊은 층 사고변화의 결과란 관점에서 봐야」, 『주간조선』 2074호

젊은 세대의 활발한 개입을 부정하는 방식으로 모국어의 환경이 좋아질 수는 없다. 그러한 고집이 자칫 우리말을 21세기의 삶에서 처지는 무능한 언어로 만들어간다면 모국어는 삶의 현장에서 배제되고 탈락되어 훨씬 더 심각한 파괴상황에 직면하게 될지 모른다. 오히려 나는 그보다 심각한 결함을 기성세대의 행정언어, 경제언어, 학술언어, 정치언어에서 본다. 해방 후 한반도에서 가장 많이 사용된 어휘에 속할 '빨갱이'라는 낱말에 대해 한 작가는 이렇게 설파한 적이 있다.

> 불원한 장래에 사어(死語)사전이 편찬된다면 빨갱이라는 말은 당연히 거기에 오를 것이요, 그 주석엔 가로되 1940년대의 남북조선에 볼셰

비키, 맨셰비키는 물론 아나키스트, 사회민주당, 자유주의자, 일부의 크리스천, 일부의 불교도, 일부의 공맹교인, 일부의 천교도인 그리고 중등학교 이상의 학생들로서 단지 추잡한 것과 불의한 것을 싫어하고, 아름다운 것과 바르고 참된 것과 정의를 동경하고 추구하는 청소년들, 그 밖에도 xxx와 OOO당의 노선에 따르지 않는 모든 양심적이고 애국적인 사람들, 이런 사람들을 통틀어 빨갱이라고 불렀느니라.

_ 채만식, 「도야지」

모국어 인구의 상당수가 동의하지 않으며, 그 자체로서도 정치적 위협과 폭력을 유발하는 반공동체 언어, 시대적 유효성이 만료된 지 한참씩 지난 이데올로기 언어들은 이상하리만치 오랜 수명을 누리고 있다.

4. 악마의 맷돌

언어가 현대적이라고 해서 사고의 폭이 좁은, 존재의 숙명을 몰각한 무능한 언어가 옹호될 수는 없다. 인류는 하루가 멀다 하고 터지는 쓰나미, 지진 등의 재앙을 통해서 우리의 삶이 대지 위에서 전개되고 있다는 사실을 망각하는 잘못에 대한 경종을 듣는다. 그러면서 독자들은 '신자유주의'라는 '달리는 호랑이의 등' 위에 앉아서 문학을 읽는다. 단지 현재하고만 맞서는 사람은 자신의 시야에서 과거와 미래를 소거시킨다. 밀란 쿤데라는 소설 『느림』에서 이를 오토바이를 탄 사람으로 은유한다. 당장 눈앞에서 펼쳐지는 상황이 아닌 모든 것은 생각할 겨를도 없고 생각해서도 안 되는 상황에 놓인 사람.

도대체 무엇이 우리의 언어에서 대지를 빼앗아 가버렸는가? 고교 시절에 "간다, 칠산 바다에"라고 쓴 적이 있는데, '칠산 바다'는 굴비로 유명한 영광 법성포 인근의 난바다이다. 바다의 고유명이 소멸되기 위하여 얼마나 많은 일이 있었던가? 생각해보면 『나의 트로트 시대』에서 「부음」에 이르는 10년 사이에 세기가 바뀌고 문명이 전환되었다.

경제인류학자 칼 폴라니는 공동체가 지닌 목가적 연결이 해체되고 있는 시장경제를 영국의 시인 윌리엄 블레이크의 말을 빌려 '악마의 맷돌'이라고 불렀다. 세계시장경제의 출현은 20세기까지 '우주의 바다'에서 살던 약 40억 인구를 '문명의 어항' 속으로 흡수하였다. '6단계 이론'에 의하면 지구의 한 사람이 전혀 다른 곳의 한 사람과 연결되는데 5.5단계를 거친다. 뉴욕 월스트리트에서 비만과 싸우는 유한부인과 에티오피아에서 기아와 싸우는 소년은 다섯 단계를 거치면서 여섯 단계째에 지인이 되는 것이다. 그 사이에 넘어야 할 경계들, 산과 강과 바다와 벌판이 연결하는 인간과 인간의 여백을 가득 채운 목가적인 연결을 세계시장경제는 분쇄시키고 있다. 그 목가적인 연결의 산물인 토착 언어들도 '글로벌 스텐더드'라는 악마의 맷돌이 가루처럼 빻아버린다. 그 아래에서 난개발에 휘둘리는 방식으로는 언어생태계의 복원은 요원할 수밖에 없다.

5. 보다 크고 넓은 한국어의 탄생을 위하여

"정치는 생물"이라던 정치인이 있었다. 작가들은 "언어는 생물"이라고 말할 것이다. 누군가 거대한 나무를 심어서 그늘을 드리우는 것이 아니라 꽃샘바람에도 숨이 꺼질 듯한 묘목들을 지키고 가꾸어서 아름드리로 자라야만 그늘을 누릴 수 있다.

여기서 두 개의 질문에게로 다시 돌아오자.

하나, 문학은 언제 문화예술이 될 것인가? 예술이 문화를 배반하지 않으려면 '세계시장'이라는 검은 손이 만든 지배자의 형식을 강요할 것이 아니라 전라도의 자연이 낳은 형식, 경상도의 자연이 낳은 형식 따위들을 토대로 장르라는 '추상적 틀'이 세워지는 상향식 단계에 접어들어야 예술이 문화와 충돌하는 침략자가 되는 것을 바로잡을 수 있을 것이다.

둘, 한국의 작가들에게 한국어는 조국인가?

한국문학은 한국어로 쓰인 문학을 총칭하지만 사실 한국어로 통하는 안락한 길은 어디에도 없다. 지상에서 1억의 인구가 사용한다는, 그래서 아무리 헐하게 잡아도 세계 10위권을 벗어나지 않는 세력을 가진 이 언어는 대부분의 서울 사람이 가지고 있는 한국어의 이러저러한 상(像)들만이 아니라, 그 반대편의 가치관에 의하여 구축된 전혀 상이한 또 다른 상(像)들의 복합체이기도 하다. 우리와 외국인을 구별하는 문화적 동질성의 핵이면서도 사실은 후발 산업화 국가들에 의해 개발도상의 모델로 이야기되는 서울이나, 부시에 의해 악의 축이라 지목된 평양의 삶만이 아닌, 제3의 것들까지 포괄해야 하는, 그 숱한 부산물들의 총체인 것이다.

이렇게 서로 다른 한국어들 중에서 어떤 한국어로 세상을 이야기하느냐에 따라 공동체의 성격, 역사 전개, 꿈과 상처의 내용들은 판이하게 달라진다. 지금 서울의 작가들에게 그러한 '온전성의 결여'에 대한 인식이 희박하다는 것은 놀라운 일이다. 한국문학이 현실 세계의 복판을 노래하기보다 문명의 뒷골목에서 자폐적 문예주의에 사로잡히는 이유는 한국어가 인류의 보편적인 가치지향성을 구축하는 일에 사용되기보다 사상적으로 갇혀 있고, 현실세계에 파편적으로 대응해온 관성 때문일 것이다.

이제 지난 수십 년 동안 함부로 규정되었던 '우리 자신의 언어'에 대해서 좀 더 겸손하고 진지해지지 않으면 안 된다. 사실인즉, 우리의 모국어는 서울 사람들이 알고 있는 그런 하나만의 한국어여서는 안 될 것이고, 남과 북, 해외, 도서 변방으로 흩어져서 전혀 다른 얼굴을 갖게 된 복수의 한국어들이어야 할 것이며, 결국은 다시 하나의 정체성 아래 모일 수밖에 없는 단수의 한국어여야 할 것이다. 당대 문학의 숙명적 과제로서 '모국어의 재영토화'가 필요하다는 것이다.

전통 서사는 사라질 것인가?

1990년대 문단에 나타난 이름들 중에서 김소진 · 한창훈 · 전성태를 열거하면 대개는 하나의 공통된 이미지를 떠올릴 것이다. 유행에 먹히지 않는 작가적 근기랄까, 아니면 토종의 맥을 잇는 구수한 입담이랄까…….

　　나는 그들이 등단할 때 우리 소설형식의 흥망성쇠에 무슨 신념화된 저항의지를 갖지는 않았으리라고 본다. 그들이 전위(前衛) 예술가들처럼 기존의 언어질서와 구별된 '의도적 개성'을 노렸다는 흔적은 없다. 그들에게 습득된 개성이 있다면 그것은 오히려 세상에 가득 찬 목소리들 속에서 어떻게든 자기의 소리를 구별시켜놓으려는 '몰개성을 염려한' 결과로서가 아니라 '구태여 자기를 버리려 하지 않아서' 생겨난 것이다. 그런 의미에서 그들은 저마다 독보적인 스타일리스트를 꿈꾸었던 것도 아니고, 역으로 하나의 공통된 유파를 형성하려 했던 것도 아니다. 그러나 그들의 미의식은 1980년대까지 이어져 오던 전통적 서사 의지가 해체된 지점에서 소외의 위협(?)을 무릅쓰고 출현하여 하나의 문제적 현상을 제공한다는 점에서 매우 주목할 행보가 아닐 수 없다. 나는 그들이 한국소설의 오랜 모국어 콤플렉스를 자극한다는 점에 고무된다. 또한 나는 그들의 분발이 우리 문학이 폐기처분해버린 시간들을 오늘의 자리에 되돌리고 있다는 점에 큰 의의를 부여한다.

예외적 필연—이문구 이후의 소설들

1.

문학사에는 가끔 '예외적 필연'이 발생한다. 끝없는 환경의 간섭이 종(種) 하나를 자연소멸시켰거나 충분히 진화시켰음에도 불구하고, 왕년에 지워진 모습이 꿈처럼 현현하는데 자세히 보면 그것이 저항을 넘어 필연인 것이다. 생물의 진화에서는 한 번 소멸된 종이 다시 등장하는 혼란은 빚어지지 않는다. 그것이 필연이다. 그런데 미의 역사에서는 이미 쫓겨 간 퇴물이 낯설어진 옛 자리에 돌아와 새로이 지상을 차지한 무성한 이물(異物)들의 숲을 뚫고 마술처럼 다시 번식을 시작한다. 믿기지 않게도 필연의 힘에 의해서.

2.

김소진은 1963년생이었다. 1990년대의 독자를 사로잡은 작가들이 공교 롭게도 '63세대'라는 유행어를 만들었으니(신경숙, 공지영, 윤대녕 등이 그의 동년배였다), 그도 그런 분위기에 섞여 지난날의 문학과 서둘러 금 긋는 일에 일조(一助)할 만한 신예였다. 첫 작품 「쥐잡기」가 발표된 게 1991년이고, 병마에 붙들려 목숨을 내놓는 게 1997년. 하면 그가 매진했 던 6년여야말로 달아날 데 없는 1990년대의 '찻잔 속'이었다.

그런데 와중에 인적이 끊겨가는 길 하나를 찾는다. 시대적 분위기 로 봐서는 독자를 등지는 것 같은 고독한 행보였다. 민족문학은 깊은 정적 에 잠기고, 원숙한 노장들도 '페미니즘'에 밀려 몇 안 남은 고유색마저 희 미해진 때였는데, 그만은 예컨대 '예외적 필연'의 길을 보았던 것 같다. 그 의 소설에서 평자들은 한결같이 한국적 소설전통의 현재형을 읽었고, 독 자들은 구원 없이 숨겨가는 모국어의 힘을 다시 느꼈다. 그의 죽음이 문단 의 한 예각을 이루면서 각별한 애도의 분위기를 자아낸 까닭이 있다. 인격 적 덕목이나 경제적 난망함, 바야흐로 꽃망울을 터뜨리던 차에 겪어 했던 개인적 비운 못지않게, 거기에는 한국소설의 궤적 하나를 잃는 안타까움 이 동반되었던 것이다. 그렇게 보면 김소진의 마지막 소설집을 감싼 논평 들이 사뭇 슬픈 표정을 지었던 일은 '인사(人事)상의 소요'라기보다 '미학 상의 소요'라 해야 옳다.

대상을 보는 눈은 훨씬 깊고 섬세해졌으며 붓길은 치밀하고 힘차면서 도 자연스럽게 흘러내려 우리말을 엮어 이룰 수 있는 아름다움의 경계 가 어떠할 수 있는가를 벅차게 확인시킨다.

김소진은 우리말 사용과 문장에 남다른 자의식을 가진 작가였다.

_정호웅, 『눈사람 속의 검은 항아리』의 「해설」

그가 죽고, 나도 음미하고 싶었던 게 이 대목이었다. '우리말을 엮어 이룬 아름다움'을 얻기 위해 '남다른 자의식'을 가졌다는 것! (그것이 정작 '목적의식'이 아니라 '자의식'이었다는 표현은 매우 적절해 보인다.) 이 '자의식'이라는 말 속에는 이미 철거된 우리말의 창고 속에 들어가 의심 없이 코를 묻기보다 그것들을 자기가 호흡하는 당대적 관계망 안으로 불러내려 했다는 사려 깊음이 배어 있다. 아울러 동시대 문단에서 '자발적 유배'를 선택하는 긴장감이 스며, 당연히 치열했으리라는 추측까지가 함께 읽힌다. 그것은 인용문에 뒤이어 정호웅이,

김소진은 그것이 작가의 의무라는 소명의식을 지녔고, 그런 노력을 비효율적이라 폄하하는 일부 의견에 대해서는 정면에서 맞섰다. 또한 (……) 그런 문장이 대접받는 풍조를 크게 개탄했다.

라면서 염두에 둔 타자(他者)들, 즉 '그런 노력을 비효율적이라 폄하'하거나 '그런 문장으로 대접받는' 작가들과 적잖이 갈등하는 부담을 지는 일이다. 특히 신예가 "언중(言衆)들의 언어생활권 밖으로 밀려나 사어화(死語化)의 위기에 처한" 겨레말을 골라 "비문(非文)투성이 문장, 국적 불명의 번역투 문장, 개념어를 남발하면서도 구체적 생활어의 빈곤으로 딱딱하게 굳어 갇혀 있는 문장, 심리묘사라는 아름다운 이름을 내세워 적당히 얼버무리는 소녀적 감상투의 모호한 문장"이 지배하는 풍조와 대결하려 했다면, 이는 다분히 시대적 조류에 대한 반발의 성격을 갖는다. 무엇이

이 같은 태도를 만든 것일까?

당대의 미학적 성취를 그 시대의 감식안이 찾아내어 격려하고 고무하고 비판하는 안목을 갖추지 못했을 때 그 속에 안주해 있는 천재는 모두 통사적 지평에는 떠오를 수 없는 앉은뱅이가 된다. 가령, 19세기의 화가 장승업은 조선 오백 년의 맨 나중에 나와서 조선의 르네상스라 불리는 저 17, 18세기의 화가들(겸재 정선, 단원 김홍도, 혜원 신윤복 같은)보다도 더한 발군의 솜씨로 세상을 놀라게 하였다. 하지만 세계미술사 안에서 조선 회화미의 진수들을 색인할 때 그의 이름은 마땅히 놓아둘 자리가 없다. 불세출의 재능을 가졌다고는 하지만 그의 시대는 조선 후기의 주체성을 소진시킨 후 다시금 중국 화본의 세계로 퇴각해버린 말기적 증상을 맞은 때였다. 그 안에서 역량이 발휘되느니 중국 소재를 답습하는 범위를 못 벗어났던 것이다.

시대적 안목이 깨어 있어야 훌륭한 작가가 길러진다는 사실은 역으로 시대적 안목이 잠들어 있다고 느끼는 예술가로 하여금 자기 시대와 불화하는 짐을 떠맡게 한다. 등단한 지 얼마 안 되는 작가가 상당한 거물들이 참여하고 있는 유행사조와 등지는 상황을 문제적 현상으로 보는 것은 그것이 다수에게 점령당하는 게 아니라 오히려 다수의 허구를 해체하는 힘을 갖기 때문이다. 가만히 보면 이후, 또 다른 '자의식'들이 출현하여 시대적 압박을 이기며 다시 희미한 길을 더듬어가는 게 보인다.

수족 간수하고 얼굴에 화장 입히는 버릇은 아직도 여전해 걸음걸이 하나에도 호미나 함지박하고는 거리가 먼, 옛날 사내 홀리던 법수가 그대로 남아 있는 이가 바로 성심네였다.

"그만그만 헌디."

"워디, 보고. 시상에 어쩌다 이런 겨."

맛배기로만 살짝 보여주는 발목께를 자기 쪽으로 잡아당긴 다음 억지로 몸뻬를 말아올리고 있는데

"워디 펜찮으슈?"

간쟁이노인이 들어섰다.

이것은 한창훈의 단편 「아름다운 시절」의 한 대목인데, 인용문에서 보이는 우리 색에 대한 배려는 비단 언어사용의 문제에 한정되지 않는다. 문장을 엮는 데 쓰인 낱말들은 물론이요 어문구조며 장면의 전환과 운용까지가 '의도된 고유색'에 밑받침되어 있다.

재미있는 것은 이 같은 경향이 출현했을 때 한국 문단이 약속처럼 이문구를 떠올린다는 사실이다. 이 점은 모던한 경우나 포스트모던한 경우는 더 말할 것도 없고 황석영적이거나 조세희적인 것이 출현했을 때 그렇지 않은 것에 비해서 대단히 시사적이다. 한국 문단에 분포한, 실로 수를 헤아릴 수 없는 개성들 중 왜 하필 이문구적인 것(이걸 굳이 개성이라고 한다면)은 보편의 양식으로 취급되지 못하고 애오라지 이문구적이 되어야 하는가? 이문구를 스타일리스트라 말한 사람은 김동리이고, 그것은 폄하보다 상찬의 의도를 갖는 것이었지만, 이 관점은 결과적으로 이후에 출현하는 문제적 현상들을 아류처럼 보이게 만드는 역할을 했다. 나는 여기에 자기 본토를 잃어버린 한국 문단의 근친 혐오증이 작용했다는 혐의를 두어본다. 왜냐하면 이런 경향을 역류해 가면 김유정, 채만식, 염상섭 등을 거스르다가 종내는 그것 하나만 남기 때문이다. 그렇다면 이곳으로부터 우리 '서사'가 흘러왔던바, 이 현상은 어떤 길의 실종을 의미하는 것이다.

3.

대지는 하나지만 세계는 하나가 아니다. 인간의 대지는 수없이 많은 개인의 감성과 직관의 더듬이에서 흘러나온, 미의식의 별빛으로 가득 찬 밤하늘과 같다. 그것이 언제 어떻게 해서 하나의 상(像)으로 통합되기 시작했는가? 근대문학은 오늘날 인류의 문학을 하나의 통일된 이미지 안에 가두고 있지만 애당초 그곳으로 통하는 안락한 길은 어디에도 없었다. 19세기에서 20세기 초엽에 이르는 동안 수많은 약소 언어들이 충돌하여 강자에게 밟히거나 변형되었다. 아시아문학을 점령한 일본문학도 유럽에게는 약자의 자의식에 시달렸다.『일본근대문학의 기원』을 추적한 가라타니 고진은 일본이 서양의 근대에 포섭되면서 겪었던 문풍의 변화를 살피면서 나스메 소세키의 고민을 이렇게 전한다.

> 오히려 근대소설이라는 관점에서 보면 그것은 근대소설에 적응할 수 없었던, 또는 일부러 적응하지 않았던 나스메 소세키의 적극적 의지를 의미한다. 그것은 근대문학 속에 존재하면서 그에 대한 이의를 제기하고 다른 가능성을 찾아내려 했던 것을 의미한다.

> 비슷한 사정을 우리는 다른 언어권에서도 얼마든지 찾을 수 있다. 정재서는『동양적인 것의 슬픔』에서 하버드대학의 교수 비숍(John L. Bishop)이 주장한「중국소설의 몇 가지 한계」를 지목하여 '서구의 동양에 대한 문학적 편견'을 질타한다. 그에 의하면, 비숍은 "중국소설은 설화인 (說話人, 이야기꾼)들의 이야기 대본 즉 화본(話本), 혹은 장회소설(章回小說)을 바탕으로 형성되어왔기 때문에 형식과 내용의 발전상 심각한 제약이 있게

된다"고 하면서 다음과 같은 의견을 피력했다. 중국소설은 첫째, 구연(口演)의 편의상 세부묘사가 발전할 수 없었고, 관습적인 표현에 많이 의존하게 되므로 서술기교가 한정될 수밖에 없었다. 둘째, 이야기의 진행이 청중들의 반응에 따라 영향을 받게 되므로 구성도 치밀하게 짜일 수 없었다. 셋째, 중국 소설가는 항상 무식하고 감각적인 청중들의 기호를 의식해야 하므로 주제는 통속적이기 십상이며 소재는 관능적이거나 환상적인 것을 택할 수밖에 없었다. 넷째, 중국소설에는 심각한 내면묘사, 심리묘사가 결여되어 있었다.

여기서 언급된 대부분의 단점들(?)은 이문구에게도 얼마든지 적용될 수 있다. 『관촌수필』은 수필적 요소를 취하고, 「유자소전」은 전기적 형식을 택하여, 근대소설의 화법으로는 충분히 설명할 수 없는 것을 그린다. 그 점이 순수 '창조'의 영역인 소설이라고 하기에 뭔가 자질 결여가 아닌가 하는 혐의를 둔다면 그야말로 "식민화가 끝났음에도, 식민 본국이나 유럽을 중심에 두고 자국 문학을 생산하고 평가하는" 잘못을 실증하는 셈이다. 비숍이 중국소설의 소설답지 못한 한계로 지적한 요지가 "서사구조와 주제상의 통일성(Unity) 및 정합성(Integrity)의 결여"라면, 이것이 이성주의에 기초한 서구 소설미학의 동아시아 전통소설에 대한 편견이며 부당한 간섭이라고 비판하는 것은 옳다. "왜, 오랜 세월 우리에게 무한한 즐거움을 주었을 뿐만 아니라 불후의 고전으로 찬탄되었던 『삼국지』, 『수호전』과 같은 소설들이 근대 서구 소설론의 일방적 규준(規準)에 의해 하루아침에 미숙한 소설로 전락해야만 하는가?"(정재서)

한국의 근대예술은 일제를 통해 유럽의 미학을 받아들이면서 형성되기 시작하였고, 당연히 서구예술의 복제품처럼 보인다. 그러나 한국의 근대문학이 서구의 문학을 단지 이식만 한 것은 아니다. 우리 근대문학의 형성은 한편으로는 외래문화를 이식해오는 과정이면서 다른 한편으로는 한반도에서 오랜 세월에 걸쳐서 생성되고 축적된 미학적 흐름을 도도하게 이어온 과정이기도 했다. 다만, 그 도도한 길 중 하나가 골동가의 수중에만 있을 뿐 일반인에 의해서는 접촉되거나 이해될 수 없는 어두운 구석에 유폐되었다는 것이 문제인데, 그렇게 된 이유를 우리는 어디에서 찾아야 하는가? 누구나 떠올릴 수 있는 답은 '시대적 감각'일 것이다. 근대적 세계관이 돈독한 사람일수록 미의식의 문제 역시 진화의 관점에서 보는데, 그럴 경우 김소진, 한창훈, 전성태의 감수성은 낙후된 이미지를 벗지 못한다.

다시 말하지만 김소진은 1963년생이었다. 한국에서 1963년생이라면 대략 1970년에 초등학교에 입학하고 1976년부터 중등교육을 받아 1982년쯤에 대학생이 되는 연배인데, 그들의 목숨이 던져진 공간(고향)은 '농촌적'이기보다 '도시적'인 곳, 혹은 급속히 도시화가 진행되는 곳이었고, 이 세대의 미의식은 근대화 · 과학주의 · 개인주의 따위의 세례를 통과한 것이었다. 나아가 곡선의 언덕길이며 둥그런 지붕들이 철거되어 포장된 도로와 전봇대, 신축빌딩 등으로 수평과 수직의 선들이 교차되는 황금분할의 공간 위에 목숨을 부려놓고 그런 환경에 적응되고 훈련되었다. (우리는 학교에서 이런 것들이 바로 구성미를 이룬다고 배웠다.) 여기에 과학이 깊숙이 개입해 들어간다. 생활의 전 영역에서, 예컨대 수직과 수평의 선들을 타고 에너지가 이동해 다니고 자연이 공급된다. 스위치를 켜면 드라마가 나오고 꼭지를 틀면 물이 나온다. 그 속에 살면서 훗날 예술적 욕망으로 전화할 유희본능의 동작들도 과학성을 얻어간다. 그들이 꽤 좋아하기도 하고 잘하기도 하는 '퍼즐 맞추기' 같은 것이 소설의 기술에도 영향을 미쳤을 것은 틀림없다. 근대 서사의 절대적 가치로 평가되는 '구성중심주의'가 힘을 얻게 된 배경에는 이 같은 시대 변화가 없지 않았다. 그런데 왜 그로 인한 미적 감식안의 이동 현상을 현실 적응력의 문제로 보지 않고 미적 안목 간의 쟁투라 하는가?

4.

권력과 미의 관계는 흔히 원님과 기생의 관계를 연상시킨다.

> 몽고가 유라시아 대륙에 걸친 대제국 원나라를 건설하자 미남미녀의 모델은 몽고인이었다. 검은 변발에 호복(胡服)을 입고 위로 째진 눈, 납작한 코, 황색 피부 등. 당시 미장원이 있었다면 노란 머리는 검은색으로 물들이고 곱슬머리는 직발로 바꾸는 미용술이 발달했을 것이고, 성형수술이 있었다면 코 낮추기, 외꺼풀눈 수술이 대유행했을 터이다.
>
> _정옥자, 「아름다움의 잣대」

그래서 시대권력은 언제나 유행문화 속에 은폐된다. 일제하의 하이칼라 신사가 단발령에 힘입어 생겨난 것이며, 파마머리가 서양의 강압적 근대를 따라 들어왔음을 부인할 수 없다. 그것들은 본디 파괴의 이미지를 갖는 것이었지만 근대사의 질곡 속에서 미적 추앙의 대상으로 반전되었다. 그리고 이 반전은 차후 문화 궤적에 상당한 혼선을 야기하였다. 바로 이 혼선을 은유하는 예가 이솝우화에 나온다. 여우가 두루미를 초대하여 음식을 접시에 내놓자 두루미도 여우를 초대하여 음식을 호리병에 내놓는 이야기는 어느 한쪽의 문화만을 기준으로 삼으면 다른 쪽은 반드시 열등

생이 된다는 점과 문화의 형식을 규정하는 1차적인 요인이 자연의 용모임을 실감케 한다. 그런데 근대문학은 줄기차게 '여우'를 모델로 '두루미의 방식'을 닮아버린다. 한국의 문단을 형성하는 중요한 제도의 하나로서 신춘문예는 시대마다 다르고, 신문사마다 다르며, 심사위원마다 다른 개성을 과시해온 듯이 보이지만 시대적 안목을 대변하는 미적 준거 틀에 대해서만은 강력한 통일적 의지로서 90년 이상 자기노선을 관철해왔다. "참신하고 역량 있는 신인"이 바로 그것인데, 왜 문학이 참신성으로 평가받아야 하는가?

　미의식을 편의상 동양적인 것과 서양적인 것으로 대별한다면, 서양 미의식의 근저에 있는 것은 '어필'의 정신이다. 어필은 새로움의 정신이며, 그를 위해 늘 '남이 하지 않았던 방식'을 전략으로 삼는다. 그래서 작가의 자질을 '참신성'에 두고 신인을 배출했던 관행은 한국 문단의 감수성을 철저하게 이성중심주의, 로고스주의에 근거한 발설의 문화에 길들여 놓았다. 그에 반해 동양에서는 '숙성'의 정신을 제일로 삼았는데, 그것의 전략은 자연합일에 있으며, 은일에 있다. 잘난 체 톡톡 불거지지 않는데 정작 안을 들여다보면 가득 차 있는 상태를 추구하는 정신인 것이다. 당연한 결과로 한편이 참신하고자 부단히 까치발을 디뎠다면 한편은 제대로 숙성되고자 한껏 고개를 숙여왔다. 만약 둘의 관계에서 권력의 영향을 제거할 수 있다면 근자의 유행어가 된 문화다양성은 지켜질 것이다.

　그러나 역사는 마치 콜럼버스가 달걀을 세우듯이 강자들이 늘 약자의 문화를 깨뜨려왔음을 보여준다. 달걀은 생명의 원초적 보호선(타원형)이 무너지면 부화를 꿈꿀 수 없는 '죽은 물체'가 되는 법이다. 바로 그에 대한 방어기제로서 한국에서 민족문학운동이 전개되는 과정은 수많은 작품을 불온시하고, 수많은 작가를 시위현장으로 내몰며, 수많은 사람을 옥에 가두는 정치적 격동과 동시 진행되었다. 문학이 문자를 갖는 순간 세계의 해석과 비판에 깊숙이 개입하는 것은 숙명에 속하고, 그것이 정치적 환경과 갈등하는 것은 운명에 속한다. 그래서 민족문학은 임화 이래의 계급적 경향성을 중시하는 용법 외에도, 조동일·김지하 등이 보여주는 민속·민예·민요의 전통을 계승하려는 흐름을 갖는가 하면, 세계문학이라는 추상적 개념과의 연관 속에서 우리 문학의 정체성을 확립하려는 용법으로도 사용되었다. 그리고 우리 민족의 역사적 과거와 현재와 미래의 연속성을 조명하면서 우리의 삶과 운명을 주체적으로 반영한 문학관을 세우려는 비평의 노력이 끝없이 이어졌다.

하지만 언제나 중요한 것은 이론의 역사보다 창작의 역사일 것이다. 훗날 다양한 비평들이 사회과학적 도상작전을 펼치면서 기대도 하고 염려도 했던 가상의 그림들을 민족문학 창작의 역사는 일찍이 거장들의 업적을 통해 명료하게 제출해놓고 있었다. 신동엽은 김동리, 서정주의 화랑정신, 신라정신에 내포된 통치이데올로기에 대응하는 백제정신과 투박한 민중미 그리고 전통 신화의 세계를 그렸고, 김수영은 신동엽의 세계관에 드리운 쇼비니즘의 그림자를 경계하면서도 문화 전통의 '거대한 뿌리'에 육박해갔다. 그러면서 김수영이 말한 "일본을 필터로 삼아서 빨아들인 서구의 지성"으로서의 한국문학에 대한 보다 근원적인 문제의식이 심화되어갔다. 김지하에 이르면 우리가 근대에게 물어야 될 마지막 질문까지 찾아내는 셈이다.

지금 유통되고 있는 문체구조는 대체로 아까 기승전결 문제를 이야기했지만 객관적 관찰구조입니다. 이야기 구조라 하더라도 관찰자가 따로 있어가지고 사물의 움직임을 관찰하는 그런 식입니다. (……) 거기에 재떨이가 있었다. 그 재떨이에 담배를 비벼 끄면서 그는 눈을 번쩍 떴다. 계속 이런 식입니다. 그 사람의 움직임을 계속 관찰하고 있는 어떤 눈이 있는 거예요. 그런데 문제는 이 눈이 잘못됐다는 얘기가 아니고, 그렇게 움직이는 것을 말로 포착하는 객관적, 전체적 파악방식이 그 사람의 움직임을 단위 단위로 끊어 차곡차곡 냉동(冷凍)시켜서 챙겨 가지고 자기가 생각하는 주제를 감동적으로 표현하기 위한 건축공사를 하고 있다는 점입니다. 그것은 살아 있는 실상을 살아 있는 실상대로, 움직이는 속에서 움직임을 파악하는 것이 아닙니다. 그런 데 비해서 판소리는 주제의 발전이 있기는 하나 어떤 이야기나 어떤 장면이 나오면 그 장면에 연관되는 것은 다 튀어나옵니다.

_ 김지하, 대담 「생명사상의 전개」

긴 역사를 놓고 보면 한 시대의 문풍(文風)이 바로 서는 일은 언제나 시대적 광명이 바뀌는 거사에 속했다. 근대화 세대들의 언어 사용에는 외국어의 개입이 한층 활발해졌는데, 그것은 단지 우리말이 외래어로 대체된 것만은 아니었다. 외국어는 우리의 언어생활에 개입해 들어와 피동형을 발달시키고 주어 사용의 빈도를 증가시켰다. '햇빛이 비치었다'가 아닌 '햇빛이 비쳐졌다'와 같은 피동형의 발달은 문맥 안에서 각 문장들의 시각 전환을 용이하게 하고, 한국어의 장면 의존적(場面 依存的) 성격을 벗어나 주어 사용의 빈도를 늘려 쉽게 술어를 끌어들인다. 이런 경향은 매개 문장 안에서 개인적인 것들에 대한 표현을 분방하게 만드는 측면이 있다. 따라서 이것들을 그 자체로 배타시하는 것은 상당히 위험한 태도에 속한다. 말할 필요도 없이 외국어보다 우리말이 더 아름답고, 외래형식보다 고유형식이 더 우월하다는 전제는 논리적으로 성립되지 않는다. 그러나 세계를 인위적으로 구성하느냐 아니면 세계의 질서를 재발견해가느냐 하는 것은 중요한 문제이다. 근대 서사의 미궁을 헤쳐 나올 출구로서 새로운 모델이 제기되는 점을 감안해보면 이 질문은 언제 다시 터져 나올지 모르는 휴화산에 속한다. 김지하는 말한다.

> 문체는 단순히 문체로서만 끝나는 것이 아닙니다. 예술의 표현문제로, 매체(媒體)문제로, 언론문제로, 생성 중에 있는 새로운 사회적 삶의 틀의 문제로까지 확대됩니다. (……) 살아 있는 양식으로 살아 있는 삶 자체를 표현하고 연구한다고 할 때 그것은 살아 있는 객체를 주체가 가만히 앉아서 파악하려고 하는 뉴턴(Newton)적 관측방법이 아닙니다. 자기 자신까지도 그 속에서 살아 움직이는 자이면서 표현자여야 합니다.

김지하가 지적한 '감금'으로부터의 해방을 1980년대의 작가들은 '마당굿'이며 '장르확산론'들로 이어갔는데, 이 실천적인 민중문화운동이 6월항쟁의 복판을 차지하는 문화적 내용물이었다. 돌이켜보면, 한국문학이 자주적 근대문학을 형성하는 과정에서 가장 장엄한 페이지가 있다면 그것은 김지하가 벌인 미학적 전면전이요, 가장 아쉬운 점이 있다면 김지하의 토착적 미의식이 「대설 남」을 경계로 좌초되는 지점이다.

5.

이 같은 시대 미감의 영고성쇠를 겪으며 우리 문단이 조선 투(套) 문장에 대한 자의식을 획득한 것은 민족문학운동의 중요한 성과라 할 것이다. 이문구나 김성동의 산문에서 받았던 '겨레끼리 통하는 미감의 심층(深層)에서 우러나오는 느낌'을 김소진, 한창훈, 전성태에게서도, 또 이후 김종광, 손홍규에게서도 받는 것이 사실이다. 문제는 이 엄연한 실체를 이론으로 엮어낼 '틀'이 없다는 것인데, 이는 이들로부터 자양을 얻어내고 미적 전통을 세워갈 안목이 없다는 것을 뜻한다. 이 뼈아픈 '법통의 실종'이 이문구를 스타일리스트로 만들고, 김소진, 전성태를 그 아류로 만든다. 그럼에도 주목할 것은 몇몇 걸작들이 빛을 잃지 않고 남아서 이 시대의 상식이 절대화시킨 유럽적 근대 서사의 공식들을 '허구'로 만든다는 것이다.

이문구 소설은 근대소설의 기준에서 보면 분명히 구성적으로 파탄나 있다.

한 친구가 있었다.

그냥 보면 그저 그렇고 그런 보통 사람에 불과한 친구였다.

그러나 여느 사람처럼 이 땅에 그런 사람이 있는지 마는지 하게 그럭저럭 살다가 제물에 흐지부지하고 몸을 마친 예사 허릅숭이는 아니었다.

이것은 「유자소전」의 첫 대목인데, 만약 문예창작과의 학생이 이같은 형식을 취한다면 대부분의 선생님들은 수정시킬 것이다. 소설의 눈이라 할 첫 문장에 전혀 불필요한 객담을 늘어놓는 까닭이다. 「유자소전」의 본질은 '보통 사람처럼 보이지만 예사가 아니었던 친구'에 있는바, 흔히 이 같은 서사를 담는 서구형 소설은 '친구가 결국 예사 허릅숭이가 아니었음(이 서사의 결말)'을 독자가 움켜쥐어야 할 의문으로 남겨 그것을 숙제처럼 풀어가는 것을 전략으로 택한다. 그 내밀한 미로를 추적하는 것이 '구성'의 묘미이다. 그러나 이문구는 위험천만하게도 구성의 재간을 발휘할 결정적 무기인 핵심정보를 첫 문장에 공개해버리고 있다. 이야기의 주체와 듣는 대상이 꼼짝없이 결말의 정보를 공유한 상태에서 서사가 진행되는 셈이니 이제 구성의 마술은 통용되지 않는다.

첫 문장의 매혹을 이렇게 매번 객담으로 흘려버리는 것이 이문구적 서사의 열쇠라는 점은 자못 흥미로운 사실이다(걸작 『관촌수필』의 서막을 장식하는 「일락서산」은 "시골을 다녀오되 성묘가 목적이기는 근년으로 드문 일이었다"로 시작된다). 소설의 독자가 이야기의 숲 가운데 그냥 내동댕이쳐진다고 해서 길을 못 찾으라는 법은 없다. 그러나 대개의 경우 독자는 서술자의 시점을 따라서 이동해가며 작가가 보여주는 만큼만 이해하며 견뎌야 하는 것이 사실이다. 이는 한편으로 서술자에게도 독자를 끌고 갈 제한된 외길을 선택할 수밖에 없는 난관을 준다. 서사의 여행자와 안내자 모두를 구속하는 이 같은 닫힌 틀에서 벗어날 수 있으려면 어떻게든 계곡을 빠져나와 등성이에 서야 한다. 이문구가 객담을 앞세우는 까닭은 바로 그러한 거리감을 확보하여 '탈(脫)구성의 자유'를 누리고 싶기 때문일 것이다. 그는 자주 픽션의 세계에 '소설 밖의 일상'을 거느린 실존적 주체로서의 작가를 등장시켜 서술자를 허구화한다.

내가 오래 전에 쓴 「그가 말했듯」이란 졸작의 주인공도 유자가 모델이었다. 주인공이 일인칭인 이 소설을 본 사람들은, 읍내에 말시바위(곡마단)가 들어와서 악사들이 말에 원숭이를 태워 앞세우고 트럼펫 가락도 심란스럽게 가두선전에 나설 때마다 철딱서니 없이 단기(團旗)의 기수가 되어 우쭐거리는 주인공을 나의 과거사로 짐작하고 실소를 금치 못했다는 거였지만, 실은 유자가 그렇게 보낸 소년 시절이야말로 한쪽은 하릴없는 허드레 웃음거리였고, 한쪽은 공연히 웃어넘길 수만도 없는 애틋한 대목이 안팎을 이루고 있었던 것이다.

이 같은 지문은 신경숙의 『외딴방』에서 작가가 화자로 출현하는 것과는 전혀 다른 것이다. 『외딴방』의 화자는 고백서사의 단조로움을 극복하기 위한 장치로서, 옛이야기라는 씨줄에 날줄의 기록자로서 작가가 등장한다. 엄연히 픽션화의 일부요, 이미 약속되고 예정된 것이다. 그러나 「유자소전」의 경우 뜻밖의 돌출행동이요 픽션상의 약속 위반이며, 부분이 아니라 전체의 리얼리티에 관여한다. 그러고도 무사히 소설이 될 수 있단 말인가? 앞 문장이 불러주지 않는데도 뒷문장이 밀고 들어오면 필연적으로 문체의 파탄이 발생한다는 것은 서술의 상식에 속한다. 픽션의 스토리 진행에 작가가 멋대로 개입해도 되는 것은 판소리뿐인데, 판소리는 '아니리'와 '창'이라는 이중구조의 문체로 자유분방한 구사를 가능케 한다. 이문구의 문체는 바로 이 형식을 취했다. 그리하여 소설 안에 작가의 항상적인 간섭을 열어놓게 되었다는 사실은 그의 문체가 그만큼 개방적이고 열려 있다는 것의 반증이 된다. 당연한 결과로, 흔히 쓰는 말로 '사유의 그물'이라는 말은 '나포했다', '노획했다'는 의미를 거느리는데, 이문구는 삶의 일부를 '사유의 그물'로 노획하지 않는다. 이야기로 옴싹 담아내는 것이다. 그것은 사유의 그물이 필연적으로 삶의 일부를 건지는 데 반해 전체를 어림잡으려는 태도와 관련이 되는 것이다. 바로 그것을 가능케 하는 현실 모델로서, 김지하가 지적한 '냉동구조, 감금구조'가 아닌 '살아 있는 표현 양식'이 우리 민중의 삶에는 일찍부터 아주 능란하게 훈련되어 있었던 것인지도 모른다.

(가) 엊그제 참 죽었구만, 주막으서 술장사 허던 이. 우리가 옛 골 적에 단골로 대니던 술집 색시여. 우리가 엿을 고구 나서 한 두어 시간 거그 가서 북새를 펴. 열두 눔이 그려. 나꺼정 열싯이지. 우리가 색시는 별루 안 좋아혀. 전혀 안 좋아헌다고 헐 수는 읎지만 말여. 인저 그 술집으 가머는 내가 오늘 저녁에 술을 사문 내일 저녁이는 다른 눔이 술을 사. 이렇게 열싯이 다 사는 거여. 오늘 저녁이는 이눔이 사구 내일 저녁에는 저눔이 사구 이려. 그렇게 놀구 나문 식전의 지지배덜이 엿방에를 와. 엿 고는 디로 찾어와. 해장허라고 와서 수단얼 써. 그러문 일얼 헐 수 있남. "누구 누구 해장허구 와라" 그러지. 또 그눔덜이 갔다 오믄 "이번에 누구 누구 해장허구 와라" 이력허니께 돈이 모이간디. 그저 집으 양석 팔어라고 쪼끔 갖다주는 것밖으. 다 까먹는 거여. 술로 조지는 거여. 술 먹구 인저 생각이 있으면 지지배허구 살도 섞지. 허니께 별로 돈이 안 뫄.

(나) 엿방 친구 하나가 술집 색시헌티 푹 빠졌는디, 그 친구가 아들이 읎었다구. 지지배만 둘 있지. 근디 마침 술집 색시 하나가 순진헌 기 왔어. 고것도 첫대가리로 온 거여. 그 색시를 꾀시는디 그 사람허구 색시허구 나이 칭하가 많이 졌어. 근디 이눔이 자꾸 이 색시헌티 지밀러구 혀. 근디 이 색시는 남자가 나이가 원체 많아 뵈구 저는 어리고 허니께 되남, 안 되지. 그런 걸 억지로 우리덜이 지아려 갖구서 하루 저녁 살얼 섞게 맹글었지. 그랬더니만 이 색시가 좋잖아 혀. 살은 몇 번 섞었어두 뱃속에 뭣이 들진 안 혔지. 그렇게 지내다가 색시는 딴디로 가 뻔졌어. 아조 귀찮으니께 그른 거지.

(다) 그랬는디 색시 하나가 또 왔어. 그 색시는 나이가 좀 들었어. 나이가 한 스무예닐곱 살쯤 먹었을 겨. 그리서 그눔헌티 이 색시를 또 대

췄지. 대췄더만 그건 지법 붙어 댕겼어. 붙어 댕겨서 여차저차 허더니 인간이 됐단 말여. 뱃속에 뭣이 들었어. 근디 인저 달이 차서 애를 낳았는디 아들얼 떡 나. 긍게 이 여자가 꼼짝 못허구 살었지. 아들 성제를 낳았어. 성제를 낳구는 남자가 죽었어. 나이가 많어 갖구 둘 낳구 죽은 거여. 죽기는 병으루 죽었지만서두 먼저 지지배허구는 원청 칭하가 졌지만 이번 여자허구는 언성번성힜어. 남자가 죽었어두 의동서찌리 잘 살었구만. 손자 손녀도 보구. 그러구 을매 전에 죽은 거여.

(라) 가끔 덕산장에 나오믄 나보구 피식피식 웃지. 그러믄서 나보구 허는 말이, "당신 땜에 나 종신 치리 허구 영감도 일찍 죽구 혼자 이런 시상 지낸다"구 그러지. "아 또 영감 얻으믄 되지 뭘 그려" 허믄 "인저 와서 영감 얻으믄 뭘 혀유?", "그러믄 넘으 거라두 훔쳐" 내가 그러지. 그러구 같이 웃어. "허허허" 허구.

(마) 내 맨날 넘덜 붙여 주구 이 지랄얼 허구 댕녔어.

(* 양석 : '양식'의 방언. 칭하 : '층하'의 방언. 지델러구 : '기대려고'의 방언. 지아려 : '헤아려'의 방언. 지법 : '제법'의 방언. 언성번성힜어 : 똑같지는 않으나 엇비슷하다는 뜻. 종신 치리 허구 : 종신 치례 하고. 인연을 맺어 죽을 때까지 매이게 되었다는 뜻.)

이것은 '뿌리깊은나무'가 간행한 민중 자서전의 하나로서 『마지막 보부상 유진룡의 한평생』을 주인공의 구술로 채록한 것인데, 때마침 유진룡(1916~1989, 74세에 별세)은 충남 당진 사람이다. 이 서사야말로 오갈 데 없이 이문구적인 것이다. 무엇보다도 (가) 부분이 '객담'인 점이 그렇고, (가)에서 (마)에 이르는 경로가 '객담'이 자기 귀환을 위한 갱도(坑道)에 이르는 경로라는 점이 그러하며, 능청맞게 몽유(夢遊)하는 해학의 솜씨가 그러하다. 한 인간의 체험이 사회 안에서 교육기관을 거쳐 어른에 닿기까지, 서양에서는 대략 근대적 교육기관들을 거쳐 역시 교육기관과 크게 다를 바 없는 직장을 얻기가 십상이다. 초등에서 중등·고등을 거쳐가는 이 교육기관은 예정된 질서이며 준비가 가능한 것이다. 그러나 인용문 같은 삶의 유형은 시종 환란과 시련을 거듭하면서 전혀 예정되어 있지 않은, 그러나 불가역적인 진로들을 거쳐 꼼짝없이 파란만장에 이른다. 이 파란만장을 치밀한 구성으로 엮어보고자 토막 내고 재조립해본들 이야기의 온전성만 파괴될 뿐이다. 이렇게 내부구조를 알 수 없는 구축물을 보여주는 방법으로 권위를 얻은 게 조감도인데, 그것이 예술형식으로 정착된 사례가 조선회화사를 빛낸 부감법이 아닌가 한다.

유진룡의 구술이나 이문구의 소설이 부감법을 취하게 된 이유를 작가의 스타일이나 개성에서 찾는 일에 나는 동의하지 않는다. 문학의 형식이 삶을 들여다보는 형식이라면, 삶의 관찰형식을 낳는 것은 삶의 형식일 것이다. 그것은 동일 집단의 구성원들이 오랜 문화적 집적을 통해서 만들어낸 환경의 산물이다. 가령, 서양인이 서울에 왔을 때 곧바로 들이닥치는 곳은 인사동이다. 그들은 가장 한국적인 장소를 먼저 찾으며, 그로부터 서울에 대해 인지하기 시작한다. 이 방식은 밀란 쿤데라가 유럽 최초의 소설들이 "무한해 보이는 세계를 편력하는 여행의 이야기들"이었다고 지적했던 현상에 그대로 조응한다. "사람들은 그들이 어디서 오는지, 어디로 가는지에 대해 전혀 알지 못한다. 그들은 시작도 끝도 없는 시간 속에 있는 것이고 아무런 경계도 없는 공간, 즉 결코 미래가 그치지 않을 유럽의 한가운데 있는 것이다."(밀란 쿤데라, 「세르반테스의 절하된 유산」) 그러나 시골 할아버지가 서울 구경을 할 때는 사정이 달라진다. 유럽인의 방식대로 하자면 시골에 대비한 서울의 정체성이 살아 있는 명동을 먼저 봐야 하겠지만 그럴 경우 시골 할아버지는 반드시 헤매게 되어 있다. 왜? 인식구조의 차이 때문이다. 할아버지는 당연히 '남산'으로 향해야 옳다. 그곳에서 서울이 한눈에 들어오도록 부감을 한 다음이라면 이제 골목골목을 누벼도 상관이 없다. 할아버지는 내내 남산에서 내려다보았던 기억을 기초로 해서 서울을 보게 될 테니까.

이런 특성을 혹자는 산업사회적 인식구조와 농경문화적 인식구조의 차이로 볼지 모른다. 그러나 초원이나 사막 혹은 유럽의 몇몇 도시들처럼 평지만 있는 고장에서는 '부감'이 세계인식에 그다지 보탬이 되지 않는다. 부감법은 고개문화의 산물로서 어쩌면 한국적 인식구조의 핵심을 차지하는 것인지 모른다. 한국인의 발길이 닿는 자리마다 반드시 세워지고 마는 '팔각정'을 보라. (나는 지금 이문구의 객담이 서사구조의 팔각정 역할을 한다고 주장하고 있다.) 한국인들이 자기의 대지를 발견하는 자리는 마을을 빠져나가면서 딛고 선 고갯마루이다. 그것은 가락으로서 〈아리랑〉이 조선의 대지와 생명체에 부응하는 것처럼 대부분의 한국인에게 고갯마루에서 세계를 발견하는 '인식의 경이(驚異)'를 반복 체험시키면서 심미적 인식의 방법으로 확립된 것이다.

한 소설가에게 속해 있는 이 같은 특징은 다른 어떤 작가에게서도 포착할 수 없고, 다른 형식들로부터 열쇠를 제공받을 수도 없는 거의 유일한 '전통 서사'의 모델로 보인다. 이문구는 꽤 많은 명편들에서 이러한 방식으로 제도화된 길들의 권위와 그에 대한 근대인들의 일방적 믿음을 무너뜨린다. 그 점은 내게 자꾸만 이문구를 다시 보게 만들고, 그곳에서 다시 출발하게 만든다. 그리고 이어서 이문구로부터 건강하게 멀어질수록 나의 시대에 다가가는 것이라고 믿게 만든다. 그런데 우리는 이문구로부터 멀어질 수 없다. 왜? 그는 여전히 이 시대의 안목 너머에 존재하기 때문이다.

6.

오늘날 우리가 민족문학론을 이야기할 때 가장 놓치기 쉬운 것은 그것이 지난날 우리에게 불러일으켰던 열정의 강도이다. 민족문학론은 처음에 자주적 근대문학을 확립하려는 노력으로 시작하여 점점 미의 영역을 벗어나 사회과학으로 치닫다가 나중에는 구호화되는 지점에 도달하였다. 이것이 문단 내부에서 진영으로서의 위세를 떨친 이후에는 자기심화와 시대적 갱신의 기회를 놓치면서 빠르게 낡은 것으로 묻혀갔으며, 작금에는 도덕성만을 앞세우는 오만과 옛 훈장만 자랑하는 퇴행적 느낌까지 준다. 상업주의가 의도하는 '낡은 것과 변별되는 새로움'의 희생물이 되기에 너무도 적절한 형태로 추락해간 것이다. 그리하여 '제3세계문학'으로서의 민족문학에서 '포스트콜로니얼 문학'으로서의 민족문학으로, 다시 건강한 의미의 '세계시민문학'으로서의 민족문학으로 이월해가는 경로를 잃었던 것은 뼈아프기까지 한 일이다. 바로 그러한 시기에 예외적 필연의 길을 이야기할 수 있다는 것은 얼마나 감개무량한 일인가.

나는 기대한다. 우리의 상상력은 60년이 넘는 분단의 질곡이 강력히 규제하고 있어서 시간적으로도 공간적으로도 다 막혀 있었지만, 그런 폐쇄적인 환경에서도 한국 소설미학에 대한 외부적 간섭은 절대적이었다. 때로는 탈식민주의 담론조차도 외세의 위용을 빌려 토착의 정신들을 괴롭혔다. 그리하여 매 시대마다 지배자의 용모를 기준으로 미적 모델이 바뀌었지만 여우와 두루미의 우화에서 보듯이 예술은 자연의 용모를 닮는 게 순리일 것이다. 아무리 생각해도 미의 본질은 자연으로부터 나와서 문명의 먼 곳으로 진화해가는 것 같지만 자세히 보면 그 방향이 다시 끝없이 자연을 향한다. 탈주와 회귀가 한 동작을 취하는 셈이다. 나는 최근 전성태의 소설적 행보가 그것을 증명한다고 본다.

> (가) 나도 젊어서는 가축들을 몰고 초원을 떠도는 유목민이었지요. 네 살 때 말 등에 오른 후 초원의 아이들이 그렇듯 내 길은 정해져 있었습니다. (……) 장작을 패는 나의 노동이, 늑대를 좇는 동행이 벌이가 되었습니다. 그뿐입니까. 게르 천창으로 빛나는 별과 스미는 달빛이, 지나는 바람과 내리는 눈이 돈의 현영(現影)처럼 손님들을 끌어왔습니다.
> (나) 오늘 오정에는 목자 하나가 핏발 선 눈으로 찾아왔습니다. 간밤에 길 잃은 제 양 네 마리가 늑대에 물려 죽었노라 하였습니다. 문밖을 내다보니 목자의 말 잔등에 사냥총이 걸려 있더이다. 그믐이니 살생을 금하라 이르고 돌려보냈습니다. 나는 그에게 살생 허가를 내준 거나 다름없습니다. 그믐만 피하면 늑대를 죽여도 좋다고 말한 셈이지요.
> (다) 사업을 해보면 알겠지만 국가권력이라는 게 얼마나 거추장스럽습니까. 울타리입니다. 국가가 없어지면 얼마나 좋을까, 생각한 적이 한두 번이 아니랍니다. (……) 나는 몽골에서 식어버린 열정을 다시 찾았습니다. 서커스는 망해버린 사회주의 체제가 남긴 가장 빛나는 유산이었습니다. 나는 왠지 그 고전적인 사업이 마음에 들었습니다.
>
> _ 전성태, 「늑대」

(가)는 몽골 촌장의 고백이고, (나)는 스님의 발언이며, (다)는 한국인 사업가의 말인데, 동일 공간에서 다중 시점으로 펼치는 고백체 형식을 한 이 소설은 한국적 탐욕이 몽골의 초원을 망가뜨리는 과정과 대지의 신성한 순환운동의 일부이던 유목민이 세계시장경제체제에 포섭되는 과정에서 마음의 안정과 평화를 잃고 방황하는 모습을 그린다. 전편의 문장

이 몽환적일 만큼 서정적인 미문들로 채워져 있지만, 사실 타락한 체제와 위엄을 잃어가는 개인 간의 모순을 통해 작가는 21세기적 실존형식에 대해 격렬한 질문을 던진다. 국적과 문명형식이 서로 다른 등장인물들이 교차할 때마다 치열하게 마찰되는 것은 문화적 가치들 간의 충돌이다. 더욱 재미있는 것은 그것이 오늘날 우리가 처한 문화적 상황을 절묘하게 은유한다는 점이다.

자본주의는 모든 것에 가치를 부여할 수 있으며, 그것은 동일한 단위(화폐)로 측정할 수 있다는 인식 위에 성립한다. 세계시장경제체제에서는 '동일한 것'은 세계 어디에서도 동일한 가치를 지닌다는 '가치일원화'의 힘이 작용한다. 이 '가치일원화'에 대한 반발심이 '문화다양성'을 추구하는 힘이기도 하지만, 그렇다고 민족문화나 지방문화의 고유성과 개별성을 무한정 주장하는 것만으로는 지구 사회의 전체 상이 보이지 않는다. 이 소설에서 확인되듯이 (가) (나) (다)의 화자뿐 아니라 현행체제의 국외자로 놓여 있는 또 다른 화자들까지가 모두 하나로 연결되어 있다. 까닭에 문화상대주의의 모순도 바닥이 드러난다. 모든 문화는 그 사회의 맥락에서 이해되고 평가되어야 한다는 이면을 이문화(異文化)가 공유할 것이라는 보장이 없다. 자문화 절대주의를 표방하는 이문화가 공격해올 때 문화상대주의는 공격자의 문화를 존중하면서 자문화를 방어하기 위해 그것을 파괴해야 하는 모순에 빠진다. 이러한 문화상대주의를 극복하기 위해 '다양성에서의 일체성'을 모색해야 한다는 주장도 있으며, 인간중심주의적인 환경관에서 탈피하여 식물이나 곤충, 물고기에게도 인간과 대등한 혼이 있다는 것을 인정하고, 그 전체성과 유기성 안에 인간을 자리매김하려는 생태학사상도 제기될 수 있다. 이것이 동일 공간에서 다문화가 섞이는 이 시대의 환경이다.

전성태는 바로 이 같은 문제의식이 살아 있는 야생의 현장을 무대로 하여 언젠가 김소진이 추구했던 미학적 자의식을 작동시킨다. 초원을 만난 우리말은 풀빛에 비끼는 햇살처럼 눈부시다. 그리고 행간에 잔뜩 고개를 숙인 서사전개 양식에서 우러나오는 매력과 아름다움은 '당장에 독자를 아찔하게 하는 성질의 것'이 아니라 오히려 차분히 젖게 하는 것이다. 전성태의 소설에서 '깜짝쇼'와 같은 놀라운 기술을 기대하는 것은 이상한 일이다. 말은 소리가 높다고 효과가 큰 것이 아니다. 언어에는 통달적 정보적 기능 외에도 정서적 기능, 그리고 감화적 기능이 있다. 비록 이 문구와 같은 발어사(發語辭)가 생략되어 있기는 하지만, 최대한 여백의 언어를 활용하고 있으며, 발설된 말들도 운용의 묘를 살려 직접적 표현보다 완곡한 우회의 표정을 한다. 조선 투 문장이 가장 21세기적인 서사와 조우한 예가 아닐 수 없다. 이 안정된 곰삭임의 미학이 빛을 발하는 이유로서 나는 '예외적 필연'의 현상을 제시하고자 하며, 그것은 다시 시간의 마술이 빚는다고 말하고 싶다. 시간은 자연의 힘이 그렇듯이 권력이 훼손한 것들을 끝없이 복원시킨다.

새로운 연대를 꿈꾸며

우리는 세계 속의 무엇이 되어야 하는가? 이것은 한국 근대문학의 중요한 숙제 중 하나였다. 과거 아시아 · 아프리카 · 라틴아메리카 작가연대가 냉전시대의 산물이었다면 '2007년 아시아 · 아프리카 문학 페스티벌(전주)'이 희망한 것은 그런 진영적 블록화와는 성격을 달리한다. '베트남을 이해하려는 젊은 작가들의 모임'이 출현한 1994년 이후 많은 변화들이 있었다. 이라크전 때는 소설가 오수연 씨가 반전평화작가로 파견되기도 했고, 2004년 5월에는 광주 망월묘지에서 팔레스타인, 이라크, 베트남, 몽골 등 5개국 작가들이 모여서 아시아 작가들의 선언을 채택하기도 했다. 이후 '팔레스타인을 잇는 다리', '아시아문화네트워크' 등 여러 개의 단체가 출현하면서 아시아 · 아프리카 작가들의 연대가 시작된다. '시장과 이윤 확장의 세계화'가 아니라 '정신적 가치 확장의 세계화'로서 지구촌 동병상련의 연대를 의미하는 이 연대는 한마디로 진정한 세계시민연대를 이루자는 것이다. 지상의 모든 문학이, 자신들이 만들어온 지역적 역사적 근원과 현실의 관계망 속에서만 문제를 구성하고 욕망을 확장할 뿐 가장 가까이에 있는 '자기'와 '타자'와의 관계를 동시적인 운명으로 받아들이지 못하고 있는 상황에서 아시아 · 아프리카 작가들의 만남은 새로운 문학적 열정을 만들어낼 수 있다. 오늘날 문화적 흥행의 주류를 형성하고 있는 듯이 보이는 탈정치적 현상들은 금세기의 미디어들이 실시간으로 확인시키고 있듯이 삶의 진실, 세계의 진실에 전혀 값하지 못한다. 인간이 단지 자신의 영혼의 괴물들하고만 싸우는 존재인 것처럼 믿게 하는 온갖 현란한 정신사조들을 흔들고 싶은 충동이 이 글을 쓰게 했다.

변두리가 중심을 구할 것이다

1. 세속 질서의 바깥에서

작가에게 제1의 조국은 언어이다! 세계의 유수한 작가들은 자신의 정체성을 언제나 이렇게 비(非)체제적인 것으로 규정해왔다. 한국문학에서도 한때 "작가는 하나의 독자적인 정부"라는 언술이 유행했었다. 작가가 국가에 소속된다고 말하지 않고 언어권에 속한다고 말할 때 생기는 이미지는 세속 사회의 불평등이 그곳에는 없을 것 같은 느낌을 준다. 사실이 그렇다면 문학에서 '약자들이 힘을 모으는 것'을 연상시키는 연대 따위를 소망하는 것은 이상한 일이 된다. 서로 다른 집단에 속하는 작가들이 어떤 정치적 과제를 해결하기 위하여 힘을 모은다는 발상 자체가 우스운 것이다. 그 목적이 설령 평등이나 평화, 혹은 그보다 더한 가치에 있을지라도 모든 정치적 움직임의 본질은 인간을 구속하는 질서를 만드는 것이요, 문학은 거기에 묶인 개개의 영혼을 해방하기 위해서 존재하는 까닭이다.

지상의 모든 작가들이 각자의 감성과 직관의 더듬이로 세계를 감지하고 언어로 직조하는 일을 자연스럽게 할 수 있다면 그들의 존재방식 역시 자연 속의 한 사물이 놓이듯 하면 될 것이다. 그러나 아무도 그것이 실체적 진실에 부합한다고 생각하지 않을 것이다. 가령, 2000년 9월 서울에서 대산문화재단이 주최한 국제문학포럼의 발제문만 해도 그렇다. 「문학의 세계화의 길, 노벨문학상」을 발표한 파스칼 카자노바는 노벨문학상이 "거의 백여 년 동안" "문학 분야에서 우수성의 절대적인 기준"처럼 여겨져 온 사실을 지적하면서, 이 상이 국제사회에서 한 작가의 작품을 인정하는 동시에 한 국가의 문학을 알리는 이중의 승인 역할을 해왔다고 말한다.

과학자를 기념하여 제정된 상이 공교롭게도 문학의 보편성을 재는 척도로 사용되는 것은 역설적이지만, 이 제도의 유용성은 의심할 여지가 없다. 확인해보면, 스웨덴에서 제정된 상이 유럽 무대를 넘기 시작한 것은 1920년대부터이다. 미국이 노벨문학상 수상 국가의 반열에 드는 게 1930년, 라틴아메리카에 영예가 돌아가는 게 1945년, 유럽과 아메리카라는 제한된 회로를 벗어나는 것이 1960년대 후반이었다. 1968년 일본의 가와바타 야스나리가 수상하면서 아시아문학이 합류하고, 1986년 월레 소잉카가 수상자로 지명되면서 아프리카문학이, 또 1988년 이집트 출신의 나집 마흐프즈가 수상하면서 아랍권이 가세한다. 이로써 지상의 모든 작가가 훌륭한 작품을 쓴다면, 얼마든지 이 제도의 도움으로 지상의 독자 모두를 향해 발언할 수 있는 기회를 얻게 되는 셈이다. 그리고 이 상은 다이너마이트를 발명한 사람의 이름을 달고 있는 문학상답게 그 수혜자에게 여러 대륙의 도서 시장에서 연계 폭발하는 파급력을 선사함으로써 인류의 문학으로서 보편성을 보장받는 유일한 인정 제도의 힘을 유감없이 발휘하고 있다.

　　그러나 바로 그 때문에 문제가 되는 것이 있다. 파스칼 카자노바가 말하듯이, "세계적으로 보편성을 인정받기 위해서는, 아무리 중심권에서 멀리 있다 해도, 보편화될 수 있는 모델에 적합하게끔 하는 수밖에" 없다는 점이다. 노벨문학상으로부터 보편성의 범주를 인정받지 못한 '문학소국'의 작가들이 세계 도서 시장의 오지를 벗어나는 길이 얼마나 멀고 험한지는 설명하기 어렵다. 식민지화 시대에 유럽식 기준을 강요당했거나 소수언어 사용 국가, 신흥 민족문학, 소수어권 작가들이 세계 도서 시장에 입장하기 위하여 필수적으로 겪어야 하는 일, 즉 번역 출판상의 문제를 비롯하여 '보편화될 수 있는 모델'을 확보하는 과정에서 깨닫게 되는 유럽적 보편성의 특권적 지위는 거의 절대적인 것이다.

2. 문학 소국들

지구를 지배하는 엘리트들의 문화는 '변두리적인 것' '주변적인 것' '비정전화된 것'의 가치를 부정하는 틀걸이로서 마치 군주제가 정치형식의 중심이었던 것처럼 제국의 문화적 기획의 중심에 위치한다. 그리고 그것은 지금 이 순간에도 미국식 생활방식을 지상의 모든 약소 문화를 압도하는 위력적인 모범으로 만들고 있다. 세계의 거의 모든 문화들이 미국적 문화에서 파생된 '비즈니스문명'의 특성을 띠게 되고, 미국 대중문화는 어느 나라 사람이나 동경하는 만국 공통의 소비모델로 작동한다. 문제는 이것이 당대의 문화가 생명영역과 좀더 조화되도록 반성하는 것을 심각하게 방해한다는 점이다. 그러나 어떻게 물질적 힘의 크기로 문화소국이 결정될 수 있다는 말인가?

아시아, 아프리카, 라틴아메리카의 가난한 나라에서 활동하는 음악가, 사회비평가, 정치가들은 다국적 사운드의 대량유입이 자국 예술가들의 고용 기회를 봉쇄할 뿐만 아니라 전통적인 음악마저 소멸시켜버릴 것이라고 우려하고 있다.

"가장 오지에 있는 마을에까지 카세트테이프들이 뚫고 들어오고, 전통음악을 들을 기회는 거의 없는 현실을 감안할 때 나는 10년이나 15년 후에 사람들이 이런 싸구려 음악에 길들여질까 봐 두렵다."

스리랑카의 한 음악인이 한 이 말은 전 세계의 저개발국가 사람들이 느끼는 불안을 전형적으로 보여준다. 그들이 두려워하는 것은 기업적으로 만들어진 음악 상품들이 수백 년, 혹은 수천 년 전부터 내려온 전통음악을 완전히 소멸시킬지도 모른다는 것이다.

"우리 민족이 아무리 작다 해도 우리는 아직 노래하고, 반주하고, 시를 읊고, 춤을 추는 나름대로의 방법을 가지고 있다. 우리는 세계문화에, 작지만 뚜렷한 기여를 할 수 있다. 그러나 이 모든 것을 잃어버릴 가능성이 있다."

_리처드 바넛 · 존 캐버너, 「세계문화의 획일화」, 『위대한 전환』

이와 똑같은 두려움이 약소 언어에서도 일어나고 있다. 한 조사에 의하면 세계 인구의 대다수가 사용하는 언어는 몇 되지 않는다. 1억 명 이상이 사용하는 언어는 중국어, 스페인어, 영어, 벵골어, 힌두어, 포르투갈어, 러시아어, 일본어 등 여덟 가지이고, 그 사용자는 24억 명에 이른다. 또한 세계 인구의 절반 이상이 상위 스무 가지 언어를 사용하며, 세계 언어의 단 4퍼센트가 세계 인구 96퍼센트를 차지하고 있다. 그 결과 20세기에 6천 개에서 7천 개에 이르렀던 언어가 지금은 3천 개로 줄어버렸다. (데이비드 크리스털, 『언어의 죽음』 참고)

사람들은 이러한 언어 생태계의 파괴가 그 자체로 생명의 위협이 된다고 생각하지 않는다. 하지만 언어는 문화의 한 요소일 뿐만 아니라 모든 문화활동의 토대요, 모든 민족어는 사실상 모든 민족문화의 주거지이다. 그런 까닭에 우리는 민족정신의 대부분을 언어에서 추론하고, 에머슨이 말했듯이 "언어는 수백 년 내려오는 동안 설득력이 강한 개인들이 저마다 돌 하나씩을 쌓아올린 일종의 기념비"임을 인정한다. 약소 언어들이 항구적 수난과 시련 속에 놓인 것을 누군가가 당연하게 생각하든 말든, 일단 어휘가 부족하여 사용자들이 몸짓을 덧붙여야 하는, 그래서 어쩌면 어둠 속에서는 의사소통이 되지 않을 수도 있는 언어, 구조적 안정성이 결여되어 있거나 추상용어를 구상할 능력이 없는 언어, 심오한 지성적 미적 표현을 할 수 없는 언어란 없다. 어떠한 언어든 한 민족의 의사전달이 그들의 역사를 통틀어 정제된 것이며, 그것은 분명 자신의 과거를 형성하는 사건들을 문장 속의 문법과 어휘를 표현함으로써 역사를 보관한다. 까닭에 "자신의 언어를 잃으면 자신의 과거로부터 격리"될 것이 자명하다.

3. 냉전시대의 기억

'겨레말큰사전' 측(2005년 남과 북에서 공동편찬위원회가 구성되었다)에 따르면 한국어는 열세 번째의 크기를 가진 언어이고, 대략 1억 명에 육박하는 인구가 소통하고 있다. 남한에 4천5백, 북한에 3천, 중국에 8백만,

일본 · 러시아 · 미주 등지에 2백만, 나머지는 한국어 전공자들이다. 지구 인구의 60분의 1에 가까운 숫자가 최소한 김소월의 시와 같은, 고난도의 교감 언어를 알아듣는 공동체를 형성하고 있다는 사실은 한국어의 능력을 증명하는 훌륭한 자료가 될 것이다. 더욱이 한글을 창제했던 조선조는 무려 5백 년사를 시적 자질을 측정하여 관료로 등용하고, 통치에 참여시켰다. 당연히 한국어에 엄청난 미학적 경험이 축적되었을 것은 분명하다.

그런데 한국문학은 자신들의 언어가 과연 보편성을 얻을 수 있는지에 대해 상당한 회의에 시달려왔다. 교과서에서 누누이 강조해온 과도한 한글예찬론은 어떤 측면에서 콤플렉스의 또 다른 반영으로 받아들여지기도 했다. 한국문학이 변방의식을 갖게 된 것은 중원문화와의 관계에서 유래가 시작되어 식민지적 상황에서 결정적으로 심화되었다. 일제에 의해 시작된 강압적 근대화는 우리 문학이 겪은 최대의 수난 가운데 하나였다.

정복자가 피정복민들에게 자신의 세계관을 강요하는 경우에, 피정복민들이 강요된 종교적 · 정치적 개념을 진실로 자기 것으로 만들 때까지 정복국가의 문화는 피정복민의 문화 위에 이질적으로 포개져 있을 뿐이다. 세계에 대한 새로운 비전이 대중이 공유하는 믿음과 공통의 언어로 변하지 않는 한, 사회가 스스로를 인식할 수 있는 예술이나 시는 탄생하지 않는다.

_옥타비오 파스, 『활과 리라』

옥타비오 파스의 말은 한국문학사가 왜 민족문학운동을 필요로 하게 되었는지를 이해할 수 있게 한다. 문화흡수 과정이 어느 정도 진행 중인 공동체가 자기의 민족어를 업신여기는 사례는 수없이 많다. 태어날 때부터 자기 자신의 언어를 부끄럽게 여기고 불신하는 사람은 없다. 그렇다면 이는 어디에서 생겨난 태도일까? 한국 작가들이 국제적 감각을 습득하기 시작한 것은 한국전쟁을 겪은 후 유럽의 전후 작가들과 정신적 유사성을 확인하면서부터요, 새로운 민족문학운동을 펼치기 시작한 것은 4·19 학생혁명을 거치고 난 후부터이다.

보편성에 집착하는 사람들이 가지고 있는 심각한 편견의 하나는 제3세계의 민족문학이 보편성 때문에 제기된 사실을 망각하는 것이다. 한국에서 아시아·아프리카 작가회의에 대한 관심이나 제3세계문학론이 민족문학운동과 함께 성장했다는 것은 주목할 일이다. "민중이 자기가 발붙이고 사는 지역, 숨 쉬고 사는 나라에서 자기 자신이기를 그만두고 다른 우세한 문화에 동화되려 할 때 문화적 빈곤은 결정적으로 된다"(「AALA 문화회의 기록:민중문화와 제3세계」)는 문제의식을 가진 진보적 국제연대의 결정체인 AALA 회의에서 한국 측 참가자(심우성)는 "민중예능의 새로운 창조가 한반도를 통일하는 지름길이 되리라"는 기대와 "가장 독창적인 것 혹은 민족적인 것은 결국 국제적·세계적"이라는 인식을 보여주는데, 이러한 주장이야말로 민족문학론 그 자체라 할 수 있다.

어쨌든 1980년대의 아시아·아프리카 작가연대는 제3세계의 예술가들에게 상당한 수준에서 국경을 넘는 상상력을 안겨주었다. 한 일본 참가자의 말이 그 범위를 짐작하게 한다.

우리가 아시아·아프리카문학을 읽어보면 대체적으로 말해서 다음의 세 경향을 들 수 있지 않을까 생각합니다. 그 하나는 한국의 김지하, 팔레스티나의 카산 카나파니의 시나 소설과 같은, 가혹한 상황 속에서 생겨난 격렬한 항의를 지닌 진지한 작품입니다. 둘째로는 전승이나 신화·민요 등 구전 전통예능을 포함한 그 지역이나 민족에게 고유한 문화를 현대의 시나 소설이나 연극 속에 활용함으로써 제3세계의 민중문화에 고유한 가치관을 표현하고, 그로써 신식민주의 문화에 대항하면서 과거의 서구문학을 극복하는 문학입니다. 응구기의 작품도 이러한 문학이라고 생각합니다. 셋째로, 민중이 가진 희극적인 표현이나 풍자나 해학을 표현함으로써 민족적인 동질성과 개성을 추구하면서, 그 우주관과 자연관도 표현하여 민중에게 널리 읽히는 문학입니다.

_「제2분과회 작가의 역할」

그러나 여기서 읽히는 저항과 민중전통 일색의 분위기는 시대적 한계를 반영하는 것이다. 세계는 상상력의 원천적인 샘이자 예술의 저수지이다. 당시 세계는 냉전기의 절정에 접어들어 있었으며, 모든 흐름이 자본주의적인 것들과 사회주의적인 것들로 나뉘어 있었다. 게다가 한국문학은 이때까지도 국가적·민족적 내홍에서 벗어나지 못한 상태였다. 이내 아시아, 아프리카, 라틴아메리카 작가들의 연대적 움직임이 중단된 것은 안타까운 일이다.

4. 새로운 경험의 확장, 새로운 공간의 확장

새로운 세기가 가져다준 세계화는 비단 시장경제체제뿐만 아니라 예술을 포함한 모든 문화활동 역시 세계적인 맥락에서 이루어져야 한다는 인식의 전환을 가져다주었다. 그것은 이미 작가 개개인의 내부에까지 와 있다.

현실이 지역을 뛰어넘어 버렸다. 이라크 전쟁이나 북한의 대포동 미사일 같은 골치 아픈 문제만이 아니라, 먹고 노는 행복도 일국적, 지역적으로 해결되지 않는다. 세계가 마구 얽혀버렸다. 한국의 현실에 대해 쓰려는 작가들은 세계적 현실 또한 의식하지 않을 수가 없다고 나는 생각한다.

_오수연, 「무엇을 번역해서 내보내고 들여올 것인가」

지금 한국의 작가들은 사회 내부에서 발현된 다양성과 거대한 흐름으로서 세계화가 몰고 온 다양성이 만나고 충돌하는 시공간에 서 있다. 그리고 개인의 삶이 차지하는 무대의 크기, 시간적·공간적 범위가 확장되면서 생겨나는 사회구조적 문제들과 마주치는 중이다. 세계 도처에서 전쟁의 상처를 확인하고, 땅에서 쫓겨난 사람들로 구성된 끔찍한 빈민가를 보며, 제3세계 전역에서 가족이 해체되고, 시골이 사람들에게 버림받고, 사회적 안정이 파괴되는 것을 목도하고 있는 것이다.

세계화 문제를 둘러싼 기회와 불평등의 관계, 또 사건들이 가져다주는 사회구조적 문제들이 개인의 삶에 미치는 영향은 크다. 가난한 국가들에서는 실업률이 매우 높으며, 간신히 일자리를 찾은 사람들은 선진국 노동자들의 수입에 비해 형편없는 보수를 받고, 그것도 모자라 '가난한 사람들의 대이동'이 줄어들 기미가 없다. 그리고 그러한 구도 속에서 지상의 부는 늘어가고 생산력은 확장되는데, 그 희생자인 압도적 다수의 삶은 방치되는 것이다. 새로워진 만큼의, 또 커진 만큼의 '나눔'에 대한 대책과 복지 같은 게 발달해야 하는데 인문학은 위기에 들고, 추상적 가치는 낡은 것이 붕괴되는 만큼 새로운 것이 들어서지는 않는다. 노동력의 세계적 이동, 그리고 그것을 가로막는 장벽, 또 이동하는 노동력을 선별적으로 관리하여 차등과 핍박을 주는 국가나 정당들을 둘러싸고 많은 일들이 일어나는데 그에 대한 문학적 관심이랄까 통찰이랄까 반응이랄까 하는 것들은 수준미달이다. 이것이 오늘날 한국의 작가들로 하여금 이웃 나라의 작가들과 동병상련을 나누게 하는 내용이다.

그리고 또, 변화된 세계는 무엇보다도 중요하게 한국의 작가 자신들이 세계시장경제체제의 오지에서 활동하고 있는 사실을 확인시킨다. 지구촌의 대부분이 세계시장경제에 흡수된 상황에서 오지의 작가들이 세계자유무역주의가 발휘하는 가공할 힘 앞에서 느끼는 무력감은 크다. 가령, 낙후된 사회 하나가 세계시장경제체제의 일부로 통합되면 촌락공동체를 감당하던 장터도 거대 자본이 기획하는 백화점으로 옮겨간다. 재래시장에서 물건을 구하던 주민들도 대형 마트나 백화점의 고객이 되고 세계자유무역지대의 문화를 누리는 시민으로 변한다. 20세기의 마지막 몇 년 동안, 정치적 시스템과 기술 및 자본의 부족 때문에 세계경제체제와 분리되어 있었던, 중국, 인도, 베트남, 방글라데시, 구소련 영토 국가들에 속했던 40억 인구도 세계시장경제 안으로 들어왔다.

이렇게 커진 시장이 문학에 미치는 영향이 있다. 시장이 작은 곳에서는 브랜드 가치가 절대성을 갖지 않지만, 시장이 커지면 반드시 브랜드에 의한 지배 현상이 생긴다. 이 현상은 노골적인 상업주의적 경향을 만연시켜 오늘날 문학의 진정성을 해체하는 주범으로서 금세기의 미학을 변질시키는 가장 결정적인 요인이 되고 있다.

5. 새로운 관계와 연대감을 위하여

현존하는 지배적 구조에 맞서는 대안적 구조는 현존 구조의 내부에서 자라게 된다. 세계화가 지구촌 전체를 향해 전일적으로 진행되면서 거기에 저항하는 또 다른 종류의 세계화도 동시에 싹터서 진행되었음은 물론이다. 한국 작가들의 문학적 열망도 그러한 경향 속에서 출현하고 있다. 이를테면 민족문학작가회의는 2004년부터 새로운 미학적 모색의 길을 "지역정신의 건강성을 모아서 북의 조선작가동맹과 손을 잡고 아시아 연대 틀을 확보하여 아시아·아프리카 작가회의로 가고자 한다"고 공표하였다. 오늘의 현실에서 문학을 하는데 왜 '지역정신의 건강성'이 제기되고, 굳이 '조선작가동맹'을 만나려 하며, 나아가 '아시아 연대 틀'이 필요하다는 것인가?

그 하나는 지역정신이자 토착정신의 필요에서 찾을 수 있다. 세계화의 거대한 조류는 지구촌의 다양한 문화들이 쉽게 교류할 수 있는 가능성을 열었지만 한편으로 각 민족·국가·인종 들의 문화적 정체성을 희석시켰다. '세계화'라는 용어는 불가피하게 '글로벌 스탠더드'를 생각하게 만들며, 이는 지상의 문화를 획일화한다. 그럴수록 작은 도시와 마을에 생기와 활기를 불어넣기 위한 문화적 에너지가 필요할 것이나 자신이 겪고 있는 세계를 저항적으로 작품화하는 작가들은 출현하지 않고 있다. 이는 자기 고유의 로컬리티를 세계의 보편적 양식으로 제출하는 고민들이 성숙하지 못했다는 것을 의미한다. 시장은 따라가면서 그 가치는 따라가지 못하는 현상인 것이다.

둘째, 한국문학은 나날이 민족어의 달인들을 잃어가고 있다. 10여 년 전까지만 해도 부족방언의 마술사라 불릴 만한 작가들이 여럿 있었다.

고유의 미학을 잃게 하는 주범 중 하나가 분단이다. 한국어 공동체를 관리하는 정부가 두 개라는 사실은 언어 역시 반쪽밖에 사용할 수 없도록 한다. 두 개의 정부에서 서로 대립되는 정책이 나오고, 이것이 또다시 언어를 변질시키며, 마침내 심각한 이데올로기의 충돌로 인한 언어의 살해 현상을 불러일으킨다. '원양어선'을 '먼바다 고기잡이배'라고 했다가 화를 입은 이광웅 시인의 '오송회사건 취조체험'이 그렇듯이 한국의 정치현실이 언어에게 가하는 폭력은 심각하다. 또한 남과 북에서 서로 대결 의지를 높여온 위정자들이 반공정책과 반자유주의정책을 강제한 결과 억압에 의한 언어의 자살현상도 극심했다. 그리하여 한국문학은 20세기에 불행하게도 문화의 원형에 대한 감수성을 파괴당하고 망각했으며 전승하려는 노력마저 별로 하지 않았다. 한국문화의 원형에 속하는 것들 중 이상하게도 오늘날 남과 북에서 살아남은 것은 다분히 이데올로기적인 것뿐이다.

셋째, 유럽의 보편성이라는 가치가 아시아의 문학소국들에게 안겨준 문화폭력의 역사가 어제 오늘에 형성된 것은 아니다. 그리고 그 속에는 아시아의 역사가 있고, 비슷한 경험에서 도출된 정신적 유사성이 있다. 특히 문화는 우리가 사는 마을처럼 한 집에서 불이 나면 모든 지붕들이 위험에 놓인다. 미학적 세계질서의 야만성은 한 시대의 미적 준거 틀을 자꾸만 지배자의 용모로 대체하려 한다. 그러나 무엇 때문에 개개 미학을 준거하는 틀이 지배자의 용모에 있어야 하는가? 자아와 세계는 달팽이와 달팽이 껍질처럼 결속되어 있다. 나의 육체를 조각한 것은 자연이요, 내게 마음의 안정과 평화를 주는 것은 나를 낳은 자연의 용모이다. 변덕스런 기후와 극심한 추위와 건조한 토양이 형성시킨 피부색과 광대뼈와 짧은 목, 납작한 코……. 나의 신체에 기록된 이 지울 수 없는 대지의 그림자야말로 내 문학의 유일한 준거 틀이 아닐 수 없다. 불행한 역사의 경험 속에서 부서진 자아의 껍질들을 다시 모으기 위해서 우리는 무엇보다도 먼저 종족적으로, 또 문화적으로, 나아가 역사적으로 동일한 경험을 가진 사람들의 연대틀을 확보해야 한다.

6. 소외된 것들이 주류를 구원하리라

지상에는 수없이 많은 자연과 종족이 있으며, 그 일원인 인간에게는 각기 마음의 안정과 평화를 느끼는 '고유문화'가 있다. 예전에는 나라를 벗어나면 자국의 문화로부터도 격리되어야 했지만 지금은 국적이 바뀌어도 문화는 바뀌지 않는 시대가 되었다. 갈수록 문화적 향기로 정체성을 형성하고, 그것을 바탕으로 지구촌의 주인이 되며, 또 다른 이웃들과 마음을 소통하고 이해를 넓히는 시대, 이제 인류는 국토를 함께 누려서가 아니라 동료애를 함께 나누어서 뜨거운 공동체를 이루는 시대로 옮겨온 것이다.

그렇다면 지금 우리에게 필요한 것은 무엇인가? 죽었던 강들이 살아나고, 사라진 새와 물고기들이 돌아오는 것처럼 소수민족의 문화, 소수언어의 미학들이 소생하며, 지구촌을 형형색색으로 물들인다면…… 그리하여 세계화가 전일적 지배체제를 꿈꾸는 강대 문화의 전횡에 휩쓸리는 게 아니라 모두의 울타리를 무너뜨린 대신에 각자의 개성을 되살려놓는 방향으로 진행된다면…… 나는 이렇게 전면적으로 산업화가 가능하고 전부 유통질서로 구조화되는 시스템에서 장사가 안 되는 것, 버려진 것, 그런 쪽으로 소외된 것들이 거꾸로 주류적 현상들을 구원하는 힘이 될 것이라고 생각한다. 그리고 내게 『아시아』는 바로 이러한 희망의 통로로 자리해 있다.

제3의 목소리들

인터뷰 _ 정은경(문학평론가)

「라이브러리 & 리브로」에서 준비한 '제3의 목소리' 작가 시리즈의 첫 인터뷰에 응해주셔서 고맙습니다. 선생님께서는 시와 소설도 쓰시고, 문예이론가, 문예운동가로도 활동하신 걸로 아는데요. 글로만 멀찍이서 뵙다가, 한국작가회의 사무총장 시절에 직접 뵈었습니다. 그때 굉장히 많은 일을 하셨지요. 남북작가회의, 아시아 아프리카 문학페스티벌 등……. 아시아 아프리카 문학페스티벌 때에는 저도 직접 참여했는데, 역시 김형수 선생님다운 기획이라는 생각이 들었습니다. 비주류적 삶과 문학에 특히 관심이 많으신 것으로 압니다. 민중시, 시골 장터 삶의 소설적 형상화가 그 예라고 하겠습니다. 또 그것과 관련한 선생님의 비평 「변두리가 중심을 구원할 것이다」라는 글을 읽은 적이 있습니다. 비주류, 변두리에 주목하는 특별한 이유가 있을까요?

작가 개인의 정신적 독립성이랄까, 그런 게 작가정신의 중요한 가치로 얘기되잖아요. 저도 그것을 굉장히 중요하게 생각합니다. 개체의 독립정신 같은 것이라 할 수 있는데, 저는 그걸 주류보다는 비주류, 중심보다는 변두리에 서 있을 때 더 많이 느끼는 것 같아요. 제 성장기가 그쪽에서 이뤄져서 더욱 그런 것 같습니다.

2000년대 들어서 국제적 규모의 문학 행사들, 그리고 세계문학 담론이 유난히 많았습니다. 국제문학포럼, 한중일문학포럼 등등. 그런데 아시아 아프리카 문학페스티벌은 여타의 세계문학 행사하고는 조금 다른 느낌이 강했거든요. 특히 학술 심포지엄에서 디아스포라 · 언어 · 여성 · 평화 · 특별 분과 등으로 나누어 진행한 것도 그렇고요. 다른 세계문학 행사하고 변별점이 있다면 어떤 것인지, 혹은 공통된 점이 있다면 어떤 것인지요?

제3세계, 주변부, 이런 것들이 낡은 용어이긴 한데, 오늘에 어울리는 용어는 좀더 찾아보기로 하고, 하여튼 그것의 의미랄까 가치에 대해서 제가 각별한 관심을 갖는 건 사실입니다. 최근 코펜하겐에서 열린 기후변화 논의를 보더라도 중심부 사회에서 나오는 소리들은 영 미덥지가 않아요. 지구 공동체가 처한 아주 중요한 숙제를 바라보고 해결하려는 의지, 문제의 심각성을 인지하는 방식을 보면, 역시 주류의 눈으로는 안 보이는구나, 그쪽에 기대하긴 어렵겠구나, 하는 생각이 듭니다. 빛 안에 있는 자는 빛밖에 못 보지요. 그러나 어둠 속에 있으면 빛과 어둠을 함께 봅니다. 빛 안에 서면 눈이 멀고 어둠 속에 있어야 눈이 밝아진다는 것을 저는 작가들에게도 적용하고 싶어요. 주류가 되려고 노력하는 작가들보다 어둠 속에서 꿈꾸는 자의 눈을 더 신뢰해야 할 충분한 이유가 있다는 것입니다.

빛과 어둠이라는 비유가 인상적인데요. 그러나 사실은 문학적으로 성공한다는 것은, 어쩔 수 없이 주류로 편입된다는 것인데, 어둠 속에 계속 머물 수 있을까요?

제가 생각하기엔 빛의 정신인가, 어둠의 정신인가는 혈통에서 비롯되는 문제가 아닙니다. 지금은 주류적 헤게모니 경쟁에서 벗어나려고 하는 작가들이 거의 없지만, 1964년이던가, 사르트르가 노벨문학상 당선자로 발표되었을 때 수상을 거부하면서 비주류 문제를 언급한 바 있습니다. 지나치게 유럽 중심적인 영광, 유럽인이거나 아니면 소비에트를 비판하는 자들만을 골라서 주는 상을 받을 수 없다고 한 것이지요. 이런 게 개인적 정신적 독립성을 그대로 유지하는 비주류정신의 예라 할 수 있지 않을까요? 많이 알려져 있느냐, 문학적으로 평가를 받느냐 하는 것과 상관없이 고유한 어둠의 표상이랄까, 하여튼 미래를 바라보며 꿈꿀 수 있는 인간의 시간 중에 밤의 시간을 살면서 불침번을 서려 하는 그런 유형의 삶이라고 할 수 있지요. 가치지향성을 갖는가 안 갖는가가 중요하다는 것입니다.

네, 그런 가치지향성 면에서 있어서 '아시아의 연대', '아시아 아프리카 문학페스티벌' 등은 과거 제3세계 문학론과 굉장히 흡사하다는 생각이 듭니다. 제3세계 문학론이 여전히 유효하다고 생각하시는지, 혹은 차이가 있다면 어떤 것인지요?

제3세계 문학론이라는 용어를 사용하자면 할 수도 있지만 예전하고는 달라졌죠. 과거에 제3세계 문제가 제기될 때는 냉전 시기, 미소 양대 진영 속에서 세계를 주도해서 끌고 가는 세력들과 대안을 찾아내려는 세력들이 경쟁 중일 때, 대안을 생각하는 눈초차도 역시 주류의 것은 어둠 속을 못 보기 때문에 제3세계적 정신이 출현한 것이라고 할 수 있습니다. 그런 면에서 아까 제가 말한 뜻도 그 연장선상에 있긴 하지만, 내용에 있어서는 다르지요. 지금은 세계를 굳이 양분하지 않으니까, 지구 공동체적 환경 속에서의 불침번이라는 점에서 옛날과는 많이 다르지 않을까 생각합니다.

90년대 이후 세계화의 물결로 인해 민족문학론보다는 세계문학론이 많이 논의가 되었잖습니까? 아시아 아프리카 문학페스티벌도 세계화, 세계문학 논의의 유행과도 같이 가고 있다는 느낌이 드는데요. 과거 민족문학론의 대표적인 논자였던 선생님께서는 이즈음의 지구화에 대해서 얼마나 실감하고 계신지, 그렇다면 우리 삶이 어떻게 달라졌다고 생각하고 계시는지요?

옛날하고는 굉장히 다르죠. 우선 개인의 삶이 다들 국경을 넘었으니, 누구의 삶도 하나의 국경 안에서 완료되는 시대가 아닌 것 같습니다. 20세기에서 21세기로 넘어올 때 약 40억 인구가 세계시장경제의 일원으로 흡수되어 왔습니다. 민족문학론을 따르는 저의 가치관은 거의 달라지지 않았지만 그걸 펼치는 시대적 높이는 굉장히 달라졌어요. 한국 근대문학은 일제하에서 태어났는데, 그걸 100년의 문학사라 한다면 한 80년은 국가적 민족사적 내홍이 개인의 삶을 송두리째 삼켜먹는 환경에서 펼쳐졌기 때문에 문학도 국가적 민족사적 내홍 속에서 자기건강성을 찾고자 노력할 수밖에 없었습니다. 지금은 그런 악조건이 없어진 건 아니라 할지라도 개인의 삶을 국가와 민족의 진로가 송두리째 잡아먹을 수는 없는, 그런 환경 속에 있으니까 국내외적으로 크게 달라졌다는 생각이 들어요.

그렇다면 지구화와 관련해서 개인의 삶이 유목적인 삶으로 이동, 좀더 자유로운 삶이 됐다고 말할 수 있을까요?

제가 생각할 때 불평등 관계는 여전히 남아 있어요. 예를 들어 물건은 국경을 마구 넘어 다녀도 노동력은 그렇지 못하죠. 비자 문제, 합법성 문제, 무엇보다도 노동력의 가치 문제 등등이 크게 제약하고 있어서 지금이 꼭 유목민적 자유가 허용된 시대는 아니라는 거죠.

한국작가회의 사무총장 하실 때, 남북작가회의와 AALF를 같이 진행하셨는데요. 남북작가회의는 통일문학으로서 민족문학의 지향이었다면, 아시아 아프리카 문학페스티벌은 세계문학이라고 할 수 있지요. 이 둘은 어떤 연관성이 있을까요?

제가 작가회의에서 일은 잘 못했지만, 어떤 지향성을 보이려 했는가, 우리 문학이 어느 곳으로 가야 한다고 생각했는가, 하고 물어준다면 모처럼 변명할 기회를 누리는 그런 행복감이 좀 있습니다. 작가회의 일을 처음 시작할 때, 특별히 취임사라 하긴 그렇지만, "토착정신의 건강성을 모아서 남북이 손을 잡고 아시아 아프리카 연대로 가자"라고 말했습니다. 그게 이를테면 21세기의 진로, 나아갈 방향이라 생각했고, 거기에 대해서 지금도 달라지지 않았습니다. 그때 제가 했던 일들은 비록 졸속 행사가 많았다고 지적되어야 마땅하다고 보지만, 그런 가치지향성을 실현하고자 했던 사실은 아직도 자부심을 가질 수 있어요. 여기서, 토착정신의 건강성을 어떻게 모으려고 했는가는 오늘 대담의 주제로 계속 얘기가 되겠고요. 남북작가회의는 언어 공동체의 온전성을 회복하는 것이 우리 스스로가 행하는 문학의 온전성을 찾는 길이라고 봤기 때문에 기획된 것입니다. 이것을 아시아 아프리카 작가 연대로까지 밀고 가려고 했던 것은 인류의 미적 가치를 지배자의 용모로 평가하는 틀이 바뀌어야 한다고 보았기 때문이죠. 아마도 노벨상을 그 대표적인 사례로 볼 수 있겠는데, 인류는 21세기에도 여전히 학문 세계, 철학이며 가치관, 여타 영역에서 지배자의 용모를 가치 평가의 기준이자 틀로 따르고 있다고 봐요. 그러나 논리적으로는 다들 지배자의 용모가 인류의 미의 절대적인 준거가 되어야 한다는 데 동의하지 않을 것입니다. 그럼에도 당대 문화가 방향 선회를 하지 못하는 이유는, 그에 대한 복안으로서 어쩌면 누구나가 상식처럼 동의할 수 있는, 자연의 미를 준거의 틀로 삼는 가치연대를 형성하여 진정한 의미에서의 세대교체를 이뤄내지 못하고 있기 때문이지요. 전 그걸 향한 모색을 누군가, 특히 가까이 가 있는 자가 먼저 해가야 좋지 않겠는가 하고 생각했습니다.

그렇게 본다면 다양성을 추구하는 다원주의 기획의 하나라고 생각할 수 있을까요?

다원주의, 생태주의 이런 것들이 대체적으로 비슷한 생각이라 봅니다.

2007년 아시아 아프리카 문학페스티벌에 굉장히 많은 외국 작가들이 오신 걸로 알고 있습니다. 한 80명 정도가 된 것으로 알고 있는데, 그 많은 분들의 목소리를 다 듣지 못해서 안타까워했던 것이 기억납니다. 그때 행사에 대해 느낀 점이나 성과에 대해 나름 주목하고 계신 점이 있다면?

명백하게 준비가 덜 된 행사였고 능력에 부치는 일이었습니다. 실수도 많았지요. 어떤 선배님께서 "이거 국치 아니냐" 하는데 식은땀이 나더라고요. 하지만 개인의 능력을 초월해서 우리 사회가 전체적으로 더 이상의 준비를 허용해주지 않는 상황에서, 준비가 덜 됐으니 미루는 것보다 미숙하게라도 지금 시도하는 게 더 중요하다고 판단해서 집행한 행사였습니다. 그때 준비한다고 1년 미뤘으면 결과가 어떻게 됐을지 너무 명백해졌잖아요. 다른 나라 작가들도 다 어려움에 처해 있다고 봅니다. 가령 20세기에는 제3세계 연대가 정치적으로 용이한 측면이 있었습니다. 소련의 지원도 있었고, 지구의 여러 곳에서 정치적으로 새로운 가치관을 발휘하는 리더십이 많이 출현했죠. 그런 분위기 속에서 제3세계 문학상인 로터스상도 존재했었지요. 지금 상황은 어떤 의미에서는 훨씬 열악합니다. 세계화가 진행되면서, 주류적 헤게모니에서 멀어지려고 하는 작가 자체가 없어져 버린 만큼, 그야말로 시장이 지배하고 시장이 끌고 가는 세계가 되었지요. 그래서 브랜드의 가치가 아니, 브랜드 자체가 오히려 가치를 지배하는, 브랜드지향성만 존재하고 가치지향성은 소멸해가는 문학의 위기가 야기된 것 같아요.

지금이 더 유리한 측면은 없을까요?

물론 과학 기술의 발달, 부의 확대 같은 것은 빼놓고 하는 얘깁니다만, 그런 물질적인 것 말고도 좋아진 게 있긴 하다고 봅니다. 예를 들어 1917년 무렵에 유목민들이 러시아혁명에 굉장히 많이 기여를 했거든요.

러시아혁명은 유목민의 도움을 받았지만, 그 혁명이 만든 정부는 유목민적 생산양식을 기생적이다, 독자적 생산양식이 아니다 하여 그것을 배척할 뿐만 아니라 없애려고 노력했어요. 몽골에서도 제3세계적 지식인들이 탄생할 수밖에 없었을 거예요. 그들은 서구식 자유주의에 동의하지 않았지만 소련에게 저항할 수밖에 없었겠죠. 몽골 유목민의 눈으로 보자면 다른 체제에 기생하지 않고서도 수천 년 동안 유지·존속해온 유목사회를 그런 식으로 해석·평가하는 것을 도저히 수용할 수 없었을 겁니다. 21세기의 눈으로 보자면 무엇이 옳았는가가 선명해지지 않아요? 하여튼 이게 20세기의 여건이었다면, 21세기로 넘어오면서 세계시장경제체제가 단일 지배체제로 들어서는데, 이것은 세계화의 눈으로 봐도 인류에게 꿈이나 희망을 주기보다 틀림없이 재앙을 주리라는 위기감을 불러일으키지요. 거기에 대해 염려했던 제3의 목소리가 옳았음이 계속 확인되고 있는데, 현재 흐름은 이를 인정하면서도 쉽게 턴하려 하지 않는 것 같습니다. 코펜하겐 회의 같은 경우가 그 상징이라고 볼 수 있습니다. 변두리 연대의 정치적 토대가 다시 형성되는 셈이지요. 잘하면 지구촌의 광범한 인류가 지원하는 속에서 재정적 여건과 정치적 명분을 함께 확보할 수도 있지 않을까요?

아시아 아프리카 연대는 크게 비주류 연대라고 하셨는데, 거기에는 제국과 가까운 중국도 있고 일본도 있지 않습니까?

일단 아시아 문제를 얘기할 때는 부분적으로 일본과 중국이 들어가기도 하고 안 들어가기도 하겠지요. 아까 말한 '어둠의 정신'을 논할 때는 중국이나 일본은 분명 제국주의적 힘을 행사하는 국가들이고, 그런 의미에서 변두리 사람들은 아니죠. 그와 더불어 개인의 삶이 국경들을 범람해 버리는 측면도 있으니, 그 문제는 조금 더 섬세하게 얘기될 필요가 있을 것 같아요. 다만 주류 세계가 명백히 한계, 문제가 드러나도 자기수정을 하지 않는 현상에서 드러나듯이, 그 수정의 힘은 그냥 완력에서 나오는 것 같지 않습니다. 최근 자기수정의 징후를 보였던 미국의 경우를 보더라도 굉장한 기대와 더불어 곧바로 실망을 확인할 수밖에 없는 것 같아요. 오바마 대통령은 당선되는 순간부터 바로 미국이 세계를 지배하는 국가가 아니라 세계에 존재하는 많은 국가 중 하나라고 했습니다. 일본이든 중국이든 주류 세계가 완력으로 세계를 이끌 수는 없고, 대안능력, 인류의 미래를 책임질 수 있는 윤리의식, 가치관을 만들어내야 하는데 그런 인식이 주류에서 나올 수 없으니, 누군가는 이 문제를 제기하고 그 문제들을 지구촌에 제출할 수 있는 힘이 만들어지도록 노력해야 한다는 것입니다.

주류, 비주류를 어느 지점에서 미분하느냐에서 차이가 있을 것 같은데요. 반드시 아프리카라고 해도 비주류가 될 수 없고, 그 안에도 주류, 비주류 그런 게 있다면, 어떤 차원에서 미분할 수 있을까 하는 생각이 듭니다. 중심과 변두리의 관계에 대해 주로 정치경제적 현실 혹은 권력관계, 계급관계를 말씀하시는 듯한 인상을 받았습니다. 그러나 그런 정치경제적 문제와 다르게 작가나 문학은 독자적 영역이 있지 않을까요? 이를테면 문학에서 주류, 비주류로 얘기를 할 때는 미학적 차원의 주류, 비주류를 얘기해야 되지 않을까 하는 생각이 들었는데, 어떻게 생각하시는지요?

조금 전 사르트르 얘기도 했지만, 작가는 정신적 독립체이고 개인이기 때문에, 또 모든 작가가 개인이어야 하기 때문에, 이 작가는 거대 제도, 체제라고 하는 것을 불가피하게 환경으로 안고 있을 수밖에 없습니다. 그래서 그 체제하고 어떤 관계를 맺는가 하는 문제가 생겨납니다. 아시아적 작가, 아프리카적 작가라고 하는 것이 꼭 혈통을 얘기하는 건 아니라는 것은 아까도 얘기했지만, 예를 들어 이런 문제가 있습니다. 문학은 문화예술의 한 형태이지요? 문화예술의 일부여야 맞습니다. 그러나 가령 아프리카의 어떤 작가가 문학적 성취를 이루어서 노벨문학상을 받고 인류 모두의 작가로서 평가받고 있을 때, 그 작가의 모국어는 소멸해가는 현상이 있다면 이를 어떻게 봐야 될까요? 그건 반(反) 문화예술이겠지요? 예술이라는 것도 어떤 특정 분야로서 인류 전체의 보편적 가치라는 것 밑에 있는 전문 영역 중의 하나라는 거예요. 그래서 그것을 글로벌 표준으로 통합하는 힘에 자꾸 빨려 들어가게 됩니다. 그래서 작가가 열심히 문학을 하면 할수록 자기 문화를 지키고 가꾸고 풍요롭게 만드는 게 아니라 자기를 낳고 기른 문화를 파괴하고 깨뜨리고 다른 문화로 이월해 가는 현상이, 예술 전 영역, 스포츠 전 영역에서도 계속 발생하고 있다고 봅니다. 여기에 대해 자기 자연으로부터 최초에 출현하여 만들어졌던, 그래서 수천 년 동안 축적되고 만들어졌던 가치를 주류적 가치에 의해 배척당하지 않고 본원적 가치들과 통일시키려면, 기존의 정치경제체제하고는 다른 의미에서 당대 미학적 체제, 제도가 어떻게 형성되느냐가 매우 중요하다고 생각합니다. 지배자의 용모를 준거틀로 한 질서화가 아니라, 자연의 용모를 준거틀로 한 질서화를 누군가가 만들어내지 않으면 그런 현상은 계속 생겨나겠지요.

좀 슬픈 일이지만, '미학이나 문학도 어쩔 수 없이 체제 안의 역학관계 안에 존속될 수밖에 없다', 그러나 동시에 한편 미학이나 문학을 통해 이런 것들을 바꿀 수 있는 방법에 대해 말씀해주신 것 같습니다.

　문학을 통해서 바꾼다는 게 그런 거죠. 시장질서가 어떤 단일한 기준, 쉽게 말해 글로벌 스탠더드로 구속을 해오면 작가는 세계와 소통하기 위해 우리 시대가 유일하게 허용해주는 여건을 얻는 쪽으로 몰려가겠죠. 하지만 그것은 마치 모든 별들이 관측되기 위해서 한곳에 모여드는 것처럼 엄청난 재앙일 수 있습니다. 자기의 자리에서 빛나고 평가받으려면, 자기의 자리에서 빛나는 것들의 가치를 읽어주는 공동체를 가져야지요. 그러려면 지금 같은 식의 글로벌 스탠더드라는 매트릭스에서 벗어나는 방법 외에는 없지 않을까요?

지난 10월의 아시아 아프리카 라틴아메리카문학심포지엄(AALA)에 참여하면서, 다른 외국 작가들과의 대화에서 많은 것을 느꼈습니다. AALF 때 이영진 선생이 말한 '경이로운 충돌'을 다시 한 번 실감하는 좋은 시간이었습니다. 그러나 한편으로 저는 이즈음 몽골, 베트남 등 먼 아시아, 아프리카 국가들을 사유하려는 작가들을 보면서, 우리 내부의 문제들도 많고 내부의 타자들도 많은데, 왜 굳이 먼 곳의 삶을 사유하려는 걸까 하는 의아심도 들었습니다.

　개인의 삶이 국경을 넘었다 할 때는 작가의 내면도 이미 국경을 넘은 것입니다. 오바마가 후보 시절 연설 중 미국에서 잘사는 사람과 아프리카 오지의 가난한 사람들은 어떤 관계에 있느냐면서, 병든 세계에 기득권자로 살 것인가 아니면 곤혹스런 세계의 문제를 해결해가는 자로 살 것인가 하는 관계가 있다는 말을 하던데요. 우리가 5·18을 겪고 나서 제3세계에 대해 폭넓게 관심을 가졌던 것도 그런 것이지요. '그런 문제가 우리만이 아니라 세계 곳곳에서 일어나고 있다. 우리만 노력하는 것이 아니라 헤쳐가는 건 전체 인류사의 움직임이다' 하는 걸 알아가면서 제3세계에 대해 광범위하게 관심을 가지게 되었어요. 그런 열정의 연장이 저는 아름다워 보여요. 제가 이제부터 그 예를 들어볼게요. 당시 실천문학사 편집장이었던 소설가 김남일은 그 시절에 제3세계 문학에 눈을 떠서 팔레스타인 시집, 아프리카 민요시집 같은 것들을 내고, 비서구 작가들에게 관심을 갖기 시작해요. 언젠가 김수영이 '한국의 지성은 일본을 필터로 빨아들인 유럽의 지성'이라고 말했던 것처럼 우리는 그때까지 제3세계를 전혀 모르고 살아왔었지요. 그로부터 아주 짧은 기간에 핫산 카나파니의 『하이파에 돌아와서』, 응구기와 시옹오의 『피의 꽃잎』 이런 것들을 읽게 돼요. 그때 그 열정이 소멸되지 않고 한편으로 지속되었던 겁니다. 김남일 선배와 5년 전에 만났을 때도 그런 얘기를 하기에 연구소라도 설립해보시라고 권한 적도 있는데, 형편이 안 돼서 미루고 있지만, 김남일의 몸은 더 이상 코리안의 현실만 담겨 있는 몸이 아닙니다. 아시아 아프리카적 영혼과 감수성을 그대로 가지고 있습니다. 자, 그런 항심 속에서 우리가 베트남을 이야기하기 시작했습니다. 김남일 형이 베트남에 갔다 오고 나서 다시 열두 명이 함께 베트남 여행을 갔습니다. 1993년쯤 돌아와서 베트남을 이해하는 젊은 작가들의 모임을 만들었습니다. 요즘 사람들은 이해 못할지 모르지만, 그때 베트남을 선택한 건 유흥 오락의 장소를 위한 것이 아니었고요. 국가적 민족사적 내홍을 가지고 있는 한국문학이 최초로 타자를 만나러 가는 과정이었다고 생각합니다. 어떤 의미에선 자아를 찾기 위한 광야 체험일 수 있었다는 것입니다. 그런데 그것이 왜 베트남인가? 그것도 얘기될 필요가 있습니다. 첫번째로 한국 민중에게 외부라고 하는 것은 언제나 침략자고 외세고 불의였어요. 그런데 베트남을 들이밀면 충격이 옵니다. 여기에서 우리는 가해자 편에 섰지 피해자가 아니었거든요. 사실 1970년대 민중운동 안에도 베트남이 함께 들어 있어요. 한국 민중운동을 탄압하는 가장 큰 명분이 '월남 패망을 보라'였어요. '봐라. 월남처럼 데모하면 저렇게 빨갱이들한테 말아먹힌다.' 월남을 민중탄압 반공이데올로기의 최고 무기로 써먹는 사태를 지성인의 열정으로 '세계 바로 읽기'로 바꿔버린 공이 리영희 선생님에게 있습니다. 곧바로 분단반공 국가로서 필연적으로 겪을 수밖에 없는 이데올로기라고 하는 거대한 벽 하나를, 그 벽이 월남이라고 하는 이름으로 조여올 때, '베트남'으로 다시 읽어내면서 그 벽을 뛰어넘었던 것이지요. 또 한편으로 베트남은 우리와 굉장히 유사합니다. 분단, 전쟁 등등 역사적 경험이 한국과 베트남, 너무나 비슷하지요. 제가 『문익환 평전』 쓸 때 보니까, 문익환 목사 아버지 세대들이 북간도에서 우리 역사와 더불어서 베트남 역사를 공부했더라고요. 해방 시기도 우리와 같았지요. 이 역사적 유사성 속에서 근대 체험을 어떻게 했느냐는 좀 다릅니다. 베트남 사람들의 설명을 빌리자면 한국은 정치과업을 미룬 채 경제과업을 먼저 해결했고, 자기네는 정치과업을 우선으로 해결했다고 합니다. 그래서 경제적으로 한국보다 밀리지만, 그것을 자기들은 곧 극복할 수 있다고 생각하는 것 같아요. 우리가 베트남을 비롯해서 몇몇 나라들을 접하면서 더 넓은 세계로 나아가는 것은 국가적 민족사적 과업만을 유일한 과업인 것처럼 살다가 점점 더 보편적인 가치를 향해서 자아를 객관화하는 과정이라고 봅니다.

이러한 많은 일을 하시는 와중에도 창작을 꾸준히 하셨는데, 작품에 어떤 영향을 끼쳤는지, 변화가 있었다면 어떤 것이 있을까요?

변화라기보다는 어떤 확신 같은 게 생긴 거 같아요. 그 전에는 답답한 시골에 갇혀 있는 느낌이었는데, 오히려 '밀래미' 장터를 얘기하고 그런 활동을 통해 여러 변화가 왔어요. 크게 보면 많이 내놓지 않았고 미학적 역량이 미미한 사람이기 때문에 창피하지만 일단 베트남·몽골 등을 체험하면서 넓은 시야로 국토 바깥 소재들을 발견하게 되어, 나름대로 성숙했다기보다는 미숙을 벗어가는 과정이었다고 할 수 있습니다. 무엇보다 제가 애착을 가졌던 밀래미 장터가 그냥 오지의 시장이기만 한 게 아니라 세계시장경제체제에 그대로 흡수되어 들어가는, 40억 인구들의 삶의 거점이었던 지구적 원적지였음을 알았으니까 그 재래시장 하나를 다시 봐가는 과정이었습니다. 그래서 아주 특이하고 특수한 전라도 장터가 아니라 지구의 보편적 삶의 장소로서 인식해가게 되는, 그런 의미에서 여전히 민족적인 것이 세계적이라는 생각이 들었습니다. '광주 아시아 문화중심도시'에서 발견했던 구호이긴 한데 '우주를 노래하려거든, 당신의 마을을 노래하라'가 여전히 유효한, 이를테면 지구의 보편적인 형태로서 아시아·아프리카·라틴아메리카에 광범위하게 펼쳐져 있는 인간의 마을로서 내 고향 밀래미의 장터를 바라보고 이야기할 수 있게 된 게 아닌가, 전 이렇게 생각합니다.

더 큰 지평에서 지금 있는 곳을 오히려 더 빛나게 발견한다는, 그런 말씀인 것 같습니다, 아까 김남일 선생에 대해서 말씀하셨는데, 김남일 선생 말고 또 어떤 제3의 목소리에 대해 많이 고민하고 사유하는 분들이 있을까요?

제가 생각할 때는 우리가 정돈을 하지 않고 지나와서 그렇지 굉장히 넓고 깊으나 정형화되어 있진 않은 체험들을 가지고 있단 생각이 들어요. 우선 아시아 문제 같은 경우는 국가적 기획으로도 출현을 했습니다. 지난 참여정부가 출발했을 때 광주 아시아 문화중심도시 사업계획을 세워서 지금도 계속 진행되고 있는데 거기에서는 인류의 좌표를 이렇게 보는 것 같아요. 아메리칸 드림의 시대가 끝나고 유러피안 드림을 거쳐서 이제 아시안 드림을 생각하게 되는 과정으로 인류가 나아가고 있다는 것이지요. 이때 아시아는 조금 전에 얘기했듯이 일본 중국의 문제를 어떻게 볼 것이냐 하는 문제도 내포하는 것 같아요. AALF 할 때도 고은 선생님께서 인사말로 '우리는 이제 더 이상 제3세계라고 불리는 걸 거부하겠다. 그것은 남들이 본 우리의 모습이지 우리가 발견한 우리의 모습이 아니다'라고 말씀하셨는데, 아시아는 단일한 하나가 아니라 셀 수 없이 많은 것들이고, 하지만 결국 이건 다른 데와 식별되는, 결국은 또 하나의 아시아라는 그런 의미의 말씀이었습니다. 그 아시아라고 할 때는 일본 중국은 아시아에 포함되지만, 주변부라고 말할 때는 포함되지 않겠죠. 이때의 아시아는 방법론적 아시아라고 표현했던 것 같은데 이영진 시인이 "샘물이 솟구쳐서 어떻게 바다로 흘러갈 것인지를 이성적으로 합리주의적으로 설계하려 들지 않아야 창조적으로 바다로 갈 수 있다"고 했던 말이 생각나네요. 발원지에서 솟구친 물이 목적지를 정하지 않아야 바다를 찾아갈 수 있다는 말이지요. 그러면서 그런 방법의 한 형태로 유럽적 가치관, 유러피안 드림이 어떤 점을 결여했는가를 얘기하면서 광주 아시아 문화중심도시를 기반으로 아시아를 애드컬처 사업화하려고 설계했던 거 같아요. 이런 꿈은 많은 사람들을 설득시켰고, 국가가 예산을 투자하게까지 만들었거든요. 논리가 문건화되어 있지는 않지요. 그 후 이영진 시인은 아시아 아프리카 문학 페스티벌 총감독, 제주도 델픽 행사 문학 감독도 했어요.

여전히 정치경제학적으로 치우치는 느낌인데, 좀더 미학적 실천은 없을까요?

　　현재진행형의 실천도 크게 두 각도로 진행되어왔습니다. 그 하나가 작가들이 타자를 향해 발휘하는 연민의 표현들인데, 몇 해 전 미국의 부시 정권이 이라크를 공격했을 때 세계적 지식인들이 반전운동을 벌였죠. 한국에서도 작가들이 반전운동에 나서지 않을 수 없었어요. 왜냐하면 우리는 전쟁을 체험한 민족이면서 이민족에게 군대를 파병한 당사국이었거든요. 그때 작가회의에서 작가를 파견하게 되는데 뜻밖에도 여성 작가가 위험을 무릅쓰고 가겠다고 나섰어요. 오수연 씨죠. 오수연 씨는 그때 거기에 가서 한국문학이 팔레스타인 문학과 사귀고 소통하게 하는 계기를 만듭니다. 우리가 제3세계 문학론으로 팔레스타인 문학에 대해 상당한 관심을 두었던 적이 있기 때문에 금방 대화가 된 거죠. 그래서 우리가 팔레스타인 문제에 대해 더 많이 알게 되고, 또 베트남, 몽골 등과 교류하면서 꽤 여러 편의 문학작품을 낳았어요. 전성태의 「늑대」도 그런 성과 아니겠습니까? 저는 이렇게 해서 한국이 점점 글로벌 스탠더드, 지배자의 용모가 만들어낸 구조 안에 일방적으로 휩쓸려 들어가지 않으면서도 세계를 자기 내부의 문제로 소화해가는 이런 과정을 겪고 있는 게 아닌가 하는 생각을 합니다. 여기에다가 AALF 문학에 대해 연구자들이 창조적 관계, 지구 시대의 한국문학을 위한 창조적 관계를 만들어간다고 할까요, 그런 것도 만들어가고 있죠. 이석호 씨가 아프리카 문학에 대해 하고 있는 일련의 작업들, 또 한편으론 김재용 씨 같은 경우는 단순한 연구 작업이라 볼 수가 없어요. 실천의 깊은 부분에 뛰어들어 아시아·중동 여러 나라, AALF 할 때도 초청은 안 했지만 미국 소수자들 이야기, 미국 소수자 문제를 다루는 흑인 작가들과도 접촉을 했었단 말이에요. 그러니까 이런 관계들이 제가 생각할 때는 우리 문학이 지구 시대의 무대, 관계들을 회복하고 만들어가는데, 그래서 한국이 국가적 민족사적 내홍 속에서만 씨름하는 그런 시대가 아닌, 새로운 시대의 문학의 단계로 옮겨가는 데 중요한 씨앗이 되지 않을까 생각하고, 또 빼먹을 수 없는 게 문예지 출간, 『아시아』지가 3년 넘게 발간되었고, 이런 활동들에 대해서는 구체적인 정리랄까, 의미부여랄까 이런건 아직 이뤄지지 않은 것 같습니다.

아시아·아프리카 문학, 변두리, 소수자 목소리를 담아내는 것은 상당히 의미 있는 것 같습니다만, 요즘 한국에서 각광받고 있는 중국문학 같은 경우는, 국내 내홍에 대한 서사가 다 고갈이 돼서 외국에서 수입해 들어오는 것이 아닌가 하는 생각이 들기도 합니다. 몽골이나 베트남에 가거나 하는 것들도 서구에서 얘기하는 오리엔탈리즘의 변주가 아닌가 하는 생각도 들어요. 낭만적 취향의 변주? 뭐 이렇게까지 나쁘게 볼 수는 없지만 이런 측면에 대해서는 어떻게 생각하시는지요?

우리나라에서 굉장히 잘못 사용되는 용어 중의 하나가 관광(觀光)입니다. 빛을 보는 것을 관광이라고 하는데, 타자의 빛으로 자아를 발견하는 것이 관광이지요. 그 역작용으로 오리엔탈리즘 문제는 외부로 눈을 돌렸기 때문에 생겨난 게 아니라 자아를 겸손하게 들여다보지 않고 자기를 중심으로 외부를 편집했기 때문에 발생하는 것입니다. 자기 세계의 문제로 이해하지 못하고, 바깥의 문제로 자꾸 전락시켰기 때문에 생겨난 문제라는 거죠. 제가 생각할 때 그것들은 우리에게 문학적으로 어떤 당대적 가치들이 있냐면, 가령 삼국지적 인간형들이 그려진 것이 근 천 년 가까이 됩니다. 무려 천 년 동안을 우리는 삼국지적 인간형들로 인간 군상을 유형화하고 또 들여다보았던 말이에요. 그런데 20세기에서 21세기로 넘어오니까 삼국지적 인간형으로는 도무지 설명할 수 없는 인간들이 세계를 이끌고 있어요. 너무나 다른 인간들이 많이 출현했어요. 이 새로운 성격들을 어떻게 읽어낼 것인가. 그것을 꼭 한국 내에서만 소재를 찾아내야 할 필요가 있는 것인가를 들여다보고 사유할 필요가 생긴 것이지요. 똑같이 관계 맺고 똑같은 문제를 안고 지상에 살고 있기 때문에 그런 범위를 벗어나는 것이 굉장히 중요하다고 봐요. 삼국지적 인간 이후에 출현하는, 어떤 측면에서는 '도시유목민'이라는 표현도 쓰고, 이동태의 삶, 소통적 인간형 시대의 삶, 이런 게 몽골에서 얻어온 표현인데, 굉장히 설득력이 있어요. 지금은 일반적인 구호로도 많이 사용되는데, "성을 쌓는 자는 반드시 망할 것이고 길을 뚫는 자만이 흥할 것이다" 같은 표현…… 유목민 조상이 후예들에게 남긴 교훈이거든요. 이건 21세기에 서울에서 살고 있는 정신들에게도 여전히 필요한 교훈으로 던져진단 말이에요. 성을 쌓으려는 자들이 계속 인류를 재앙으로 끌고 가기 때문에 길을 뚫으려는 인간들을 그리려 하는 것은 지금 우리 시대의 문제이지 몽골의 문제라거나 유목민들의 문제라거나 한국형 오리엔탈리즘의 문제라고 저는 생각하지 않습니다.

21세기 삶의 패러다임이 바뀌면서 거기에 걸맞은 새로운 인간형, 캐릭터들을 만나게 된다는 얘기로 들리는데요, 그게 미국, 제1세계가 아니라 몽골에서 만날 수 있다는 게 인상적입니다. 선생님이 추천해주실 만한 21세기형 인간형이 있다면 어떤 인물이 있을까요?

칭기즈칸은 제국주의적 지배자였기 때문에 침략자 이미지를 갖는 게 불가피합니다. 그러나 저는 하나의 인간형으로서 상당히 다르게 해석합니다. 특히 제가 추천하고 싶은 사람은 그 어머니인데, 적에게 납치당해서 낳은 아이가 테무진이고, 그 테무진이 어머니의 영향 속에서 점차 칭기즈칸이란 인물로 변해가거든요. 나중에 칭기즈칸이 납치된 부인을 찾아왔을 때 아내가 적장의 아들을 임신하고 있었어요. 그걸 가지고 고민할 때 어머니가 꾸짖죠. 너는 납치당한 여자의 몸에서 태어나지 않았느냐. 그 몸에서 태어난 자식이 납치당한 여자의 몸에서 태어난 아이를 부정한다면 어떻게 되느냐. 그리고 칭기즈칸이 전투할 때마다 고아를 하나씩 데려오게 해서 어머니가 직접 키웁니다. 기록에 보면 네 명, 다섯 명 정도를 굉장히 훌륭히 길러내는데, 남자들이 그 아이들을 사랑하지 않는 잘못을 저지를까 봐 이렇게 가르치죠. "부모는 자식을 낳을 때 몸뚱이를 낳을 수 있을 뿐이지 마음을 낳지는 못한다. 그것은 기르는 자의 것이다." 지금 인류가 겪고 있는 곤혹과 딜레마의 한복판, 가장 골치 아픈 문제가 이런 문제들인데, 이것을 일거에 날려서 그들의 삶을 변화시키게 한 중요한 사례가 아닌가 합니다.

타자를 품을 수 있는 그런 마음이 21세기의 중요한 화두라는 생각이 드는데요. 오늘 긴 인터뷰 감사합니다. 앞으로 계속 진행될, 제3의 목소리 작가 시리즈에 대해 기대하는 한 말씀 부탁드립니다.

　　맨 처음 도입부에서 말씀드렸던 것 같은데요, 상품시장질서 안에서 자기를 브랜드화하고 그 브랜드적 가치를 선점하려고 하는, 21세기적 시장경제 헤게모니 안에 흡수되어 들어가려고 하는 노력에 견줘, 작가가 그렇지 않고 자기 자리에서 빛나려고 하는, 그런 위대한 정신적 독립성이랄까 그걸 지키는 작가가 많지 않은 것 같아요. 그런 의미에서 옛 시절보다 지금은 조금 불리한 시절이나, 환경은 분명히 옛날보다 좋아졌습니다. 옛날처럼 목숨을 걸거나 정치적 위험을 느끼지 않고도 연대 틀을 형성할 수 있고 변화의 동력을 확보할 수 있는 시대로 넘어온 것 같아요. 저는 그런 일을 여력이 닿는 대로 해가는 것이 중요하고 또 좋은 일이 아닌가 생각합니다. 김재용 씨가 하는 사업들, 아시아 아프리카의 작가들을 초청해 오고 또 그런 연대감들을 나누고 확인하고 것이 중요하다고 봅니다. 힘에 의한 연대가 아니라 정신과 연민에 의한 연대로 이 공동체를 만들어가는 것의 중요성을 이 좌담 특집이 드러내주면 좋겠습니다.

그렇게 하도록 노력하겠습니다. 오늘 말씀 고맙습니다.

■ 보론

한중일 교류의 가치

문학의 영토가 바뀌고 있다. 최근 문예지의 기획들은 국가의 경계를 거침없이 지운다. 한국의 『자음과모음』이 나카무라 후미노리의 장편을 일본 집영사와 공동 게재하면서 시작한 공동기획은 2010년 여름호에 일본의 『신조』, 중국의 『소설계』와 함께 한중일 단편 게재 프로젝트를 공동으로 운영하기에 이른다. 이번 주제는 도시, 다음에는 성, 그다음에는 여행, 이어서 상실을 테마로 한 기획물이 나온다 한다.

　　아시아의 문예지들이 3국의 작가 두 명씩 여섯 편을 네 차례에 걸쳐 공동 게재하는 기획을 단지 '교류'라 하는 것은 단견인지 모른다. 국제적 심포지엄이 전문적 관계자들의 인적 교류에 속한다면, 아시아-아프리카 문학 페스티벌 같은 행사는 공동의 관심사를 모으는 가치관의 교류이고, 언어가 다른 문예지들이 3국의 작가에게 공동으로 원고를 청탁하고 게재하는 것은 그보다 훨씬 복잡한 '무엇'이다. 특히 대가(大家)나 고전이 아니라 신세대의 신작이 여러 나라 독자들에게 동시에 검증되는 현상은 기존의 교류 수준을 훨씬 넘어선다. 그런 뜻에서 『자음과모음』『신조』『소설계』에 얼굴을 보인 이승우, 김애란, 시마다 마사히코, 시바사키 도모카, 수퉁, 위샤오웨이 등은 이미 '공동 문단의 동료'가 된 셈이다.

엄격히 분할되었던 언어 영토를 무엇이 이렇게 봉합하는가? 그 끝은 어디인가? 서로 다른 역사경험을 가진 세 언어의 문학적 동행은 앞으로 이번 기획의 성공과 실패 요인들을 확인할 것이며, 점차 정신적 동질성을 타진하게 될 것이다. 그리고 결국 한중일 문학이 어떠한 역사적 국면에서 어떠한 작품들이 어떠한 요인들로 서로에게 수용되며, 그것은 또한 자국 문학에 어떠한 영향을 미치는지 묻는 쪽으로 가게 되어 있다. 나는 이 같은 사태가 향후 아시아문학에 미칠 파장이 클 것으로 본다. 자신의 작품이 다른 언어권에서 읽힌다는 사실은 창작자에게 전혀 새로운 환경을 제공한다. 우선 시야를 넓힐 것이고, 공동의 가치를 발견하게 하며, 보다 새로운 소통형식들이 구체적으로 작품세계에 투영된다. 이를 유럽소설이 '내공'을 쌓는 과정에 비춰볼 수도 있다.

밀란 쿤데라는 언젠가 「세르반테스의 절하된 유산」에서 하이데거가 말한 '존재의 망각'을 상기하면서 소설이 근대정신사에서 수행한 역할을 논술한다. 이때 그는 소설을 "유럽에서 현대의 여명에 시작된 역사에 참여하는 소설"로 정의하면서, "중국소설, 일본소설, 그리스 고대소설 등은 그 역사적 기획에 연결되어 있지 않다"고 말한다. 확실히 체코소설이 아니라 유럽문학에 종사하는 사람의 생각이다. 상황은 다르지만, 같은 말을 우리는 마르케스에게도 적용할 수 있다. 마르케스가 복무하는 곳은 남미의 정신사이지 콜롬비아문학이 아니다. 아프리카의 은구기와 시웅오도 영어를 등지고 토착어를 찾지만 그가 염두에 두는 것은 부족의 현실이 아니라 아프리카의 현실이다. 이 같은 현상은 공동의 연대감을 확보하지 못한 아시아의 작가들과 여러모로 대비된다. 오에 겐자부로에게 아시안적 자의식이 없는 것처럼, 중국의 모옌에게도, 한국의 황석영에게도 아시아 정신은 없다.

　　물론 여기서 반문할 수는 있다. 아시아소설의 형성이 과연 필요한가? 부연하자면, 밀란 쿤데라는 『사유하는 존재의 아름다움』에서 "만약 유럽이 하나의 국가였다면, 유럽소설사가 그처럼 활기차며 다양하게 4세기 동안이나 지속"되지는 않았으리라고 말한다. 소설이 앞으로 나아가도록 새로운 영감을 주고, 미학적 해결책을 제의하는 자극이 "한 번은 프랑스에서, 또 한 번은 러시아에서, 그리고 다른 곳, 또 다른 곳에서 떠오르는 언제나 새로운 역사적 상황들(이들의 새로운 실존적 내용과 더불어)"을 부여받는 일은 이제 유럽만의 것이 아니다. 우리는 지금 전혀 다른 시대를 호흡하고 있다.

　　요약하면 이렇다. 인류는 한때 '아메리칸 드림'이라는 표현을 즐겨 사용했다. 물질적 부의 크기로 성공을 측정하던 세기에 미국은 '어떤 개인에게나 출세의 기회가 보장된 나라'로 인식되었다. 그러나 자국 보호주의가 강화되고 다인종 다문화 정책이 쇠퇴하는 지금은 분열을 거듭하는 정치와 통제되지 않는 사회의 내적 저항의 리스크로 가득하다. 빈발하는 총기사고, 갈수록 복잡한 양상을 띠는 인종갈등, 과도한 복지비용과 양극화, 자본시장의 불안정 등. 그래서 주장된 것이 제레미 레프킨의 '유러피언 드림'이다. 개인의 자유보다 공동체 내의 관계를, 획일화된 동화보다 문화적 다양성을, 부의 축적보다 삶의 질을, 무제한의 발전보다 환경과 생태의 보존을, 재산권보다 보편적인 인권과 자연의 권리를, 일방적 무력행사보다 다원적 협력이 더 중요한 미래적 가치라는 것이 핵심 요지이다. 하지만 유럽인들의 세계인식 또한 물질지향과 정신지향이라는 이분법적 사고에서 자유롭지 못하며 개인과 공동체, 주체와 대상, 자아와 타자라는 구조화된 대립항을 벗어나지 못한다. 이미 서구문화가 자기한계를 노정하고 있는 만큼 그들 역시 디아스포라로 상징되는 '뒤섞이는 세계'의 대안이 되지 못하는 것이다. 아시아인의 삶은 문화적 연대감과 분리되어 있지 않다. 아시아에서 문화는 사적 개인에게 지나치게 귀속되지도 영웅시되지도 않는다. 예술은 잔인하고 혹독한 상업논리를 벗어나 공공의 자원으로 소통의 기반이 되고, 세속의 권력으로 섣불리 제도화되지 않는다. 아시아가 축적한 경험과 신화를 상상하는 일은 아직 시작조차 되지 않았기 때문에 그것의 가치를 실감할 수는 없지만, 분명한 것은 아직 사용되지 않은 상상력, 소비되지 않은 수많은 인식의 지평들이 거대한 퇴적층을 이룬다는 사실이다. (이영진, 『보이지 않는 것들의 가치』 참고)

　　한중일 교류를 시작한다는 것은 '아시안'의 영토를 확보하기 시작한다는 것일 수 있고, 새로운 '드림'을 꿈꾸기 시작한다는 것일 수 있으며, 디아스포라 시대의 가치지향성을 찾기 시작한다는 것일 수 있다. 그를 작가 · 비평가 · 독자의 교감으로 구성된 '문학적 필드'로 삼으려면 역내의 긴장을 극복하는 언어가 출현해야 하고, 각국 간 소통의 불균형 상태를 해소해야 하며, 디지털시대의 문화생태환경에서 살아남기 위한 문학의 진화를 함께 경험해야 할 것이다. 수없이 작은 '아시아들'이 보다 큰 '아시아'가 되기 위해서 문학은 더 많이 그리고 더 열심히 국경을 넘어야 한다.

남북작가대회의 모든 것

모국어의 길에도 그 위험한 것이 자리해 있었다. 군사분계선! 그것은 한국문학을 끝없이 윤홍길의 「장마」 속으로 끌어들인다. 「장마」의 화자는 좌익의 외조카이자 우익의 아들이다. 그는 오른쪽으로도 아프고 왼쪽으로도 아프다. 그 둘이면서 하나인 존재야말로 코리안의 내면을 상징하는 형상일 것이다. 그래서 우리는 21세기가 되어서도, 민간정부가 들어서고 탈냉전의 시대가 도래하고 '역사의 종언'이 이야기되고 세계화시대가 되어도, 여전히 새로운 시간 속을 날지 못한다. 미래로 향하는 정치 경제 사회 문화의 모든 길 끝에 아직도 분단의 미궁이 놓여 있다는 사실 만큼 한국문학사를 의사(擬似)로 만드는 건 없다.

민족문학작가회의가 1989년부터 추진한 남북작가대회는 마침내 2005년 7월에 성사되었다. 관련자로서 평양대회를 앞두고 쓴 글과 다녀와서 좌담으로 정리한 자료를 남기게 되었다. 좌담을 함께한 김재용 씨에게 감사드린다.

어제는 가고 내일은 오지 않았다

1. 전야

봄에 나온 문예지 『시경』 4호는 재미있는 사진을 한 장 소개하고 있다. 명색은 「사진으로 읽는 한국문학 이야기」이지만 내용은 정치적 긴장감이 도는 재야운동의 한 장면이다. 사무용 책상 세 개를 붙이고, 그 위에 전지 네장을 씌워서 만든 연단에는 어디에도 문학적 향기를 대변할 물체가 없다. 꽃병이 놓임직한 자리를 점거한 구형 전화기만이 소통의 절박성과 20년 전의 문단이 누린 문명적 초라함을 묘사할 뿐이다. 그래도 보란 듯이, 종이 플래카드에 두 줄로 쓴 씩씩한 글씨들 "민족문학작가회의 회장단 기자회견" 밑에 황석영, 이호철, 백낙청, 김규동, 조태일 제씨가 앉고 고은 시인이 가운데 서서 성명서를 읽는데, 기자들의 뒷모습은 이미 취재 삼매경에 돌입해 있다. 회장단 양옆에 배석한 시인 김명수와 소설가 김성동의 모습은 이 회견에 거는 소장파 문인들의 기대감을 반영한다.

눈물겨운 광경이다. 『시경』은 사진의 제목을 「'남북작가회담'을 제창하던 날」이라 부치고, 200자 원고 서너 장 분량의 설명을 곁들였다. 당시 민족문학작가회의는 1988년 7월 2일 '남북작가회담'을 제창하여 여론의 주목을 받으며 준비위원회를 구성했다. 이듬해 3월 27일 판문점 예비회담, 6월 본회담이 순조롭게 진행되었더라면 얼마나 좋았을까? 문학인들의 꿈은 판문점 예비회담의 문턱에서 무참하게 좌절되었다. 그리고 민족문학작가회의는 매년 총회를 열 때마다 이때의 제안이 유효하다는 사실을 언론에 확인해왔다. 그 안타까움을 전하는 마지막 문장은 이렇다.

그날 이후 16년이 지난 오늘에도 '남북작가회담'은 여전히 미완의 숙제이자, 현재진행형의 염원으로 자리 잡고 있다.

하나의 주제에 이토록 오래 집착해온 문인조직이 지상에는 없을 것이다. 판권을 보면 『시경』 4호는 2004년 3월 8일자로 인쇄되고, 3월 12일에 발행되었다. 우연하게도 나는 그 3월 8일에 새로 개편된 민족문학작가회의의 사무총장직을 맡았으며, 3월 12일까지 세 차례의 기자 인터뷰를 통해서 올해 안에 '남북작가회담'을 성사시키겠다고 발표했다. 이를 위해 1년 전부터 뛰었던 정도상과, 그것을 믿고 노구에 통일위원장을 떠맡은 고은 시인 외에는 아무도 주목하지 않은, 식상할 대로 식상한 장담이었다.

그리고 4개월이 지났다. 1989년 3월 27일에 좌절된 예비회담 규모의 실무회담을 우리는 이미 두 차례나 가졌다. 당해 6월로 희망했던 본회담은 8월 24일로 잡혀 있다. 근자에 들어 김일성 주석 10주기에 대한 문익환 가족의 답방 불허, 탈북자의 대량유입 사태로 남북관계가 경색되어 모든 교류가 연기되었음에도 작가대회만은 차질 없이 가고 있다. 실로 오랜 염원이 꽃봉오리를 맺기 직전의 상태에 돌입해 있는 것이다.

이 같은 상황을 가능하게 한 힘은 어디에서 왔을까? 누군가 씨를 뿌리고 물을 준 사람이 있겠지만 그래도 식물이 꽃을 피우는 까닭은 봄은 왔다는 사실에 있다. 그렇다! 봄이다. 북한 용천에서 있었던 대형 참사 뒤편에서 어느 새 봄이 시작되고 있었는데, 사태인식에 둔한 것은 오히려 남측이었다. 남북 해외 문인 300여 명이 5박 6일 동안 평양과 백두산을 누비는 대사건을 두고 남측사회는 지금 한껏 방심(?)하고 있다. 그 여진으로 이어질 문화적 변동에 대한 상상력은 전무하다시피 하다. 나는 이미 문예진흥원과 문화관광부 또 통일부를 찾아가 '작가대회' 이후의 사태에 대한 청사진을 펼쳤으며, 똑같은 그림을 언론 앞에서도 그렸다. 언론은 국민을 대신한다. 그럼에도 섭섭함은 가시지 않는다. 많은 사람들에게서 '남북작가대회'는 하나의 문화적 이벤트로만 받아들여질 뿐이다.

만약 민족사를 바다에 비유한다면 이를 단발성 이벤트로 천착해서 얻을 수 있는 것은 백사장에서 부서지는 하얀 포말을 목격하는 정도에 불과할 것이다. 파도가 밀려올 때 포말의 흰 띠에는 바다의 운동량이 새겨져 있다. 그러나 파도는 분명히 바다의 실체가 아니려니와 그 희디흰 포말 안에 바다의 동력을 담고 있는 것도 아니다. 여기서 거품이 물의 본색을 드러내지 못한다는 사실을 증명할 필요까지는 없을 것이다. 다만 태풍이 지나갈 길목에서 잠이 든 문단의 일각에는 그래도 누군가 깨어 부역을 하고 있을 수밖에 없다는 사실이다. 여러 사람이 밤일을 마다하지 않고 있다. 그 와중에서, 나는 저 무심한 밤거리를 내다보며 태풍 전야의 고요를 견디기 위해 이 글을 쓴다.

2. 어제

다시 사진 이야기로 돌아가서, 당시 민족문학작가회의가 겪은 고초에 대해서 『시경』은 이렇게 설명한다.

> 1989년 3월 27일 민족문학작가회의 집행부와 회원 등 26명은 정부당국의 불허 방침에도 불구하고 판문점에서의 예비회담을 강행하는 절차를 밟았다. 즉, 당국의 예비회담 저지 방침에도 불구하고 이날 오전 작가회의 사무실에서 성명서를 낭독한 이후 전세버스를 타고 임진각으로 향하였다. 경찰의 삼엄한 포위 속에서도 판문점으로의 진출은 강행되었고, 경찰은 파주군 운천리 속칭 여우고개 부근에서 이날 예비회담에 참석한 문인들을 전원 강제 연행하는 조치를 취하였다.
>
> 이후 연행된 문인들은 마포경찰서에 수감돼 강도 높은 수사를 받아야 했다. 이 와중에 문익환 시인과 황석영 작가의 방북 사실이 뉴스를 통해 대서특필되었고, 예비회담 참석자 전원 구속 → A급 주모자 구속 → 대표단 구속 등 정부당국의 오락가락한 방침 속에서 '남북작가회담' 참석자들은 2박 3일간 마포경찰서 유치장에 수감돼 철야조사를 받아야 했다. 하지만 여론은 문인들의 편이었고, 경찰은 연행 54시간 만인 3월 29일 오후 5시경 대표단 5명(고은, 신경림, 백낙청, 현기영, 김진경)에 대해서 불구속입건 조치하고, 나머지 문인들은 전원 훈방 조치하였다.

도대체 무엇이 문인들로 하여금 이 같은 정치적 수난을 자청하게 했던가? 문학인의 사명에 대해서는 동서고금으로 많은 주장들이 있어왔다. 작가들이 당대적 숙명을 이기고자 노력해온 것은 우리만의 일이 아니요, 또 어제오늘의 일도 아니다. 한반도 작가들로 하여금 통일을 꿈꾸지 않을 수 없게 하는 문학적 이유들은 수십 가지가 넘는다. 그중 두 가지만 꼽으라면 나는 이렇게 들겠다.

하나, 휴전선이 한반도에서 사는 개인들의 내면을 불구화시키고 있다.

우리는 최하 반세기가 넘는 세월을 차 타고 세 시간 이상을 무사통과할 수 없는 세상에서 살았다. 철책을 만나거나 초소를 만나거나 검문소를 만났다. 소위 분단의 경계이다. 한국인들은 만취한 상태에서도 그 경계선을 넘지 않는다. 잠을 잘 때도 꿈을 꿀 때도 반공법이나 국가보안법을 위반하지 않는다. 그리하여 우리들 의식의 반쪽은 퇴화한 신체기관처럼 불구가 된 지 오래되었다. 꿈을 꾸어도 북쪽의 하늘 밑은 나타나지 않는다. 민족과 모국어에 대한 우리의 상상력은 무의식의 저 깊은 곳까지 동강나 있다. 민족의 절반에 대한 구체적인 육체성을 포기한 채 무슨 문학이란 말인가? 이 막막하기 짝이 없는 근원적 결핍감, 이것을 뛰어넘으면서 황석영은 "분단시대 작가로서의 마지막 콤플렉스를 극복했다!"라고 말했었다.

둘, 휴전선은 남과 북을 '단절로 인한 발전'도, '연결로 인한 발전'도 불가능하게 하고 있다.

'휴전'이란 전쟁을 잠시 쉬는 상태를 말한다. 우리가 휴전 속의 평화를 용납할 수 없는 까닭은 쌍방의 경계선이 우리의 인식과 삶을 단절시키면서도 또한 어느 나라 국경보다도 철저하게 연결시키는 까닭이다. 한쪽의 긴장은 곧바로 다른 쪽의 긴장을 불러일으킨다. 전쟁은 언제나 코앞에 있다. 이유는 간단하다. 휴전선이 가를 수 없는 것들을 가르고 있기 때문이다. 떼어놓을 수 없는 것을 떼어놓아야 하기 때문에 극심한 단절이 존재하고, 그럼에도 불구하고 여차하면 합해져 버릴 그리움들이 존재하기 때문에 강력한 연결이 있는 것이다. 이 소모적인 단절과 연결의 기능을 존속시키는 것은 민족의 이익보다 체제의 이익을 우위에 두는 외세와 위정(爲政)의 통치구조이다. 황석영은 말한다.

> 분단은 남과 북에서 동시에 정치적으로 민중에게 불리하고 통치층에게 매우 편리한 시스템이 되었습니다. 따라서 분단을 두고 남과 북의 정부가 '적대적 공존'을 하는 게 아닌가 하는 가상은 뒤에 밝혀진 남북분쟁의 여러 가지 사건들의 내막에서 사실로 밝혀졌습니다.
>
> _ 황석영, 「남과 북은 서로를 변화시킨다」

이 '적대적 공존'이 문학을 어떻게 괴롭혔는지를 설명하자면 길다. 나는 그것을 졸시 「예언자」에서 '소나무와 칡넝쿨'에 비유한 적이 있다.

> 아래쪽에서 외국군대를 불러 군사훈련을 시작하면
> 위쪽에서는 내내 밤잠을 설쳤다
> 위쪽의 병사들이 분계선 근처에서 사격연습을 하고 가면
> 아래쪽 정치판은 180도로 뒤집혔다
>
> 소나무를 감아버린 칡넝쿨과 같았다
> 칡넝쿨을 놓아주지 않는 소나무와 같았다
> 양쪽의 병사들은 분계선 옆에서 하루에 24시간씩 총을 들고 서 있다
> 그것이 각자의 정치요 자유였다

그것이 각자의 안보요 평화였다

문학이 궁극적으로 삶의 이야기라면, 그리고 한반도의 문학이 한반도적 삶의 이야기여야 옳다면 이토록 긴장되고 극적이라 할 만큼 놀라운 환경을 가진 우리 모두의 삶에 대해 증언하는 것이 작가의 임무일 것이다. 우리들이 쓰는 시며 소설들은 모두 이 부조화의 세계에 운명을 올려놓고 사는 사람들의 것이다.

그렇다면 한국의 문인들은 어떻게 해서 그런 상황을 40년이나 견뎌왔는가? 이유는 가공할 국가폭력에서 찾을 수밖에 없다. 다시 그렇다면, 왜 1989년에는 참지 못했는가? 문인들에게는 벌레의 촉수와 같은 안테나가 있는지 모른다. 흔히들 1989년이라는 시간대를 간과하지만, 40년 넘게 분단 사회에서 살아온 이들이 유독 그 해를 견디지 못하고 방북자들을 양산했다. 황석영은 회고한다.

나는 1989년에 남한사람으로는 처음 북으로 갔던 것입니다. 이는 소련 페레스트로이카 이후 냉전에 균열이 생기기 시작한 세계정세와도 관련이 있는 행동이었습니다.

당시에는 이미 20세기적 질서와 상상력들이 모두 무너져 있는 상황이었다. 인터넷과 복제생명이 출현하고, 그해(1989년) 11월 9일을 기해 베를린장벽이 무너졌다. 현실사회주의의 붕괴는 지상의 정세를 급격하게 변동시켰고, 좌파는 정신분열증에 가까운 취급을 받았다. 와중에서 독일의 귄터 그라스는 '너무 빠른 통일'에 저항했다. 독일이 20세기의 출구를 잘못 찾아나갔다고 본 것이다.

이것이 한국의 작가들에게 주는 교훈을 의식한 숫자는 놀라울 만큼 적다. 어쩌면 독일의 일은 독일만의 문제라고 치부해버렸는지도 모르며, 그나마의 인식마저 수박의 껍질을 맛보듯이 겉핥기로 지나가 버렸는지 모른다. 하지만 당시에는 분명히 민족사의 또 다른 고비가 찾아와 있었다. 그것을 가장 정확히 이해하고 행동에 들어간 사람은 문익환이었다.

세계는 엄청나게 변하고 있습니다. 지난 5월 5일 독일 통일문제를 놓고 양국 외상과 미·소·불 외상들이 독일 본에서 모여서 독일 통일을 향한 결정적인 첫걸음을 내디뎠습니다. 소련 외상 셰바르드나제의 중대한 양보로 독일의 통일에 큰 걸림돌이 되어 있던 것이 제거되었습니다. 독일 통일 논의의 진전과 함께 구라파에 평화의 기틀이 급속도로 잡혀가고 있습니다. 남미의 마지막 군사독재정권이 칠레에서 물러나고 민간정권이 들어섰습니다. 중미에서는 니카라과가 내전을 끝내고 선거를 통해서 민주정부를 세우고 모든 문제를 평화적으로 해결해가고 있습니다. 아프리카 남단 남아연방에서 마침내 백인의 철권독재정권이 인종차별 정책을 포기하고 흑인에게도 참정권을 허락하기에 이르렀습니다.

풀려야 할 세계 문제의 마지막 고리로서 우리의 조국이 분단의 사슬에 묶여 있습니다. 인류 역사가 시작된 이후로 최대의 변혁이라 할 수 있는 이 변혁에 우리 조국은 언제까지 저항할 것인가? 우리는 7천만 겨레의 이름으로 남과 북의 두 당국에 묻지 않을 수 없습니다.

"당신들은 정말 통일을 원하는가?"

문익환은 우리 민족이 20세기의 입구를 잘못 찾아 들어간 과거사를 상기시키며 20세기의 출구를 잘 찾아서 빠져나가지 않으면 또 다른 수렁에 빠질 것이라고 경고했다. 어떤 문제를 해결하기 위해서 중요한 것은 그것을 가능케 하는 특별한 시간과 순서가 있다는 것이다. 문익환의 충고를 흘려들은 결과는 과연 냉엄했다. 우리는 인류사의 전환기를 목전에 두고 수차례에 걸쳐 전쟁의 위기에 빠졌다. 그 아찔한 순간들에 대해서는 보충할 필요가 있다고 본다. 『문익환 평전』에서 나는 이 점을 중시했다.

미국에는 한국전쟁의 재발에 대비해 벌써 1960년대에 작성한 '작전계획 5027(Operation 5027 plan)'이라는 것이 있어 정세에 따라 이를 수정해왔는데, 클린턴 대통령이 주한미군 사령관 게리 러크 장군에게 최근 정세를 반영한 작전계획 5027의 재검토를 명령했다. 1994년 3월경이었을 것이다. 클린턴이 당시 국방장관 페리에게 개전준비 명령을 내리고 수정한 작전계획 5027에 따라 전쟁을 개시했을 경우 (……) 처음 90일 동안 미군이 입게 될 사상자 수는 5만 2천 명으로 이것은 베트남 전쟁 10년 동안 미군이 입은 피해와 맞먹는 것이다. 미국이 지출할 직접 전쟁비용도 일단 610억 달러로 추정은 했지만 한국이 입을 전화를 비용에 포함하면 실제 전쟁비용은 1조 달러에 달할 것이라는 게 러크의 견해였다. 게다가 더 큰 문제는 한국과 일본에 있는 원자력발전소였다. 이것들이 포격을 받는다면 그 참화는 스리마일 섬이나 체르노빌이 문제가 아니었다. 펜타곤 군사회의에서는 전쟁이 터질 경우 한국 측이 입게 될 피해를 한국군 예상 사상자가 49만 명, 민간인 사망자가 100만 명으로 추정했다. 이것은 60만 한국군의 80퍼센트로 다시 말해 한국군이라는 존재의 소멸을 뜻한다. 게다가 민간인 피해규모인 사망자 100만 명이라는 숫자는 어디까지나 사망자고 사상자가 아니다. 유감스럽게도 오버도퍼의 책에는, 북한 '핵 의혹' 문제가 제기되자 CIA 와 DIA(국방정보국) 공화당의 우익세력 등 미국의 매파를 부추겨 전쟁열을 부채질해온 김영삼 씨가 이 숫자를 들이대자 깜짝 놀라 전쟁을 단념했다고 한다.

_정경모, 『이제 미국이 대답할 차례다』

　　그 후로도 최하 10년 이상을 우리는 거의 한 주도 빼먹지 않고 '경수로' '탈북자' '간첩' '국가보안법으로 구속' 따위의 언어들 속에서 살았다. 근대를 폭력으로 누려온 물질적 강국들에 의해 근거지도 빼앗기고 근대 체험의 선결조건인 민족국가의 형성도 유산된, 그리하여 종국에는 휴전선 하나를 사이에 두고 끝없이 불필요한 긴장만을 증폭시키는 슬픔의 공동체에서 살았던 것이다. 기가 막힌 것은 그 시기가 하필 레닌의 동상이 무너지면서 구소련의 대학생들이 외쳤던 발언들, 베를린장벽의 붕괴를 보면서 슈테판 헤름린 등이 표현했던 '경악'의 언어들 위에 21세기의 시간들이 조심스레 덧쌓이고 있었다는 것이다. 원인제공자들이 흩어져버린 자리에 우리만 바보처럼 남아서, 한국전쟁이 어제와 오늘 사이의 모든 다리를 파괴해버렸듯이, 수시로 전쟁 분위기를 출몰시키는 냉전의 긴장이 여전히 오늘과 내일 사이의 다리들을 쉴 새 없이 파괴하는 것을 무기력하게 지켜보기만 한 셈이다.

　　이 지난한 위기의 연쇄 속에서 유일하게 희망을 주는 예외적인 사건 하나가 '6·15공동선언'이었다.

3. 오늘

지금 우리가 선택하고 있는 통일운동은 '6·15공동선언'과 함께 시작된 새로운 운동이다. 돌이켜보면, 과거의 통일운동은, '존재의 근원성'을 회복하려는 전략적 과업이 1차적으로 독재정부의 '반(反)민족성'에 막혀 있었기 때문에 노력의 전부를 '전술적 과업'에 맞춰야 했다. 국가보안법을 해체하고, 대립과 긴장을 재생산하는 세력들을 견제하며, 민족의 화해와 통일의 분위기를 만들어내려는 노력이 그 실체였다. 그러나 통일은 "갈라지기 이전의 자리가 있는 과거의 어느 지점을 찾아가는 것"이 아니라 '남북이 아직 가보지 못한 미래의 고향'을 만들어가는 일이다. 여기서 다시 문익환의 통일운동을 상기하는 것이 중요하다. 그는 이미 지상의 어떤 민족도 외세 때문에, 또한 지상의 어떤 민중도 위정자들 때문에 '삶의 온전성' '세계의 온전성'을 잃고 살 수는 없다고 생각하고 있었다. 당연히 그의 노선은 민중의 삶의 터전으로서의 대지를 분할해버리지 않는 '통이(通二)·통삼(通三)·통다중(通多衆)으로서의 통일'이었지 기존 체제 하나가 다른 체제를 점령하는 형식의 통일이 아니었다. "하나가 된다는 것은 더욱 커진다는 것이다!"의 숨은 뜻이 여기에 있었다. 그리고 그것은 곧 남북의 지도자들에게 '낮은 단계의 연방제'를 열어주었다. 그리하여 6·15공동선언이 채택되자 남북관계는 전혀 새로운 단계에 진입하게 되었다.

6·15공동선언은 남과 북의 많은 사람들을 만나게 했고, 단절된 관계들을 복원시켰다. 하지만 작가들의 만남은 요원하기만 했다. 지난해 8월 『문익환 평전』의 취재를 위해 문성근, 정도상과 함께 평양을 방문했을 때만 해도 북측의 반응은 회의적이었다.

"작가회담은 남측 당국이 절대 허용하지 않습니다!"

추호의 망설임도 없이 이렇게 답해오는 북측 관계자들에게 어린애처럼 보채는 정도상의 모습이 딱해서 말리고 싶기까지 했다. 만일 같은 질문을 남측 당국에 했더라도 틀림없이 비슷한 대답이 나왔을 것이다.

'북측이 받는다면 얼마든지 하세요.'

나는 이러한 태도가 위선적이라고 생각하지는 않는다. 그러나 동시에 진실이라고 볼 수도 없다. 현 수준의 남북관계에서 작가대회는 결코 가능하지 않다는 걸 알면서 양측 당국이 '말로만 허용'하는 셈이기 때문이다. 내 생각에 작가대회가 가능하려면 적어도 다음 세 가지 정도의 난관을 건너야만 한다.

첫째, 양측의 작가들에게서 이데올로기적 공격성이 제거되어야 한다.

한 시대의 미적 준거는 지배자의 용모라는 말이 있다. 남북 작가들의 감정 수위를 결정하는 미적 준거들은 명백히 상호 지배자의 용모를 닮아 있다. 작가대회의 장소를 어디로 삼든지 어느 한쪽의 불쾌감은 불가피하게 발생한다. 문제는 각자가 그것을 참는 게 '굴욕'이라고 생각한다는 점이다. 가령 행사가 평양에서 개최될 경우 남측의 작가들은 숙소에만 갇혀 있거나 아니면 '주체사상탑' '만경대 생가' 등을 방문하게 된다. 남측에서 기피하는 이 명승지들을 돌면서 누군가가 그것들은 63빌딩이나 용인 민속촌 같은 것이라고 관광학적으로 설명하긴 할 것이다. 북에서는 대학 이름이나 도시 이름도 항일무장투쟁사를 기념하고 있다. 그러나 관광이 닿을 수 있는 한계는 명백한 것이다. 이 같은 현상은 서울에서 개최될 때 북의 작가들에게서도 일어난다. 남측 작가들이 믿지 않지만 남측의 거리도 온통 지배자의 용모를 준거로 한 이데올로기적인 이름들로 덮여 있다. 6·15선언이 있고 나서 북에서 첫 손님이 왔을 때 묵은 곳이 '워커힐 호텔'이었다. 미제 워커 장군이 전투했던 언덕을 기념하는 호텔 이름 아래 북이 고개를 숙이고 들어가야 하는 상황은 어떻게 설명해도 '굴욕적'일 수밖에 없을 것이다.

둘째, 양측 당국의 전면적인 양해가 있어야 한다.

분단체제를 만일 '적대적 공조체제'라 한다면 '문화'는, 특히 문학은 그 본질에 있어서 '분단'에 저항한다. 현재 남과 북의 작가들에게 공유되어 있는 모국어와 대지에 대한 기억, 또 자연이나 기후, 풍습, 그리고 문화적 전통의 공통성은 '적대적 공조'에 크게 방해가 된다. 왜냐하면 문학인들의 교류는 예술의 교류일 뿐만 아니라 사상의 교류이기도 하기 때문이다. 더군다나 작가들 뒤에는 상대측 체제에 가려져 있는 잠정적 독자층이 숨어 있다. 작가 100명이 공유한 사실은 적어도 독자 100만 명에게 유포된다. 이들에게서 일어날, 앨빈 토플러가 말한 '문화충격'과 '미래충격'은 경우에 따라서 남북의 정체성을 흔들 수 있다. 까닭에 체제 안정을 위해서는 당연히 제도적·계몽적 준비가 필요해진다.

셋째, 행사를 주관할 능력이 작가 집단 내부에서 확보되어야 한다.

민족작가대회를 일컬어 '내면의 교류가 시작되었다'고 말하는 이유를 사람들은 잘 이해하지 못한다. 이 점에 대해 가장 쉽게 설명할 수 있는 말은 작가들은 기질상 일정 수준의 통제를 벗어난다는 것이다. 나는 그 점을 혹시 북이 간과할까 봐 실무회담 때도 언급하고 언론에도 미리 밝힌 적이 있다. 당시 『시사저널』에 쓴 관련 구절은 이렇다.

만일 양측 작가들이 만난다면 엄청난 양의 폭주와 유행가와 음담패설이 쏟아질 것이며, 그 무질서의 틈새로 체제 너머의 표정들이 드러날 것이다. 아직 취기가 묻은 얼굴들이 백두산 정상에 올라 해돋이를 기다리며 시 낭송을 하고 '문학의 새벽'을 열 때 민족사의 상상력이 깨어나기 시작할 것이다.

문학은 이성 중심적이지 않은 예술이면서 동시에 문자라는 매체의 필수 결합물인, 개인의 영혼을 이끄는 사상을 함축하고 있다. 이것이 의미하는 바는 각별하다. 그간에 있었던 모든 남북 간 교류는 사상적 교류가 아닌 동시에 비(非)이성적 교류도 아니었다. 공연을 같이하고 예술 감상의 기회를 함께 누려도 그것들은 본질에 있어서 정치교류였다. 이성의 범위 안에서, 서로를 침해하지 않는 한계를 정해놓고 시나리오에 따라서 움직이는 만남이었던 것이다. 그러나 술을 마시고 노래하며 옛 추억을 나누는 내면의 흐름을 대본화해서 지켜갈 수는 없는 노릇이다. 작가들을 한자리에 모아놓고 최하 1박 이상의 대회를 갖는다는 것은 이성만의 교류를 뛰어넘는 무엇인가를 허용한다는 의미가 된다. 여기서 양측 모두가 감당할 수 없는 상황이 발생될 소지가 농후한 것이다.

기우 같지만, 남과 북이 만나는 일이 얼마나 어려운 것인가를 보여주는 사례는 많다. 어떤 예술단체 간의 교류에서는 남북의 동질감이 확인된 순간 참석자 한 사람이 너무 기쁜 나머지 "대한민국 만세!" 하고 외쳤다. 행사가 한순간에 파산돼버렸음은 물론이다. 이 같은 사례는 남북교류에 전문적 이해수준을 가진 사람들 간에도 일어난다. 금강산에는 김정일 국방위원장을 '천출명장'이라 표현한 구절이 있는데, 이를 보고 남측 관계자가 농담을 한다는 것이 '천출'을 향해 "저건 천민출신이라는 뜻입니까?" 하고 물었다. 이 사소한 농담 하나는 수십 년의 피눈물이 담긴 이산가족의 상봉을 중단시켰다.

양측 당국이 이 같은 환멸요인들을 제거하려고 노력하지 않고 방치하는 것이야말로 '정치적 불허'보다도 심각한 '문화적 불허'라 아니할 수 없다. 어쨌든 작가들의 교류는 남북교류를 체제 간 교류의 차원에서 개인 간 교류의 차원으로 비약시켜버린다.

돌이켜보면 이 난망한 환경 속에서 문학인들의 행사를 가능케 할 실오라기 같은 틈새를 만든 것은 살아 있는 사람들이 아니라 작고한 지 9년 된 문익환 목사였다. 문익환 목사의 방북 때 접대를 맡은 고위층 간부가 문익환 목사님을 위해 부탁하고 싶은 게 없는지를 물었을 때 배우 문성근이 이렇게 말했다.

"남측의 민족문학작가회의를 아시잖습니까?"

"알지요."

"그 단체가 북의 입장을 난처하게 할 리는 없지 않습니까? 고은 선생, 백낙청 선생, 염무웅 선생…… 이분들이 다 훌륭한 통일인사들인데, 저희 아버지도 물론 그 회원이셨고요."

이 말을 정도상이 재빨리 보충했다.

"저희는 주제를 반전평화로 할 수 있다고 생각합니다. 남측의 민족문학 작가들은 지금 반전과 평화를 매우 중요한 가치로 생각하고 있습니다."

그러면서 소개한 것이 화남출판사에서 출간한 『전쟁은 신을 생각하게 한다』는 반전 시집이었다. 그 자리에서 처음으로 긍정적인 답이 나왔다.

"좋습니다. 해봅시다."

그리고 실질적인 교류 창구인 북측의 민화협으로부터 구체적인 실천이 가능하다는 언질을 받은 것이 지난 3월 중순이었다. 첫 실무회담은 4월로 잡혔다. 중국 연길에서 열린 '문익환 방북 15주년 기념 학술토론회'에 참석하여 조선작가동맹과 의논하라는 것인데, 그 자리에 나온 것은 조선작가동맹이 아니라 민화협이었다.

이 예비접촉에서 나는 북이 두 가지의 측면에서 망설이고 있다고 판단했다. 아마도 나의 추측이 옳다면 그것은 충분히 타당한 망설임이었다.

"저희는 6·15정신이 훼손되지 않도록 범문단의 모양을 만들겠습니다. 그러나 동시에, 남측의 작가들이 북에게 결례하지 않도록 철저히 내부 교양을 하고 조를 편성하겠습니다."

나는 이 약속 하나로 북측 실무자들에게 행정 능력이 매우 높은 사람으로 평가받게 되었다.

4. 밤

남측에는 북에 가고 싶은 사람들이 많이 살고 있다. 수십 년 동안 금지돼 있었던 방북을 희망하는 사람들에게 북녘 땅을 한 번 밟는 일이 얼마나 고단한 일인지를 설명하기란 불가능하다. 실무회담이 잡혀서 금강산에 갔을 때, 나는 그것이 두번째 방문이었는데도 처음처럼 잘 적응이 되지 않았다. 육로를 처음 밟은 탓이었는지도 모른다.

나는 기억한다. 별로 멀지도 않은 길을 하루 종일 걸려야 도착한다는 것 자체에 이미 피곤의 요소는 내포되어 있었다. 현대아산이 운영하는 관광버스를 타고 강원도 고성의 한 호텔에 들러 방문증(이것이 여권을 대신한다)을 받고, 다시 통일전망대로 이동하여 출국수속을 밟았다. 인천공항에서 외국행 비행기를 탈 때와 비슷한 경로였다. 그곳에서 다시 금강산 전용버스를 타고 비무장지대를 건너는데, 북측 경계선을 넘을 때 인민군

병사들이 검문을 했다. 이 검문은 정확히 우리가 서로 적국의 사람들임을 각인시켰다. 금강산에 도착해서도 마찬가지였다. 장전항 검색대를 통과하는 일은 해외 어느 나라의 검색대를 통과할 때보다도 편안하지 않았다.

그 갈피갈피를 채우는 기다림의 시간들을 일일이 설명할 길은 없다. 분단의 경계를 넘는 그 많은 피곤한 절차들을 견딘 끝에 북측 땅에 당도하면 북녘의 작가들이 기다린다. 예의를 중시하는 사람들, 그들은 또 그만큼의 예의를 우리에게 받고자 한다. 그리하여 미세한 동작 하나라도 어긋났을 때는 개인의 소양부족으로 정리되지 않는다. 정확히 남측이 북측에게 가하는 악의적이고 의도적인 결례로 취급되는 것이다. 이렇게 피곤한 관계를 감내할 사람들이 남측에는 많지 않다.

그러나 그러한 곳에서 우리는 뜨겁게 만났다. 그 첫번째 실무접촉에서 북이 베푸는 만찬을 받았던 순간을 잊을 수 없다. 김정숙휴양소의 2층 접대실은 삼면이 창으로 되어 있어서 고개를 숙이지 않으면 언제나 금강산의 위용을 볼 수 있다. 나는 남측 협상단의 단장이라고 해서 '문필봉'을 정면으로 볼 수 있는 좌석에 배치되었다. 쉽게 해가 지고 전기가 켜졌으며, 밥 먹는 도중에도 수시로 전기가 나갔다가 다시 들어오고는 했다. 서울과 평양에서 팩스 교환을 하면서 사용했던 '귀측'이라는 표현은 쓰지 않아도 되었다. 나와 장혜명 시인(북측 단장)은 한 살밖에 차이가 나지 않지만 내가 좋아서 "형님!"이라는 칭호를 사용했는데, 장 시인은 그때마다 얼굴에 희미한 미소가 돌았다.

그곳에서 우리는 두 차례에 걸쳐 2박 3일의 실무협상을 나누었다. 이제 그 내용을 소개할 차례이다.

우리는 민족문학작가회의의 독자사업이 아니라 '범문단'을 갖추기 위한 남측준비위원회를 구성하겠다는 안과 '반전평화를 위한 작가대회'라는 주제를 준비해서 갔었다. '반미'는 남측에서 긴장하고 '반핵'은 북측의 동의를 받을 수 없으니 나름대로 고민해서 얻은 복안이었다. 그런데 막상 뚜껑을 열어보니 자체검열을 많이 하는 쪽은 오히려 우리였다. 북이 가져온 의견들은 건설적이고 훌륭한 주장이 많았다. 그래서 우리는 초반부터 밀렸다.

"아니, 분단 후 처음 갖는 회합을 일회성 준비위원회를 구성해서 한 번 하고 말자는 거요?"

"그럼 어떻게 하면 좋겠습니까?"

우리 측 주장은 매체 중심의 교류였고, 북측의 구상은 조직 중심의 교류였다. 특히 우리 측 실무자들에 대해 많은 공부를 해왔는데, 그들은 내가 10여 년 전에 『실천문학』에 발표한 글을 거론하며 그 제목으로 사용된 명제 「가지를 떠나면 이파리들은 흩어져버린다!」의 관점을 최대한 살리자는 의견을 기조로 잡아왔다. '만남'이라는 단발성 이벤트가 아니라 쪼개진 문단을 합치자는 의견이었으므로 우리 측은 대찬성을 했고, 덧붙여 다수가 참가하는 대회(회담이 아닌)를 주장했다. 북의 정치색을 보장하는 형식의 '문학적 범민련'이 되는 것을 미연에 방지하기 위해서라도 필요한 주장이었다. 일단 이 문제는 보류한 상태에서 합의서를 작성하기로 했는데, 문제는 여기서 발생했다.

비로소 남쪽과 북쪽의 문인들 사이에 최초의 합의서라는 것이 나오기 직전의 상황이었다.

우리가 논의 테이블에서 나누었던 이야기들을 모아서 북측에서 문서화하기로 하고 잠시 사담을 나누었다. 얼마 후 합의서 안이 들어왔는데 우리는 모두 손을 이마에 얹을 수 밖에 없었다. 도저히 받아들일 수 없는 내용의 문서였던 것이다. 대외용 문서가 아닌 만큼 "우리민족제일주의의 기치를 내걸고……" 같은 표현은 차치하고라도('우리민족제일주의'는, 이렇게 표현하면 슬프지만, 그들에게는 공격적 개념이 아니라 콤플렉스로 인한 방어적 개념임이 분명한 것이다) "미제 강점하의 남조선……" 혹은 "미제에 의한 분열 책동……" 따위의 표현이 담긴 문서를 들고 돌아갈 형편이 아니었던 까닭이었다. 우리 측에서 즉각 만년필을 빼들어 쭉쭉 꼬리표를 그어가는 바람에 분위기가 순식간에 험악해졌다. 옥신각신한 의견은 두 가지였다. 하나는 문건의 형식에 관한 문제인데, 우리 측은 실무합의서는 대외선포용이 아니라 양측 당사자들끼리 읽는 것이니만큼 건조하게 합의사실만 명기하면 된다는 주장을 폈고, 북측은 작가들끼리 만나서 무슨 장사하는 사람들처럼 거래 내용만 적자는 얘기냐는 것이었다. 해석만으로는 북측의 견해가 옳았다. 그래, 동의한다고 하더라도 표현의 문제가 남는데, 우리의 마지막 보루는 '6·15'였다.

"6·15선언 어디에 '미제'가 나옵니까?"

돌아오면서 나는 남과 북이 소박하게 만났을 때 대화가 깨질 수밖에 없는 이질적 요소에 대해 통감했다.

분단은 똑같은 언어를 사용하는 사람들을 전혀 다른 두 개의 인간형들로 나누었다. 남측 인간형의 특성은 어떤 가치의식에 사로잡혀 있지 않다는 점에 있는데, 이로써 작가들은 정직하고 자유롭게 개인의 내면이 소리치는 욕구를 드러낸다. 이는 처녀의 속살에 닿고 싶어 하는 총각의 마음처럼 정직한 것일 수도 있고, 역으로 집단의 운명에는 배타적이면서 개인의 성취욕에는 밝은 이기성일 수도 있다. 이 같은 가치관의 함정은 남측 작가들의 '통일의지'가 상당 부분은 '관광의지'로 구성되어 있다는 것을 의미한다. 일례로 남측 작가들이 희망하는 장소가 '서울'이나 '금강산'이 아니라 극구 '평양' 혹은 '백두산'이요, 또한 주요 관심사가 민족의 문제가 아니라 사적 체험에 있다는 것이다. 이들에게 있어서 '7·4공동성명'이니 '6·15공동선언'이니 하는 것은 장학퀴즈적 지식의 일부일 뿐 현실 속에서는 아무런 구속력도 갖지 못하는 것이었다.

반면에 북측의 인간형들은 정치공동체에 대한 인식, 집단의 운명에 대한 인식에서 돋보였다. 개인의 소중함은 중요한 것이지만 개인이 '개인들의 합인 집단'에 대해서 배타적이지 않다는 것은 더욱 중요한 문제이다. '바보' 혹은 '멍청이'라는 말이 그리스어로는 '사적(私的) 인간'이라고 한다. 그러나 북의 정치 편향적 사고가 낳는 오류가 발견되었을 때는 지적해도 좀처럼 수정되지 않았다. 나는 다음과 같은 예를 들어 반론을 내놓곤 했다.

"그렇습니다. 제가 알기에도 남측의 역사는 불륜으로 시작되었습니다. 그런데 불륜으로 태어난 자식이 50살을 먹었습니다. 그렇다면 시작이 불륜이었으니까 50년의 삶도 무효일 수 있다는 말입니까?"

물론 북측의 주장에도 탁월한 것이 많았다.

"북과 남, 우리 민족이 헤어져서 반목을 한 것이 사실입네다. 그러나 실제 반목할 만한 내용을 넘어서 생겨난 불신의 벽이 있습네다. 북과 남이 미워할 만큼만 미워하는 게 아니라 필요 이상으로, 있지도 않은 사실까지 만들어가면서 미워했다는 데 문제가 있지요. 여기에는 안 그래도 숨막히는 분단의 장벽에 누군가가 이물질을 만들어 넣어서 다시는 깨뜨릴 수도 없게 만든 악행이 개입돼 있단 말입네다. 우리 솔직히 얘기해봅시다. 남측에서 그 이물질을 만든 게 작가들이 아닙네까?"

나는 동의했다. 그것은 맞는 말이다. 그런데 하나만 알고 둘은 모르는 말이다. 그래서 이렇게 반론했다.

"주장하신 말씀대로라면 남측은 반동의 나라입니다. 한국전쟁 직후 시점으로 거슬러 가보면 월북·납북과 월남을 계기로 남쪽은 반민족, 반통일 세력들만 남은 나라가 됩니다. 그런데 그들이 지금 어떻게 바뀌어 있습니까? 북에서 민족과 통일을 생각하는 사람들과 남에서 민족과 통일을 생각하고 살아온 사람들 중 누가 더 고생을 많이 하고 노력을 더 많이 했을 것 같습니까? 저는 사회와 민족에 대한 가치관이 1980년에 5·18의 현장에서 바뀐 사람입니다. 어떤 사람들은 나보다 먼저 민족문제에 눈 떴고, 어떤 사람은 나보다 더 늦게 민족문제에 눈을 떴습니다. 남쪽 사회에 가면 지금 이 순간에도 민족문제를 발견해가는 사람들이 있고, 1년 후, 5년 후에 바뀔 사람도 있습니다. 저는 그 사람들이 반민족적이라는 생각도, 나쁜 사람들이라는 생각도 들지 않습니다. 그 사람들과도 함께합시다. 이것이 6·15정신에 부합되는 것이 아닙니까?"

이때의 결별이 있고 나서 다시 만났을 때 북에서는 우리가 원하는 거의 모든 제안을 거부하지 않고 다 받아들였다. 북측의 결단이었다. 그들이 더 절실한 상황에 처해 있었던 까닭이라고 봐도 될 것이다. 나는 훗날 문학사를 정리할 때 분명히 자신들에게 불리할 수 있는 상황들까지도 견디고 양보하여 합의를 얻어낸 공이 북측에게 더 크게 있었음을 기록해야 한다고 본다.

5. 내일

현재 우리가 합의해둔 내용은 매우 만족스럽다. 주제 – 6·15공동선언 실천을 위한 민족작가대회, 참가범위 – 남과 북에서 각각 100명 해외에서 20명, 장소 – 평양, 묘향산, 백두산……, 특히 감동적인 것은 답사 코스인데, 북에서는 남측 작가들이 꺼리는 장소들은 모두 빼고 대신에 다른 분야의 사람들에게 보여주지 않는 장소들을 대폭 넣어두고 있다. 또한 다른 교류처럼 '선물비'를 요구하지도 않았다. 물론 우리는 물질이 아니라 마음으로 가능할 수 있는 '인쇄제본단지'에 관한 산업적 아이디어를 선물로 주었고, 북측 저작물이 남측에 소개될 때 필요한 중계권을 주고 싶다는 언질을 선물로 받았다. 나는 충분히 아름다운 교류였다고 본다.

어쨌든 이렇게 해서 민족작가대회가 얻을 가장 큰 수확은 문학 분야가 '낮은 단계의 연방제'의 모델을 만들 수 있게 되었다는 것이다. 또한 모국어 문학권의 영토가 59년 만에 회복된다는 사실도 중요하다. 여기에 한국문학이 발전할 결정적인 계기가 온다는 사실에 대해서도 말해야 한다. 대회를 준비하면서 내가 걸었던 최대치가 바로 이 세번째 의의였다. 그것이 구체적으로 어떤 모습을 하게 될지에 대해서는 독일의 예에서 찾아볼 수 있다.

하나의 언어로 쓰인 작품이 전혀 체제가 다른 두 개의 서적시장에서 수용되는 이 유례없는 특수상황은 두 독일문학에 큰 영향을 끼쳤다. (……) 안정된 자본주의 국가인 서독의 경우, 거칠게 말하면 하인리히 뷜, 귄터 그라스 이후의 문학작품이 주제상실 및 대가(大家)의 부재현상을 보여왔는데, 아직도 치열한 주제를 가진 동독문학의 유입은 서독 문단으로서, 본인들이 인정하건 안 하건, 분명 대단한 '득'이었을 것이다. (……) 크리스타 볼프의 경우가 단적으로 드러내듯이, 서독의 동독문학 수용은 서독문단을 풍요롭게 하기도 했지만 또한 동독의 문단, 학계, 작가 **자체에 변화**를 야기하는 요인이 되었다. (……) 모국어로 쓴 작품이 자국 아닌 또 하나의 나라에서, 그것도 전혀 다른 체제의 나라에서 이중으로 간행될 수 있다는 가능성은 작가들에게 새로운 지평을 열어주었다. 무엇보다 작가들의 시각을 결정적으로 넓혀주었을 것이고, 그것은 구체적으로 작품의 성격에 투영되었을 것이다.

_전영애, 『독일의 현대문학』(굵은 글씨는 저자가 표시한 것)

그러나 독일이 겪은 1989년의 통일은 민족문학의 발전에 참담한 실패를 가져오는 것으로 귀결되었다. 유럽문학 안에서 독일문학은 대단한 전통을 가지고 있었지만 히틀러 체험으로 엄청난 위축과 역사적 압박을 받아왔다. 독일이 괴테 시기 이래 문학적 빈국이 되고 만 데에는 거기서 생겨난 어려움을 극복하지 못하는 데에 있었다. 그러나 '찬밥은 영혼을 살찌게 한다'는 말이 있듯이 독일의 문학도 시련을 겪은 자들이 시련을 겪지 않은 자들에게 뭔가 보여줄 수 있는 기회를 맞은 적이 있었다. 동독에서 새로운 에너지가 솟구칠 때였는데, '너무 빠른 통일'이 그만 그 싹을 밟고 말았다. 시장은 원래 꽃밭을 보호하지 않는 법이다.

독일의 사례는 우리에게 대단히 중요한 반면교사가 된다. 문학은 모국어라는 울타리를 갖는 것이고, 우리는 그 울타리 안의 마당을 60년 가까이 절반만 사용해왔다. 마당이 좁은 곳에서는 공놀이를 할 수 있지만 마당의 일부를 사용할 수 없는 곳에서는 공놀이를 할 수가 없다. 똑같은 이치로 울타리가 좁은 집은 도둑을 막을 수 있지만 울타리의 일부를 사용할 수 없는 집에서는 도둑을 막을 수가 없다. 우리 문학은 오랫동안 공놀이를 할 수 없었고 또 도둑을 막을 수 없었다. 제1회 민족작가대회가 필시 남기게 될 '문학적 연방제'의 기회는 남의 작가들이 북의 독자들을 의식하게 만들고, 북의 작가들이 남의 독자들을 위한 감수성을 기르게 만들 것이다. 홍석중의 『황진이』는 그 선구적 사례가 된다. 그렇다면 우리 문학은 저

참혹한 한국전쟁을 겪은 후에 한 차례, 4·19를 겪은 후에 또 한 차례, 그리고 5·18을 겪은 후에 다시 한 차례를 뼈아프게 성장했던 이후 그동안 겪은 것보다 훨씬 큰 기회를 다시 기다리게 되는 셈이다.

6. 여담

하지만 정직하게 말하면 나는 남북의 교류가 기쁘지만은 않다. 하나 마나 한 소리지만 만일 김남주 시인이 살아 있었다면 자신은 틀림없이 이 대회에 동참하지 않았을 것이다. 그의 시 「사람과 똥파리」는 분명히 여기에 대한 주장을 담고 있다. 우리는 김남주 시인의 염려에 충분히 귀를 기울여야 한다고 본다. 사실 남북의 교류로 양측이 경제적으로 성장할 것은 분명하다. 그러나 명심할 것은 어린아이가 어른이 된다고 해서 더 행복해지거나 더 훌륭해지는 것은 아니라는 점이다. 북은 이루 말할 수 없이 가난하고 폐쇄되어 있지만 인민대중의 행복지수가 높다. 또한 그곳에서 성장한 사람들은 순박하고 착하다. 온 인류가 '놀부 숭배 사회'로 변하고 있을 때 그래도 그곳만은 '흥부 숭배 사회'임을 자랑으로 여겨왔다. 만일 '지속가능한 발전'이라는 콘셉트를 외부 환경만이 아니라 인간의 내면에도 적용시킨다면 현재 북의 인민들이 가지고 있는 정서 상태는 중요하게 고찰되어야 한다. 자칫하면 통일은 이것만 망가뜨리고 아무런 생산성도 못 만들어 낼 수도 있다.

　　그렇지만 나는 김남주 시인과는 달리 남북교류에 열심히 참여해야 된다고 생각하는 편이다. 왜냐하면 어린아이는 반드시 어른이 될 수밖에 없는데, 어떤 어른이 되는가 하는 것이 더불어 살아가는 사람들의 영향 속에서 결정되기 때문이다. 특히 남측 정치권의 최근 동향을 보면서 나는 이러한 생각을 더욱 견고하게 굳히고 있다. 남측의 현재 정치상황은 모든 것을 끝없는 정쟁의 대상으로만 전락시킬 뿐이다. 남측 사회는 민족의 미래를 합리적으로 선택해갈 이성의 부족에 허덕이고 있음이 분명하다. 참여정부도 취임 초기에 '대북관련 특검'을 대야협상용으로 선택했고, 최근에도 조문답방 금지라는 오판을 내렸다. 한나라당의 박근혜 의원도 민족문제에 대해서 전향적인 발언을 하다가 국가 정체성 논란의 와중에 돌변하기 일쑤이다. 조선시대의 사색당쟁보다도 더한 이 정쟁은 민족의 운명을 담보로 한 모험이라는 측면에서 훗날 조선 말기의 엘리트들보다도 더한 악평을 듣게 될 것이다. 거듭 말하지만 우리는 슬픈 나라의 사람들이다.

하나의 상상력 둘의 상상력

—[6·15공동선언 실천을 위한 민족작가대회]를 마치고

일시 : 2005년 8월 2일(화)
장소 : 실천문학사 회의실

만남, 과거와 현재

김재용 민족작가대회를 마치고 제대로 쉬지도 못했을 것인데 이렇게 『실
천문학』 특집 대담을 위해서 나와주신 김형수 선생님께 감사드립
니다. 우리 『실천문학』은 1990년대 북에 대한 무관심이 팽팽할
무렵에도 중단 없이 북의 문학에 대한 소개와 평가, 그리고 전망
을 읽는 작업을 해왔습니다. 그래서 작년에는 대회가 열린다는
것을 전제하고 특집을 마련한 적도 있었습니다. 이 작가대회 행
사 자체가 갖는 역사적 의미가 원체 크기 때문에 이번에 우리 『실
천문학』은 다시 한 번 특집을 마련했습니다. 이번 작가대회를 준
비했던 김형수 민족문학작가회의 사무총장을 모시고 이번 민족

작가대회의 역사적 성격, 의의, 그리고 향후 과제와 전망 등에 대해서 폭넓게 이야기를 하도록 하겠습니다. 우선 이번 민족작가대회라는 것이 매우 중요한 문학사적 사건이라 한두 마디로 성격을 규정하기가 어려울 것입니다. 적당한 거리를 가질 정도로 시간이 흐른 것은 아니지만, 이제는 그 성격을 헤아려보는 것도 필요하리라고 생각합니다.

김형수　『실천문학』처럼 중요한 매체에서 이런 기회를 주어서 영광입니다. 『실천문학』은 우리 모국어 문학의 온전한 크기를 언제나 눈 안에 담고, 남쪽의 문예지들이 방치해오던 민족문학의 숨어 있는 영토에 대해 지난 몇 년 동안 끝없는 관심과 사랑을 보여왔습니다. 문학인의 한 사람으로서 편집위원들에게 감사드립니다. 행사를 전후해서 많은 언론들이 취재하고 응했지만 하나같이 국면적(局面的) 보도 취지에 따를 수밖에 없었어요. 기자가, "기쁘죠?" 물으면 "네" 혹은 "아니요"라고 말해야지 "숙명이었습니다" 하면 못 알아듣잖아요. 이 대담을 주최 측의 의지를 밝히는 '정본'으로 삼으면 좋을 것 같습니다. 먼저 행사 개요를 밝히면, 명칭은 '6·15 공동선언 실천을 위한 민족작가대회'이며, 일시는 2005년 7월 20일에서 25일까지 5박 6일, 본 대회 개최지는 평양, 민족문학의 미래를 약속하는 '통일문학의 새벽'은 백두산에서, 과거에 대한 확인과 친교의 자리는 묘향산에서 있었으며, 규모는 남북을 합해서 총 200여 명이었는데, 비율상 남측 참가자가 많았고, 또 일정도 시종 남측 참가자들을 중심에 놓고 진행되었습니다.

김재용　민족작가대회가 성사되기 어려울 것이라고 보는 사람이 주변에 많았을 정도로 이 일이 결코 쉽지 않았습니다. 특히 6 · 15공동선언 이후 다른 부문에서는 교류가 이루어지는 데 반해 문학 분야에서는 이루어지지 않아, 문학이 이념 등과 떼놓고 생각하기 어렵기 때문에 어쩔 수 없다고 체념하기도 하였습니다. 하지만 이렇게 대회가 이루어진 마당에 돌이켜보면, 다른 분야와 달리 문학 분야의 교류가 이렇게 늦게 되었지만 그 의미는 다른 분야와 퍽 다르다고 생각합니다.

김형수 대회의 성사를 위해 이미 노동자대회도 했고 여성대회도 했다는 점을 들먹이고는 했는데, 그 때문인지 문학 쪽의 만남이 너무 늦었던 게 아니냐 하고 묻는 분이 많습니다. 저는 엄청나게 빠른 속도로 거의 기적처럼 이루어지는구나, 생각했습니다. 대회의 성격 자체가 계급 계층운동의 결실들과는 상당히 다른 차원에 놓인다고 봐요. 문자를 가진 개인들이, 다시 말해서 작가는 하나의 독자적인 정부라고 말한다면, 98개의 독자적인 정부가 남쪽에서 북쪽을 가로질렀습니다. 북쪽 작가들의 입장은 생략하고서라도, 우선 남쪽 작가들이 우리 모국어의 금지된 영토를 종단한 사실만으로도 엄청난 사건이라고 생각합니다. 객관적 의미는 아마도 민족사적으로 또 문학사적으로 좀 세분화시켜서 고찰되어야 할 텐데요, 내용이 꽤 길지 않겠습니까?

김재용 다른 분야에 비하면 조금 늦었지만 만남의 큰 장애라고 생각할 수 있는 가치지향성이라든가 이념적인 부분들을 이렇게 넘어섰다는 것은 대단히 아름다운 일이라고 생각합니다. 그래서 가장 늦었지만 가장 아름다운 만남을 우리 남북의 문학인들이 만들었다고 자부합니다. 그런 점에서 보자면 남북 만남의 새로운 장을 우리 문학인들이 열었다고 해도 과언이 아닐 것입니다. 실제로 많은 이들이 이번 민족작가대회에 지대한 관심을 두었던 것도 바로 이런 이유에서 기인된 것이 아닌가 생각합니다. 이런 문학사적 사건을 역사적으로 보면 결코 우연이 아닙니다. 직접적으로는 1989년의 남북작가대회입니다. 무산되기는 하였지만 이번 대회는 그것과 분리해놓고 생각하기 어려울 정도로 연속성이 있습니다. 더 거슬러 가보면 1945년 12월 13일의 남북 작가들의 모임입니다. 분단의 위기 속에서 문학가들의 단합된 힘을 보여주려고 했던 그 대회 역시 분단 극복이라는 측면에서 이번 대회와 큰 흐름에서 관계가 깊다고 할 수 있을 것입니다.

김형수 먼저 전제할 것은 문학이라는 것이 언어 공동체가 없으면 아예 성립되지 못한다는 점입니다. 문학이 모국어라는 울타리를 갖는 것이므로, 언어가 다른 사람들은 문학적 공동체에 함께하지 못하는 반면에 언어가 같은 사람들이 단일한 문학적 공동체를 형성하는 것은 무엇으로도 막을 수가 없습니다. 그런데 일제하에서도 같은 언어로 문학을 했던 동료 작가들이 체제의 장벽에 막혀서 두 토막이 나버린 이상한 상황에 우리 민족문학이 처했지요. 당연히 단일 모국어를 사용하는 것 자체가 분단과 모순이 되는 것이니, 작가들은 이를 답답해하고 충돌할 수밖에 없어서 특별한 정치적 계기가 없더라도 문학은 지속적으로 분단의 벽에 머리를 짓찧었다고 봅니다. 박봉우 시인의 시 「휴전선」이 발표된 이후 그간에 있었던 수많은 필화사건과 자유실천문인협의회의 출범 자체, 표현의 자유를 놓고 반공법·국가보안법과 충돌했던 것 자체, 창작·비평·출간·연구·독서 등 문학행위에 관련된 전방위 영역에서 분단의 수호구조랄까 분단의 관리세력과 충돌해온 것 자체가 다 남북문학의 온전한 소통과 관련되는 것인데, 그 같은 궤적 위에서 일단 민족문학작가회의가 조선작가동맹을 향해 1988년에 회담을 제안하고 1989년에 첫 시도를 하면서 실천적 장도에 들어섭니다. 그날의 의미를 제대로 읽기 위해서는, 인류사에서 1989년이라는 시간대가 의미하는 바를 잘 읽어야 한다고 봅니다. 프랑스의 작가 자크 아탈리의 말대로 20세기의 질서는 1989년에 마감된 측면이 분명히 있거든요. 그해에는 이미 인터넷이 출현해 있었고, 복제생명이 태어났으며, 베를린장벽이 붕괴되었습니다. 아시아뿐 아니라 모든 대륙의 지식인들이 "어제는 가고 내일은 오지 않았다"고 노래하던 시기였죠. 그렇게 우리 민족에게 뼈아팠던 한 세기가 저물던 무렵에 우리 선배 작가들이 기나긴 민족사의 불행을 벌레의 촉수처럼 예리하게 읽고 가장 먼저 부지런하게 몸을 놀려 낡은 세기의 마지막 페이지에 마침표를 찍으려고 시도했다고 생각하면 감격이 오거든요. 시인 문익환 목사님의 방북과 소설가 황석영 선생님의 방북은 분명히 그러한 노력의 일환이었습니다. 하여튼 민족사의 불행했던 세기를 접고 새로운 시작을 꿈꾸려던 시도가 1989년의 사건이었다고 저는 생각합니다.

김재용 1989년 남북 작가가 만나려고 했던 것은 분단된 이후에 이 상태가 얼마나 부자연스러운가를 자각한 작가들이 예민하게 반응했던 결과라 할 수 있습니다. 거기에는 1980년대 이후 그동안 금기시되었던 북의 사회를 제대로 파악하고자 했던 열정이 깊이 스며 있었습니다. 분단된 이후 북쪽을 제대로 알지 못하고 살아가는 것이 얼마나 무지몽매한 일인가 하는 것을 깨닫기 시작하고 이를 극복하기 위하여 많은 사람들이 피와 땀을 흘리면서 노력한 시대적 축적이 있었기에 그러한 시도가 가능했었습니다.

김형수 좋은 지적입니다. 1989년 문익환 목사님의 방북에 관여했던 정경모 선생님은 당시의 심정을 일컬어, 기나긴 20세기의 고통과 질곡 속에서 최소한 그것을 누군가가 몸으로 부딪쳐 깨뜨려보는 이벤트마저 남기지 못한다면 도대체가 한반도에 제대로 된 사람이, 온전한 지성이 살아 있었다고나 말할 수 있는 거냐, 그래서 누군가는 실패를 하더라도 살아 있다는 몸부림을 보여주었어야 했다고 하시던데, 정말 흉중에 와 닿는 말씀입니다. 한 시대의 감각기관으로서, 벌레의 촉수로서 작가들이 민족과 시대의 슬픈 관능을 그 예민한 부위로 건드렸어요. 또한 동시대의 청년 학생들이 '북한바로알기운동'을 전개한 것도 같은 맥락이고요. 그리고 그것이 20세기의 마지막을 장식하는 몸부림이었다면, 이번에 우리가 한 일은 그때의 화두를 놓치지 않으면서 또 다른 첫 발짝을 떼는 21세기적 대장정의 출발이라고 봅니다. 분명히 세계사적 높이에서 차이가 있어요. 통일부장관의 말을 인용하면, 지난 백 년 이래 처음으로 우리 민족사의 방향을 우리가 선택할 수 있는 키를 잡기 시작했어요. 외세가 흔드는 대로 떠내려가던 항공모함이 우리가 가고자 하는 방향으로 선회를 시작한 거죠. 그 안에 타고 있는 사람들은 잘 못 느낄 수도 있지만 말입니다. 아마도 이런 눈으로 바라보면 이번 대회의 시대적 높이가 읽힐 것이라고 봅니다.

김재용 1989년의 상황과 이번 민족작가대회 사이에 일정한 차이가 존재하는 것을 간과할 수 없을 듯합니다. 1990년대 들어 북쪽과 관련된 담론은 항상 붕괴였습니다. 언제 붕괴될 것인가를 놓고 이런저런 추측을 했던 것이죠. 어떤 사회과학자들은 김일성 주석이 사망한 이후 일 년을 넘기지 못할 것이라고 단언할 정도였으니까요. 이러한 시대적 분위기에서는 남북작가대회 같은 것은 생각도 하기 어려웠던 것입니다. 북이 쉽게 붕괴하지 않는 것을 보면서 다시 생각을 조정하기 시작했던 것이죠. 1990년대의 늪을 통과한 이후에 이번 민족작가대회가 이루어진 것이기 때문에 단순한 반복은 절대 아니라고 할 수 있습니다.

김형수 우리에게 '90년대라는 긴 늪'이 있었다는 얘기를 들으니 퍽 심란해지네요. 조금 전에 말했던 '어제는 가고 내일은 오지 않던' 시절에 대한 기억은 제게도 말할 수 없이 쓸쓸합니다. 21세기적 분위기랄까 혹은 흐름이랄까 하는 새로운 세기에 대한 긴장이 우리에게 다시 생겨나기 시작한 것이 2001년 9월 11일부터라고 개인적으로 생각해보는데, 미국 쌍둥이빌딩이 붕괴되는 걸 보면서 인류가 그토록 기대했던 21세기라는 것이 겨우 이런 것이었느냐 싶었죠. 그렇다면 베를린장벽이 무너졌던 1989년 11월 9일에서 쌍둥이빌딩이 무너졌던 2001년 9월 11일 사이의 기나긴 하룻밤을 어떻게 보냈는지 돌아다볼 필요는 분명히 있습니다. 미래에 대한 막연한 낙관 속에서 인류사 전체가 맞았던 가치지향의 상실과 어정쩡한 소강상태를, 조금 전에 늪이라고 표현했던 '역사에 대한 심한 허무주의'에 꼼짝 못 하고 묶여 있었던 상황 동안을, 우리 문단은 공동의 선을 지키고자 자기를 던지고 헌신했던 삶에 대해 모독하고 파괴하며, 조금 심하게는 이지메했던 측면이 있습니다.

이것은 우리 후속 세대들을 지칭해서 하는 말이 아니에요. 조금 전에 대담을 시작하면서 표하고자 했던 『실천문학』에 대한 감사가 바로 이 '90년대의 늪에 대한 기억'에서 비롯된 것입니다.

김재용 말씀하신 것처럼 1990년대는 세계사적 차원에서도 허무의 시대라고 할 수 있습니다. 인간이 주어진 환경적 조건 속에서 새롭게 역사를 만들어나간다는 것 자체가 기이한 일로 받아들여졌던 시대죠. 그런데 21세기가 시작되면서 미국을 비롯한 패권 국가들이 일방적으로 자신의 가치를 전 지구인에게 강요하는 것을 목격하면서 사람들은 다시 역사와 정의 그리고 해방이라는 것을 떠올리기 시작하였죠. 바로 이러한 세계사적 분위기의 전환과 우리나라에서 이루어진 탈냉전적 흐름이 절묘하게 맞물려 들어갔습니다. 이런 맞물림 속에서 이번 작가대회가 이루어질 수 있었다고 봅니다.

김형수 그렇게 읽어주시니 대회를 준비한 입장에서는 굉장히 고맙습니다. 김재용 씨처럼 현실을 집요하게 읽는 학자를 가진 것을 동시대인으로서 복이라고 생각하고 있어요. 여기서 일단 상기하고 싶은 것은, 우리가 늘 남쪽의 역사만 놓고 사고하는데, 남북의 관계는 서로가 서로에게 보이지 않게 관여하고 있어요. 백낙청 선생님이 분단체제론을 펼친 것도 같은 맥락이라고 보지만, 휴전선은 지상의 어떤 국경선보다도 서로를 심하게 단절시키면서 너무도 역설적이게도 지상의 어떤 연결선보다도 민감하게 연결시키고 있습니다. 한쪽이 군사훈련을 하면 다른 쪽의 정세가 순식간에 얼어붙잖아요. 중요한 것은 그런 상태에서 남쪽의 지식인이 '문익환 사후 10년'을 사는 동안 북쪽의 지식인들도 '김 주석

사후 10년'을 살았다는 점이에요. 아까 말씀드렸던 역사 허무주의의 늪에서 우리가 모든 가치지향의 붕괴상태에 머물러 있을 때 우리 민족사의 절반이 처한 상황은 정말 난처했다고 봅니다. 브루스 커밍스는『한국현대사』에서 "자연마저도 북을 돕지 않았다"는 표현을 쓰더라고요. 역사적 재해와 자연적 재해가 함께 진행되면서 극심한 어려움에 빠졌던 북이 그나마 기나긴 좌절의 늪에서 빠져나와 새로운 봄기운을 얻으면서 조금씩 활기를 되찾는 지점에 지금 우리가 놓여 있는 것 같아서 한편으로는 복 받은 세대라 느껴집니다. 이를 대회와 관련지어 말하면, 꽃이 피는 것은 누군가 씨를 뿌리고 물을 주어서이기도 하지만, 본질은 역시 봄이 와서예요.

김재용 공감합니다. 북이 이른바 '고난의 행군'을 겪으면서 이전과는 다른 상태로 진입하게 된 것 같습니다. 에너지난과 식량난에 시달릴 때는 이런 대회를 생각하기도 어려웠죠. 고난의 행군이 끝나고 이제 대행군의 시대가 도래하면서 북은 차츰 가다듬기 시작했고, 이전과는 분명하게 다른 태도를 가지게 되었습니다. 그런 점에서 고난의 행군은 북의 사람과 작가들에게는 아주 고통스러운 일이었지만 그렇다고 완전히 헛되게 지나간 것은 아니라고 봅니다. 남쪽 사회의 탈냉전이라는 성숙과 북쪽 사회의 이러한 성숙이 없었다면 이번 작가들의 예민한 만남은 결코 쉽지 않았을 것입니다. 이번 작가대회는 앞서 말씀드린 것처럼 가깝게는 1989년 남북작가대회의 노력에 닿아 있지만 멀게는 60년 전 1945년 12월의 만남에 이어져 있습니다. 이번의 작가대회를 준비하면서 '60년 만에 만난다'라고 했을 때 그 60년이란 말은 정확하게 말하면 1945년 12월 13일에 만났다 헤어진 것을 기점으로 해서 계산한 것입니다. 그런 점에서 1945년 12월 13일을 기억하는 것도 중요하다고 봅니다. 냉전이 시작되기 바로 직전에 남북의 작가들이 38선을 넘어서려고 했다는 사실은 우리들의 큰 자랑이라고 할 수 있습니다. 냉전이 시작되기 전에 마지막으로 만났는데 이제 냉전이 붕괴되는 시점에서 새로운 작가들끼리 만나게 된 셈입니다. 그렇다면 이번 대회는 냉전이 우리 반도에서 붕괴되어나가는 결정적 신호탄이라고 할 수 있을 것입니다.

김형수 1945년 12월의 만남에 북이 별로 의미를 두지 않으려 하는 느낌을 받았어요. 우리도 이 대회 준비를 하면서 김재용 씨 때문에 알게 되었으니까. 어쩌면 북에서는 아직 연구되지 않은 영역일 수도 있고, 또 어떤 측면에서는 북이 원하는 관점이 아닐 수도 있겠지요. 이를테면 문학을 현실에 대한 반영물이라고 본다면 역사를 끌고 가는 어떤 움직임의 중심이 따로 있을 텐데, 그랬을 때 북의 입장에서는 빛이나 그림자가 아닌, 실체를 호도하게 될까 염려하고 있을 수도 있다고 봅니다. 북이 인간의 역사를 자주성 실현의 역사로 보고 있고, 그런 흐름을 정치 우선적인 시각으로 읽는다면 1945년 12월의 모임은 분명히 거기에 대한 문제 제기인 측면이 있습니다. 그러니까 남북의 체제가 갈리는 것에 대한 문학적 항명의 요소가 있는 까닭에 체제 당사자들은 그것을 기념하고 싶지 않을 수 있다는 생각이 듭니다. 그러나 그때로부터 60년 동안의 세월이 면면히, 민족을 구성하는 각 개인의 삶 속에 다른 방식으로 아로새겨지면서 이 개인의 삶들이 남북 체제의 진행과 계속 충돌을 일으켜온 만큼, 이제 통합을 내다보는 시점에서 그것들을 되돌아보는 것 자체, 저는 이것이 굉장히 중요하다고 생각합니다. 이번 대회의 큰 성과 중 하나가, '지난 60년을 돌아보게 한다!' '우리에게 60년을 점검하면서 다시 출발할 계기를 주고 있다!' 이것이라고 생각합니다.

김재용   이번 작가대회의 큰 의미 가운데 하나는, 분단이라는 것이 얼마나 부자연스럽고 그리하여 극복해야 할 대상인가 하는 것을 당위론적 차원이 아니라 피부로 느끼게 하는 것에 있다고 생각합니다. 60년이라는 역사적 거리를 사유의 대상으로 놓을 수 있는 것 자체가 바로 이러한 감각에서 오는 것이 아닌가 생각합니다. 이번 참가자들이 우스갯소리로 이런 말을 하곤 했습니다. "말이 통한다. 너무 신기하다." 너무나 당연한 사실인데 이렇게 경이롭게 다가오는 것은 우리가 분단을 제대로 체감하고 있지 못했다는 반증이기도 합니다.

만남, 그 의미

김재용   이제 주제를 바꾸어 이번 민족작가대회의 의미 혹은 시각에 대해 이야기를 해보도록 하겠습니다. 이번 민족작가대회에 참여한 문학인들의 경우는 물론이고 참가하지 않은 문학인들 사이에서도 이번 대회를 바라보는 시선은 다양할 것이라고 생각합니다. 이를 논의해보는 것은 이번 대회의 의미를 밝히는 데에도 중요하지만 향후 남북 작가의 교류에 있어서도 중요하리라고 생각합니다.

김형수   문학이라는 것이, 또 작가라는 것이 작품만 갖는 것은 아니잖아요. 이번 대회를 좁은 의미의 문학사 안에 가두어서 읽으려 하는 건 상당한 단견이라고 봐요. 올해가 마침 광복 60주년이어서 여러 행사가 준비되는가 본데, 필수적으로 더듬어야 할 것은 이런 게 아닐까 싶어요. 지상의 모든 인간은 자신에게 부여된 자아와 세계를 누리며 살고 있어요. 그것을 생이라고 해요. 그리고 자아와 세계는 달팽이와 달팽이 껍질처럼 결속되어서 한쪽이 망가지면 두 개 다 불구가 됩니다. 한데 우리에게는 자아의 토대인 고향도 부서져 있고, 세계의 토대인 대지도 쪼개져 있습니다. 흔히들 한국의 근현대사는 '강압적 근대'와 '압축적 근대'가 점철되는 과정이었다고 말하는데, 일제에 의해 시작된 강압적 근대가 우리의 고향을 파괴시킨 정도는 심각합니다. 예를 들어 우리가 입만 열면 들먹이는 민족사적 수난이라는 게 어떤 방식으로 온 것인가 하면, 우선 일제를 맞으면서 어떤 유형의 공동체가 부서지기 시작했어요. 이 공동체를 민족이라 해도 좋고 다른 용어로 불러도 상관없겠습니다만, 외압에 의해 크게 봐서 네 쪽으로 쪼개지거든요. 일제가 오자 저항의지를 가진 이들은 싸우기 위해서 마을을 뜨고, 출세에 눈이 먼 부역자들은 악역을 하느라 이웃들 속에 붙어 남지 못하죠. 참고 견디려 했던 다수는 징용·징병 따위로 끌려가고, 이제 뒤에 남은 잔여 인력이 아버지와 삼촌, 오빠들을 기다리는 임시의 삶을 지탱하는데……, 이 이야기를 하다 보면 꼭 눈물이 납니다. 하나의 고향에서 쪼개져 버린 네 쪽이 일정한 세월을 견디고 나서는 자연스럽게 모아져야 되는데 그냥 해방이 되었단 말이죠. 잠깐이면 될 것 같던 임시의 삶들이 한국전쟁을 맞고, 분단의 늪에 빠지며, 냉전과 함께 작동하는 두 체제의 야비한 경쟁과 강력한 국가이데올로기에 휘말립니다. 특히 20세기라고 하는, 진영별 폭력과, 국가라고 하는 정치 공동체만을 절대적 단위로 삼아서 세계질서가 형성되어 그야말로 빡빡하게 물려서 돌아가는 시기에 우리는 짧게는 50~60년, 길게는 80~90년, 2대째 3대째 그냥 나그네살이로 자신의 근거지에서 멀리멀리 떠내려가 버립니다. 그 상태에서 개발독재를 만나고 허리끈 조이며 살았던 세월은 절대빈곤을 벗어나기 위해 오직 앞만 보고 달렸던 뿌리 뽑힌 사람들의 슬픈 여로(旅路)와 같은 것이었다고 봅니다. 근거지를 박탈당한 상태에서 개발독재에 휩쓸려서 먹고살자고 나선 뜨내기 인생들끼리 친구가 되고 동행이 되어서 막연한 그리움에 안식처를 찾아가 보면 고향이라는 것은 없는, 이를테면 지명만 남아 있을 뿐 내용물은 아무것도 없는 텅 비어버린 세계, 그것이 황석영의 걸작 「삼포 가는 길」입니다. 그 텅 빈 세계에서 얻는 깨달음이 통일운동을 떠미는 에너지 아닐까요? 존재의 근원적 안식처가 확보되지 않는 한 그 어떤 이산가족 상봉의 눈물바다도 막막한 수평선 위에 떠 있는 희미한 물줄기에 불과할 뿐일 테니 말입니다. 그리고 그 같은 세월이 우리에게 준 가장 큰 피해는 어떤 새로운 세기가 와도 여전히 치유되지 않는 내상(內傷)을 남겨놓는다는 것입니다. 그렇다면 우리는 여전히 근거지 상실, 분단의 상처, 복구의 실패로 인해 불구화된 자아를 회복할 보다 원대한 출항을 시도하지 않으면 안 되는 숙명을 갖는 존재들입니다. 자, 여기서 저는 문학을, 작가를, 더 나아가 이번 대회를 생각해달라고 주문하고 싶습니다. 우리에게 마지막 남아 있는 근거지가 우리의 모국어일지 모른다는 생각, 우리의 공동체가 정치적으로 완전히 파괴되어버려서 더는 존재의 구원을 수행할 수 없게 되고 난 후의 마지막 공감의 틀, 공통의 모국어로, 모국어의 향기와 그리움으로, 그 모국어의 고향으로, 우리는 오래전에 소멸해버린 고향이 아니라 미래에 창조될 새로운 고향을 만들어야 한다는 생각을 하면서 저는 이 대회에 임했습니다. 그래서 민족사적 의미에서 우리가 '내면의 교류'를 시작하겠다고 표현해보기도 했는데, 사실 이런 유형의 교류는 아직까지 없었습니다. 6 · 15를 거쳐서 5년 만에, 그간에 있었던 교류의 축적을 통해서 이룩한 전혀 새로운 차원의 통합과 근거지 확보를 위한 장도를 시작했다고 하는 것이 문학을 넘어선 성과라고 생각합니다.

김재용   '내면의 교류'라는 표현이 퍽 흥미롭습니다. 저는 소통이라는 표현을 즐겨 사용합니다. 남북 문학계의 소통에는 '교류'와 '이해', 두 가지가 있습니다. 이해라는 것은 남북의 작가들이 직접 만나지 않고도 이루어질 수 있는 성질의 것이죠. 그동안 남쪽의 문학인들이 북의 작품을 읽으면서 북의 문학에 대해 이런저런 생각을 하면서 자기 나름대로 어떤 표상을 갖게 되는데 그것을 이해라고 저는 표현합니다. 북의 작가들이 이런저런 방법으로 남의 문학을 대하고 어떤 생각을 갖게 된 것 역시 이런 범주에 속하는 것이죠. 그런데 남북 문학계의 소통에는 이러한 이해 말고 다른 차원, 즉 교류가 있습니다. 이 교류라는 것은 직접 작가들이 서로 만나서 이런저런 이야기를 하는 것을 의미하죠. 이번 민족작가대회가 이루어짐으로써 비로소 교류가 시작되었고 비로소 온전한 의미의 소통이 이루어질 수 있었다고 생각합니다. 물론 참여자 중에는 자신의 기대만큼 북의 작가와 만나지 못했기 때문에 다소 서운한 생각이 들 수도 있고 진정한 교류가 이루어졌는지 회의하는 분이 있을 수 있지만, 큰 틀에서 보면 교류가 이루어졌다고 할 수 있습니다. 이해와 교류가 서로 맞물릴 때 비로소 소통이 이루어질 수 있다고 생각합니다. 저의 경우에도 북의 문학에 대해서 꽤 안다고 생각하고 있었지만 이번 교류를 통하여 이전과는 다르게 생각을 많이 수정하게 되었습니다. 이런 것이 바로 교류의 힘이 아닌가 생각합니다. 교류가 없는 이해라는 것이 얼마나 관념적일 수 있는가 하는 것을 저는 깊이 통감했습니다. 하지만 이해 없는 교류라는 것도 맹목이라는 것 역시 이번 기회에 느낄 수 있었습니다. 이해의 진지함 없이 그냥 유람식으로 교류만 하게 될 때, 그것은 맹목에 가까운 결과밖에 남기지 못한다는 것을 다른 참가자들의 모습을 보면서 확연하게 느낄 수 있었습니다. 교류가 이루어짐으로써 이제 진정한 의미의 소통이 시작되었다고 생각합니다. 민족작가대회를 계기로 남북 문학계가 이제 온전한 소통의 새로운 단계로 접어들었다고 생각합니다.

김형수 '이해와 교류를 동반하는 소통'이라는 표현이 참 맘에 듭니다. 이번 대회를 보며 언론은 어떤 약속과 합의를 만들었느냐에 주목하는데요, 사실 약속과 합의를 만드는 데 필요한 인원은 남북을 합하여 열 명이면 족합니다. 대표자 회담을 하면 쉽거든요. 그런데 그것을 기어이 백 명 이상의 규모로, '회담'이 아닌 '대회'로 잡은 것은 정치 교류를 뛰어넘는 문화 교류, 이성의 교류를 뛰어넘는 내면의 교류를 간절히 원했기 때문입니다. 예를 들어볼게요. 제가 좋아하는 선배 중에 이 모라고 하는 소설가가 있어요. 고집도 세고 주체성도 강하며 성격이 장쾌한지라 마지막 연찬회 때 보니까 만취를 했는데, 작가들이 아니면 볼 수 없는 풍경을 만들어요. 까닭을 들어보니까 낮에 북측 인사와 스트레스가 있었던 것을 밤에 정치적으로 다소 위험하다는 느낌이 들 만큼 과감하게 뛰어넘었나 봐요. 그러니까 낮에 이성 대 이성의 대결에서 발생한 충돌을 밤에 술과 술의 대결로 해소하기 시작하여 서로의 체제가 쌓은 완고한 장벽을 취중 농담으로 무너뜨리고 뜨겁게 화해를 만들어내더란 말입니다. 이게 한두 사례가 아니라 전체적으로, 예외적 사건이 아니라 대회의 성격 자체로 수행되는 교류가 문학 아니면 어디에서 가능하겠습니까? 여기에는 그간 문학에 몸담았던 동서고금의 작가들이 인류사에 투여한 엄청난 양의 주벽(酒癖)의 공도 없지 않지요. (웃음) 이게 왜 문학의 몫인가 하면, 문학이라는 것이 근본적으로 개인의 삶을 가지고 세상을 이야기하는 것이기 때문입니다. 사실 인간이 제아무리 어떤 가치에 충실하고 근엄해도, 그것이 존재 자체를 송두리째 덮지는 못할 테니까요. 누가 애국심이나 통일의지를 가지고 있다고 해서 그것이 존재 전체를 채우지는 못한다는 말이죠. 인간 속에는 간이나 쓸개만 있는 게 아니라 식욕도 있고, 성욕도 있고, 또 무수히 많은 호기심 따위가 있음에도 불구하고 24시간 내내 그것을 다 감추고 딱딱한 모습만 하고 있으면 작가치고 그것을 가식이라고 생각하든지 비정상적이라고 여기지 않을 사람이 없단 말예요. 북쪽의 작가라고 왜 다르겠습니까? 제가 이번에 내면의 교류를 왜 이다지 중시했는가 하면, 제 경우 십 년 전만 해도 차 타고 세 시간을 달리면 이 땅 어디에서든지 철조망, 검문소 등 분단의 실체와 맞닥뜨려야 했습니다. 이동하는 인간에게 정치적 긴장처럼 불길한 것은 없습니다. 이 분단의 경계선을 넘지 말아야 한다는 강박관념 속에서 수십 년을 살다 보니 이제 완전자동으로 훈련이 되어서 꿈속에서도 이 선을 넘지 않으려는 속성이 생겼습니다. 우리는 끝없이 자유로운 영혼을 꿈꾸지만 내면의 저 깊이까지, 상상력의 저 깊이까지 분단의 통제를 받아서 북방 너머의 세계를 꿈꿀 수 없는 존재들이 되어버리고 말았어요. 분단은 이렇게 한반도의 인간을 반편이로 만들어버렸습니다. 16년 전 황석영 선생이 방북하면서 "분단국가의 작가로서 마지막 콤플렉스를 극복한 느낌"이라고 말했던 뜻이 이것이라고 봐요. 바로 이를 달성하겠다는 의지가 내면의 교류라는 표현을 사용하게 한 겁니다.

김재용 문학만이 가지는 특성을 충분히 살리는 것이 앞으로 있을 다양한 교류에서 문학이 기여할 수 있는 것이 아닌가 하는 생각입니다. 그런 점에서 '내면의 교류'라는 자기인식은 매우 중요하다고 생각합니다. 이번 작가대회를 바라보는 문학인들의 시선에서 가장 두드러지게 드러나는 차이 중의 하나가 '민족'에 대한 생각입니다. 교류의 의미를 따질 때에도 민족에 대한 생각에 따라 상당한 차이를 드러내고 있습니다. 민족이라는 것에 대해서 긍정적으로 받아들이는 작가들의 경우에는 이를 분단현실을 바라보는 기본 창으로 사용하고 있는 반면, 민족의 물질성과 육체성을 부정하는 작가들의 경우는 이런 교류를 바라봄에 있어서도 다른 측면에서 보고 있는 것 같습니다. 이 문제는 현재 우리 문학계의 민족문학론의 미래와도 관련된 일이라 매우 심대한 문제라고 생각합니다.

김형수 저는 사실 민족 콤플렉스랄까, 민족에 대한 환멸이 큰 상대를 만나면 침묵하거나 소통이 가능한 다른 표현으로 슬쩍 대체하는 편입니다. 바람직하지 못한 성격이죠. 그런데 진심을 말하라면, 몇 자 배웠다 해서 공동체적 가치, 추상적인 가치를 함부로 난도질하는 지식인들이 늘 불만스럽습니다. 가령, 애국애족 같은 개념에 대한 환멸이 아무리 크더라도 그 공동체에 대한 천착이라든가 관심이라든가 하는 것은 있을 게 아닙니까. 경계해야 될 것은 어떤 개념에 덧씌워진 이데올로기이지 실체가 아니라고 봐요. 분명히 존재하는 모종의 운명공동체를 특정 어휘로 표현해서는 안 된다거나 무슨 말로도 개념화시켜서는 안 된다고 강조하는 것은 개념 중심의 사고가 아닌가, 오히려 너무 이데올로기적이 아닌가 느껴진다는 거예요. '인류'라는 말도 특정 생명체들의 공동체를 단위로 추상적인 가치를 머금는 표현이요, 또 '시민'이라는 말도 그렇다고 보는데, 그것들을 문제 삼지 않는 이유는 그곳에서 이데올로기적 폭력이 아직 발동되지 않기 때문일 것이거든요. 그러나 분명히 그런 개념들 속에서도 장차 부정적 현상이 나타날 수 있습니다. 그렇다고 미리 단죄할 필요는 없잖아요. 안일한 태도인지 모르지만 저는 민족이라는 표현도 그런 차원에서 사용하고 있어요. 만약 이데올로기적으로 저항감이 생겨서 정히 안 되겠다면 그냥 공동체라고 하자, 우리에게는 아직, 제가 앞에서 언급했던 역사적 사정을 이유로 이 범주에 대한 애(愛)공동체 의식이 명백하게 필요하기 때문이다, 이렇게 말하고 싶은 겁니다. 가령 문익점 같은 분을 보면, 분명히 애공동체 의식이 결여된 사람들에게서 볼 수 없는 중요한 가치의식이 엿보입니다. 누군가 새로운 문물이 넘치는 곳으로 여행을 갔단 말이에요. 자기가 살던 세계와는 다른 무엇을 발견했어요. 새로운 문물 앞에서 인간은 반드시 호기심이랄까 허영이랄까 사치랄까 하는 욕구를 갖기 때문에 누구든 그것을 가져와서 이웃들에게 자랑하고 싶어 해요. 그래서 원나라에서 자명종을 가지고 온 사람이 있다면 그는 개인 소유물을 확보해 공동체의 이웃들에게 과시욕을 드러내게 되는데, 이것은 명백히 사적 행위에 속해요. 그리스어에서는 '바보'를 '사적 인간'이라는 낱말로 표기한다데요. 반대로 문익점처럼 씨앗을, 그것도 위험을 무릅쓰고 가지고 온단 말이에요. 입을 것이 언제나 모자라서 겨울철이면 얼어 죽는 사람들의 땅에 이를 퍼뜨려야겠다고 생각하는 것은 공동체에 대한 사랑과 애정과 헌신성의 발로일 것이거든요. 목화씨의 결실이 자기한테 오는 게 아니잖아요. 자기와 더불어서 사는 이웃들에게 연민을 갖는 아름다운 마음씨와, 집단을 현혹해서 폭력을 만들어내는 것이, 어떻게 해서 같은 글자들로 번역되었다고 해서 혼동을 일으킬 수 있으며, 또 그것이 공동체의식이 결여된 사람들에게서 비판을 받을 수 있는 것인지 동의되지 않습니다. 우리의 모국어가 만들어낸 공동체적 연대감을 표현하는 어휘로서의 '민족'이라는 개념어에 저는 저항감을 느끼지 않습니다.

김재용 중국을 중심으로 한 동북아 역사의 가장 주된 특징 중 하나가 근대 이전에도 강한 국가가 존재했고 그 과정에서 아주 강한 결속력을 가진 공동체가 존재했다는 것입니다. 이 점이 서유럽 국가와의 차이라 봅니다. 서유럽에는 로마제국이 무너진 이후 16세기 이전까지만 해도 국가라는 것이 존재하지 않았습니다. 교회의 공동체만이 존재했습니다. 교회가 한 개인의 탄생과 죽음까지 책임져주는 방식이었죠. 그러다가 16세기가 지나면서 국가가 생기기 시작하면서 국가가 교회의 힘을 대체하기 시작했죠. 물론 쉬운 일이 아니었습니다. 그러다가 19세기 이후 동북아시아에서는 존재하지 않았던 새로운 유형의 '국민국가'라는 것을 창안하게 되고 이것이 제국주의의 확장과 더불어 전 지구적으로 퍼진 것이죠. 그런 점에서 유럽을 중심으로 역사를 보려고 하는 태도에 대해서는 비판적 시각을 가져야 한다고 생각합니다. 그런 점을 고려할 때, 저는 '겨레' '민족' '국민'과 같은 개념은 분명히 구분해서 사용하여야 한다고 생각합니다. 특히 서구의 국민국가 체제를 이식해야만 했던 우리나라의 경우 그 상황은 훨씬 심각합니다. 우리는 제국주의의 확장 앞에서 이전의 국가가 아닌 새로운 형태의 국가, 즉 국민국가를 요구받기 시작했고 그 과정에서 새로운 공동체에 대한 고민이 생기기 시작한 것입니다. 국민국가 체제 속에서 국민이라는 형태의 새로운 공동체를 만들어내는 데 성공하거나 아니면 서구 혹은 먼저 국민국가 성립에 성공한 일본의 식민지가 되어버리는 상황이었죠. 결국 일본의 식민지가 되면서 우리 겨레는 국민으로 되지 못하고 머릿속에서 민족이라는 생각을 키우기 시작했습니다. 일제의 패망은 새로운 국민을 만드는 기회였지만 이 역시 실패함으로써 우리 겨레는 여전히 민족문제로 고민하고 일상을 지내고 있습니다. 그런 점에서 저는 민족문제는 이 분단시대에 아주 분명한 현실성과 육체성을 가지고 있다고 생각합니다. 분단구조를 극복한다는 것은 바로 이 억압적 문제를 해결한다는 것입니다. 이것은 이 땅에 살고 있었고, 살고 있는 사람들의 자기결정성의 문제라고 생각합니다. 공동체의 미래를 포함한 자기의 문제를 스스로 결정할 수 없는 것이 지금 우리의 형편이기 때문에, 이를 위해 싸우는 것은 매우 정당한 일이며 억압에 대한 저항이라고 생각합니다. 민족문제를 부정하는 것은 그런 것을 불가능하게 만들었던 억압 질서에 대한 동의요 협력이라고 봅니다. 제가 관심을 두는 것은, 그런 민족 자체의 육체성과 물질성의 문제가 아니라, 외부 억압에 대한 저항에 묻혀 내부의 억압을 간과하는 태도입니다. 정작 우리가 경계해야 할 것은 바로 이러한 억압이라고 생각합니다. 공동체 내부에 존재하고 있는 다른 구성원들, 이를테면 여성이라든가 계급 같은 것을 등한시하거나 혹은 이런 것들을 외부에 대한 저항이라는 틀 속에서 무시하거나 유예하는 태도입니다. 국민이 아니라 민족을 생각하는 것은 그 자체로 억압에 대한 저항을 생각하는 것인데 이것이 자칫 범할 수 있는 또 다른 억압에 대해 항상 깨어 있는 의식, 이것이 우리가 가져야 할 태도가 아닌가 생각합니다.

김형수 잘 들었습니다. 어쨌든 전 문학하는 사람으로서 개념적인 것들을 지나치게 구획 짓는 일에 대한 경계심이랄까 하는 것이 분명히 있는 것 같아요. 예를 들어서 영남과 호남의 지역감정이 정치적으로 심각해졌다고 해서 애향심 자체를 범죄시하는 경우에 동의하지 못한다는 말이죠. 다시 말하지만 애공동체 의식을 배타적인 가치로 규정해버릴 수도 있는 것이 개념어의 한계인 것 같아요. 문학이 끝없이 깨뜨리려고 하는 것이 그것 아닐까요? 자기 과거에 대한 사랑, 자기 추억에 대한 그리움이라고 하는 것은 인간을 구성하는 것들이에요. 또 이것은 생명현상들이고……. 예를 들어 조금 전에 일제하에서 네 조각으로 나뉘어버린 공동체적 존재가, 아버지 돌아올 때까지, 큰오빠 돌아올 때까지 시집도 안 가고 그냥 집 살림 맡아서 임시의 삶을 살다가 혼기도 놓치고 했다고 쳐요. 한 인간의 운명이라는 것이 그런 연장선상에서 슬픔으로 가득가득 생명 속에 채워져 그 슬픔의 힘으로 다음 운명을 극복해간단 말이에요. 그런 문제를 우리가 지금 민족이라는 용어로 설명하고 있는 건데, 이 대목에서 전혀 유사하지도 않은 외계의 사례와, 전혀 배경이 다른, 외계의 개념적 천착에 담긴 폭력성 때문에 그런 현실 자체를 유실시키는 결과를 빚어내는 지식이 있다면, 그것이야말로 지나친 허사의 학문이요, 실천에 대한 홀대가 아닐까요?

김재용 이 문제와 관련하여 생각해볼 것이 이번 민족작가대회에 참여한 해외의 우리 겨레 문학인의 문제입니다. 이들 대부분은 하나같이 근대 식민지 경험에서 파생되었기 때문에 단순한 이산과는 그 성격이 매우 다릅니다. 달리 말하면 이들의 문제는 기본적으로 민족문제에서 나온 것이라는 점입니다. 일제 식민지 이전에는 이렇게 많은 사람이 자기의 고국을 떠나 산 경우가 우리 역사에서 없었죠. 만약 우리가 일본의 식민지가 되지 않고 국민국가 체제에 그대로 편입되었다면 오늘날 우리가 경험하는 그러한 의미의 해외 겨레의 존재는 생기지 않았을 것이라는 점에서 이 문제는 명백히 일본의 식민에서 파생된 민족문제에 속한다고 생각합니다. 상당한 시간이 지나면서 이들의 구성은 복잡하게 되었죠. 특히 문학인의 경우 고국의 언어를 사용하는가 아닌가에 따라서 상황은 퍽 복잡하게 진행됩니다. 이런 복잡성 때문에 쉽게 접근하기 어려운 것이 사실입니다만, 이번 작가대회를 계기로 최소한 남과 북 어느 한쪽을 의식하면서 살아야 하고 글을 써야 하는, 그러한 억압에서 벗어나게 될 것은 분명해 보입니다.

김형수 그런데 교포문제의 궁극적인 해법은 잘 모르겠어요. 여러 번 맞닥뜨렸는데, 언제나 고통이에요. 분명히 우리 모국어 영토를 함께 사용하고 있으며 문화적 동질성과 연대감으로 묶여 있는 식구들인데, 현실이 조직해내고 있는 정치적 국경으로 인한 곤혹과 딜레마를 극복할 길이 안 보인단 말이에요. 우리에게 국경의 크기와 대지의 크기는 언제까지 이렇게 불일치해야 하는가? 우리의 인문지리와 자연지리는 극복의 길이 없는 것인가? 혹은 그럴 필요조차도 없는 것인가? 이렇게 생각해보다가 특히 언제 그분들에게 부끄러워지느냐면, 우리보다 훨씬 열악하고 힘든 곳에서 모국어를 지키고 관리하느라 치열한 노력을 기울이고 있을 때, 사실 중앙아시아 같은 곳에서 보면 눈물이 펑펑 나거든요. 우리가 아무런 대책 없이 일방적 무관심과 냉대로 대해 언젠가 우리 공동체 앞에 불어닥친 억압과 침탈로 인한 질곡을 극복하기 위해 앞장섰던 분들의 자녀들이 지독한 외로움을 겪고 있단 말이에요. 그분들이 나중에는 우리나라에 와서 값싼 인력을 제공하고 불이익당하며 마침내는 마지막 혈연적 연대감 앞에서조차 좌절하는 것이 과연 옳은지…….

김재용 이번에 일본에서 오신 분들과 평양에서 얼핏얼핏 만났을 때 깊이 얘기를 못했습니다만, 느끼는 것은 이번 대회가 그들에게도 내면화되어 있던 분단 콤플렉스를 벗어나게 해주고 있구나 하는 것이었습니다. 그것이 남쪽이나 북쪽의 작가들에게만 있는 것이 아니라 그들에게도 있는데 이번 대회를 계기로 막 넘어서고 있구나 하는 확신이었습니다. 이번 민족작가대회와 관련하여 가장 중요한 민족문제로 부각된 것은 역시 6자회담을 통한 평화체제 확립이었다고 생각합니다. 공교롭게도 회의가 열리는 도중에, 북이 6자회담에 참여하게 되었다는 것을 호텔 로비에 있는 신문을 통해서 알게 되었습니다. 그 순간 다시 한 번 이 민족작가대회가 민족문제의 해결과 매우 밀접한 관련을 맺고 있음을 확인하게 되었습니다. 전쟁을 막아야 한다는 것, 그리고 이 땅에 온전한 평화를 구축해야 한다는 것이 바로 이번 민족작가대회에 참여한 사람들의 소망일 것입니다. 실제로 이러한 대회를 하는 의미 중의 하나가 전쟁을 막고 평화를 앞당기는 것이죠. 이 사업에 가장 앞서서 이야기해야 할 사람이 바로 작가들이죠.

김형수 제 생각도 그렇습니다. 남쪽 사람이 북에 가서 겪는 무겁고 우울한 불편들 속에는 인류가 아직도 속수무책인 전쟁과 불신의 얼룩이 새겨져 있습니다. 북쪽에 들어서는 신분증부터가 별나서 세계적으로 통용되는 여권이 아니라 방문증명서를 갖게 됩니다. 공항에 들어가면 내부 왕래라 해서 일단 면세점 사용이 금지되는데, 이것이 어느 정도 긴장을 이완시키는 측면이 있다고 해서 분단의 마술에 속으면 다시 큰코를 다치게 돼죠. 지상의 어느 나라가 그토록 불편할 수 있단 말입니까? 준(準) 전시 상태의 국가도 일단 검색대를 통과하면 어느 정도 활동의 폭이 생기는데, 남과 북은 서로가 서로에게 국토 전체를 검색대로 사용한다는 느낌이 들 만큼 끝없는 불편을 강요합니다. 여기에 우리의 특수상황이 있다고 봅니다. 1953년에 임시휴전 상태를 만들어놓고 열전도 평화도 종전도 허용치 않는 이 특수한 관계를 잠시 망각하고 분단의 규칙을 위배하게 되면 누구든 상대 지역을 통과할 권한을 박탈당하는 수밖에 없습니다. 남쪽의 대다수 시민이 건강한 상식에 입각해서 분단의 불편을 호소하고 투덜대며 거부하려 들지만, 제 생각에 그것은 상당한 오류예요. 인류가 현 단계에서 누리고 있는 세계화의 수준을 직시할 측면이 틀림없이 있을 것입니다. 지금 세계화의 첨병이 되어 있는 나라가 미국인데, 그 미국에 들어갈 때 우리가 어떻게 합니까? 엄청난 수모를 겪으면서 몸 전체를 수색당했다고 해서 그것을 드러내놓고 불평할 수 있는 남쪽 인사는 거의 없어요. 세계정치사 안에서 들여다본다면 북에서의 불편과 미국에서의 불편은 거의 동질의 것인데, 차이점이 있다면 하나는 이민족의 동지사회요, 다른 하나는 동민족의 대결사회라는 점입니다. 어떻든 미국과 북이 강요하는 군사적 긴장의 실체 속에는 21세기의 딜레마가 있습니다. 지난 세기를 규정했던 냉전의 질서가 해체된 이후에 미국은 지상의 전일적 지배를 꿈꾸었던 반면에, 제3세계의 일부 국가들은 어떻게든 거기에 균열을 내고자 노력하고 있지요. 그 상태에서 미국이 북을 '악의 축'으로 규정했다면 21세기의 군사적 긴장지대를 어느 정도는 그려볼 수 있을 것 같아요. 북과 미국은 분명히 21세기적 체제와 질서의 최전선에서 대치하고 있는 나라들입니다. 이를 인류가 어떤 식으로 풀어가야 되는가에 대해 정확하게 대립되는 만큼의 긴장과 불안과 전쟁 위협을 안고 있어요. 그래서 미국이 남쪽 영토에서 군사훈련을 하면 북쪽은 공포에 빠지고, 그 능력이 어느 정도인지는 모르지만 북이 핵문제를 제기하면 미국을 중심으로 한 사회들은 난리를 만난 듯이 떠들어댑니다. 과연 이곳에 보편적인 평화라는 것이 어떻게 오는 것인가. 거기에 우리가 직접적으로 첨예한 당사자로 개입되어 있다는 것, 또한 거기서 우리가 자주적으로 선택할 수 있는 폭이 너무나 적다는 것, 이것들이 남에서 북으로 여행하는 과정에서 겪는 불편의 핵심 같아요.

김재용 민족작가대회 등을 통하여 남북의 사람들이 많이 왕래하게 되면 미국을 비롯한 세계의 사람들이 이 한반도의 문제를 무심히 보기 쉽지 않을 것입니다. 특히 이번처럼 작가들이 직접 왕래하게 되면 한반도가 겪고 있는 전쟁 위협의 문제가 중요한 문제로 부각될 수 있을 것입니다. 이번 대회에 도착한 많은 외국 작가들의 축하문이 이 점에 초점이 모아졌던 것은, 그런 면에서 우연이 아니라고 생각합니다. 한반도에서 전쟁을 막는 것이야말로 가장 기본적인 인권에 해당한다고 생각합니다. 전쟁보다 더 심각한 인권침해라는 것은 생각하기 어렵기 때문에 전쟁을 막고 평화를 당기는 것, 그것이 현 시점에서 가장 힘을 들여야 할 인권의 문제라고 생각합니다. 그것을 외면하고 인권을 이야기할 때, 그것은 대단히 추상적이기 쉬울 것입니다. 이번 작가대회에서 우리 작가들이 이 점을 강조한 것은 매우 중요하다고 생각합니다.

김형수 우리의 지정학적 숙명에 대해 생각해야 한다고 봐요. 그리고 20세기 이후의 역사를 놓치지 않고 있어야 합니다. 브루스 커밍스는 우리가 "근대의 밑바닥에서 20세기를 시작하여 거의 꼭지점까지 접근하여 마감했다"고 말하는데, 아무도 그 길이 순탄했다고 생각하지 않을 거예요. 근대를 폭력으로 누려온 물질적 강국들에 의해 근거지도 빼앗기고 근대 체험의 선결조건인 민족국가의 형성도 유산된 슬픔의 공동체가 피눈물 나는 두 가닥의 길을 걸었어요. 남쪽은 제1세계의 길을 선망하여 선진 자본주의 사회를 최대한 복사하려 들고, 북은 제3세계화의 길을 끝까지 걸어왔단 말이에요. 묘향산 친선전람관에 들어가보면 우리가 알지 못했던 수많은 나라의 이름들이 선물 밑에 표시되어 있는데, 이걸 단지 체제의 선전물이라고 볼 게 아니라 이 역시 우리의 일부다, 한쪽은 제1세계화의 길을, 다른 한쪽은 제3세계화의 길을 걸어와서 언젠가는 그 종착점에 닿으려니, 그것이 우리가 새로 구성해야 할 대아(大我)가 아니겠는가, 이렇게 생각할 수 있었으면 참 좋겠다는 말입니다. 우리가 앞으로 어떻게 두 개의 체제를 화해시키고 통일을 이루어 한국근대사의 대단원과 세계 속에서의 위치를 완성할 것인가 하는 문제는 여전히 숙제잖아요. 그게 왜 중요하느냐면, 현 상황이 지속되는 한 미국뿐 아니라 중국 등 6자회담의 참가국들 모두가 우리한테는 굉장히 위협적인 존재들인 까닭입니다. 솔직히 중국의 고구려사 왜곡이 덜 심각합니까, 일본의 교과서 왜곡이 덜 심각합니까? 우리는 그 살벌한 틈새에서 주변 나라들과 어울려 사는 지혜도 필요하지만 그 속에서 자신의 정체성을 잃지 않는 것도 필요해요. 언제나 수난과 시련 속에 놓여 있었으면서 아직까지도 기가 꺾이지 않고 있는 이 놀라운 생명력도 굉장한 것이긴 하지만요. 그래서 그것들 전체가 우리 눈 안에 언제나 들어 있었으면, 그 속에서 우리들의 움직임을 놓고 이야기했으면 하는 바람이 있어요. 우리는 아직도 인류사적 분쟁의 박물관이자 평화의 실험실에서 사는 작가들이라는 게 제 생각입니다.

김재용 이런 점들을 고려할 때 이번에 일본과 독일 등에서 중요한 작가들이 보내온 축하문의 의미를 하나의 의례적인 형식 정도로 생각하고 넘기는 것은 우리 문학의 세계성을 스스로 축소시키는 일이라고 생각합니다.

김형수 전적으로 동감합니다.

김재용 오늘날 세계가 우리를 어떻게 보고 있는가 하는 것은 우리 자신들의 행위의 의미를 파악하는 데 매우 중요합니다. 그들은 하나같이 평화를 강조하고 있습니다. 21세기 지구상에서 한반도가 전쟁의 위협이 가장 높은 곳 중의 하나라는 사실을 감안하면 이런 시선은 매우 정당하다고 생각합니다. 바로 여기에 이번 민족작가대회의 세계성이 있다고 생각합니다.

김형수 남쪽 사회가 너무나도 요동치며 돌아가다 보니까 언론이 차분하게 조망할 틈이 없어요. 지구촌에서 가장 중요한, 인류의 미래를 위한 중대한 숙제들을 안고 있는 작가들이 우리 대회에 힘을 실었던 사실을 대부분 무심하게 스쳐간 점에 대해서 안타깝게 생각합니다. 이번에 오에 겐자부로나 귄터 그라스처럼 중요한, 제가 생각할 때는 금세기의 전쟁과 평화 문제에 대해 가장 첨예한 감수성을 보여주고 있는 수준 높은 작가들이 이번 대회에 축하메시지를 보내준 점은 정말 의미 있어 보입니다. 저희가 아프리카 쪽에는 알릴 틈이 없어서 그랬지 안 그랬으면 아프리카와 남미에서도 축하메시지가 분명히 왔을 겁니다. 이것들은 중국과 러시아는 물론이요, 베트남의 휴틴, 반레, 몽골작가연맹의 칠라자브, 팔레스타인 작가 등과 더불어 앞으로 우리가 가야 할 길이 어디이며 앞으로 무엇으로 이웃이 되어야 하는가를 밝혀주는 이정표라 봅니다.

만남, 반성과 전망

김재용　대회의 의의를 이야기하다 보니 긍정적인 점만 부각시키게 되었습니다. 이제부터는 향후 있을 남북 문학계의 교류를 염두에 두고 자기성찰도 겸한 전망을 이야기하도록 하겠습니다. 제가 이번에 남북의 작가들과 이야기를 하다 보니 남북 각각에서 여전히 강한 냉전적 잔재를 느낄 수 있었습니다. 남쪽 작가들의 경우 북의 문학에는 마치 '수령형상문학'만 존재하는 것처럼 생각하고, 그 이외의 문학에 대해서는 아무런 지식이 없는 것을 볼 수 있었습니다. 북의 작가들 중 일부는 남쪽의 문학을 여전히 '반미구국문학'의 차원에서만 보려고 하는 것을 보고 과거 냉전의 잔재를 많이 느낄 수 있었습니다. 앞으로 남북의 작가들이 서로 상대방 문학을 좀더 많이 읽으면서 과거에 가졌던 이러한 냉전적 사고에서 좀더 벗어났으면 합니다.

김형수　일단 남북의 차이를 이야기하자면 너무 많죠. 그러나 많은 차이들이 커다란 동질성을 전제로 해서 생겨난 것 아닌가요. 그런 의미에서 저는 그게 문제는 아니라고 봅니다. 그리고 또 어떤 점에서는 지금 우리에게 필요한 것이 동질성뿐만 아니라 차이인 면도 있고요. 가령 이런 문제를 생각해볼 수도 있어요. 남쪽 사회의 30~40대들이 겪는 인생체험 중에서 상당히 큰 것 중의 하나가 이혼문제인데, 거칠 것 없이 자유분방한 사회의 개인들이 이혼을 겪을 때 느끼는 외로움과 고립감은 굉장하다고들 해요. 그에 대해 수많은 작품들이 손을 대고는 있지만 사실 그와 정면대결을 해보는 작품은 또 찾기가 어려워요. 북쪽에서 그 문제를 다뤄서 성공한 작품이 있다고 말하면 다들 깜짝 놀라는데, 백남룡의 『벗』은 남쪽 작가들에게 분명히 생산적인 자극을 줄 것입니다. 그다음에 또 다른 측면의 문제로서 우리 남쪽 문학의 시대적 징후를 생각해볼 수 있는데, 우리 시대의 문학이 지금 분명히 당대의 독자들과 괴리되어 있어요. 네티즌들이 구애를 하다 못해서 야유를 퍼붓는 단계에 와 있습니다. 가벼운 이야기를 써달라는 요구가 아니라 건강한 상식을 가진 사람들과 통하는 작품을 써달라는 요구를 두고 하는 말예요. 그 문제의 어떤 점이 난처한 측면이냐면, 독자들이 원하는 것은 작가들의 미학적 입맛을 통과하지 못하고, 작가들의 눈높이에 맞는 작품은 도대체가 독자들이 알아먹을 수 없는 소리들이 된단 말이에요. 사실 1970년대에도 그런 현상들이 있었거든요. 남쪽 작가들의 문학적 기호가 지나치게 사적인 개인들을 내세우고, 온통 초월적 포즈로 가득 차 있으며, 그것도 모자라서 이미지에 이미지가 덧칠되는 형태의, 실감이 가능한 세계가 아니라 시뮬라크르뿐인 세계로 가버린 것을 반성하지 않고 독자 탓만을 할 수는 없다고 봐요. 바로 그런 문제를 극복할 수 있는 기회가 북의 문단이 열려서 차이의 경이로움을 체험하는 것이라고 봅니다. 문제는 그 같은 차이와 불편을 인내할 사랑의 힘이 필요하다는 점이겠죠. 저는 가끔 이렇게 생각해봅니다. 남학생 60명을 앉혀놓고 가르치던 선생님이 사나이 이데올로기에 의탁해 있으면서 그것이 '반(反) 계몽'인 줄도 모르고 있다가 여학생 40명이 합반이 되고 나면 깜짝 놀라서 깨닫는단 말이에요. 아무리 소수의 여학생이 끼어들어도 사나이들끼리 의기투합했던 야만적 표현들은 아무 쓸모가 없어져 버리는 거죠. 그 선생님은 이제 추가된 여학생 40명 때문에 좀더 보편적인 가치관, 좀더 높은 눈높이에서 나오는 발언을 선택하지 않을 도리가 없어집니다. 남학생 60명을 가르치는 선생님과 남녀가 합반된 백 명을 움직이는 선생님의 차이가 여기에 있죠. 방금 예로 든, 선생님이 밟아야 될 변화의 과정을 저는 지금 통일시대를 앞둔 우리 작가들이 예견하고 준비해야 된다고 봅니다.

김재용　이제 북쪽 작가들의 독자는 더는 휴전선 이북에 있는 인민만이 아니고, 남쪽 작가들의 독자는 더는 휴전선 이남에 있는 시민만이 아니라는 것입니다. 남쪽의 시민들도 북쪽 작가들의 잠재적인 독자가 되고 북쪽의 인민들도 남쪽 작가들의 잠재적인 독자가 되는 그런 시대가 도래하고 있는 것 같습니다. 홍석중의 『황진이』가 남쪽 독자들에게 읽히는 현상을 북쪽의 많은 작가들은 무심히 흘려보내지 않을 것입니다. 자신의 작품이 남쪽의 독자들에게도 읽히는 명실상부한 한반도 전체의 작가가 되기 위해서는 어떤 방식을 택해야 할 것인가를 곰곰이 생각할 것입니다. 물론 그 과정은 원체 내면적인 것이라 금방 표가 나지는 않겠지만, 멀리 보면 굉장한 파장을 가져올 것이 분명합니다. 홍석중 선생은 『황진이』라는 작품을 제가 빨리 읽고 남쪽에 소개한 것을 놀라워하면서 이렇게 표현했습니다. 나는 분단시대에 사는 것 같지 않고 통일시대에 사는 것 같다, 왜냐하면 남쪽 평론가가 그렇게 빨리 읽어보고 빨리 써버리는 이런 시대에 살고 있으니 어찌 이걸 분단시대에 살고 있다고 할 수 있겠느냐는 것이었습니다. 이 말은 매우 상징적인 것이라고 할 수 있습니다.

김형수　맞습니다. 이번 대회의 문학적 성과 중에 가장 중요한 것의 하나가 바로 이 문제일 겁니다. 지난날을 돌아보면 한국전쟁 이후의 엄혹한 실존적 질문 위에 놓였던 작가들이 4·19를 체험하고 나서 다시는 그 이전의 상태로 돌아가지 못합니다. 그래서 문학이 바뀌잖아요. 5·18이라는 대사건 하나를 체험하고 났을 때 시의 호흡부터가 달라집니다. 김남주처럼 달라지느냐 황지우처럼 달라지느냐 하는 것은 그다음 단계의 문제지요. 바로 이 때문에 문학을 변화시키는 역사적인 계기들이 중요해지는데, 내 생각에 우리 민족문학사에서 앞으로 닥쳐올 가장 큰 계기는 조금 전에 예로 들었던, 남학생 60명에서 여학생 40명이 합반되는 사태일 것 같거든요. 북쪽에서는 여학생 40명에서 남학생 60명이 합반되는 사태일 테고요. 합반된 후에는 선생님들의 인기 순위도 당연히 달라질 테고, 나아가서는 선생님의 자격조건이나 소양의 수준도 달라질 거예요.

김재용 그런데 그것이 금방 드러나지는 않겠지요.

김형수 아마도 순식간에 드러날걸요? 왜냐하면 시들을 들여다보면요, 시인들이 그만큼의 개성을 의도한 것일까 싶게 다양한 경향성과 천차만별의 언술능력을 가지는 듯이 보입니다. 어떤 경우에는 아무도 알아들을 수 없으며, 전문가도 해석하기 어려운 얘기를 하는 것 같기도 하고요. 그런데 촘촘히 뜯어보면 그 어휘들이 마치 배설물처럼 무엇을 먹었느냐에 철저하게 복속됩니다. 시의 육체는 시인이 체험한 세계를 영양분으로 삼아서 조직됩니다. 우리의 짧은 목과 튀어나온 광대뼈, 외꺼풀 눈이 고원지대의 대륙풍 기후에 의해서 조각되었던 것처럼 시도 그렇다는 거지요. 대지 체험이 극도로 빈약한 남측 시인 백 명을 모아서 광활한 만주벌판을 한차례 누비게 하고 데려오면 자주 등장하는 시의 어휘들이 순식간에 바뀌어버려요. 저는 이번 대회가 참가자들의 작품에 상당한 변화를 가져다주리라고 봅니다. 북쪽 비행기를 타고, 평양을 활보하며, 새벽 백두산에 올라 대지의 장엄함에 놀랐던 경험들이 시와 소설들의 행간에 한 자락씩 깔린다고 보는 거지요.

김재용   공간적 상상력의 확충, 이것은 아주 분명해 보입니다.

김형수   저는 그것이 바로 작가들을 변화시키는 압도적인 충격이라고 생각해요.

김재용   백두산에서 남쪽을 바라보았을 때 저 역시 강한 충격을 받았습니다. 아마 그것이 공간적 상상력의 확충의 경험이라고 할 수 있겠죠. 이깔나무 숲 같은 것은 그동안 상상할 수 없었습니다. 많은 북의 작가들이 남쪽으로 와서 우리가 겪은 경험을 거꾸로 했으면 좋을 것 같습니다. 이런 것이 교류의 덕 아닐까요?

김형수   그건 시간도 걸릴 거고, 어떤 측면에서는 반드시 통합될 필요가 있는지도 회의적입니다. 예를 들어 북쪽은 눈보라 얘기를 많이 하고 남쪽은 소나기 얘기를 많이 하는 식의 차이를 애써 극복할 필요는 없다는 거죠. 정지용 시인처럼 바다가 없는 지역에서 태어났기 때문에 바다 얘기를 많이 하는 수도 있겠고, 이용악처럼 국경지대에서 자랐기 때문에 압록강 이야기를 많이 하는 수도 있겠죠. 그건 작가가 알아서 할 일일 테지만 북의 작가들도 소나기의 나라를 금지당하지 않고, 남의 시인들도 눈보라의 나라를 봐야 한다는 얘기예요. 하물며 자기 영토조차도 누빌 수 없을 만큼 제한된 곳에서 작가를 사육하듯이 기르려 하면 안 된다는 겁니다. 그런 의미에서 지금 당장에는 북의 작가들에게 참 미안해요.

남쪽을 보여주고 싶은데, 특히 무더운 여름날 남도의 뜨거운 대지 위를 소나기가 한 차례 퍼붓고 지나간 후의 황톳길을 본다면 김지하의 전율스러운 초기 서정시를 더욱 실감할 수 있겠죠. 우리는 이번에 봤잖아요. 조기천의 「백두산」보다도 훨씬 장엄한, 새벽 3시부터 5시까지의 산길을요. 남쪽 작가들은 모두가 그간 세계를 손바닥 안에 쥘 수 있는 것처럼 생각해왔지만, 그 깜깜한 곳을 지나가면서 그 험산준령 속에서 나무하던 사람들이 사자나 호랑이나 야생동물처럼 불쑥불쑥 튀어나와서 헤드라이트와 맞닥뜨리자 놀라서 허겁지겁 달아나던 장면들을 보고선 어떤 느낌이 들었을까요? 이런 체험들은 정말 남측 작가들의 상상력을 많이 건드릴 거란 말이에요. 그러고 나서 그다음의 문제들을 생각해볼 수 있을 것 같아요. 이제 차분한 형태의 창작과 감상의 면에서 보자면, 남북은 미학의 준거 틀이 서로 굉장히 달라졌어요. 우선 미학적 감수성의 면에서 북은 반제·반자본주의에 못지않게 반봉건에 집착했나 봐요. 우리의 옛 시간들과 선을 긋는 노력을 지나치게 많이 했는지 노래든 그림이든 철저하게 양성(陽性)이 되어 있습니다. 우리의 원판은 곰삭힘의 미학이었는데, 이 곰삭힘의 흔적이 완벽하게 휘발되어버렸어요. 굉장히 낙관적이고, 밝고, 어필에 민감한 쪽으로만 훈련들을 해서 땡볕이 모래알 위를 구르는 것 같은 느낌조차 준단 말예요. 과거 청산을 잘했다는 이야기는 어떤 측면에서 전통의 단절을 잘했다는 뜻도 됩니다. 북은 주체성을 높이 샀던 까닭에 전통 보호를 잘한 것처럼 보이지만 정반대되는 측면도 없지 않아요. 김지하 시인이 말하던 '흰 그늘의 미학'이 다시 필요해진다면 그것은 이제 북이 아니라 남에서 찾아져야 할 것입니다. 남측은 어쨌거나 미학적 봉건잔재들이 남아서 탈근대적 모험들과 뒤섞여 있단 말이에요. 적당한 비유인지 모르지만 산업화가 잘된 영남지방보다 낙후되어 있었던 호남지방이 탈산업화 시대에 이르러서는 더 각광을 받는 측면도 있다는 거예요. 이런 미학적 감수성의 차이가 엄존하는 상황에 한술 더 얹어서 내용의 차이들이 빚어집니다. 세계 혹은 인간의 삶에 대한 이해에서 북은 인간이 철저하게 공동체적 존재라고 하는 것을 전제로 하기 때문에 사회 정치적 생명력에 과잉 주목을 합니다. 반면에 남쪽의 작가들은 철저하게 인간을 개별적인 존재로만 보기 때문에 내면의 바다에 빠져 있어요. 자아에 대한 우상화를 수행하는 중이라고나 할까요? 양쪽 다 정치이데올로기, 체제이데올로기에 사로잡힌 결과입니다. 어쨌든 중요한 것은 인간에게는 그 두 측면이 공존한다는 것이기 때문에 바람직한 작가가 되자면 그 둘을 다 끌어안으려 노력해야 되겠지요. 그 같은 과제를 해결하는 과정에서 남북의 작가들은 서로가 서로에게 보탬을 줄 수 있다고 봐요. 그러나 시간이 걸리겠지요. 또, 거기서 많은 충돌도 있겠죠.

김재용 아주 흥미로운 지적입니다. 그런데 이번 대회에서 제가 참 아쉬웠던 것은 만남의 형식이었습니다. 어떤 테이블에서 남쪽 작가들과 북쪽 작가들이 만나서 이야기하고 있는데 서로 통성명하고 작품 제목만 말하고 더는 서로 소통이 안 되는 것을 목격할 때 가슴이 아팠습니다. 나중에 안 사실이지만 동기춘과 같은, 제가 보고 싶었던 시인이라든가, 김삼복과 같은 소설가들은 같은 연회장 안에 있었으면서도 서로 알지 못하고 지나갔습니다. 북쪽 작가에 대한 소개 인사도 없고 또한 남쪽 작가들처럼 명찰을 달고 다니는 것도 아니었기에 이런 일이 벌어진 것이죠. 이런 식의 사업이 모두 지난날의 편협함에서 나오는 것이죠. 또한 북쪽 문학과 작가들에 대한 남쪽 작가들의 무지도 사태를 더욱 심각하게 만든 것 같습니다. 만남의 형식과 관련되어 앞으로 많은 연구가 필요할 것 같습니다.

김형수 　글쎄요, 어떻게 풀어야 될까요? 돌이켜보면 주최 측의 의도가 거기에 못 미쳤던 것은 아닙니다. 계획 단계에서는 처음에 몇 차례의 교양과정을 거칠 속셈이었잖습니까? 그 때문에 김재용 씨에게 각별히 요청하여 우리가 학습을 받을 테니 교육위원을 맡아달라고 매달렸던 것이고요. 하지만 보시다시피 남측 사회에서는 그게 가능하지 않아요. 북이 남쪽 사회를 비판할 때 자본주의적 병폐보다도 자유주의적 병폐를 앞세우는 이유이기도 하고요. 하물며 이 지엄한 '하나의 독자적인 정부'들을 누가 감히 한 줄로 앉혀놓고 교양사업을 시도할 수 있단 말입니까? 유일한 해결책이라면 남측의 방식대로 그저 시장질서 안에서 북의 문학에 대한 관심이 발생해야 되는데, 우리 문화관광부가 이런 점들을 빨리 소화하지 못하는 점은 참 아쉽습니다. 여기에는 분명히 중앙정부가 해야 할 몫이 있어요. 제가 문화관광부에서 일하는 분들에게 여러 차례 주장해봤습니다만 역부족입니다. 문화라는 것은 절대로 국경에 가둘 수 없습니다. 강을 예로 들자면, 오염된 상류를 그대로 두고 하류만 맑게 하는 것이 불가능하기 때문에, 한강을 관리하려면 저 상류의 정선, 영월에서부터 물가에는 공장도 못 짓게 하고, 호텔 허가도 안 내줍니다. 그런 의미에서 우리 모국어

문화 전체를 관리하려면 시야가 커야 하고, 시장질서가 스스로는 하지 못하는 일들을 공공기관이 해야 돼요. 우리 공동체를 위하여 꼭 필요하지만 자생적으로는 안 되는 사업을 하기 위해서 세금을 걷는 거잖아요. 통일부나 문화관광부는 북의 작품들 중 남쪽에서 지금 당장에 소화할 필요가 있는 것들을 주목하고, 그것이 달성될 수 있는 계기를 초보적인 차원에서나마 마련해야 합니다. 그렇게 공기관이 초보적인 교양이랄까 접근의 토대를 만들어주면 이제 문학의 현장을 구성하는 여러 매체들이 그 열매를 따기 위해 노력들을 할 것입니다. 가령 홍석중의 『황진이』가 출현한 사실을 알고 나면 그에 대해 취급하고 평가하여 주목시키고 타의 전범이 되도록 환기해주고 하겠지요. 그렇게 보면 우리에게는 통일문학의 흐름을 만들기 위한 인프라가 절대적으로 부족합니다. 그 점을 속수무책인 상태로 놔두고 아무도 해결하려 들지 않으면 통일 독일과는 비교도 안 될 만큼 참담한 실패의 아픔을 체험하게 되겠죠.

김재용　이번 남북작가대회가 회담이 아니라 대회라고 하셨는데, 그런 대회가 있기 때문에 많은 것을 얻을 수 있었습니다. 앞으로 6 · 15민족문학인협회라는 틀 속에서든 아니면 다른 방식의 것이든 남북 작가들의 상호침투가 더욱 활발하게 일어나야 할 텐데, 어떤 형식이 가능할는지요?

김형수　일단 이번에 가시화된 성과들부터 챙겨볼까요? 가장 먼저 얘기할 것은 '6 · 15민족문학인협회'의 결성인데, 그 배경이 이렇습니다. 조선작가동맹과 실무회담이 시작되었을 때 북측 대표들이 놀라운 발언을 했어요. 지금 거창하게 대회를 하자면서 목표를 어디다 두자는 건가, 혹시 일회용 이벤트 사업이나 하나 해보자는 건 아닌가, 이렇게 시작된 대화를 해나가다가 어느 지점에서 깜짝 놀랐습니다. 왈, 우리는 김형수 선생이 언젠가 『실천문학』에 발표한 「가지를 떠나면 이파리들은 흩어져버린다」를 아주 눈여겨 읽었고, 또 중요한 관점을 지키고 있다고 보았습니다. 민족문학의 이파리들이 흩어져버리지 않도록 우리 힘을 합하여 가지를 만드는 일을 합시다……. 바로 이 대화가 우리에게 '6·15민족문학인협회'를 안겨주었습니다. 앞으로 작가대회를 정례화시키고 항구화하기 위한 상설기구를 만들기로 약속한 것이죠. 그다음에 그곳에서 공동의 기관지를 내기로 하여 이름을 '통일문학'이라고 짓자고 한 겁니다. 같은 제호가 남쪽에도 있고 북쪽에도 있는데, 사실상 북쪽의 제호를 존중하는 의미를 담아서 결정한 것입니다. '6·15민족문학인협회'란 명칭을 지을 때 이미 남쪽 이름을 최대한 존중한 전례를 남겼거든요. 중요한 문제는 그다음부터인데, 이렇게 기관지가 움직이게 되면 공동의 마당이 이미 형성되어버리는 겁니다. 그 공동의 마당에 대하여 북측에서도 당국의 염려가 많겠지만 남측에서도 당국의 염려가 매우 큽니다. 북의 정치문학을 국가보안법이 어떻게 용인하겠습니까? 그래서 다들 비관적으로 생각하는데, 저는 사실 그렇게만 보지는 않습니다. 우리에게는 국가보안법이라고 하는 아주 나쁜 법이 있지만 북쪽도 남쪽의 자유분방한 흐름을 절대로 용인할 수 없는 굉장히 심각한 분단의 장치들이 있어요. 어쩌면 이 두 가지의 나쁜 것들이 충돌되기 때문에 우리가 숨 쉴 수 있는 여지가 생길지도 몰라요. 한쪽에서 문학이 상업적 성취에 휘말려서 기형화된 상태가 되었던 것들과, 또 다른 한쪽에서 당 사업을 수행하느라 선전선동에 치우치게 된 것들을 동일한 비중으로 걸어내어도 지난 60년 동안의 우리 민족문학은 거덜이 나지 않습니다. 다시 말해서 상업과잉문학과 정치과잉문학을 걸어낸 성과들을 수합해보자는 제안에 북이 만약 응해준다면, 어쩌면 우리는 최상의 기관지를 내면서 남북의 융합에 기여를 하게 될지도 모릅니다. 사실상 전례가 없지 않잖아요. 작가회의 내 민족문학연구소에서 북과 김소월을 놓고 사이좋게 차이점을 논할 수 있었던 것처럼 말이죠. 지난 60년 동안에 서로 창고에 쌓아두었던 것들 위주로, 지금 당장의 생산품이 아니라 그간의 성과가 한쪽 창고에만 들어 있었으니까 양쪽 창고로 나눠 갖는 식으로 기관지를 운영할 수 있으면 좋겠어요. 마지막으로 '6 · 15통일문학상'의 문제가 남는데, 이건 현 단계에서도 기금만 확보된다면 아주 쉽습니다. 남북이 아무리 달라도 한 사람의 작가를 뽑는 게 불가능할 만큼 다른 것은 아니거든요. 다시 말하지만 문제는 이것들을 이룰 수 있는 인프라, 즉 물적 토대를 확보하는 것이며, 또 남측의 이 복잡다단한 문학적 주체들한테 얼마만큼의 합의와 동의를 얻어낼 수 있느냐 하는 것이죠. 첨언하자면 이번 대회에서 반드시 기억해야 할 굉장히 중요한 것 중 하나가 남측 문단이 소모적 · 경합적 갈등구조를 극복하고 비교적 통합된 모습으로 북을 향해서 공동의 대오를 형성할 수 있었다는 겁니다. 이 공동의 대오를 그대로 간직하고 유지하는 차원을 넘어서 더욱 확대할 수만 있다면, 그래서 새로운 시대의 생산적인 관계를 만들어가는 데 이바지할 수 있다면 세대교체기의 실무를 맡았던 한 사람으로서 더할 나위 없는 보람이요 영광이겠습니다.

김재용 북쪽의 정치과잉문학과 남쪽의 상업과잉문학을 동시에 넘어서는 새로운 본격문학의 시대가 시작되어야 할 것 같습니다. 우리 근대문학사에 '본격문학'이란 말이 여러 위기 때 사용되곤 했습니다만, 지금처럼 절실한 때가 없다고 생각합니다. 여전히 남쪽의 문학, 북쪽의 문학에 국한해서 생각한다면 이것이 절실하게 다가오지 않을 수 있지만 남북을 아우르는 차원에서 문학을 생각하게 되면 이제 본격문학의 시대가 도래하고 있다고 해도 과언이 아닐 것입니다. 제가 관여하고 있는 민족문학연구소가 광복 전 우리 문학의 위대한 유산, 예컨대 김소월과 현진건 같은 작가들을 놓고 상호 토론해본 결과 많은 성과를 얻게 되었습니다. 공통적인 시각은 그것 자체로 의미가 있었고, 다른 점은 다른 대로 또한 의미를 가졌습니다. 그런 경험을 하는 과정에서 과거에는 상상하기 힘들었던 미래의 전망을 읽어낼 수 있었습니다. 그렇게 본다면 남북의 작가들이 공동으로 하는 잡지에서도 서로 부담이 되지 않는 범위 내에서 광복 이후의 공통의 문학적 자산을 수록하면서 이를 상호 교차 비평하는 것은 가능한 일이 아닌가 합니다.

김형수 괜찮은 생각인 것 같지요? 최근의 현상들만 보아도, 우리 문학이 한 차례 질을 높여야 할 시점에 이르니까 까마득히 잊혔던 1950년대 작가들도 재조명하고 그러지 않습니까. 이제야말로 본격적으로, 저 기나긴 역사 속의 재부들을 종합해내고 재평가하면서 전체를 내다보는 눈을 길러야 당장에 코앞에 있는 것만 가지고 씨름하면 바보가 되잖아요. 닭이 태어나서 죽을 때까지 평생 근면하게 코앞의 모이만을 쫓다가 죽기 때문에 닭대가리라는 멸시

를 당하잖습니까. (웃음)

김재용 이번에 참여한 남쪽 작가들과 참여하지 않은 작가들 전체를 놓고
보면 크게 네 부류로 나눌 수 있을 것 같습니다. 첫째는 그동안의
문학적 지형과 관계없이 이번 작가대회에 무심한 이들입니다. 남
북의 작가들이 만나는 것이 나의 문학에 무슨 의미가 있는가 하
는 생각을 갖고 있는 이들이죠. 한바탕 소나기에 지나지 않는다
는 것이죠. 여러 사람과 언론이 떠드니 무슨 일이 일어난 것처럼
보일 수도 있지만 이것은 하나의 해프닝에 지나지 않는다는, 그
런 생각을 가지고 있죠. 둘째로는 이번 대회에 참여하지 않는 것
은 무언가 소외당하는 것 같고, 그렇다고 적극적으로 의미를 부
여하기는 어렵다고 보는 이들입니다. 이들은 작가대회 내내 냉소
적인 시선으로 일관했습니다. 건강한 비판적 거리라기보다는 더
는 자신을 바꾸지 않겠다는 정신적 무장을 하고 나선 이들이죠.
셋째는 그동안 우리 자신들이 분단문제에 대해 너무 소홀했다고
반성하면서 새롭게 현실을 보려고 하는 쪽입니다. 이들은 이번
작가대회를 통하여 가장 심각한 내적 연소를 겪은 층이라고 할
수 있습니다. 아마 이들에게는 이번의 경험이 유 · 무형으로 드러
날 것으로 생각합니다. 어떻게 보면 이들에게는 이번 대회의 참
여 경험이 자신의 문학에서 잊을 수 없는 중요한 계기가 될 수 있
을 것 같습니다. 마지막으로는 이 작가대회를 적극적으로 추진했
던 이들과 이들에 대해 깊은 연대의식을 갖고 있는 층입니다. 이
처럼 다양한 시각을 가진 작가들에게 앞으로 남북의 소통이 어떤
식으로 다가올 수 있을까 하는 것은 차후에 깊이 관찰해보아야
할 일이라고 생각합니다.

김형수 불교에서는 살림하는 중을 사판승(事判僧)이라고 하죠. 이번 일을 하면서, 사판승이 불교에 대한 사랑을 잃으면 다시 도를 닦으러 가는 것이 최상이다, 하는 생각을 많이 했어요. 통일 사업은 특히 하나의 '사건'이 아니라 기나긴 '과정'이기 때문에 굉장한 인내가 필요합니다. 거기에서 지금 제가 사판승 역할을 하고 있는데, 앞으로 이 과정에서 스트레스를 받아 우리 문학에 대한 열정과 사랑이 식으면 남은 과정을 다 견딜 수 없게 되겠지요. 그때는 살림 일선에서 손을 놓고 다음 선수에게 자리를 비켜주는 게 옳다는 생각을 해봤다는 겁니다. 그런 차원에서 말할게요. 우리에게 크게 네 개의 부류가 있었다고 한다면, 그 네 부류 중에서 우리와 정서가 가까운 순서가 아니라 그 반대의 순으로 사랑을 베풀어야 하는 게 아닌가 싶어요. 남쪽 문단 내부의 흩어짐도 분단의 일부입니다. 1950년 전쟁 이후로 우리는 남측 사회의 과제를 해결하는 과정에서 가치지향의 문제를 놓고 수없이 많은 갈등과 분화의 과정을 계속 겪어왔어요. 그리고 이제 와서야 새로운 가치가 제기되는 시절을 맞고 있고, 이 새로운 가치를 향한 출발선상에 다시들 나와서, 앞으로 또 다른 차이로 재분화의 전철을 밟게 되더라도 우선은 재결합을 해주어야 되는 지점에 왔으니, 이를 원만히 수행하는 것이 우리 세대의 몫이 아닌가 합니다. 이번에 우리가 그 재통합을 위한 노력을 많이 했다는 것을 남측 문단이 조금 알아주었으면 하는 바람이 있어요. 그 네 부류가 똑같이, 나는 그 안에서 어디쯤의 자리에 있나 하는 생각을 해보면서, 어쨌거나 같이 가려고 노력을 해야 하는데……, 모르겠어요. 제가 너무 감상적인 것은 아닌지.

김재용　이번 작가대회가 남쪽 문학인들에게 우리 문학적 지형이 새롭게 재편되고 나아가 우리 자신의 문학에 강한 창작적 원천으로 작용했으면 좋겠는데…….

김형수　새로운 에너지가 샘솟을 수 있는 새로운 관계를 맺어보려고 노력하자는 거죠.

김재용　우리 작가들이 다른 많은 나라의 작가들과는 숱한 교류를 하면서도 정작 자신의 또 다른 반쪽인 북의 작가들과 만나지 못한다는 것은 매우 부끄러운 일이었습니다. 바깥에 나가면 많은 외국의 작가들이 우리의 처지에 대해 관심을 갖고 묻는데 정작 안에서 살고 있는 우리 작가들이 여기에 대해 무심했던 것이 그동안의 부끄러운 모습이었습니다. 이제 북의 작가들과 교류함으로써 이러한 기형에서는 벗어났다고 할 수 있습니다. 오히려 이제 남북의 작가들이 같이 다른 외국의 작가들과 교류하는 그런 시대가 올 수도 있다고 생각합니다. 나라 안에서 남북의 작가들이 서로 만나고 나라 바깥에서 남북의 작가들이 다른 외국의 작가들과 만나는 그런 정상적인 시대가 도래할 것 같습니다.

김형수　저는 개인적으로 그렇게 생각합니다. 다시 한 번 이번 작가대회가 하나의 출발점에 불과하다고 말할 수밖에 없는 것이, '한 시대의 미적 준거 틀은 지배자의 용모'라는 얘기가 있는데, 사실 한 시대의 미적 준거 틀이 어떻게 지배자의 용모일 수 있겠습니까? 자연의 용모여야 옳겠죠. 자기 자연과의 투쟁 속에서 인간의 신체가 조각되고, 인간의 가치관이 그 속에서 형성이 되는 것인데, 그것들이 전부 미학적 준거 틀의 원형이 되는 그런 것들일 텐데. 그러나 인간의 역사는 그렇게 가지 못하고 끝없이 지배자의 용모를 미화하여 강제하고 그것을 미학적 표준으로 삼아서 이끌어가려고 하는 흐름이 명백하게 존재하는 것이고, 여기에 우리처럼 특수한 체험을 해온 민족의 문학과 작가들이 변방의 목소리로 밀려나곤 한단 말입니다. 그러나 한 발짝만 떨어져서 생각해보면 지상의 압도적 다수가 다 변방이므로, 그들이 모여서 자기소외를 극복하려는 노력을 해야 하는데, 그 길에서 저는 다름 아닌 바로 우리가 구심이 되어야 한다고 보는 겁니다. 누군가 자신의 길을 개척하느라 땀 흘리면서, '보라! 이것이 지상의 인간이 지녀야 할 바람직한 모습이고, 또 이러한 아름다움이 인간 세계의 미적 표현의 바람직한 형태이다'라고 하는, 그런 가치를 세계사 안에서 혹은 인류사 전체를 향해서 던져야 할 필요가 있다는 겁니다. 그럴 만한 권리와 사명이 우리에게는 있어요. 문제는 그 권리와 사명을 실행하기 위해서 필요한 자질이 남북대결을 종식시키는 능력에서 나온다는 것이죠. 예를 들어서 2차대전 상황에서 독일 작가를 만났을 때, 그 작가가 나치문제에 대해 아무런 답이 없다면 그를 어떻게 독일을 대표하는 작가라고 할 수 있겠습니까? 독일적 영혼이라고 이야기할 수 없겠죠. 우리에게 분단문제도 마찬가지라고 봐요. 여기에 대해서 아무런 대책도 없고 생각도 없고 고민도 없는 작가가 어떻게 우리를 대표할 것이며, 밖에 나가서 우리 몫의 발언을 제출할 수 있을지 저는 굉장히 회의적이거든요. 한국문학이 세계문학사 안으로 진입해 들어가려면 우리가 맞닥뜨린 곤혹과 딜레마를 해결해낸 경험을 안고 갈 수밖에 없습니다. 우리는 여기에 대한 노력, 여기에 대한 가치관, 이런 난관을 극복해내는 갈망과 사랑, 이런 걸 가지고 가서, 현재 지상에서 전

개되고 있는 모든 종족 모든 민족과 정치적 · 종교적 · 문화적 공
동체들 간의 갈등과 투쟁, 충돌, 이를테면 이것들을 우리처럼 풀
어야 된다고 말할 수 있는 입장을 확보해야 그 같은 역할을 할 수
있다는 겁니다. 그래서 마지막으로 방점을 크게 한 번 찍어서 이
야기하자면, 사실 우리에게 '6 · 15 민족문학인협회'라고 하는
것은 미래에 있을 아시아 작가들의 연대와 직접적으로 관련되는
것이고, 이 '아시아작가연대'는 곧바로 '아시아-아프리카작가연
대' 혹은 '제3세계작가연대'와 직결되는 것입니다. 이것은 인류
의 미래를 위해 세계문학의 건강성을 지키는 것과 직접적으로 관
련이 되는 것이거든요. 저는 우리가 올려다봐야 할 봉우리가 그
곳이라고 생각합니다.

김재용 광복 이후 민족문제를 생각하면서 탄생한 민족문학론은 그 출발
부터 항상 국수주의를 배격하고 세계문학의 일원이기를 희망하
였습니다. 어쩌면 이번 작가대회를 계기로 하여 그러한 희망이
명실상부하게 될 가능성이 높아진 것 같습니다. 우리가 살고 있
는 이 지역에 충실하는 것이 결코 세계문학에 배치되는 것이 아
니라 오히려 세계문학에 기여할 수 있다는 그러한 인식이 그 어
느 때보다 실감나는 시대에 들어섰다고 할 수 있습니다. 이번 작
가대회를 마련하기 위해 온 열정을 쏟았던 김형수 사무총장이 고
단한 몸에도 불구하고 이렇게 나와 장시간 대담에 응해주시고 영
감 어린 좋은 말을 해주신 것을 다시 한 번 감사드립니다.

_『실천문학』 2005년 가을호 (통권 79호)

■

미학적 지도력들의 쟁투

옥자, 순자는 50대에 흔한 이름이고, 경아, 정아는 30대에 많으며, 나리, 누리는 10대들에게 유행되었다. 이 같은 이름씨의 배후에는 그것을 선호한 세대에게 공통된 미감(美感)이 있는데, 시대의 저 밑바닥에서 꿈틀대는 어떤 미학적 자극이 사람들의 입맛을 바꾸는 것을 막을 길은 없다. 강렬한 자극은 당대의 가슴에 스며들어 내면화되고 제도화된다. 베갯모의 무늬까지도 무작정 바뀌지 않는다. 단추나 신발의 모양이 달라지듯이 어휘를 구성하는 음절과 음소들도 그 속에 시대감을 반영하는 요소가 있어서 불가불 영향을 받는다. 조지훈의 '하이얀'이나 김지하의 '새하얀'이 요즘의 시어들 틈에서 살아남는다는 것은 거의 불가능한 일이다. 미의식의 영고성쇠는 이렇게도 덧없다.

서정주에게서 김지하에게로

1.

시사(詩史)에서 진정 신비에 찬 순간은 새로운 미학적 자극이 탄생하는 순간이다. 영원히 호기심에 찬 영혼들에게 한 번 주어진 자극이 그냥 사라지는 법은 없다. 시 몇 줄이 내뿜는 매혹에 세상이 도취되는 풍경은 가히 장관을 이룬다. 처음에 한 개인의 감흥이 우연처럼 솟아나 수백, 수천, 수만의 독자들에게 흘러들고 나면 그 불꽃은 초원의 불길처럼 대지를 태운다. 누가 그 진원지를 아는가? 총이나 칼도 없고 손에 피 한 방울 묻히지 않으며 소위 '문단권력' 같은 것도 갖지 못한 시인이 동시대의 미감을 결정짓고 용의주도하게 이끌어가는 신비는 이렇게도 내밀하다. 문풍(文風)이라거나 진영 혹은 계열, 나아가 '아류'라고까지 이야기될 수 있는 미학적 동류항에는 분명히 그것을 선동하는 인솔자가 있다. 생뚱맞지만 그것을 나는 미학적 지도력이라 불러야겠다.

2.

「바위옷」이라는 시는 주소 없이도 찾을 수 있는 서정주의 언어로 쓰여졌다.

> 日政의 植民地 朝鮮半島에 생겨나서,
> 妓生이 되어서, 남의 셋째 妾쯤 되어서,
> 목매달아서 그 모가지의 노래를 하늘에 담아버린
> 二十世紀 우리 女子 國唱 李花中仙

국창(國唱)으로 칭송된 이화중선은 본디 밭 매고 길쌈하던 시골 아낙네였다. 평범한 촌부가 유랑 공연에 반해 가출하는데, 그녀의 소리가 한 시대를 주름잡고 내로라하는 한량들을 녹인다. 끝내 조선 민중의 우상이 된 여인이 어찌하여 박수갈채를 등지고 마흔다섯에 자살해 죽는지 그 사정은 모르겠다. 다만 이 드라마틱한 생애가 동시대인들에게 일으킨 파문에 주목하는 순간 그 저변에 가득 찬, 식민지적 굴곡을 겪으면서 필경은 '치정'과 '자살'로 치닫는 신파적인 슬픔들을 피할 수 없다. 이런 비극은 당시에 다반사였다.

그러한 유의 슬픔을 서정주는 참으로 탁월하게 개괄한다. 안개 짙은 겨울날 바위옷을 보노라면 그녀의 노랫소리가 들리는 듯한데 그것이 하늘 아래서 제일 서러운 노래라는……. 이 시에서 사물 언어인 '돌이끼'가 성격 언어인 '바위옷'을 얻는 순간 저잣거리의 불우(不遇)는 일거에 '영생(永生)하는 슬픔'이 된다. 자유자재한 바람의 가락으로 속(俗)을 쓸어다가 성(聖)으로 옮겨놓는 기분이랄까? 시각(視覺)이 청각(聽覺)을 거쳐 예비동작 없이 곧장 미각화(味覺化)되는 그의 시적 전이는 마술 같다.

　　한때 친일시를 쓴 적이 있다고는 하지만 그도 식민지의 폐허를 어떤 애국자 못지않게 아파했음이 틀림없다. 결코 간과할 수 없는 미덕은 역사의 기억을 무너뜨리지 않는다는 것이요 근원(根源)이 있는 물처럼 멀리서 흘러온다는 점이다. 그는 집요하게 '서사가 살아 있는 찰나'를 붙들었으며, 그 찰나의 비극들에게 영원성을 부여해 미학적으로 구원하려 했다. 그의 시에서 오륙 년이나 일이십 년, 혹은 서넛이나 열 몇 따위의 숫자가 언급되지 않는 대신 '천 년'이나 '즈믄 밤' 따위가 자주 나오는 까닭은 분명히 있을 것이다. 종종 출몰하는 '학'이나 '기러기'도 김수영의 '노고지리'나 김지하의 '새'처럼 삶의 공간에서 비상하는 물건이 아니고 영원을 이어 나르며 저 먼 저잣거리의 사람들에게 목도되는 구원의 기호들이었으니.

3.

창작의 자리에서 시인들은 매번 전범(典範)을 고르고 또 심판한다. 따라 배워야 할 모델로서, 그리고 극복해야 할 대상으로서 전범은 앞서 말한 이름들처럼 교체되고 또 교체된다. 김지하가 (서정주를 거들떠보지도 않고) 김수영을 벗어나려 했다는 사실은 의미심장한 것이다. 서정주의 노래 속에는 영원성이랄까 서사적 배경이랄까 하는, 넉넉한 시간의 흐름이 육화되어 있었음에도 불구하고 현실의 난폭함에 직면할 수 있는 완강한 의식기능이 없었다. 역사는 그의 세대에게 엄청난 고통을 뒤집어씌웠지만 그는 식민지와 그 뒤에 닥쳐오는 상황, 해방·전쟁·분단·쿠데타 같은 것들 앞에서 무기도 이념도 없는 일개 민간인에 지나지 않았다.

그의 시가 실체 이상으로 위력을 얻는 게 세태에 순응한 대가임을 부인하기는 어렵다. 한 시대의 미적 준거는 지배자의 용모라고 했다. 척양 척왜의 실패 이후 왜와 양의 용모에 찌들어가는 한국문화사의 흐름에서 그의 시가 독보성을 얻는 데 결정적 도움을 주는 것은 박정희 권력의 용모였다. 군사정부가 화랑도를 앞세운 것처럼 그의 시도 온통 '신라정신'이었는데 그것은 전라도적인 소재 위에 분칠된 지배이데올로기('통일신라'적 민족주의)로 오해되기에 너무도 적당했다.

여기에 저항하는 정신들이 없었을 턱이 없다. 신동엽이나 이성부의 백제 미학이 웅혼했지만 말 그대로 섬광이었을 뿐 흐름을 형성하지는 못했다. 하지만 김수영은 분명히 선을 긋는다. 자연귀의와 전래해온 한의 세계, 왕조적 식민지적 발상법으로 무력하게 반복하는 타자(유럽적인 것들) 숭배, 감상적 노예적 체념으로 훌쩍거리는 끝없는 자기연민의 세계는 돌이킬 수 없는 퇴행으로 취급된다. 가난이나 서낭당 고개만을 주목하면서 어떤 종류의 지적 발효력도 개입할 수 없는, 저 허약하기 그지없는 서술기능밖에 못 가진 한글 시어의 세계를 김수영은 극복하고자 했다.

김지하는 당연히 그쪽에 주목했을 터이다. 살인적인 제도폭력 앞에 선 지식인의 눈초리에 공포의 그늘이 없을 수 있다면 김지하가 획득한 전율의 황홀경은 태어나지 않았을 것이다. 훼손된 역사·체제·구조 안에서 존엄성을 밝히지 않으려는 개인의 삶이 얼마나 무참한 것인지를 김지하만큼 뼈아프게 체험한 시인은 없다. 그의 「苦行… 1974」는 정치적 수기라할 수 있지만 줄곧, 그가 허약한 '신라정신'의 그늘에서 장엄한 탈주를 감행하는 풍경을 뜨겁게 묘사한다. 흑산도에서 체포되어 목포를 통과할 때 맞닥뜨린 사람들이 그에게 강도나 절도범을 대하듯 연민의 눈길을 주는 것을 느끼면서, "저주받은 땅, 전라도의 아들답게 수갑을 차고, 천대받는 사람들 '하와이'의 시인답게 한(恨)과 미칠 듯한 분노와 솟구치는 통곡을 가슴에 안고" 그 고향 사람들의 일원으로 복귀했음을 알린다. 「지옥 1」이 그때 쓴 시다.

> 새를 꿈꾸네
> 새 되어 어디로나
> 날으는 꿈을 미쳐 꿈꾸네
> 남진이 되어 남진이 되어
> 저 무대 위
> 저 사람들 위
> 저 빛나는 빛나는 조명등에 빛나는
> 저 트럼펫이 되어
> 외쳐보렴 목 터져라 온 세상아 찢어져라 찢어져 없어져 사라져
> 호떡도 수제비도 잔업도 없는 무대 위에 남진이 되어
> 사라져 가렴 손가락아 제기랄!

유난히 눈길을 끄는 것은 전라도적 '불우'를 통변할 대중기호로 등장하는 가수인데, 남진은 이화중선처럼 당대에 우상이었지만 홍행의 계급적 기반이 달랐다. 낡아빠진 일제 유물의 인쇄기와 자신을 동일시하는 그('소화 20년제의 낡아빠진 가와모도 반절기'로서의 자아)가 남진처럼 외치고 싶은 것은, 고물 인쇄기에 잘려나간 손가락이 그 때문에 감방에서 해

방된다는 역설이다. 오, 신체의 일부가 잘려나가 넋에서 이탈되니까 출옥을 한다! 지옥이 아닐 수 없다.

4.

김지하가 '소화 20년제'의 운명을 넘어서 '척양척왜의 실패' 이전의 미학을 회복하려 몸부림쳤다는 사실은 경악스러운 것이다. 재래주의자들이 전통이라고 오도하고 있는 것들에 대한 저항적 자각을 통해서 김지하는 한국문학의 기본형을 수정하고자 했다. 그 앞에서, 양·왜에 야합한 배타적 가치로서의 신라정신은 티끌처럼 허무한 것이다. 이 때문에 서정주와 김지하는 우리 시사에서 미학적 지도력을 행사한 중에서 서로 반대편의 꼭 지점이라 할 만큼 대치된다. 하지만 둘은 대립자이면서 정확히 김수영을 사이에 두고 동일자(同一者)를 형성했다. 김수영의 언어에는 불행히도 민중의 경험 속에 축적된 생득된 미학이 담겨 있지 않았으니 김지하는 두고두고 서정주의 시정신과 경쟁되는 것이다.

　　(작금에 거론되는 시의 추락은, 영상매체의 활성화나 출판매체라는 문학현장의 상업주의적 잠식보다도 훨씬 큰 이유를 미학적 지도력의 부재에 두고 있다. '서정주와 김지하' 이후의 쟁투는 아직도 요원하다 할 밖에.)

위선과 기만을 뒤집는 힘

아무리 사나운 재앙도 세월만큼 거칠지는 않다. 세월은 모든 것을 지워버린다. 이제 와서 1980년대 정신을 이야기하는 것처럼 난처한 일은 없다. 21세기의 문학이 한참 진행된 자리에서 특히 김남주의 시를 상기시키는 것은 들뢰즈를 추억하는 자리에서 마르크스의 무덤을 이야기하는 것만큼이나 난데없는 일에 속한다. 이미 신화가 된 시간을 현실이라 붙드는 것은 얼마나 지겨운 열정인가. 하지만 초원을 누비는 늑대의 신체 안에 그에게 잡아먹힌 양과 염소의 흔적이 새겨지듯이 당대를 구성하는 문화의 몸속에도 성장기의 경험은 내장되기 마련이다. 그리고 그것은 존재의 비밀을 밝히는 열쇠가 된다.

김남주―풍자와 해학

1.

근대문학 100년을 맞는 한국문학의 기념비들이 언제나 연대기적으로 포착되는 것은 우리 문학이 그만큼 사회변동과 밀접한 관련을 맺으며 성장한 탓이다. 그로 인해 어떤 연대기는 후속 세대의 상속욕구를 자극하는 전리품 하나도 남기지 않았으면서 한국문학의 통사적 운명을 속박하는 강력한 힘이 된다. 가령 1950년대와 1980년대는 성장통(成長痛)밖에 없는 듯해 보이지만 집요하게 우리 문학의 정체성을 묻는 운명적 기능을 해왔다. 아직까지 출현한 어떤 시대정신도 '전후문학'이라는 용어가 문단을 사로잡고, '1980년대 정신'이 길을 놓았던 만큼 간고하게 '계승 혹은 결별'의 대상이 되지는 않았던 것이다. 그 시대를 체험하지 못한 세대들이 등장하면서 그 지겨운 주문과 간섭의 눈빛들을 때로는 의도적으로 무시하고 때로는 노골적으로 폄훼했어도 자세히 보면 온전하게 외면한 작가는 아무도 없다.

무엇이 두 시대를 그렇게 만들었을까? 한국전쟁이 한반도의 개체들에게 전면적인 파탄을 경험시켰다면, 민중운동은 모든 개체들에게 전면적인 극복을 실험하였다. 생존하는 일과 역사를 사는 일이 하나가 돼버렸던 이 시기에 인간에게 동원되는 거의 모든 사회의식들은 자신의 본질을 되물으며 그것이 본디 놓여야 할 자리를 재조정하는 과정을 거쳤다. 가령 문학이라면 삶과 표현의 관계를 근원적으로 묻고, 언젠가 벨린스키가 말한 "문학이 삶의 주석(註釋)이 되고 삶이 문학의 이유가 되는" 경우를 주류의 자리로 밀어올린 것이다.

바로 이 시기, 문학과 사회의 관계, 작가와 세계의 관계를 백일하에 검증했던 연대기에 출현한 1980년대 정신의 절정이자 상징물이 김남주라는데 이의를 갖는 이는 없을 것이다. 당대 지성의 존재방식, 당대 문학이 획득한 모럴, 당대적 인간형의 전형을 구현한 점에서든, 당대적 호흡을 반영한 운율, 당대적 교양을 선도한 언어, 당대가 요구한 미학적 형식을 찾아낸 점에서든, 김남주가 발휘한 창조의 능력은 역사시대로서 1980년대가 도달한 높이와 소름끼칠 만큼 일치한다. 문제는 그것이 오늘의 자리에서 어떤 의미와 쓰임새를 갖는가 하는 점인데, 시는 결국 세상에게서 태어나 세상으로 돌아가는 것이므로 그 가치 역시 세상의 운행 속에서 평가되는 수밖에 없다.

2.

한 인간이 성장하면서 키가 크는 시기와 살이 찌는 시기를 교체한다면 문학은 심미적 높이를 올리는 시기와 당대와의 소통을 넓히는 시기를 교체한다. 한국전쟁 이후 줄곧 전위에 도취하고 수준 높은 세련미를 얻는 일에 집착해온 한국문학이 그로 인한 난해성에 회의를 보이며 동시대와의 소통에 열중하기 시작한 것은 민중의 사회진출과 함께였다. 이후 십수 년 동안 사회적 교감과 시대적 소통의 폭이 넓어져 왔는데 이를 흔히 민중문학의 시대라고 말한다. 그 이후의 십수 년은 다시 수사학적 높이와 깊이에 매진하는 심미적 탐험기를 이어온 셈인데, 그 일각에서 독자를 잃고 '무소의 뿔처럼 혼자서' 가고 있는 시의 길을 향해 대중매체와 네티즌들은 냉소를 퍼붓고, 시인들은 동시대와 불통하는 고독한 존재가 되고 있다. 이것이 다시 시로 하여금 폭넓은 소통의 능력을 가져다줄 것을 요구한다고 판단될 때 주목할 곳은 어디인가.

문학이 디지털 문명의 시대에 범람하는 다양한 매체들 속에서 그러나 빛을 잃지 않고 존재할 이유가 있다면 그것은 뉴미디어가 미치지 못하는 '형상의 뒷면'을 능란하고 자유롭게 탐사한다는 점에 있을 것이다. 나는 아무래도 그 핵심은 문학의 본질을 규정하는 '언어예술'에서 찾을 수밖에 없다고 본다. 언어는 사유와 진술, 성찰과 소통, 싸움과 유희의 기능을 갖는데, 이 모든 자질을 한꺼번에 사용하는 것이 문학이다. 가령, 화투놀이를 하면서 광을 팔고 들어갈 것인지 그라운드에 남아서 1합을 겨룰 것인지를 결정하지 못하고 낑낑대는 선수에게 "그쪽은 도서관인가?" 하고 물으면 말의 놀이가 시작된다. 또한 말의 싸움 중에서 가장 말초적인 것은 욕설인데, 욕설은 기세를 드러내고 분노를 담을 수 있지만, 주위 환경(즉 이웃)을 우군으로 끌어들이지 못한다. 이웃의 동의를 끌어내려면 이웃의 공감을 얻어야 하며, 이웃의 공감은 즐거움, 유쾌함으로 승화된 영역에서 형성된다. 이 때문에 언어를 무기로 한 사랑과 싸움의 형식으로 정착한 것이 풍자요 해학이다. 우리 문학이 갖는 가장 큰 단점은 모국어의 장벽을 쉽게 넘지 못한다는 점이고, 가장 큰 장점은 사랑과 갈등의 심연까지 그리면서 성장했다는 것, 즉 풍자와 해학에 능란하다는 것이다. 그런데 김삿갓 이후 풍자와 해학은 사라졌는가. 한국 근대문학 100년 속에는 이것이 빈 터로 남았는가. 이때 떠올릴 수 있는 이름이 김남주이다.

김남주는 1974년 여름에 등단하여 3년여 동안 간간이 작품활동을 했으나 자신의 신분을 문단에 두려 하지는 않았다. 이듬해 광주에서 '카프카서점'을 차려서 저항적인 도시의 인문·사회과학 교양의 근거지로 삼거나 '해남농민회'를 결성하고, '민중문화연구소'를 개설하여 정치적 탄압의 대상이 되기까지 그가 꿈꾼 것은 숭고한 행동이지 노래가 아니었다. 하여 문단보다는 사회변혁을 위한 지하조직 '남민전(남조선민족해방전선)'에 가입하여 혁명가를 꿈꾸었던 그가 본격적으로 시를 쓰기 시작한 것은 1980년 12월, 물경 15년형을 확정받아 징역살이를 하면서이다. 그가 가석방으로 출소한 것이 1988년 12월이니, '함성'지 사건으로 투옥됐던 경험까지 합하면 "김남주가 평생 쓴 470여 편의 시 가운데 300편 남짓한 작품은 이처럼 9년 3개월의 옥중생활 속에서 창작된 것이다."(『꽃 속에 피가 흐른다』, 「발문」(염무웅))

하지만 그 짧은 시간에 분출된 그의 시는 태풍에 비견될 만하다. 1980년대의 언어가 수많은 사람들을 역사의 광장으로 내몰게 하는 힘을 가졌다고 한다면 나는 그것의 가장 온전한 형태가 다른 데 있었다고 보지 않는다. 그가 옥중에서 내놓은 시편들이 거리에 나오자마자 폭발적 반응을 일으킨 큰 이유 중의 하나는 당대 지성의 존재방식일 것이다. 정치적 내전의 시대라고 할 만큼 격렬한 때 그가 옥중시인이라는 사실은 적어도 1980년대 독자들에게는 시가 응당 있어야 할 곳을 웅변하는 것으로 받아들여졌다. 그러나 그보다 더 큰 이유는 그의 시적 모럴이 도달한 시대적 높이일 것인바, 개인의 열정을 공동체의 이해요구와 일치시키는 윤리적 당위를 구현했던 그의 태도는 많은 지식인들에게 한 사람의 시인이기에 앞서 시대적 표상으로 읽히게 만들었다.

3.

> 없어라 많지 않아라
> 모래알 하나로 적의 성벽에
> 입히는 상처 그런 일 작은 일에
> 자기의 모든 것을 던지는 사람은
>
> _ 김남주, 「모래알 하나로」 일부

그는 이렇게 역사에 헌신하면서도 소영웅주의를 극복한 인간상을 그리면서 문학의 내용과 형식을 최대한 명료하고 최대한 직접적 실감을 담는 쪽으로 끌고 간다. 그래서 그의 시는 기만을 용납하지 않는 단호함을 앞세우고, 단숨에 진실 앞에 육박하여 정면에서 발언하는 모험을 감수한다. 그의 서정적 화자는 언제나 고통을 피해가려 하지 않았다. 현실 앞에서는 상황을 가리지 않고 정직했으며, 유리한 정도와 불리한 강도를 측정하려 하지 않고 허위를 벗었다.

그러나 그것만으로 그의 시가 민중성을 얻을 수 있었다고 보는 것은 참으로 순진한 생각일 것이다. 민중이 어떻게 재미없는 글과 친할 수 있다는 말인가? 근대문학 100년사에 출현한 문필가들 중 그는 우리의 속담과 가장 닮은 문법을 구사한 시인이었으니, 우리는 민족적 형식의 발군을 그에게서 볼 수 있다. 그의 시적 육체의 기본 근육이 되는 것은 대조와 대구이다.

옛날에 간날에 우리 가난뱅이들은
지게 지고 부잣집 머슴살이 했지요
이제 그것을 경운기 타고 하지요
(……)
옛날에 간날에 우리 상것들은
짚세기 신고 서울 갔지요 고개 넘어
양반집 종살이하러 병신다리 끌면서
이제 그것 하러 기차 타고 가지요

_ 김남주, 「세상 참 좋아졌지요」 일부

소설이 '관계 속의 인간'을 창조한다면 시는 '세계와 대면하는 자아'를 창조한다. 그의 '세계를 향한 고독한 외침'이 발원하는 곳은 몰락해 가는 농촌현실이다. 그리고 그로 인해 그의 시는 대단히 위악적인 화자를 내세운다.

잡년아 어제는
미친년 고쟁이로 펄럭이는 히노마루 깔고
쪽바리 왜바리 좆대강이 빨더니

(······)

잡년아 오늘은

피묻은 고쟁이로 펄럭이는 성조기 깔고

흰둥이 깜둥이 좆대강이 빨더니

(······)

내일은 또 누구의 것 빨면서

무슨 책 못 읽게 할려나 잡년아 썩을년아.

_김남주, 「전후 36년사」 일부

흔히 시인들에게서 볼 수 있는 은은한 감칠맛을 노리는 섬세한 붓질이나 금은 세공을 다루는 듯한 언어의 조탁 따위는 그가 위선과 기만을 뒤집기 위해서 팔을 걷어붙인 매우 위악적인 서정적 화자를 내세운 순간 단숨에 날아가버린다.

이렇게 해서 창조되는 것은 무엇인가?

역사의 어떤 부분은 누군가의 일방적, 압도적 헌신을 요구한다. 어떤 대가도 영광도 보상도 이야기할 여지가 없다. 어떤 공동체든 그것을 감당할 역량이 어디에선가 확보되지 않으면 병들고 무너진다. 그랬을 때 그 모순투성이의 상황을 감당하는 것이 풍자와 해학인데, 신기하게도 이 풍자와 해학의 권력을 쥐는 것은 일방적, 압도적 헌신을 지불한 자들이다. 결론적으로 모든 것을 바치고 헌납한 자가 세속적인 가치로는 환산할 것이 없는 딱 하나, '표현의 영광'을 돌려받는 것이다.

당연히 그는 자신의 목소리를 던지고 싶은 곳, 자신이 순정을 바친 생산대중의 품으로 시를 끌고 가야 했다. 그의 시가 심미적 수련이 깊지 않은 동시대의 이웃들에게 쉽고 명징하게 전달되기 위해서 가장 필요했던 것은 무엇이었을까? 그 비밀의 하나가 소름끼칠 만큼 맞아 들어가는 생활 논리적 순차성에 있다. 그의 시적 묘사는 철저하게 느낌의 순서, 체험의 순서를 밟는다.

> 여기가 내 집이어요 어머니
> 굴 속 같지요 꼭 음침하고 눅눅한 분위기가
> 냉방 같지요 꼭 바늘 끝처럼 한기가 살 속을 파고드는 것이
> 이곳 사람들은 이곳을 시베리아라고 그런답니다
> (……)
> 어머니 이쪽으로 오셔요
> 이것이 내 방이어요 철문에 붙어 있는 표찰에는
> 0.7평에 정원 3명이라고 씌어져 있지만
> 요즘은 나 혼자 쓰고 있어요
> (……)
> 이걸 보세요 어머니
> 감시통이라고 하는 구멍입니다
> (……)
> 가령 내가 좀 누워 있기라도 하면
> 어느새 그걸 알았는지 철문을 퉁퉁 두드리며 일어나라 그러고
> 가령 내가 담요라도 한 장 깔고 앉아 있으면 그 담요 치우라고 그러고
> _ 김남주, 「어머님에게」 일부

마치 연극을 보면서 배우의 움직임을 언어로 표현한 것처럼 순차성이 살아 있다. 이 같은 시각성과 민중적 음악성이 그 이전의 어떤 시인에

게 있었던가?

4.

1980년대는 김남주의 시를 탄생시켰고, 1980년대의 주역들은 김남주의 시에 아낌없는 찬사를 보냈다. 그러나 한편으로 생각해보면 1980년대야 말로 김남주의 문학성을 가장 오해했던 시대였는지 모른다. 그는 틈만 나면 "『창비』에 실린 시를 보고/이따위 시는 나도 쓰겠다 싶어 보면서/나는 처음으로 시라는 것을 써보았다"(「이따위 시는 나도 쓰겠다」)고 말했고, 자신은 시인이 아니라 '전사'라고 주장했다. 그리하여 많은 사람들이 그의 문학이 이룬 놀라운 성취들이 미학적 수련의 결실로서가 아니라 정치적 경향성 하나로 얻어진 것으로 이해하고 지나갔다. 그러나 김남주의 시야말로 20세기를 대표하는 거의 최고의 시들에게 영향을 받은 결과인 것을 주목해야 할 것이다. 그는 단 한 편의 시에서 그 이야기를 한다.

> 희한한 일이다 그들의 시를 읽다 보면
> 어딘가 닮은 데가 있다
> (……)
> 나라가 다르고 시대가 다르고 언어가 다르고……
> 그러면서도 그들의 시에는 영락없이 쌍둥이 같은 데가 있는 것이다
> (……)
> 보라 하이네를
> 보라 마야꼬프스끼를

보라 네루다를
보라 브레히트를
보라 아라공을

_ 김남주, 「그들의 시를 읽고」 일부

김남주가 말하는 위대한 시인들의 공통점은 "꽃이 있고 이슬이 있고 바람의 숲이 있되/인간 없는 자연 따위는 없다"는 점이다.

지금 우리가 김남주를 다시 읽으며 되짚어보는 이유는 그가 남긴 과거의 성과를 연민하기 위함이 아니라 거기에 담긴 '미래의 시간에 유용한 것'을 찾기 위함임이 분명하다. 돌이켜보면 전봉준의 죽음을 슬픔으로 받아들이는 것이 불가능한 세대에 의하여 전봉준의 정신은 역사가 되었다. 그래서 우리는 더욱 숱한 우여곡절을 만들어가며 운행하는 역사의 길을 생각하게 된다. 지금 독자들이 대하고 있는 현재의 시문학도 반드시 변천의 시간들을 겪을 것이다. 그때 언어예술의 절정을 이루는 풍자와 해학의 재발견이 이루어진다면 우리는 다시 김남주를 주목하게 될 것이다. 마치 밤이 어두워야 별이 빛남을 깨닫게 되듯이.

세월이 버려가는 소재들

'어제'라는 말속에는 이미 소멸된 시간에 대한 아쉬움이 묻어 있으며 '내일'이라는 어휘에는 아직 당도하지 않은 시간에 대한 설렘이 담겨 있다. 하지만 어제는 그제의 내일이었고 오늘은 어제의 내일이다. 서기 2003년 2월 22일이라는 자연적 시간은 2월 21일의 눈으로 볼 때는 내일이지만 23일에는 어제로 돌변한다. 여기서 알 수 있는 것은 현실과 더불어 그것을 바라보는 '눈길' 역시 태어나고 죽는다는 점이다. 그 '눈길'에 따라 그리움이나 아쉬움도 탄생하고 소멸한다.

시의 역사는 무수한 '눈길'들의 집합으로 이루어져 있다. 헤아릴 수 없이 많은 눈길들 속에서 가끔 특정 유형의 시선이 여러 시인에 의해 반복된 사실을 깨닫기란 어렵지 않다. 눈길의 반복 출현이 단지 떨기를 이루는 데 그치지 않고 한국시의 성격을 좌우하는 명편들의 근거를 이루는 경우가 있다면 거기에는 소재가 갖는 공통점 이상의 무엇이 잠복되었다고 봐야 옳다. 그 저변에는 필시 한 민족이 공동으로 겪은 집단적 체험이 놓여 있을 것이다. 각이한 민족 혹은 종족들의 정체성은 대개 그런 데서 발휘된다. 그러한 현상을 '계열화'해보려는 발상은 전혀 어색한 일이 아니다.

빈집의 탄생에서 소멸까지

1.

한국시에서 가장 빈번히 출현한 것이 '빈집'을 바라보는 눈길이었다고 말하는 것은 속단일 수 있다. 그러나 상당한 명편들이 그곳에서 나온 것은 사실이다. 오장환, 이용악, 백석을 비롯 수없이 많은 시인들이 빈집의 서정들을 범람시켰으며, 그곳에서 발휘된 섬광으로부터 이후 많은 시들이 빚을 졌다. 때로 '낡은 집'으로 표현되기도 하고 '모촌'이나 '폐가' '흉가' 혹은 '대밭'으로 드러나기도 했던 빈집의 시선은 무려 60년 이상을 풍미했는데, 그것은 한국시의 전 생애에 비견되는 세월이다.

2.

정확히 언제 어디서 어떻게 해서 '빈집'의 시들이 태어나기 시작했는가?
꼬집어 말할 수는 없지만 그것은 이미 근대시의 여명기부터 출현한 시 정
신의 하나이다. 그리고 그것은 수없이 많은 명편을 낳았지만 그 원인을 소
재의 우월성에서 찾을 수는 없는 노릇이다. 시를 읽되 훌륭한 미학적 기제
들에 고무되는 것은 전혀 바람직한 현상이 아니다. 명시로 통하는 안락한
길은 어디에도 없다. 오히려 주목할 것은 집의 상실을 경험한다는 것, 낡
은 집, 빈집에 담긴 세상의 폭력을 발견한다는 것이 한국의 시인들에게 하
나의 정신적 운명으로 작용한 사실을 깨닫는 일이다.

> 박이 만딴히 굳고 나뭇잎새 우수수 떨어지던 날, 양주는 새 바가지 뀌
> 어들고 추라한 지붕, 썩어가는 추녀가 덮인 움막을 작별하였다.
>
> _ 오장환, 「모촌」 일부

빈집을 노래하는 시들에서 하나같이 심금을 울리는 대목은 인간이
떠난 자리에서 피고 지는 식물들의 순환이다. 박이 여물고, 나뭇잎이 떨어
지며, 추녀가 썩어가는 풍경을 시인은 왜 쓸쓸하고 슬픈 일로 받아들이려
하는가. 꽃이 피고 열매가 맺는 생물학적인 현상이 부자의 정원이라고 해
서 활발하게 일어나고 빈자의 움막이라고 해서 비켜갈 리 없지만 그것을
전혀 다른 눈으로 해석하는 인문학적 태도는 '인간을 대지의 주인으로 보
려는 경작자적 사고'를 인식론적 기초로 해서 발생된 것이다.

오장환이 빈집의 식물을 마치 부모 없이 자라는 아이들을 대하듯
측은하게 바라보려 한다는 것은 의심의 여지가 없다. 돌이켜보면 시대적

격랑에 밀려 부유하는 삶, 주인이 없는데도 자라는 식물, 그것은 한국인이 겪은 집단적 비애의 원형을 이루며, 그 동심원적 추억은 끝내 '나그네 설움'을 양산시킨다.

> 털보네 간 곳은 아모도 모른다
>
> 찻길이 뇌이기 전
> (······)
> 이 집에 살던 일곱 식솔이
> 어데론지 사라지고 이튿날 아침
> 북쪽을 향한 발자옥만 눈 우에 떨고 있었다
>
> 더러는 오랑캐령 쪽으로 갔으리라고
> 더러는 아라사로 갔으리라고
> 이웃 늙은이들은
> 모두 무서운 곳을 짚었다
>
> _ 이용악, 「낡은 집」 일부

여기서 이용악이 자아낸 감동의 열쇠가 절제된 서정에 있다고 말하는 것은 매우 국부적인 해석이 된다. 담담하고 회상적인 어조, 안정된 리듬, '낡은 집'에 얽힌 사연을 가급적이면 주관적, 감정적으로 전하지 않으려는 태도에도 불구하고 여과 없이 감지되는, 사태의 비극성을 전파하는 '시선'의 제출은 통렬하다 못해 자못 뼈아프기까지 하다. 그 시선은 감정 노출의 과다와 상관없이 낡은 집과 관련된 '털보네'의 사연과 그것이 식민지 수탈에 기인하는 어쩔 수 없는 것이며, 그러한 현실로부터 벗어나는 것이 결코 쉽지 않으리라는 비애의 정서를 단숨에 만들어낸다.

빈집이 '민족적 유랑'을 표상하는 징표라는 사실은 빈집을 노래해온 시들이 하나같이 그것을 개인의 신변사로 포착하기보다 집단의 슬픔으로 승화시키고 있다는 데에서 반증된다. 그러나 다시 생각해보면 도대체 무엇이 우리로 하여금 그렇게 반응하도록 만들었는가 말이다. 농경 정착민들의 삶에서 경작의 공간을 잃는다는 것은 '지상에서 설 자리를 빼앗김'을 의미한다. 우리 근현대시에서 '빈집'의 공명(共鳴)이 본원적으로 시사하는 것은 우리를 '유랑하는 민족'으로 내몰아버린 강압적 근대 체험일 것이다.

농경사회에서는 천부적으로 존중되어야 할 인격적 독립 단위가 가구 이하로까지 세분화되지 않는다. 산업사회에서는 성인 인구수가 유권자의 수가 되지만 농경사회에서는 가구 수가 유권자의 수가 된다. 호주, 호적, 택호…… 공동재산을 분배할 때도 호당 얼마이다. 우리는 오랫동안 그렇게 살아왔다. 이 같은 관습은 아직도 촌락공동체에 남아 있다. 부락 살림을 도맡은 시골 이장의 머릿속에는 언제나 소속 공동체를 구성하는 단위들이 호수(가구 숫자)로 입력되어 있는 것이다.

우리의 삶이 그렇게 제도화되었다고 부른다면, 아니 그것을 들뢰즈의 표현을 빌려 '코드화(化)'라고 부른다면 고형렬의 「공가(空家)」는 같은 소재 안에서 '코드화'의 비밀과 허구를 읽고 있다는 점에서 동일 계열의 시들을 압도하는 수작에 속한다.

면사무소에선 우리 집을 공가라고 불러요

(……)

금년 1/4分期 상환금을 받으러 왔던 어린 면서기가

천장 없고 쥐오줌이 얼룩진 벽체를 보고 귀청하면서

空家라는 딱지를 붙이고 다시 찾지 않았지요

(……)

그 뒤 아이들은 우리 집이 六八被害復舊住宅이라고 떠들고 결석도 하
니까

결국 월사금도 사실 면제받았지요

(……)

面事務所 과세대장에도 공가라는 朱印이 찍혀 있지요

_고형렬, 「空家」 일부

　　오장환이 보여준 관조적인 통찰과 이용악에게서 드러난 탈주의 포
착이 식민지의 수탈과 갈등을 그리고 있다면 「공가」는 개인의 삶이 어떻게
'집'으로 제도화되어 있으며 그것의 상실이 어떤 결과를 낳는지를 형상화
한다. 「공가」의 사람은 세금과 월사금을 면제받는 대신에 존재의 무게도
덜어져 버린다. 의무에서 면제받고 보호대상에서 제외되는 것이다. 그것
은 세계에 존재하는 자를 부재자로 만들어 지상의 시간을 사장시키는 폭
력이 된다. 고형렬의 시에서는 그에 대한 풍자의 야유와 해학의 여유가 서
정의 몸체를 이루는데, 그로 인해 화자는 집 속에 담긴 소유본능과 폐쇄본
능, 집의 내면에 담겨 있을 집착과 정신구조, 그리고 그것을 잃을 것에 대
한 공포까지를 탈주한다. 한국적 근대의식의 주조인 나그네의식의 본령을
양에서 질로 바꿔버리는 전환이 여기에는 있다.

3.

고형렬의 「공가」 이후에도 꽤 많은 시들이 빈집을 노래했다. 서정적 환기력을 더 크게 갖는 시도 여러 편이었다. 인터넷이 들어오고 디지털 문화가 퍼져가기 시작하는 90년대 초까지도 '빈집'은 일부 시인들의 정신적 운명으로 숨 쉬고 있었다. 그러나 「공가」 이후 동일 계열의 시들이 양적 팽창을 보인 데 반해 질적으로 새로운 눈길을 선보인 것은 아니다. 빈집이 자취를 감춘 건 아닌데도 그것을 바라보는 눈길에서 시대적 감동이 스러져버린 연유는 어디에 있을까?

빈집을 대하는 눈길이 오랜 세월을 두고 생성, 발전하다가 어느 순간 쇠퇴의 기미를 보이고 만 사실은 이 자리에서 다시금 시선의 명멸에 대해서 생각하게 한다. 여기서 지난 몇 년 사이에 두 세기의 갈림길을 넘으면서 논했던 '문명사적 전환기'를 반복하는 것은 진부한 일이다. 하지만 문명사적 변화가 문학에 미치는 영향은 틀림없이 있을 것이다. 예컨대 원시 사회의 사람들은 인생을 수렵활동 위에서 향유했으며, 농경시대의 사람들은 삶의 본질을 경작에다 놓았고, 산업사회에서는 노동 위에서 사고했다. 우리가 맞이하고 있는 새로운 형태의 문명을 '도시 유목민의 시대'라는 콘셉트로 포착한다면 삶의 근본은 관광에 두어질 것이다.

관광의 본질은 빛을 본다는 것인데 그것은 공간의 이동을 통해서 달성된다. 초원의 유목민과 도시 유목민은 동물을 따라다니느냐 정보를 따라다니느냐의 차이는 있지만 삶의 본질을 정착에 두지 않고 이동에 둔다는 점에서 같다. 이동을 본질로 하는 사람들이 중시하는 것은 '머무를 수 있는 곳'이 아니라 '옮겨 다닐 수 있는 것'이다. 집보다 길이, 장소보다 '탈 것'이 행복을 보장한다. 생존의 조건에 대한 양측의 이해는 천양지차로 다르다. 가령, 기원전 516년 페르시아 제국의 다리우스 대제는 보스포루스 해협을 건너 스키타이를 침공하지만 기동성이 뛰어난 적을 만나지도 못하고 전투도 한 번 치르지 못한 채 돌아오고 만다.

> 그들은 도시도 성채도 갖지 않으며 어디를 가든 자신의 집을 갖고 다닌다. (……) 수레야말로 그들이 갖고 있는 유일한 집이니, 그들을 어떻게 정복하고 공격할 수 있단 말인가.
>
> _헤로도토스, 『역사』 제4권

반드시 어떤 장소에 의탁해야만 살아갈 수 있는 자들이 그 절대가치인 장소를 갖지 않으면서 사는 자들을 어떻게 진압할 수 있다는 말인가. 이것은 얼마든지 지금의 사람들에게도 비유가 가능한 것이다. 부동산을 소유하기보다 고급 승용차를 가지려고 하는 사람은 '주어진 공간'만을 숙명으로 보듬고 살지는 않으려는 사람이다. 이제 하층의 사람들은 정주(定住)의 박탈로 소외되는 것이 아니라 이동의 박탈로 소외된다. 그 같은 사실이 문학에게 요구하는 것은 인간에게 마음의 안정과 평화를 부여하는 소속감 및 정체성을 부여하는 형태에 대한 재탐색이다.

이용악의 「낡은 집」이 암시하는 북간도 사람들처럼 과거에는 국토를 등지면 뭔가 조국을 등지는 느낌이었다. 공간의 이동으로 인해 삶도 문화도 소속감도 이월되었다. 떠나온 곳을 포기하고 현지에 가서 적응해야 하는 어려움이 그 시의 슬픔을 보장하는 현실적 배후였다. 그러나 지금은 누구도 자신의 정체성을 공간의 숙명 때문에 포기하지 않는다. 지구 어디를 가더라도 김치를 가지고 가고, 인터넷을 통해 신문을 보거나 여론에 참여하며, 고향 사람들과 더불어 기쁨과 슬픔을 함께 나눈다. 공간을 잃어도 커뮤니티를 잃지 않고 연대감 있는 삶을 지속하는 것이다. 그것을 굳이 민족문학의 소멸이라고 말할 필요는 없다. 모국어가 안겨준 정치단위별 혹은 문화적 권역별 공동체 의식이 사라지는 것은 아니기 때문이다. 그렇다면 장차 무엇이 그들의 정체성을 보장할까? 여기서 제기되는 개념이 '이동하는 정체성'이다.

어쨌든 그간 인류가 누려온 수렵과 경작과 노동의 형태와 다른 또 하나의 존재방식이 형성되고 있는 지금 예전과 같은 형태의 빈집의 시는 다시 태어나지 않을 것이다. 그것은 2003년 2월 22일의 햇살처럼 어제 속으로 저물어간 '소멸된 시선'에 속한다.

시의 시대를 풍미한 시

문학 앞에서 함부로 영광에 도취될 일도 아니지만 수모에 과민할 것도 아니다. 작품의 바깥에서 생성된 기고만장이나 어떤 의기소침의 감정들은 개인의 심정에 작용할 뿐 독자들에게는 잘 통용되지 않는다. 때로는 한 시대가 온통 불필요한 내연(內燃)과 소득 없는 열정의 탕진에 바쳐지기도 한다. 1980년대 정신과 변별점을 높이면서 이름을 알려온 비평에게 공통되는 것은 '열매 없는 흥분'이 잦다는 점이다. 새로 탄생하는 정신을 찾는 일보다 지난 시대의 정신들에게 사망진단서를 발부하는 일에 관심이 크다는 것은 '주목받으려는 조급함'에 쫓기는 위태로운 증상의 하나이다. 1980년대가 파놓은 거대담론의 골짜기 속으로 깊이 들어갔던 사람일수록 고뇌가 크고, 길이 끊긴 지점에서 되돌아 나오는 시간들이 길다. 이들에게는 근대가 그어온 정신사적 궤적과 1990년대 이후의 전망을 설명해줄 안내자가 절실할 것이다. 세월이 걷어가는 것은 문학이 아니라 낡은 가치관들이다. 지금에 와서 절하된 민중문학의 유산을 정리하기 위해 이 글을 썼다. 보론 「한 미학적 이성의 속도에 대한 통찰」은 옛 유산을 발전적으로 극복한 사례로 평가하여 썼던 글이다.

절하된 유산들

—1970년대에서 1990년대에 이르는 시의 궤적

1.

약간의 밑그림이 그려져 있어야 할 것 같다.

모든 현상에는 지배적인 것과 문제적인 것이 있다. 문제적인 현상이 지배적인 현상에 익사당하지 않고 하나의 문제적인 현상으로 유효할 수 있는 조건은 그것이 본질에 더 가까울 때뿐이다.

한국문학은 20세기라고 하는 한 세기를 통해, 개화의 외풍이 근대화의 외풍을 넘어 세계화의 외풍으로 이어지는 시간대를 살아왔다. 여기서 극히 짧은 시기를 제외하고는 지배적인 현상은 언제나 외풍이 누려왔다. 이유에 대해서는 세계사의 표정을 들지 않을 수 없다.

20세기는 크게 세 개의 세계로 구성되어 있었다. 하나는 서구라는 표현 속에 집약되는 제1세계이다. 그들은 신의 속박으로부터 벗어나 근대에 들어서자마자 욕망의 제어장치 없이 경쟁의 시대를 누려왔다. 이들에 의해 시민사회 안에서 가혹한 계급적 착취가 이루어지고, 침략을 통한 국가적 착취, 민족적 착취가 자행되었다. 그러면서 엄청난 부와 강한 힘을 사용하여 세계의 중심부를 형성했다. 여기에 대결하면서 '타락하지 않은 발전'을 추구했던 힘이 거대국가의 출현으로 가게 된 것이 1917년 러시아혁명이다. 곧이어 이들은 괄목할 만한 성장을 이루어 제1세계의 대항세력으로 자리해왔다. 이들을 제2세계라 한다. 이 대항세력의 영향을 받으며 제1세계에 의해 식민지지배를 받던 약소국가들이 하나 둘 자기세계를 확보해간다. 그것이 제3세계이다. 그러나 제3세계는 두 세계로부터 불어오는 영향력 때문에 쉽사리 주체성을 갖지 못하고 외풍에 시달린다. 그래서 그들의 다른 이름이 종속성을 가진 주변부이다. 이 종속성으로부터 자기의 주체를 확보하려는 노력이 문학에서 민족문학이라는 표현을 불러들인다.

여기서 '세 개의 세계' 이야기를 굳이 꺼낸 까닭은 1990년대 이후의 사람들은 이제 세계가 하나로 단일화되었다고 생각하게 된 데에 있다. 이제 한 개가 된 세계 안에서 주변부는 끝없이 중심부를 복제한다고 사람들은 말한다. 그러나 이때도 고려할 사안은 '복제'가 존재한다는 사실이다.

한국은 20세기의 반을 뚝 잘라 식민지를 경험했다. 그리고 해방이 되고 또 한국전쟁을 통해 분단상태가 최종 확정되고, 바로 이 같은 환경 속에서 자기정체가 뚜렷하지 않은 형태의 제3세계로서, 제1세계를 추종하는 급격한 근대화를 수행하면서 10년 단위로 중요한 역사적 고비들을 경험해간다. 1950년대는 전쟁을, 1960년대에는 4·19혁명을, 1970년대에는 전태일 열사의 분신을, 1980년에는 광주민중항쟁을 경험하는 것이다. 그리고 이런 경험에 걸맞은 문학적 결실들을 쌓아간다. 이 과정을 문학 쪽에서 보면, 전쟁의 폐허에서 탈출하여 근대적 감수성을 획득하고, 이를 감당할 주체로서 민중을 발견하자 이내 거기에 규율화, 조직화를 부여하면서 하나의 거대한 프로젝트를 구성하게 된다. 그런데 유감스럽게도 이런 숨가쁜 진전은 자기를 돌아볼 틈도 없이 그 프로젝트가 무효화되는 지점에 이른다. 이 시기에 바로 김진경 시인이 『30년에 300년(서구가 근대를 경험하는 기간)을 살아버린 사람은 어떻게 자기자신일 수 있을까』라는 질문을 던지게 만든 자리이다.

바로 이러한 흐름을 문제적으로 주도해간 사람들의 이야기와 노래가 민족문학론이라는 담론과 함께 회자되기 시작하는 것은 1970년대 벽두부터이다. 민족문학이 특히 전성기를 구가하는, 김지하에서 김남주에 이르는 어간은 하나의 작은 문예부흥기로 느껴지기조차 한다. 조선의 르네상스라 불렸던 후기 영, 정조대의 회화적 활력이 연상되는 탓이다. 조선은 17, 18세기에 이르러, 중국의 주자 성리학이 조선 성리학으로 재정립된(이율곡이 집대성하고 송시열이 심화시킨다) 힘을 받아 문화와 예술 전반에서 주체성을 회복하는 놀라운 융성을 이룩한다. 때마침 중원에서 문화국인 명나라가 망하고 야만국인 청나라가 들어서는 것을 보면서 '조선이 곧 중화'라는 생각을 하게 되어 조선 고유의 미적 감수성이 살아 있는 회화양식까지 구축하는 것이다. 그것이 이상사회의 모습을 중국땅에서가 아니라 한국땅에서 찾게 하는 '진경산수(眞景山水)'이다. 가히 조선회화의 기념비라 할 만한 정선, 김홍도, 신윤복 등의 별이 떠오를 수 있었던 것은 이 때문이다.

1970, 1980년대 민족문학을 놓고 이런 거창한 시대를 연상해보는 것은 이때 찾아진 우리 미의식의 주체성 회복에 있다. 언젠가 김현이 다른 뜻으로 썼던 언술을 빌려온다면, 김지하 이전까지의 한국시들은 '과거와

미래 사이에서 찢겨져 있는 현재'를 살고 있었다. 그것은 반만년 역사라 자랑해온 우리 민족의 미적 경험과 자기의 내적 성장의 결과에 의하여 근대미학에 이르지 못하고 일제를 맞아 서구의 것으로 교체된다. 이후 일본을 창구로 하여 들어오는 문학장르들은 한반도라는 공간을 차지하고 산 사람들의 미적 경험과 그곳에서 이루어진 합의와는 크게 괴리된 것들이었다. 여기에서 한국의 시인들은 어쩔 수 없이 분열을 겪게 된다. 근대적 사유의 자유분방함을 시 창작의 동력으로 삼아온 사람들은 미적 자양을 외래문학에서 끌어와 어떤 경로로 그런 세계에 가 닿게 되었는지 알 수 없는 것이 되고, 전통시대의 미의식을 끌어오고자 하는 자는 현실로 돌아오지 못하고 과거의 동굴 속에서 똬리를 틀어버리는 것이다. 필연적으로 사회적 공감의 깊이가 얕을 수밖에 없는 이런 분열의 경계에서 야심찬 미학적 기획이 던져진 것은 이때이다. 이로부터 비롯된 문학적 분발은 우리 지성사에서 단연 두각을 보인다. 『창작과비평』과 『문학과사회』 양대 매체를 구축하는 비평과, 민주화로 폭발하는 정치의 힘을 압도하는 시는 물론, 소설에서도 이문구의 「관촌수필」에서처럼 분실당한 전통의 언어들이 찾아지고, 천승세의 「황구의 비명」에서처럼 토종의 정신도 회복되며, 황석영의 「객지」에서처럼 인간해방이라는 계몽이성은 계몽이성대로, 조세희의 「난장이가 쏘아올린 작은 공」에서처럼 근대적 사유의 건강성은 또 그것대로 돋아나 다양한 개성과 언어의 스펙트럼을 이룬다. 그리고 이는 또한 연행, 미술, 음악, 영화 등 인접 장르들에도 영향을 미쳐 각기 주체성 회복을 향한 첫걸음을 내딛게 한다.

거대국가들의 영향력에 포위되어 물질적, 정신적 종속을 면치 못하던 사회에서 있게 되는 이런 개화(開花)는 제1, 2세계의 융성들과는 의미가 다르다. 그것은 국가적 차원에서 결행되는 일이 아니라, 그것과 충분히 격전을 치를 만한 대항세력의 출현을 담보로 하는 것이기 때문이다.

그러나 민족문학은 바로 이 같은 진행을 이어오면서 미덕도 많이 가졌지만 약간의 오만과 독선 또한 없지 않았다. 그것은 발전의 어느 단계에서 근대의 사회주의적 기획과 만나면서 과도한 주관철학에 길들여지게 된다는 점이다. 사실 그들은 주변을 향해 거의 타자를 타자로 놓아두지 못하고 강한 동일자화를 요구했는데, 그것은 때로 강압적인 분위기를 자아내기까지 했다. 어쩌면 이 때문이었는지 모른다. 그들의 기획이 좌초했을 때 당연히 그에 값하는 수모와 모멸이 따랐다. 그 영광과 수모가 극대화된 문제 지점을 찾아, 그것의 공헌에 대하여, 그리고 새로운 모색과 양상에 대하여 살펴보아야 할 필요성은 그래서 생긴 것이다.

2.

만일 1970, 1980년대 민족문학의 전성기가 하나의 '작은 르네상스'였던 게 맞다면 그 시작은 아마도 김지하의 등단으로 보아야 옳을 것이다. 그와 관련하여 광주에서 나오는 월간 『사회문화』(1996년 9월호)는 퍽 재미있는 편지를 공개한다. 김지하 시인이 1969년 10월에서 1970년 4월에 걸쳐 김준태 시인에게 보낸 여덟 통의 편지가 그것이다. 당사자들이 등단한 것이 『시인』지 1969년 11월호이니까 이것은 두 사람이 그야말로 걸음마를 떼던 시절에 쓰여진 셈이다. 그런데도 행간에는 문단 거인들에게나 있을 법한 폭풍전야의 긴장이 흐른다.

당시 김지하가 김준태에게 가졌던 용건은 동인을 결성하자는 제안이다. 이 제안이 김준태의 군 입대 문제에 부딪혀 백지화되자 김지하는 편지로 동인 기분을 대신하기로 하고, 곧이어 자기의 문학적 구상을 설파하기 시작한다.

편지는 한결같이 격정적인 어조를 하고 있다. 그러면서 도드라지는 어휘가 '민예'와 '저항'이다.

민예 속에서 '저항의 형식'은 혈통을 찾아내야 합니다. 그 길만이 모든 문제의 관건입니다. 그러나 민예가 가진 일정한 한계를 뛰어넘어서야 하며, 뛰어넘어서는 길은 金春洙類의 '散調'나 '打令' 등속에 의해서가 아니라, 오늘날의 사회현실, 모순과 질병, 고통과 항쟁, 비판과 투쟁, 좌절과 비애 등을 역동적으로 표현하는 방향에서 열립니다. (1970년 3월 8일자)

지금에 와서, 김지하가 그때 저항의 형식을 왜 민예에서 찾으려 했는가를 판단해보는 것은 어려운 일이 아니다. 그것은 그들 이전에 있었던, 비이성적 사회에 대한 시적 대응들이 발이 들려 있는 씨름선수들처럼 사회현실에서 들려 있었기 때문이다.

사실 한국시에서 저항의 언어가 태동해 하나의 문제적 현상으로 발을 떼기 시작한 것은 그보다 10년 전의 일이었다. 4·19 공간에서 김수영, 신동엽, 박봉우 등에 의해 노래된 세계들은 자못 치열했다. 여기서 김수영의 중요성에 대한 지적은 피할 수가 없겠다.

혁명은 안 되고 나는 방만 바꾸어 버렸다
나는 인제 녹슬은 펜과 뼈와 狂氣 —

失望의 가벼움을 財産으로 삼을 줄 안다

이 가벼움 혹시나 歷史일지도 모르는

이 가벼움을 나는 나의 財産으로 삼았다

_ 김수영, 「그 방을 생각하며」 일부

이렇게 곳곳에서 근대적 진보의 상상력이 번뜩이는 김수영의 선진
성은 오늘의 눈으로 보아도 파격적인 것이다. 그는 사실 그 무렵에 이미 세
기적 지성들의 문제의식과 교감하고 있었다. 1961년 2월 3일자 일기에 쓴,
"In love, as in all things, Mayakovsky favoured the impossible-"
(모든 것 속에서와 마찬가지로, 사랑 속에서, 마야콥스키는 불가능한 것을 선호했다) 이
나, 같은 해 5월 1일자의 "『들어라 양키들아』(C. 라이트 밀스 著) 독료. 뜨거운
마음으로, 무수한 박수를 보내면서 읽었다"는 수십 년 후의 지식인들에게
서 볼 수 있는 구절들이다. 김수영은 바로 이런 정서상태에서 5 · 16 군사
쿠데타를 맞고, 이후 시적 리얼리티를 높인다.

그러나 김수영이 한 사람의 시인 이상으로 중요한 것은 그가 당시
의 문단에 끼치는 영향력 때문이다. 가장 중요한 측면은 역시 전쟁 체험
이전과 이후를 가르는 기점이 된다는 점인데, 이전과의 관련에서 그는
'전위'의 성격을 얻는다 . 한국전쟁이 가져다준 상처의 내면화, 분단이 안
겨준 슬픔의 내면화가 근대적 이성에 의해 출구를 찾는 출발점인 것이다.
사람들은 그에게서 두 개의 측면을 읽었다. 하나는 한국적 모더니즘이고,
또 하나는 저항적 참여문학이다. 그러나 그의 준엄성은 주로 자신의 나약
성에 겨누어질 뿐 사회적 모순의 주범들을 향하지는 않는다.

그의 비실천성은 이후 뒷세대들을 통해 시민적 가치관의 관념성을
양산한다. 그것은 처음에 서정주의 '신라'나 김춘수의 '처용' 같은 전근대

적 감수성에 도전하면서 관념적 영겁회귀를 꿈꾸는 선험적 세계에 도달한다. 고은의 『피안감성』이나 『해변의 운문집』 시대로부터 강은교의 『허무집』에 이르는 것은 이런 허무적 자유주의이다. 서정주, 김춘수의 시세계가 거의 손색없는 '현실로부터의 망명'이었다면 여기까지도 아직은 '망명의 끝'이 아니었던 것이다. 그럼에도 김지하 앞 세대들의 분발이 과소평가될 수 없는 것은 그들의 표현의 근대성에서 온다.

> 모두 서둘고 , 침략처럼 활발한 저녁
> 내 손은 외국산 베니어를 만지면서
> 歸家하는 길목의 허름한 자유와
> 뿌리 깊은 거리와 食事와
> 거기 모인 구릿빛 건강의 힘을 쌓아둔다.
> 톱날에 잘려지는 베니어의 纖細,
> 快樂의 깊이보다 더 깊게
> 파고 들어가는 노을녘의 技巧들.
>
> _이성부, 「우리들의 양식」 일부

비가시(非可視)적인 것들에 현재적 실감을 주면서 그 이미지를 1970년대적 보폭의 속도감으로 전이해내는 이런 구체성들은 당시 강은교의 시들(예컨대 「自轉」 연작)에서도 많이 보인다. 그리고 이것은 뒤이어 '신춘문예풍'을 이룰 만큼 유행이 된다. 이런 맥락에서 보아 민중의 건강미를 가장 많이 가진 것으로 이야기할 수 있는 이성부까지도, 최근에 방민호가 지적했듯이, 그들이 가져야 할 희망에 대해 관념적이었다. 대표적으로 신라정신이라고 하는 서정주의 관념적 귀족성에 반발한, 백제정신이라고 하는 이성부의 관념적 민중성이었던 것이다. 그들의 시가 뒤따라오는 세대들의 약진에 가려져서 1980년대의 시인들에게 영향을 크게 미치지 못하는 가장 큰 이유가 이 관념성에 있었다.

다시 편지 이야기로 돌아와서, 김지하는 그들이 이렇게 관념적일 수밖에 없는 이유를 지식인적 소시민성에 있다고 보았다. 그리고 그 극복안으로 찾아진 것이 전통시대의 민중예술이다. 여기서 김지하의 민예이론이 추상적이고 막연한 것이 아니었다는 지적이 있어야겠다. 그는 더 앞의 편지에서 남도예술의 혼을 말하면서 이 문제에 대한 가상스런 탁견을 보여준다.

西道쪽이 中國界의 것이 강하게 배합되어 있고, 경기쪽이 線的인 것, 연속성, 조화성(즉, 이것은 양반이나 지배계급의 美觀의 낙인이거나, 그것에 대한 平民美觀의 투항의 흔적입니다) 이 강함에 反하여, 남도민예의 主된 특징은 대립성, 敵對性, 심한 振動(이 진동의 크기는 그 진동의 兩極間의 갈등이 매우 劇的임을 보여줍니다)에 있으며, 따라서 그것은 攻擊的으로 諷刺的으로, 力動的이며 勞動的인 템포로 발전할 가능성을 풍부히 가지고 있기 때문입니다. 한마디로 反抗的인 요소를.
(1970년 3월 11일자)

이렇게 펼쳐지는 그의 식견이 옳은가 그른가를 판별하는 것은 내 수준에서 할 수 있는 몫이 아니다. 다만 우리 시가 근대적 장르로서 갖는 역사적 한계를 돌파하려는 의지가 그의 서정시에도 깊이 각인되어 있다는 것만은 언제 지적되어도 되어야 옳다.

이 대목에서 잠시 갔다 올 곳이 있다.

1981년 10월호 『마당』에서 보면 재일한국인 미학자 이단윤(이타미 준)이 「백색과 그 주변 2」에서 오노 지로(小野二郎)와 구보 사토루(久保覺)가 '윌리암 모리스와 柳宗悅에 대해서' 대담한 것을 소개한다. 그중에 김지하의 견해가 인용되는데 논지가 이렇다 .

유종열은 우리 미술의 본질을 선(線)이라고 단정하고 있다. 지금도 한국의 많은 학자와 예술가들은 이 일본인의 학설을 절대시하고 있다. 그러나 이조 속화(민화의 속칭)에서는 이 연속성의 차단과, 이 차단에 의한 공간의 생동감이 넘쳐흐르고 있다. 단원뿐만 아니라 겸재류의 풍경산수화에도 차단에 의한 역학적 표현의 단서가 엿보이고 있다. 단원이 그린 용주사의 불화에서 보이는 凹凸과 마찰을 통한 일체의 표현은 선의 묘사보다는 차단을, 그리고 그 갈등을 강조하고 있다는 점에서 매우 중요하다.

이 견해, 조선의 민화 속에 '연속성의 차단과, 이 차단에 의한 공간의 생동감'이 있다는 것은 편지에서 말한 민예의 문제와 크게 상통한다. 또한 점과 선, 선과 선의 단절 사이에 깃든, 호흡 그 자체, 숨을 내쉬면서 참고 있는 지점과 같은 것을 '차단'이라는 개념을 사용하여 그것이 판소리, 가면극, 농악이나 민요의 밑바닥에 하나의 동적인 기운을 흐르게 한다고 본 이러한 포착은, 민화나 겸재류(流)의 풍경산수화만이 아니라 김지하 자신의 서정시에서도 볼 수 있는 것이다.

가슴 찍는 서러움
총소리 문 두드리는 소리

뒤따르던 발자국 소리 가슴 찍는 가슴 찍는

매질에도 만나요

솔내나는 새붉은 당신의 피

_ 김지하, 「당신의 피」 일부

　'가슴 찍는'과 '소리'가 곳곳에 심어져 있어서 얼핏 똑같은 말의 반복으로 비춰질 수 있지만 엄연히 진행되고 있는, 연결된 동작선의 차단기법이요, 편지에 나오는 말로 전통민예에 깃든 '역동적이며 노동적인 템포'에 다름 아닌 것이다. 이것을 굳이 문장론적으로 검색한다면, 이는 운문인 탓도 없지 않지만, 본질적으로 맞춤법에 어긋난 어순 배열인 것이다. 용언(동사, 형용사)과 명사의 반복 배열만으로 의미망이 형성되고 그것이 다이나믹한 운율을 이루면서 심화 발전해가는 불가사의가 어떻게 생겨날 수 있다는 말인가? 이는 의미를 축조해가는 문어체에서는 모순이지만 말이나 노래 속에는 엄연히 살아 있는 것이다. 그가 출감 후에 김치수와의 대담에서 말한 '문체혁명'에 대한 이야기도 여기서 상기해볼 만한 것인데, 어쨌든 그는 이런 민예에 대한 통찰을 통해, 백석이나 이용악 등 분단 이전의 언어체계에서나 얼핏얼핏 보이는, 한국시단에서 유일하게 구별되는 어법 하나를 창조해 1970년대화했다. 이렇게 한 사람의 제대로 된 시적 사유가 자신의 오랜 역사 위에 축적된 우리 미의 본질을 발견하게 하고 그것의 계승 위에서 현대적 결실을 얻는다는 점은 실로 경악에 가까운 감탄을 자아낸다.

　또다시 편지로 돌아와서, 그는 이런 모색에 대해 위험요소로 제기될 만한 문제들에 대해서도 이미 지적하고 있다.

준태 씨의 우려, 즉 민요의 가치를 잘못 사용하면 復古主義에 빠진다는 경고, 늘 신경 쓰고 있습니다. 그렇죠. 언제나 올바로 가려는 者의 좌우엔 벼랑이 있는 법입니다. 복고, 尙古는 이 경우에 하나의 큰 벼랑이죠. 다른 하나는 외국 것에 대한 亞流현상이 되겠고. (1970년 3월 11일자)

이런 구절들에서 보이는 김지하의 염려는 매우 균형감이 있는 것이다. 자기예술의 정체성을 찾으면서 훗날 공격적 민족주의, 폭은 폐쇄적 민족주의라 비판되는 쇼비니즘을 그는 충분히 경계했던 것이다. 이렇게 그가 세계문화사적 현상들을 모르고 감각만으로 했던 소리가 아니라는 것은 의심될 만한 구석이 별로 없다. 여담일 테지만 동인 후보로 등장하는 시인 목록부터가 그러한 기우를 미리 막고 있다. "최민이 엔진 노릇을 맡기로 했었는데……, 민용태는 해외에 있고 그 밖에는 없소. (……) 신통치 못한 친구들과 동인을 할 생각은 없고 (……)". 여기서 최민은 김지하와 같이 서울대 미학과를 나와서 같은 해(1969년)『창작과비평』여름호로 데뷔하여 후에 곰브리치의 『서양미술사』를 번역하고 미술비평까지 손을 댔던 사람이며, 민용태는 그들보다 한 해 전에 『창작과비평』여름호로 데뷔하여 스페인에서 유학한 후 우리 문단에 남미문학을 소개했던 사람이다. 김준태는 독문학을 전공했지만 문병란, 양성우, 김남주, 고정희 등과 사제 및 선후배적 교분을 유지하면서 일찍이 민중적 건강성이 살아 있는 미의식을 체득한 사람이다. 그리고 김지하는 자신의 대학 후배들인, 노래와 연극의 김민기, 탈춤을 비롯한 연행예술 분야에서 이론적 두각을 보이는 채희완, 판소리의 임진택, 현실과 발언 그룹 화가들의 이론가로 성장하여 나중에 『나의 문화유산답사기』로 권위를 누리게 되는 유홍준 등의 미학적 실천에 직접적인 영향을 미치면서 다가올 민족민중문화의 부흥기를 주도한다. 이 이름들이 하나같이 각 방면의 '한 획'들이었다는 사실은 새삼 말하지 않아도 될 터이다. 다만, 적어도 이런 맥락을 전후로 삼아 다음의 주장이 도출되었다는 것은 눈여겨둘 만한 것이다 .

"김수영과 판소리. 비판적 리얼리즘 시와 민족적인 平民예술의 흐름을 결합시킨다는 것은 우리 시대의, 우리 세대의, 또 우리들의 중심과제입니다 ." (1970년 4월 1일자)

바로 이 한 문장이 도달한 지점이야말로 한국의 민족문학이 이후 겪게 될 사태들을 예견케 하는 운명적이고도 핵심적인 실험에 속하는 것이다. 그에 대해서는 다시 이야기하기로 하고, 김지하는 이런 문제의식을 바탕으로, "나는 앞으로 짧은 抒情詩보다 발라드에 몰두할까 합니다. 諷刺的인, 백 행에서 이백 행 사이의 사회 및 문명비평적인 長詩로"라고 쓰고 바로 그달에 『사상계』(1970년 5월호)에 담시 「오적」을 발표하는 것이다.

이제 편지에서 나올 것은 다 나왔다.

「오적」은 발표되자 큰 파문을 일으킨다. 물론 이 충격은 처음에 정치적인 것이었다. 「오적」이 한국적 이야기 시로서 그 문학적 의미가 전면적인 것이 되기에는 장르적 불완전성이 너무 컸다고 볼 수 있다. 뒤이어, 풍자의 힘뿐만이 아니라 어느 서정시 못지않게 서정적 환기력을 크게 갖는 「비어」를 낳기도 하고, 「분씨물어」, 손수 그림까지 그려넣은 「앵적가」도 낳지만, 이들 각각은 어디까지나 전통양식을 차용하여 봉건적 풍자미학의 힘으로 권력의 비이성적, 반절차적 폭거에 통렬히 야유하는 일회적, 유격전적 성과였던 것이다. 이것들에는 김수영이 강조했던 모더니티가 장르 자체에서 송두리째로 배제되어 있었던 것이다. 그러나 누구도 박정희의 군사독재와 개발이데올로기가 조직하고 이끌어가는 비이성적 사회를 향해 던져진 이런 통쾌한 풍자를 단순한 정치적 대응만으로 간주할 수 없을 것이다. 그는 처음부터 끝까지 박정희 정권과의 대치에서 한 걸음도 물러서지 않으면서, 따라서 동시대 독자대중의 심금을 울려야 한다는 당대성에 충실해 있었으면서, 끝없이 장르실험을 전개하고, 또 우리 서정시의 온전한 틀 찾기에 몰두한다. 그랬다는 것은 그가 자신의 서정시가 아직 전래 민중미학의 역동성을 담지 못하고 있다고 보고, 더 적나라한 시 형식을 갈구했던 흔적을 「아주까리 신풍」을 발표하면서 시작메모의 형태로 남겼던 데서도 알 수 있다. 여기서 그의 실험이 단순한 것이 아니라 총체적인 것이며, 비록 한 개인에 의하여 던져진 것이지만 그 규모상 우리 근현대문학사 전체를 향했다고 해야 할 야심찬 것이었음을 알 수 있다.

이렇게 손색없는, 실로 완벽해 보이기까지 하는 김지하의 미학적 기획은 그러나 오래지 않아 시련을 만나게 된다. 이유는 역사의 질곡에서 찾아져야 할 것이다. 김지하에 의해 거의 절대적 적으로 취급되었던 박정희 권력은, 역시 김지하에 의해 추동되었던 민중의 힘으로 극복되는 것이 아니라 어떤 돌발적 사태를 만나 변질되어버린다. 그때 형성된 일시적 '무갈등 국면'(서울의 봄)에서 김지하는 해방감을 느끼기보다 해체감을 맛봤을 것이다. 자신이 전 존재를 걸어 저항했던, 그러면서 자신이 선택해가는 시적 저항의 유효성이 벅차게 확인되어 가일층 진전을 보여가던 세계가 파괴되고, 그로부터 긴장이 해이되자 그의 문제의식은 미학적 형식실험으로 전이되기 시작한다. 때를 맞추어 그의 체험적 긴장이 1980년대와 괴리되어 대번에 유효성을 잃는 수모적 상황에까지 처하게 된다. (순전히 나의 개인적 체험이지만, 5·18을 겪고 군에 갔다가 제대하여 광주에 왔을 때

학생운동 일각에서 「타는 목마름으로」를 거부하고 있었다. '신새벽에 뒷골목에서 남몰래 민주주의여 만세'를 부르는 민주인사형(型)에 대한 극도의 회의감이 존재하는 탓이었다. 학생들은 투사형을 희망했으며, 노래도 '두부처럼 잘리워진 어여쁜 너의 젖가슴……'을 부르고 있었다.) 이렇게 되면 김지하가 갈 길은 거의 하나밖에 없어진다. 그것은 보다 장기적이고 보다 본질적인 역할을 찾아서 사상적 장정에 오르는 것이다. 아마 '대설'은 거기서 획득된 것일 텐데, 여기에는 결정적으로, '동시대 독자대중의 심금을 울리는 당대성의 결여'와 '독자의 간섭과 합의에 기초하지 않은 돌연한 장르 창출'이라는 한계가 있었다. 이 지점에서 그는 결국 10년 동안이나 문단을 주목시켜온 문제적 현상의 중심에서 벗어난다.

이제 여기서 김지하 논의를 정리해보자. 그는 시에 시대정신이 분출되는 실천의 힘을 담았다. 그 힘은 민중예술에서 얻어진 것이었다. 그를 위한 방법으로서는 옛 양식을 차용해서 쓰는 것으로 시작했다. 이 불완전성을 극복키 위해 노력했으나 근대적 장르화에 이르지 못했다. 그 여파는 1970, 1980년대 시단에 큰 변화를 일으켰다. 이런 경과를 통해서 그는 전후 시단에 영미문학이 정착하면서 시작된 이미지즘적 관성을 무너뜨렸다. 스스로 안정된 장르틀을 확보하지 못했으므로 따라 배울 모범을 남기지는 못했다. 그러나 한 번 사회화된 문제의식은 지속적으로 살아 영향을 미쳤다. 그것은 1980년대를 맞으면서 시단의 주도력을 잃은 후에도 외곽에 민중문화운동이라는 거대한 흐름을 형성하여 문학적 접경지에서 '장르파기론' '공동창작론' '민중주체론' 등의 논쟁을 파생시키며, 서구에서 흘러와 우리 민중의 창조적 개입이 배제된 채 형식의 틀을 갖추어버린 근대적 장르틀의 허약성을 질문한다. 내 생각에는 이것이 1970, 1980년대의 민중시가 놓이게 되는 자리이다.

3.

다시 1970년대부터를 만일 하나의 '작은 르네상스'라 할 수 있다면, 김지하라고 하는 큰 실체 하나를 괄호 안에 묶어두고도, 우리는 다른 숱한 시적 개성들과 만나게 된다.

김지하에 의해 영미문학적 이미지즘에 타격이 가해진 후 일방적으로 서구적 상상력에만 길들여져 있던 1960년대와 달리 젊은 시인들의 상상력에 구비문학 등 전통의 미의식들이 흡수되고 시에 대한 고정관념들이 벗겨진다. 그러면서도 급속한 근대화 정책들과 맞물려 현실적 모더니티를 얻는 시들이 김지하적 실험의 바깥에서 그러나 역시 그로부터 원격적인 영향을 받으면서 끝없이 독자들의 공감의 폭을 넓혀가 저항적 자유주의의 물결을 형성한다.

1970년대 시의 흐름이 그렇게 되는 이유는 당대라고 하는 현실의 개입에 있다. 한국사회는 1970년대만 해도 속도감이 그리 크지 않았다. 경부고속도로가 열리고 우리가 생활하는 공간의 경험구조나 리듬 자체가 변화하고는 있었으나 전통적 사고들이 중심을 잡을 수 없을 만한 과속은 아니었다. 그러나 끝없이 욕망이 자극되었다. 월남전 파병이 있었으며 중동의 건설 붐이 있었고, 청바지를 입은 세대들의 청년문화가 있었다. 무엇보다도 한국의 근대화가 정치는 전근대 상태에 묶어둔 채여서 남북을 합한 민족국가의 형성이 미뤄져 있는 관계로 셀 수도 없는 간첩사건과 조직사건이 발동해 반공법을 작동시켰다.

이런 상황에 시적 적응을 해가면서 가장 왕성한 활동을 보여주는 것은 '반시' 동인이다. '반시'라는 말에는 한국시의 패러다임이 전환되는 1970년대 중후반의 중요한 문제의식이 들어 있다. 그들은 1980년대 초까지 이어오는 동인지 작업을 통해서 기존 시의 '대중적 소통불능의 상태'에 문제제기를 하면서 교과서적 형식으로나마 상당히 안정된 감동의 틀을 갖춘다. 대표적인 예가 『동두천』의 김명인이다. 과거의 불투명한 모더니즘에 대한 반동의 힘으로 강한 리얼리티를 얻어내는 김명인의 시풍은 나중에 '오월시' 동인들을 비롯, 습작기를 허무적 자유주의와 싸우면서 지나온 1980년대 초반기의 젊은 시인들에게로 이월한다.

다른 한편, 김지하가 등장할 무렵에 이미 시적 상상력을 생동하는 민중현실에 두면서 일찍부터 모더니즘과 반목해온 시인들이 있었다. 이시영, 김준태, 정희성 등……. 이들에게서는 민중의 삶에서 뿜어져 나오는 에너지를 리얼리즘으로 발전시켜가려는 노력들이 생긴다. 여기서도 한편으로 신경림의 민요시나 하종오의 굿시 등 장차 전통미학의 흡수가 이루어지나 이들이 대중적 설득력을 얻는 것은 다른 데 있었다. 그것은 한국이라는 첨예한 모순에 착종된 사회에 집적된 민중들의 삶의 이야기가 갖는 모든 문학적 장치를 압도하는 체험적 감동의 힘이다.

이때의 리얼리즘은 두 갈래로 발전한다. 하나는 김지하, 양성우로 대표되는 만가풍의 시요, 또 하나는 신경림에 의해 백미에 이르는 이야기풍의 시이다.

신경림 이야기가 나올 때 더러 「갈대」 쪽이나 「목계장터」 쪽을 인용하기도 하지만, 사실 그것들은 현실과의 치열한 맞대결이기보다 신경림 외적 세계와 미학적 교류를 통해 얻어진 것들이다. 나는 신경림의 힘이 거의 전무후무한 「농무」의 리얼리즘적 성취에서 온다고 보는 것이다.

답답하고 고달프게 사는 것이 원통하다
꽹과리를 앞장 세워 장거리로 나서면

따라붙어 악을 쓰는 건 쪼무래기들뿐

처녀애들은 기름집 담벼락에 붙어서서

철없이 킬킬대는구나

보름달은 밝아 어떤 녀석은

꺽정이처럼 울부짖고 또 어떤 녀석은

서림이처럼 해해대지만 이까짓

산구석에 처박혀 발버둥친들 무엇하랴

_ 신경림, 「농무」 일부

근대화의 뒷그늘에서 폭력적 산업화로 붕괴되는 공동체의 절망적 분위기가 정확하게 포착되어 있다. '답답' '원통' '쪼무래기' '산구석에 처박혀 발버둥친들' 같은 표현이 어쩔 수 없이 마구 토해져 나와버린다. 사실은 이것이야말로 냉전으로 구축된 20세기 중반에 가공할 개발독재의 출현으로 무자비하게 해체 지경에 휩싸이는, 한국 '자본주의의 큰 테두리 안에 조그맣게 들어 있는 농촌' 풍경일 것이다. 김지하의 풍자가 박정희의 개발독재에 대한 정치적 도전이라면, 「농무」는 삶 속에 들어오는 양상의 아주 구체적인 포착이다. 이후 김지하의 담시보다 신경림의 이야기시가 더 보편성을 얻는 것은 이 때문이다. 만일 그에게 「농무」의 이런 거친 현장성이 배제되고, 실존주의적 자각을 불러일으키는 「갈대」나 민요적 서정의 「목계장터」가 기승했더라면, 1970년대를 가득 채운 저항적 자유주의의 물결에 빛나는 서정성 하나를 보태주는 것으로 만족해야 했을 것이다. 여기서 김수영에게서 제기되어 김지하를 통과하며 전면화되는 대항적 담론의 문학적 양상은, 1980년대에 일렬로 신경림의 뒤를 따르는 것으로 낙착을 본다.

여기까지가 1970년대 시적 경향의 범주이다.

1980년대의 시들은 광주민중항쟁의 힘을 받아 태동하면서 일찍이 저항적 자유주의와 결별한다. 그러지 않을 수 없도록 현실이 문학을 강제하는 것이다. 이미 1980년대의 아침에 전두환 정권이 등장하면서 비이성과 폭력이 극에 달하고, 절대 폭력과 절대 비이성 앞에서 시인들은 생존의 토대 전체에 대한 물음을 던지기 시작한다. 그것은 어떤 측면에서 근대적 국가체제 전체에 대한 물음이었으며, 거대담론에 천착할 수밖에 없는 환경 조성이기도 했다. 그런 폭압적 사회에서 시인의 상상력이 어느 곳에 닿게 되는가 하는 것은 당시의 폐쇄된 매체를 유격전 양상을 띠고 뚫고 나오는 동인들의 이름에서 알 수 있다. 『오월시』 『시와 경제』 『삶의 문학』 『분단시대』…….

　　1980년대 시정신의 주류를 이루며 새로이 진출해 나오는 동인들과 함께 1980년 직전에 감방에 가서 일찍이 거대담론의 실천적 행위자로 자리 잡은 김남주 시인이 5 · 18 공간의 '부재(不在)'를 통해서 시단에 에너지를 부여해간다. 그래서 폭죽처럼 터져 나오기 시작한 것이 박영근, 박노해, 백무산, 김해화 등으로 이어지는 노동계급의 시인들이다. 이들은 그 무렵부터 공개되기 시작하는, 1980년대 시의 대안이기도 하고 절정 그 자체이기도 한 김남주 시의 주변에 포진하면서, 그때까지 시인들의 정치적 의지의 형성이 아직 어떤 전략이나 조직의 규율화된 구속을 받지 않았던 상황을 깨뜨려간다.

　　여기서 중요한 문제점 하나를 지적하지 않을 수 없다. 이렇게 해서 재편성된 1980년대의 시들은 선행 시인들로부터 간헐적으로 지적을 받는데, 그중에는 '형식이 내용을 확산시켜주지 못해 나중에 슬로건화될 수 있다'는 김지하의 지적처럼 현실화된 것도 있고, '농경정서의 결여'처럼 반대로 된 것도 있다. 이런 지적들 중 설득력을 갖는 것은, 노동계급의 시들이 '내용의 새로움에서는 돋보이지만 자기 형식을 창출하지는 못했다'(이시영, 『창작과비평』 69호 좌담에서)는 지적이다. 데뷔할 때만 해도, 박영근은 노동자적 삶에 들어와 있는 모더니티를 중시하고, 박노해는 1980년대가 낳은 '노동계급의 신경림'이라 할 만한 이야기풍의 성공을 가져오며, 백무산은 김지하식 서정시가 현장으로 확산되어 생동감을 얻는 듯한 만가풍의 성취를 일정하게 가지고 있었다. 예컨대 출발선상에서는 미적 훈련이 꽤 잘 되어 있었던 것이다. 그런데 이후 전개를 통해 한 가지 아쉬움을 갖지 않을 수 없는 것은, 이들의 치열한 현실대결이 왜 그토록 그들다운 대결형식의 탐구에 둔했을까 하는 점이다. 백무산의 초기시에서 미세하게 보이는 율격 변화며, 박영근의 김지하적 어법 수용, 이외에도 시사시라 이름 붙인 박노해의 담시 시도 따위가 없지 않았으나 시대 분위기를 주도한 시인들치고는 규모도 소극적이고 수준도 못 미치는 것이었다. 아무래도 그 가장 큰 이유는 6월항쟁 이후에 본격화되는 변혁적 당위에 압도당한 데 있을 것이다. 여기에 이오덕의 '삶의 글쓰기론'에 영향받은 세대들의, 솔직하게 쓰기, 순우리말로 쓰기 등의 경향이 널리 퍼져서 시적 언어들이 필요 이상으로 소박해지면서 창조의 영역이 좁아져 버린다. 아무래도 이런 경직 때문에 모더니즘적 일단이 그 반발적 의미로서 재고될 수 있다면 있을 것이다.

이성복, 박남철 등 모더니즘 시의 일부가 그런 흐름에 시적 반발을 펼쳐간다. 그러나 그들, 거대담론의 출현에 반발한 문학적 자유주의자들의 시대점검은 서로에게 발전적이고 보완적으로 진행해가지 못하고 문학 외적 진영개념을 작동시켜 논의 자체를 극단화시켜 가버린다. 이 양쪽을 향해 꽤 중요한 것이 되었을 황지우의 문제제기도 1980년대의 다이나믹한 힘을 담아내지 못한 시적 체질의 허약성 때문에 묻혀버린다.

4.

1990년대 들어 1980년대를 주도해왔던 진영의 혼란과 몰락은 일정 정도 있었던 것이 사실이다. 그것은 한편으로는 신경림 시에 매료되어 미학적 모색을 등한히 한 채 동일 어법의 복제를 지속하는 둔감에 길들여지면서, 또 한편으로는 거대담론에 지나치게 기대어버림으로써 하나의 독자적인 정부(작가)가 다른 정신에 식민지화되면서 생겨난 것이었다. 김남주의 큰 에너지에 영향받아 정신의 세계를 키우지는 못하고 높은 톤과 단호함, 비타협성 등만 심정적으로 받아들여 주관주의에 매몰된 이들은 현실 사회주의의 좌절과 김영삼 정부의 절차적 민주주의에 의한 부분적 합리성이 얻어지면서 거대담론의 무효화 현상마저 일어나자 일거에 무기력해진다. 이때 발견되는 것이 그간에 엄청난 물량과 속도로 생활감각을 뒤바꿔버린 후기 자본주의의 모습이요, 영상, 멀티, 속도감 있게 듣기, 자동차, 아파트 따위의 군집현상들에 집착하는 서구적 이미지의 신세대 미학이다. 거기에다가 1980년대의 정신들을 서서히 극복해가는 것이 아니라 일거에 용도폐기를 조장해가면서 선행시대와 오늘의 시간적 넘나듦이나 흐름까지 단절시켜버리는 불건강한 비평들에 의해 한국시는 다시 불건강한 자유주의로 회귀하는 분위기에 빠지고 있다. 민족문학의 진영도 문학적 환경이 급속하게 상업화된 상황에서 1990년대적 현상으로서 최영미, 신현림의 시들을 경험한다. 이들의 급속하고 과격한 몸짓들이 일단 오늘의 현실을 반영하는 측면은 있지만, 크게 바람직한 것은 아닐 것이다. 여기서 느껴지는 청산적 분위기야말로 그들이 얻는 작은 성취를 훨씬 크게 삭감시키는 결여인 것이다.

　　시간은 단절되는 것이 아니다. 나는 1980년대 시인들의 1990년대적 좌절에서, 앞에서 말한, 저 1980년대 벽두에 김지하가 맞았을 허탈감이 읽어진다. 근대를 폭력으로 누려온 물질적 강국들에 의해 근거지도 빼앗기고 근대 체험의 선결조건인 민족국가의 형성도 유산된, 그리하여 종국에는 휴전선 하나를 사이에 두고 끝없이 불필요한 긴장을 증폭시키면서 살게 된 우리의 소중한 공동체를 위하여 젊음을 헌납한 이들이 돌연한 사태변화로 하루아침에 천덕꾸러기로 전락하는, 부당한 역전을 우리는 반복 경험하고 있다. 그 가장 큰 원인은 '불화 속의 사람들'에 있다기보다 파탄적으로 이식된 한국적 근대의 이중성에 있을 것이다. 우리가 매번 겪어온 이 슬픔의 역사를 똑같이 반복하지 않으려면, 언제나 경계해야 할 것이 선행 시인들의 성취를 너무 섣불리 과거로 삼아서 '퇴화된 신체기관'처럼 취급해버리는 조급성이다. 이는 자신이 신뢰했던 거대담론이 더이상 유효하지 않더라도 고독을 견디며, 그럼 무엇이 답인가를 모색해가는, 새로운 희망을 잉태해가는 사람들에 대한 모독이다. 1990년대 시인들은 현재 탈냉전과 냉전 사이의 틈바구니에 끼어 있다. 우리는 틀림없는 탈냉전의 세계에 포함되어 살고 있으면서, 그러나 1990년대 들어서도 거의 한 주도 빼먹지 않고 분단의 비극적 언어들을 데리고 살았다. 아무래도 이것은 우리의 운명의 양식에 속하는 것이다. 그럼에도 시인이 이를 인식해서는, 이것이 삶에 간섭해오는 것을 반응해서는 안 되는 것이 1990년대다운 것인 양, 시인의 머리에는 어느 한쪽 세계만 들어 있어야지 두 쪽을 포함한 미래와 꿈을 배려해서는 안 되는 것인 양 개별적 실존문제만을 취급하는 것은 잘못일 것이다. 새로운 이성이 부재하더라도 날로 인간의 존엄을 훼손시켜오는 몹쓸 자본주의 문명에 망연자실할 일이 아니다. 낡은 이성에 대한 혐오감보다 새로운 이성에 대한 갈망을 크게 가져 또다시 더 좋은 담론을 찾아가는 그런 치열한 정신이 시적 창조의 열정을 높여줄 것이다.

한 미학적 이성의 속도에 대한 통찰
— 이영진 시집 『숲은 어린 짐승들을 기른다』에 대하여

1. 들어가면서

최근에 많이 이야기되는 화제의 하나는 문명사적 전환기의 성과로 내세울
만한 작품이 없다는 것이다. 1990년대 이후에도 작품들이 나오고 화려한
문학상을 받는 작품들도 많지만 그것들이 새로운 시대의 전망에 값한다고
말하는 이는 없다. 오히려 새로운 현실이 야기하는 문제를 회피한다는 점
에서 오히려 문학의 빈곤에 대한 증거물로 여겨지기조차 한다.

여기서 나는 조심스럽게 이영진의 시집 『숲은 어린 짐승들을 기른
다』를 하나의 문제작으로 상정해보고자 한다. 그 이유(김남주 시대 이후의
목소리가 될 수 있는 이유)는 이영진의 시가 단지 '세계를 모사하는 것이
아니라 사유하고 유추하며 명명하는 식으로 시적 깊이를 획득'하면서 '속
도'의 문제에 천착함으로써 자본주의사회의 욕망구조를 파헤치고 있다는
데 있다.

김남주처럼 쉽고 명쾌한 시에 익숙한 독자들에게 이영진의 시는 무

뚝뚝하고 불친절한 반항아처럼 보인다. 꽤 여러 사람에게서 이게 리얼리 즘인지 모더니즘인지 묻는 질문이 튀어나오는 것도 수긍이 간다. 그럼에 도 나는 『숲은 어린 짐승들을 기른다』에서 전(前) 시대와 다르고 또 그와 단절된 것들(이를테면 신세대문학 같은)과도 다른, 문학적으로 새로운 요 소들을 발견한다. 그것은 매우 분위기 있는 서정성 밑에 작동하고 있는 '현대성'과 '심미적 이성'의 요소들이다. 여기에는 시적 인식의 기조를 이 루는 철학과 세계를 읽는 고유의 눈이 있으며 또한 혼돈기에도 동요 없이 제출될 수 있는 시인의 독자성이 있다. 문제는 그러한 세계인식이 예술적 으로 얼마만큼 의미를 얻게 되는가 하는 점인데 그와 관련해 나는 지금 이 것이 새로운 실마리가 되지 않겠는가, 묻고 싶은 것이다.

2. 난해성인가 현대성인가

이영진의 시를 읽는 데 중요한 단서를 주는 글은 『실천문학』 38호에 발표 된 강형철의 비평이다.

> 성수대교는 붕괴되고 댐 위에서는 유람선이 불타고 대구 지하철 공사 장은 폭발하고 있다. 그러나 세계는 '또 다른 천년'의 시작을 향해 나 아가고 있다. 어디로 가는 것인가? (……) 두 시집(김남주의 시집 『나 와 함께 모든 노래가 사라진다면』과 이영진의 시집 『숲은 어린 짐승들 을 기른다』―인용자)은 우리가 살고 있는 근본적인 세상을 우리의 눈 앞에 들이대고 있다. (……) 그것을 서둘러 얘기하면 자본주의 삶을 명제적으로 거부하고 거기에 맞서 가장 격렬하게 싸우고 그 싸움을 죽

음으로써 완성한 것이 김남주의 시집이라면 자본주의의 삶을 실존적으로 수락하되 그것의 원리와 조건들에 대해 몸으로 부대끼며 저항하는, 그래서 아직도 그 싸움을 전개하고 있는 시집이 이영진 시집이다.

_ 강형철, 「자본주의 삶에 대한 두 태도」

그러나 이영진의 시를 읽고 처음부터 그렇게 생각할 수 있는 사람은 많지 않을 것이다. 예컨대 다음과 같이 서정적인 시를 보고 누가 그 같은 생각을 할 것인가.

소나기가 그쳤다. 헛간 처마 끝으로 구름이 느리게 지나간다. 모든 것이 제자리를 걷고 있는데 세계는 자꾸 앞으로 밀려 나아간다. 일시에 정지되는 것들이여. 나와 대지와 집들, 나는 벼와 잡풀을 베던 낫을 가만히 내려놓는다. 무성히 자라 오르고 또한 베어 넘어지는 것들. 노동이 멈추어지면 위험도 사라지는가. 도라지꽃이 핀 장독대 곁을 지나 들녘으로 나서면 젖은 앞산에서 송진 내음이 건너오고 구름은 여전히 정지된 세계 위를 느리게 지나갈 뿐. 세상 밖의 일처럼. 너무 가까이에 모든 것이 다가와 서 있다. 여름 허기진 오후, 문득 방죽 가득 연꽃이 피고 언제 지나왔을까. 전생의 어느 한때 같은 방죽가를 지나 나는 다시 산속을 향해 걷는다.

_ 이영진, 「연꽃」

인간은 어떤 사물이나 현상에 대해 아직 개념을 잡아내지 못한 상태에서도 얼마든지 아름다움을 느낄 수 있다. 예컨대 문학적 초심자라도 인용시를 읽으면서 참신한 서정적 표현들 속에 깃든 어떤 거대한 장엄미를 느끼며 거기에 얼마든지 압도되었다고 말할 수 있고, 또 그것은 거짓이 아니다. 왜? 예술은 논리적인 인식의 산물이 아니라 미적 인식의 산물인 까닭이다. 한 편의 시는 논문과 달리 그곳에서 추출할 수 있는 개념적인 것 이상의 재부들로 구성되어 있다. 우리는 이 시를 통해, 예를 들어 앞에서 말한 '자본주의에 대한 두 가지의 태도' 이상의 것들을 고려해볼 수 있다. 비록 그것이 가치 비교가 아니라 태도 비교라고 하더라도, 김남주와 이영진을 일직선에다 놓고 자본주의를 부정하되 그것을 명제적으로 거부하였는가, 그 안에서 지양해갔는가의 차이를 이야기한다고 해도 잘못은 아니다. 하지만 한 사람의 부정이 지나치게 육탄적임에 반해 한 사람의 부정은 지나치게 사색적인데, 둘은 또 다른 차원의 뉘앙스 차이를 거느리고 있으니 결국 총체적 인간상의 차이로 확장될 수밖에 없다. 어쩌면 공동체적 인간상과 산업사회적 인간형의 차이를 살펴야 옳지는 않을는지.

한 사람의 시에서 중요한 것은 시적 양상이 궁극적으로 도달한 시대적 높이인데 그것은 서정적 주인공의 크기를 통해서 평가될 수 있다. 그렇더라도 일단은 한 편의 시가 가장 먼저 보여주는 것은 시의 외형을 이루는 언어들이다. 인간은 직립과 더불어 언어를 터득한다. 이 언어는 인간에게 세계에 대한 해석, 세계와 맞선 긴장을 불러일으킨다. 세계에 대한 인간의 긴장을 시인은 언어로 감응한다. 그런데 이 언어는 세계 그 자체가 아니고 자기 나름대로의 질서를 갖는 하나의 의사소통 체계로서의 부호이다. 예컨대, 언어들은 서로 약속을 이루는 독자적 주체의 입장을 견지하는 것이다. 앞 문장이 다음 문장을 불러들이고 앞 단어가 뒤 단어의 거점을 만들어주며 또 대기시킨다. 그런 긴밀한 약속들이 성립되지 못하여 더러 윗줄의 거미가 아랫줄로 뛰어내리지 못하는 것과 같은, 시인의 머리에서는 아주 가까이에 있었던 이미지와 이미지의 거리가 원고지 위에서는 극복할 수 없는 단절이 되는 경우도 생기는 것이다. 그래서 시인이 언어를 조합하고 문장과 문장 간의 약속을 어떻게 이행하는가 하는 것은 몹시 중요하다. 이렇게 말하면 결국 삶의 반영이어야 할 언어예술이 언어 자체의 즐거운 결합들에 의해서 삶의 반영 없이도 하나의 예술로서 행세를 할 수 있는 경우도 생긴다. 그것들이 언젠가 김수영이 말한, 제대로 난해하지조차 못한 가짜 난해시들이다.

이영진의 시에서 가장 먼저 물어져야 할 것은 바로 이것이다. 그는 스케일이 크고 범위가 넓으며 뜻이 깊은 어휘들을 숱하게 동원하여 짤막한 시 한 편에 장엄한 느낌들을 진열한다. 그것도 관습적 사유를 용인하지 않고 전혀 뜻밖의 발견들로 채워낸다. 마치 아름다운 잠언록을 보는 것 같다. 그런데 이 의외로운 미학적 질서들은 과연 정직한 것인가? 그의 난해성은 탐미주의적 분열에서 오는가 아니면 복잡다단한 현대성의 반영에서 오는가?

3. 시적 진술의 특성들

독특한 것은 그의 시적 감응이 산출되는 방식이다. 그는 리얼리즘을 고수하되 민족문학적 방법으로서의 리얼리즘이 강조되면서 생겨난 1980년대적 전통과 다르다. 예컨대 그의 언어는 형상적 언술로 세계를 모사하는 것이 아니라 철학적 언술로 세계를 질문하고 명명하는데 서정적 주인공이 동적인 상태에 있지 않고 관조하는 자리에 놓여 있을 때일지라도 그는 묘사하지 않고 진술한다.

네 날개 밑엔 땀이 밴 헝겊 조각처럼 낡은 지붕들이 삭아 흩어지고, 지친 근육에 불을 켜는 가장들의 깊은 한숨소리 들린다. 그들은 지난밤 어디까지 날아올랐을까, 어둠보다 낮게 엎드린 어깨 너머로 징징 형광등이 울고, 그러나 가야 하리라 서로 다른 각도에서 빛이 쏟아져 내리지 않을 때까지, 매일매일이 종말은 아니야. 전등을 향해, 온몸으로, 더 가까이, 죽어 하늘에 닿듯이 더 가까이, 홑겹의 날개를 불에 지지며, 균형을 향해 온몸이 날아간다.

_이영진, 「하루살이」일부

'너는 세계의 비밀이다'라고 하는 의미심장한 부재를 달고 있는 이 시가 다루는 것은 빛을 향해 뛰어드는 하루살이들의 운명이다. 하루살이가 빛을 향해 뛰어드는 것은 빛에 대한 그리움 때문이 아니라 태양빛이 아닌 것들이 갖는 난반사 때문이란다. 하루살이가 형광등이나 전등에서 나오는 난반사 때문에 몸의 균형을 잃고 곤두박질한다는 사실의 과학성 여부를 나는 알지 못한다. 하지만 시에 의하면, 난반사의 각도가 빛에 가까이 갈수록 해소되기 때문에 하루살이는 빛에 최대한 접근하다가 타 죽고 만다. 여기서 존재가 균형을 추구하는 본능은 매우 의미 있게 읽힌다. 그는 이것을 하나의 우주의 원리, 존재하는 것들의 원리라고 이야기하는 것이다.

너는 세계의 비밀 그 시작이고 끝이다. 서로의 몸 안 깊숙한 곳을 향해 열려 있는 안타까움. 너는 왜 목성에 별이 부딪혀 깨어지는지. 별은 왜 어둠 속에서 빛을 발하는지. 대지는 왜 우리의 썩은 육신을 원하는지. 닫힌 문들은 왜 열리지 않으면 안 되는지. 무더운 여름날 플라타너스

가 서 있는 길가 하늘은 왜 가득 비어 있는지. 너는 세계에 대해 온몸
으로 대답한다.

_ 이영진, 「하루살이」 일부

온 세계가 균형을 향해 운동한다는 진술의 사려 깊음, 혹은 심오함
을 통해 그는 시적 깊이를 획득한다. 그리하여 의외의 지적 표상들을 얻는
다. 이미지즘 시들이 혼신의 노력을 쏟았던 한 폭의 풍경화를 만들기보다
수많은 철학적 명제들을 탄생시키는 것이다. 시 한 편이 온통 명제 하나로
되어 있는 경우도 있다.

화분 속에서 난이 자란다
1센티미터의 허공 속에 밀어올리기 위해
생명은 1억 톤의 피가 필요하다
온전히 살아 있는 생명이
자라 오르기 위해

_ 이영진, 「베란다 끝」

이렇게 형상적 소묘에 집착하지 않는 그의 표현적 개성은 단 몇 문
장으로 생명의 원리를 상징하는 '언술의 힘'을 얻기도 하지만 그렇지 않을
때도 있다. 언술의 힘에 대한 집착이 메시지 전달이라는 덫에 묶일 때는
참담하기까지 하다.

몇 번이고
까무러치게 푸르다

이 자리는.

(……)

아, 끝간 데 없이 두 눈을 찔러오는 햇살, 이 메마른 통증이여

(……)

저 푸른 강철처럼 단단한 하늘을 향해 가는

너의 절룩이는 모습이

피 묻은 우주

흰 싸락눈이 내릴까

눈발마저 아직 일러 하늘은 무한으로 넓고 무섭다

_ 이영진, 「참회록」 일부

군데군데 몇 소절 추려본 것인데, 이런 경우에 그의 언어는 파리를 잡기 위해 큰 칼을 휘두르는 것처럼 거칠게 느껴진다. 하늘이 푸른 강철처럼 단단한데 흰 싸락눈이 내릴 것을 예비해보는 것이나 또 그를 무한으로 넓고 무섭게 생각하는 따위들이 서로 어울리는 뉘앙스를 풍기지 못한다. 사유에 비해 표현이 크다 보니 생겨난 현상이다. 이는 시를 강퍅하게 만드는 원인이 된다.

이런 진술방식과 더불어 그의 시를 어렵게 하는 또 하나의 표현적 특성이 '부감법'을 쓰지 않는다는 사실이다. 부감법이란 전통회화에서 말하는 우리 민족의 형식으로서 위에서 내려다보는 방식이다. 나는 어느 글에서 이 부감법이 중요한 동양적 인식구조의 실례라고 주장한 바 있다. 이를테면, 서양인이 서울 구경을 오면 그들은 먼저 인사동이나 창경궁 같은 어떤 구체적인 장소부터 찾는다. 한국의 서울을 느낄 수 있는 문화와 풍물

의 상징적 중심지들을 찾아 쪼르르 순회를 다 하고 맨 나중에야 서울 전체에 대해서 관심을 갖는 것이다. 그러나 한국인은 다르다. 가까운 예로 농촌에서 사는 할아버지가 아들의 초대로 서울에 오면 가장 우선해서 가보는 곳이 남산 위이다. 먼저 서울을 한눈에 내려다볼 수 있는 어떤 봉우리를 찾아 전체를 통찰한 연후에 부분들을 야금야금 파들어 가듯이 이해하는 것이다. 이런 인식구조상의 차이는 회화를 비롯한 미술작품에서도 그대로 드러난다. 서양의 화가들이 원근법을 발견했다면 한국의 화가들은 높은 곳에서 한눈에 내려다보는 부감법을 발전시켰다. 한국의 화가들에 비해 서양의 화가들이 공간적 개괄에서 오는 여백의 미에 대한 개념이 약한 이유가 여기에 있는데, 당연한 결과로서 그들은 언제나 멀리 보이는 배경에 대해 어둡게 되었다.

이렇게 전체에 대한 통찰을 배려하는 친절이 그에게는 없다. 「장성역」을 보자.

흉터가 환한 분꽃 같아, 누구에게나 기차는 다가와 눈앞에 서고, 콜타르 녹아 진득한 갱목을 건너 문 안으로 들어서면 모든 것이 눈 안에 아프게 와 박혔지. 그래 사방천지 가득히 어린 벼들이 푸르고, 깜깜한 햇살 아래서 기차는 떠났지. 등 뒤에 너는 서 있네. 아무런 표지도 없는 무덤처럼, 낮게 엎드린 능선들, 양어깨 사이로 얼굴을 묻고 웅크린 산들이 천천히 움직이기 시작했네.

_ 이영진, 「장성역」 일부

그는 탁월하게 대지를 포착하면서도 모든 시적 언어를 서정적 주인공의 진술에 의존함으로써 독자의 '주변신경'을 만족시키지 못한다. (나는 주변신경이라는 어휘를 김우창의 「심미적 이성」에서 가져왔다. 그는 사람의 시각이 중심적인 것과 주변적인 것 두 부분으로 나뉘고, 중심시각과 주변시각은 서로 다른 신경조직들이 관여하지만 주변시각 신경만을 다친 사람도 중심 부분까지 보지 못하게 된다고 말한다). 마치 자기 혼자서 읽기 위한 일기가 타인을 배려하지 않듯이 그는 배경적 요소들을 빠짐없이 거느리면서도 바탕 자체를 드러내지 않는 것이다.

그러나 이것이 난해성의 한 요인이 되고 있다고 하여 나쁘다고 말할 수도 없다. 중요한 것은 그의 시에서 서정의 주체가 되고 있는 진술자가 언제나 시적 대상과 거리를 두고 외따로 떨어져 있는 것이 아니라 더불어 있다는 것이다. 그의 시가 전원적일 때마저도 결코 한적하게 읽히지 않는 이유는 그의 풍경들이 거센 속도감 위에 놓여서이기도 하지만 곧바로 대상과 같은 자리에서 뒤섞여서 바라본 탓도 있을 것이다. 그리고 그것은 나름대로 실감을 높이는 데 기여할 때가 많다. 가령, 현대라고 하는 산업사회의 속도 위에 대상과 주체가 같이 실려 있는 느낌을 주는 것이다. 그리하여 그의 시적 주체는 기동력 있게 이동하면서 구태여 일목요연할 필요가 없는 현실 위에서 놀라운 언술의 힘을 발휘한다.

그리고 또 하나 추가해서 언급할 특성은 그의 언어가 감정을 배제하고 있다는 점이다. 그에게는 확실히 감정보다 이성이 더 많다. 깊은 심미안을 가지면서도 미와 추를 갈라내는 태도 못지않게 선과 악을 분별시키려는 노력이 많다는 것은 얼핏 모순되어 보인다. 그리하여 계몽성이 배제된 언어로 주장을 강요하는 것이 아니라 늘 회의하는 형상을 만들어내는 능력은 어디에서 오는가? 그의 시에서 세계를 찬미하거나 증오하는 태도들은 그래서 철학적이다.

수천 수만의 총구멍 하나하나에서 그대들의 삶은 풍요로운가

압구정동, 대치동은 영원한 이름인가

불빛은 완성된 것인가

차는 어디로 달리는가

다리를 건너가고 다리를 건너온다

_ 이영진, 「한강은 남북 어느 쪽으로도 흐르지 않는다」 일부

그에게서 흔하게 등장하는 감정적 의문형들은 비록 의문부호를 대동하지는 않지만 영탄이 아니라 추리와 유추의 기능을 한다. 철학적 회의의 기능이다. 그의 이 같은 언어사용은 특히 메시지가 강한 시일수록 두드러지게 나타난다. 「시간은 진실을 말하는가」 「나는 아무것도 모른다」 등은 하나의 극점에 선 예들이다. 결단과 선언으로 이어지는 김남주 시와 정반대의 어법으로 그러나 한 치도 물러설 수 없는 지점을 반복해서 질문해대는 그의 이상한 전투성은 직역해서 풀이하면 허무감이나 패배감으로 읽힐 수도 있다.

이런 시적 진술방식은 사물의 본질에 가 닿는 자유로운 사유의 개진을 가능케 해주면서, 최종적으로 '개괄과 집중의 병행 묘사'라고 하는 기법을 회피함으로 인해 '난해'에 이른다. 나는 그의 산문에서도 가끔 개념적 사유에 오래 훈련된 사람들이 보여주는 것과 같은 사유의 깊이와 더불어 '개괄의 부재'를 느낀다. 이는 김남주의 「이 가을에 나는」과 비교하면 잘 드러나는 바이다.

이 가을에 나는 푸른 수인이다

오라에 묶여 손목이 사슬에 묶여

또 다른 곳으로 끌려가는

어디로 가는 것일까 이번에는
전주옥일까 대전옥일까 아니면 대구옥일까

나를 태운 압송차가
낯익은 거리 산과 강을 끼고
들판 가운데를 달린다

아 내리고 싶다 여기서 차에서 내려
따가운 햇살 등에 받으며 저만큼에서
고추를 따고 있는 어머니의 밭으로 가고 싶다

_ 김남주, 「이 가을에 나는」 일부

　　김남주는 먼저 개괄하고 나중에 진술한다. 첫째 연과 셋째 연이 개괄이다. 그러나 이영진은 개괄을 생략하고 곧바로 '집중' 한다. 개괄이 없고 집중만 있으면 장님 코끼리 만지기 식이 되기가 쉬울 것이다.
　　하여튼 이 같은 특성들은 수시로 독자를 미궁에 빠뜨린다. 그럴 때 나는 생각한다. 우리 문학에서 표현의 근대성 혹은 현대성은 어떤 모습을 하고 나타나기 시작했던가? 그 중요한 특성 중의 하나가 전근대적(신파적) 감정배제는 아니었던가? 이 무슨 얄궂은 신의 장난이란 말인가, 하고 미리 잔뜩 분위기를 잡아둬야만 다음 이야기를 진행할 수 있었던, 저 식민지 시대 신파의 독자들은 아무리 노력해도 현대시를 난해하게 생각할 것이다. 이런 것이 바로 시대적 높이의 차이이다. 내 생각에 이 1920년대 독자와 1980년대 시 사이에 놓인 '난해(難解)의 거리'와 거의 비슷한 거리가 1980년대 민중시 독자와 이영진의 시 사이에도 있다. 그것은 굳이 말하자면 '현대성'의 차이이다.

4. 속도와의 혈전

그의 표현방식이 친절하지 않은 것은 산문에서도 고스란히 드러난다. 『실천문학』 38호에 게재된 「필사적인 귀향, 유토피아 꿈꾸기」는 단 한마디도 그가 어떻게 시를 썼는가에 대해서 말하지 않는다. 그러나 단 한마디도 '나의 창작교실'이라는 청탁 취지에서 벗어나는 말이 없다. 어떤 의미에서 그 것은 이영진의 시를 밝히는 가장 노골적인 해설이면서 또 조금 풀어 쓴, 그러나 여전히 쉽지 않은 산문시이다. 이 글에서도 그의 출발점은 '나'이다. 그는 '나' 아닌 것을 대변하지 않는다. 그러나 그 '나'는 정말 '나'일 뿐인가.

> 국무총리실 출입 기자인 나는 북한에 가고 싶지 않다.
> 제8차 남북고위급회담이 열리는 평양에 가고 싶지 않다.
> 큰아버지, 작은아버지, 고모 넷이 시퍼렇게 살아 있다는 그 혈육의 땅에
> 발을 들여놓고 싶지 않다.
> 평양 근처 회천이라고 했던가 그곳은
> 전라도 광산군 운평리가 고향인 나의 할머니 운평댁이 숨겨간 곳은.
> 불과 일 년 전에 돌아가셨다는 할머니의 부음을 듣고 난 뒤론 정말
> 북한에 가고 싶지 않다.
>
> _이영진, 「북한에 가고 싶지 않다」

이렇게 큰 문제들에 대한 시적 발언과 사유의 원점을 고집스럽게 '나'로 잡는 까닭은 그것을 기제로 당위에 빠지지 않으려는 데 있다. 그리하여 그는 결코 '둘'이 되는 것이 가능하지 않은 개성적인 인물을 창조하고 그를 통해 세계와 갈등한다. 이 '나'가 맞서서 혈전을 벌이는(그는 시집 후기에서 속도와의 혈전이라는 말을 쓰고 있다) 것은 '속도'라고 하는 자본주의의 욕망구조이다.

> 고가도로 밑 어둡고도 안전한 새들의 거처. 그 낮은 허공에 매어달린 혼미한 세기의 신호등이여, 무서운 속도로 각기 다른 방향을 달려와 서대문 로터리에 다다른 의지들이여. 아직도 좌회전 혹은 우회전의 깜빡이를 켠 끝없는 정체 속에 머물러 있을 뿐 그대들의 발밑으로 지하철 공사는 계속되고—설마 바벨탑은 아닐 거야, 지옥까지는 아직도 멀어—외장이 안 된 철구조물들이 가파르게 치솟고 있다.
>
> _ 이영진, 「고가도로 밑의 비둘기에 대한 몇 개의 단상」

그의 시에서 속도의 문제는 이렇게 하나의 현상으로서 제출되기도 하지만 꽤 많은 시에서 속도 자체가 하나의 중심 주제로서 다루어지고 있으며 그것은 때로 그의 시 전편에 흐르는 하나의 미학적 탐구의 대상으로서도 또 정서적 호흡의 기조로서도 심심치 않게 자리 잡아 거의 본질이 되어 있기도 하다. 아마 그것이 가장 극명하게 드러나는 것이 바로 다음 시일 것이다.

> 광화문, 문이 없는 사거리
> 속도가 맹렬하게 교직되는 지점

속도가 직조하는 것은 무엇인가,

흘러간 시간 위로 떠오르는

페르시아 융단, 어둠이 오는가, 모든 전구들이

일제히 불을 켠다.

_ 이영진, 「밤 7시 20분 전 · 5월 16일 · 광화문」 일부

그가 이렇게 속도에 집착하는 것이 어떤 의미인지 알지 못하면 그의 시가 어느 상태에서 희로애락을 느끼는지 그 전말을 알 수 없게 된다. 그는 기회만 생기면 이 문제를 말한다.

속도의 한계는 어디까지인가. 속도는 어디를 향해 가고 있는가. 상상력의 한계와 속도의 한계는 서로 비례하는 것인가. 상상력의 거의 모든 영역이 하나씩 옷을 벗기 시작하더니 어느 날인가 급기야 더 벗길 옷이 없어져 버렸음을 깨닫게 된다면……, 무제한에 가까운 가속 앞에서 어느덧 길은 지워져 버렸다.

(……) 익숙해진 속도감으로부터 벗어나기 위해 액셀러레이터에 좀 더 강한 힘을 가한다. 속도의 진공관 속에 앉아 있는 나는 사실 한 발짝도 움직이지 못했다. 무수한 이정표를 빠르게 지나쳐 오는 동안 나는 지나쳐 온 모든 공간과 시간이 되돌아갈 수 없는 어떤 대륙처럼 '돌연히 증발' 해 버렸다는 절망감에 빠져든다.

_ 이영진, 「필사적인 귀향, 유토피아 꿈꾸기」

이런 절망감을 이기려는 그리운 과거에 대한 집착이 「장성역」 「본적지」 「구절초」 등 몇몇 탁월한 서정시를 낳은 동기가 된다는 것은 매우

흥미로운 사실이다.

　내가 속도의 문제를 처음 발견한 것은 송두율의 글 「속도에 대한 단상」에서였다. 송두율에 의하면, 100년 전 반제 반봉건의 기치를 내걸고 죽창으로 무장한 농민군의 가슴을 향해 불을 뿜었던 기관총은 독일제 크룹(Krupp)이었다. 그러나 몇십 년 무서운 속도로 질주한 덕택에 독일 땅에는 이제 '현대'나 '기아'의 승용차와, '삼성'이나 'LG'의 가전제품이 등장하게 되었다. 유서 깊은 산업국 독일과 발랄하게 도전해오는 '신흥산업국' 한국이 '지구화시대'니 '국제화시대'에 걸맞게 크룹 기관총과 농민군의 죽창의 차이를 넘어서 '공존'하게 된 것이다.

　바로 이 속도의 정신없는 질주가 그러나 현대적 위기의 본질일 수 있음을 이영진은 노래한다.

> 압구정동, 대치동은 영원한 이름인가
> 불빛은 완성된 것인가
> 차는 어디로 달리는가
> 다리를 건너가고 다리를 건너온다.
> 통합된 서울의 삶은
> 이렇게 다리 사이를 왕복하는 것인가
> (……)
> 강 건너 이쪽과
> 강 건너 저쪽이
> 이쪽과 저쪽이 서로 마주 보이는 서울
> 서울은 대칭인가.
>
> 　　　　　_ 이영진, 「한강은 남북 어느 쪽으로도 흐르지 않는다」

이렇게 신도시, 새로운 부의 상징, 그러나 이것들이 영원하지 않다는 것을, 그것들이 급성장한 속도 뒤에 엄청난 위험이 숨어 있다는 것을 그는 주목하는 것이다.

무엇이 흐르다 중단되었는가
무엇이 폭발하다 멈추었는가

_이영진, 「한강은 남북 어느 쪽으로도 흐르지 않는다」

끝없는 물음으로, 거의 무의식적인 안일함에 젖은 이들에게 속도의 위험을 알리는 간절함……. 그러나 스쳐가는 사람들이야 이 깊은 통찰의 결론이 실감나게 먹혀들 리가 없다. 여기에 이영진 시의 불행이 있다. 많은 사람들에게 그의 시가 암호해독에 가까운 난해시의 일부로 취급받는 동안, 그러나 그의 시는 현실 속에서 검증된다. 그의 시에 대한 최고의 찬사는 역설적이게도 '성수대교'가 해주었다. 그가 그토록 염려하던 속도의 위험을 대교 스스로가 무너짐으로써 증명한 것이다.

지금 생각해도 그 기억은 무섭다.

아침 출근길 전철이 달린다.
달리는 것은 습관이다.
고속으로 달리는 전철 안, 속도는 의식하지
않아도 상관없다. 습관처럼 편안한
관성이 지속된다.
(……)
너는 내일도 출근하고 모레도 출근한다.

너의 신성한 밥벌이와 노동을 위해

그러나 너는 한번도 너의 밥벌이를 의심하지

않는다. 그것이 안전하므로

(······)

그 일과 나의 밥벌이가 무슨 상관이란 말인가.

의심은 짧고 습관은 완벽하다.

_이영진, 「안전한 출근길」일부

　　"습관보다 더 안전한 출근길/의심조차 할 수 없는 완벽한 위험."
이 완벽한 위험 때문에 철로가 끊겨 기차가 전복되고 비행기가 추락하며
예비군교육장에서 수류탄이 터진다. 왜냐하면 속도의 위험을 몰랐기 때문
이다. 그러다 성수대교 이후에 거듭거듭 '한국현대사' 라는 부실공사의 축
적물이 속속들이 붕괴되면서 사람들은 통감한다. "우리나라에도 생명보
험, 건강보험, 자동차 보험, 화재보험 등등이 있다고 하지만 위험에 대한
사회적 통념이 확산되지 않은 것 같다. '구더기 무서워 장 못 담그겠는가'
하는 속담처럼 위험이나 모순을 당연히 받아들이는 '여유' 나 '오기' 이것
이 오늘의 남한사회를 이루는 저돌적인 동력이라고" 말한 송두율 교수의
논평과 그의 문학은 얼마나 충실한 시대읽기의 산물이었는가.

5. '속도' 이후

　　지금까지 속도에 대해서 이야기했다. 그러나 그의 가장 명편들은
'속도' 이후에 출현한다.

어디에선가 김우창은 그 속도의 발생경로에 대해서 언급하면서, 그것은 산업사회적 욕망의 존재방식이라 한다. "산업사회가 크게 바꾸어놓는 것은 인간의 욕망의 존재방식이다. 우선 지적할 수 있는 것은 욕망과 그 충족 사이의 회로가 극히 짧아진다는 것이다. 전근대적 산업체제 아래에서 많은 사람에게 욕망으로부터 그 충족까지의 사이에는 욕망충족의 대상을 획득하고 이를 가공하고 하는 노동의 긴 과정이 개입되었다. 그러나 산업의 생산능력의 전대미문의 확대는 이 중간과정을 없애버렸다."(김우창, 「예술과 삶」) 그리하여 삶이 빨라지기 시작한 것이다.

한번 욕망의 고삐가 풀려 가속이 붙기 시작한 속도는 걷잡을 수 없이 내달린다. 이제 스스로 멈추지 않는 상태에 이르는데 이것을 시인은 '나의 창작교실'에서 "속도는 속도를 반성할 줄 모른다"로 설명하고 있다(시도 대체적으로 이런 감각에 의존된 것이 많다. 「밤 7시 20분 전 · 5월 16일 · 광화문」을 비롯하여 시집 제3부를 구성하는 시들이 대부분 여기에 해당된다). 그렇다. 속도는 속도를 반성할 줄 모르니 결코 그 스스로 눅어들지 않는다. 결국 속도 대신 그 자신이 존재를 회의하지 않을 수 없다. 그는 말한다. "군대가 양민을 학살하던 그 야만의 부정적 순간보다 더 빨리, 더 많은 죽음을 돌발적으로 생산해내는 '현대'의 구조, 배타적이고 파괴적인 내적 동기를 숱하게 간직한 이 속도감 앞에서 온전하게 형체를 유지할 수 있는 것은 과연 무엇이란 말인가." 그리하여 얻어낸 회의 때문에 그는 많은 시적 사유를 또 다른 방향을 향해 개진하게 되는 것이다.

쫓기다 보면 쫓기는 일에 맛이 들어 가락이 생긴다지. 잠시 잠깐 몸 붙이는 땅바닥에 잔뿌리 몇 줄 내린다고 눈뜨고 마주한 어둠이 가실까. 허공 위의 방 한 칸. 아파트 15층 베란다에 나와 담배를 빼어 물면 화분

속에 앉아 온몸에 바늘을 세우는 선인장이 문득 허공으로 둥둥 떠 흘러
가고 아, 오랫동안 친숙했던 때 묻은 살림살이, 모두 허공에 떠 있었어.
고속 엘리베이터로 깊숙이 하강해 봐도 발 내어딛을 흙 한줌 보이지 않
고, 뿌리 또한 멀기만 해. 사십년이 넘도록 달은 몸 밖으로만 뜨데.

_ 이영진, 「몸 밖으로 뜨는 달 3」

여기서 그의 시집 제1, 2부를 구성하는 시들이 펼쳐진다. 그것들은
속도라고 하는 욕망의 무한대로부터 부서져 버리지 않으려는 한 반성적
자아의 인간성과 그 밑바탕에 축적되어 있는 삶의 정체성을 보전하는 데
로 나아간다. 그가 의도적으로 그런 노력들을 기울여왔다는 사실을 다음
산문을 보면 알 수 있다.

베르톨루치는 '세계의 모든 현상은 정치 아닌 것이 없다'고 주장한다.
그의 이런 주장은 거의 포르노를 방불케 하는 '파리에서의 마지막 탱
고'를 이해하는 데 중요한 단서가 된다. 철교 위로 고속저널의 바퀴가
금속성의 굉음을 울리고 지나가자 철교 밑의 긴 낭하를 걷던 폴(말론
브란도 扮)은 두 귀를 틀어막고 비명을 지른다. 감당할 길 없는 현대의
속도감 밑에 짓눌린 한 개인의 비명소리가 스크린 밖으로 뛰쳐나올 듯
클로즈업된 말론 브란도의 얼굴 표정과 뒤얽혀 뭉크의 저 유명한 명작
'절규'의 상황을 재연한다. 현대라는 삭막한 사막 속에서 개인은 호적
과 번지가 없는 한 알의 고독한 모래알일 수도 있음을 시사한다.

_ 이영진, 「유럽영화대기행」 중 '파리에서의 마지막 탱고'

이것이 바로 그가 시 「본적지」와 「거선지」를 비롯한 일련의 서정시

를 쓰게 되는 이유이다. 이 시들에서 그의 언어는 철학적 회의와 유추보다 문학적 회고와 그리움에 더 적합한 형태로 변모해 있다. 그리고 스스로 진단하는바 '속도'라고 하는 '욕망'의 구조로부터 그 자신이 붕괴되지 않으려면 '균형'을 찾아야 한다.

욕망의 극복을 위해 제기되는 '균형'의 문제는 그의 시에서 자주 물이미지로 나타난다. 속도와 거의 같은 비중으로, 또 그만큼 빈번하게 출현하는 물 이미지는 그러나 다소 금속성의 마찰음을 내던 '속도'의 시편들과 달리 그의 가장 아름다운 시편들을 탄생시킨다. 예컨대 「연꽃」「한천 저수지」같은 명편에서 욕망으로부터 자유로운 지점에 도달한 인간의 온전성에 깃든 아름다움을 내보이는 것이다. 이제 여기에 이르면 독자는 시가 다소 어려우면서도 즐거운 경전을 읽는 듯이 희열을 느끼게 되는 것이다. 독자가 그 희열을 통해 이영진의 역사의식에 이르면 이제 시집 해독은 끝나는 것이다.

그는 시와 곁들여 쓴 짤막한 '시작노트'에서 자기의 문학적 지향이 궁극적으로 도달하고 싶은 영역에 대해서 이렇게 말한다.

흘러간 시간 속의 모든 것은 더 이상 변화하지 않는다. 따라서 흘러간 것들은 굳어 화석이 되어버리는 것이 아니라 본질에 접근할 수 있는 거리를 만들어낸다. 매 순간에 흘러가고 흘러간 것들이 쌓여 두터운 퇴적층을 만든다. 반복되는 상처(이를테면 학살이나 전쟁, 사랑 따위) 들을 복원해 보는 일, 이를 다시 숙성시켜 발효시키는 일을 통해 세계가 감추고 있는 '감동'에 접근해갈 수 있다면 흘러가는 시간들에 더욱 가속도를 붙이고 싶다.

_『금호문화』1995년 2월호

여기서 핵은 '복원'이라는 어휘이다. '정체성'이라고 하는 것, 나의 정체성 그리고 우리의 정체성, 그는 줄기차게 이 문제를 모색해온 시인이다. 여기서 '속도'는 오히려 현실적 사유가 그곳에 이르러 가는 촉발지점이자 계기에 불과한 것이다. 시도 그렇다. 바로 이 부분을 반영하고 있는 「본적지」 「거선지」 「문중산」 「풀들은 늙지 않는다」 연작 등이 중심인 것이다. 바로 이에 대한 이해의 실마리를 그는 자기와 비슷한 가족사적 내력을 가진 정양 시인에 대한 산문에서 말한다.

> 한국의 근현대사는 근거지 박탈의 역사다. 식민지 치하의 북만주 이주, 조국 광복과 민주화를 위해 혹은 통일을 위해 셀 수 없는 혁명가들이 자의로 혹은 타의로 집을 나섰으며 6·25의 피난대열이 근거지 이동을 강요했고 박정권 이후 계속된 산업화가 다시 한 번 이농을 부추겼다. 우리는 어느 때부터인가 한곳에 정착해 살면서 전설과 신화를 만들던 '완벽한 세계'를 상실하고 말았다.
>
> _ 이영진, 「형벌을 견디는 시간의 아름다움」

그가 운명으로 받아들였던 '파괴된 세계', 그에게서 역사란 이런 것이었다. 한국 근현대사 속의 인간들은 식민지와 더불어 근거지에서 상처를 입으면서 세 갈래의 길을 걸었다. 하나는 빼앗긴 근거지를 회복하기 위한 적극적인 저항과 투쟁의 길이요, 또 하나는 재빨리 변신하여 출세하는 현실추수의 길이요, 나머지 하나는 유랑의 길을 떠나는 것이었다. 셋은 공히 삶의 근거지를 잃었으며, 상처 입은 영혼을 갖게 되었다는 점에서는 같다. 이영진 시인은 셋 중 마지막 삶을 심도 깊게 추적하며 재현한다.

어둠 속에서도 끝내 멈출 수 없던 바람 같은 길. 등을 떠밀던 것은 어떤 취기였을까. 떠나오는 등 뒤 어둠 속으로 거꾸로 걸어 들어가던 목 붉은 사내들이여, 그대들의 무거운 발자국 소리 한시도 떠나지 않고 고개를 돌려보면 아, 아득해지던 마을의 불빛. 종갓집 대추나무에 걸려 있던 紙燈은 지금까지 바람에 흔들리고 있을까.

_ 이영진, 「풀들은 늙지 않는다 1」

이 쓸쓸하기 이를 데 없는 풍경 속에 현대사의 질곡으로 보금자리를 잃은 사람들의 수많은 그림자가 어른거린다. 그래서 길 떠난 이들이 「본적지」의 아버지들이요 또 그 아버지들의 아버지들이었다. 그로 인해 그는 "태어나자마자 그의 의지나 선택과는 상관없이 인화성이 강한 냉전이데올로기의 폭발물을 요람삼아 성장해야 했던 셈이다." 그러한 제사가 각별한 의미를 갖지 않을 수 없다.

아아, 먼 시간이여, 죽음으로도 지워지지 않던 먹빛 이름들, 누런 족보 속에서 눈빛 형형한 옛 사내들이 흰 옷자락을 펄럭이며 걸어 나왔어. 우리는 다가올 자신들의 신위 앞에 무릎을 꿇고 깊숙이 머리를 숙였지. 술을 따라 올리고 재배가 끝난 뒤 문을 열어 그들을 배웅하면 뒤란 대숲 속으로 불어가는 바람소리가 들렸어.

_ 이영진, 「풀들은 늙지 않는다 3」

여기서 주목할 것이 제사를 받을 당사자가 다른 사람이 아니라 바로 그 자신이라는 것이다. 뿌리 뽑힌 삶은 유전된다. 아버지들의 박탈당한 목숨은 그 자신의 것이고 공동체의 것이요 민족사 그 자체이다. 이 문제에 대한 인식이 그가 시형식도 철저하게 자기진술방식을 택하게 하고, 또 내용의 궁극도 종족통합(민족의 통일)에 맞추게 하는 것이다. 만일 통일이 휴전선의 철책을 걷어내는 정치이벤트가 아니라면 이러한 그의 문학적 개진은 대단히 의미 있는 것이다. 근거지를 박탈당한 후 여러 갈래로 찢겨져 서로를 훼손하던 삶이 과거가 되고, 항용 '고통당하는 운명'으로만 사용되던 이 땅의 삶이 뜨겁게 섞여지면서 곰삭게 하는 일이야말로 분단 시기의 문학이 할 수 있는 최대치의 기여일 것이기 때문이다.

6. 마치면서

시는 소설에 비해 작가의 진술을 직접 토로하는 장르에 속하지만 그러나 그것도 어디까지나 문학적 인물임을 벗어나지 않는다. 예컨대 그것은 작가 자신이 아니라 작가가 창조한 주인공인 것이다. 이렇게 시에서 서정적 주인공이 창조된다는 사실은 작가가 아무리 직접 발설하려고 나서도 작품의 틀로부터 아무런 규제도 받지 않는 자유로움을 누리지 못하고 반드시 시에 따라 약간씩 편차 있게 주어진 탈을 쓰고 나타날 수밖에 없다는 점이 반증한다. 물론 그런 탈을 썼다고 해서 본질이 달라지는 것은 아니지만 어쨌거나 독자가 만나는 것은 시(탈)이지 시인 자체가 아니기 때문에 비평이 궁극에 가서 최종 판단을 내릴 것은 그 '탈' 즉 서정적 주인공의 역사적 높이여야 할 것이다. 그렇다면 오늘 우리가 이야기한 이영진의 '탈' 들은 저 숨 가쁜 시대의 김남주가 얻어낸 집단적 헌신성의 인간형 이후의 인간형일 수 있을까?

여기서 주목해둘 것은 그가 끈질기게 놓치지 않는 정치적 태도와 미래에 대한 꿈이다. 그의 서정적 주인공을 통해 보이는 것은 언젠가 송두율이 말한, '조국근대화'로부터 '선진조국' 건설을 관통하는 속도숭배와 물량 위주의 철학을 훌륭하게 극복한 형태의 민중이다. 그 민중은 속도숭배와 물량 위주의 철학으로부터 끝없이, 살벌한 인간관계와 심각한 자연 파괴에 우리의 눈을 돌릴 시간적 정신적 여유를 앗기고 있지만 그러나 또한 끝없이 정체성을 앗기지 않고 균형을 회복하려는 필사적인 노력을 감행한다. 이러한 현대의 한국적 구성에 대한 저항으로서의 민중성을 그는 구가하고 있다는 의미에서 1980년대 정신의 계승자이다. 그리하여 아직도 종족통합도 이루지 못하고 살고 있는 분단현실에 대해 그 분단의 상처를 입은 한 당사자로서 민주주의와 통일을 꿈꿔가되 1980년대식 주관철학 위에 서 있지 않다는 점에서 그는 또한 그 시절의 탈주자이기도 하다. 여기서 '탈주'를 극복이라는 말로 바꾸어 사용해도 무방할 것이다.

국가는 무엇을 할 수 있는가?

절에서 도를 닦는 것을 '이판'이라 하고 살림을 맡는 것을 '사판'이라 한다. 문단을 절에 비유하면, 나는 지금 사판의 부역을 끝내고 수행의 자리로 돌아가는 중이다. 이판에서 사판으로 빠지는 길은 두어 발짝이면 족하지만 사판에서 이판으로 복귀하는 길은 몇 개씩이나 되는 산과 강을 넘는 '고독'을 요하는 것 같다. 저잣거리의 소란에 익숙한 귀가 산중의 새소리를 듣자면 그만한 여정이 필요할 것이다. 그러면서 그냥 지나치기 이상한 사안 하나가 마음에 걸려 걸음을 멈추게 되었다. 이판에 알려야 할 일 같아서 보고하려는 참이나, 소재의 특성상 딱딱한 행정용어가 등장하고 관변용 문장들이 동원되는 것을 어쩔 수 없겠다.

문학행정의 상식들

1.

대략 2004년부터 추진되던 '문학 활성화' 정책들이 해마다의 예산 삭감으로 시름을 앓더니 급기야 '우수문예지 사업'이 중단되는 지경에 이르렀다. 문화예술위원회에서 '문학 회생 프로젝트'라는 거친 구호를 걸어 추진했던 '단기성 사업'들이 중장기적 대안 없이 그냥 파기되는 상황인 것이다. '신지식인의 시대'를 선포하고, '창의한국'을 외치던 정부들도 결핍증을 보였던 문화적 허기를 노골적으로 '실용'을 앞세우는 정부가 채워줄 것으로 기대하기는 무망한 노릇이다. 더구나 '문단의 이판'에서는 이 같은 사태가 무엇을 의미하며 장차 어떠한 결과를 가져올지 모르고 있으므로 경박하게 비유하면 막연하게라도 '2002년의 축구계' 같은 것을 기대하는 게 영 불가능해 보인다.

2.

본론은, 우리나라 예술정책의 궁색함을 지적했다가 그것이 '모랄 헤저드'라는 편잔을 들었던 데서 시작하는 게 좋겠다. 모랄 헤저드란 '도덕적으로 해이된 상태'를 이르는 말인데, 사회 공공기금의 일부를 예술에 사용하자고 주장하는 것이 그 정도까지는 아니더라도 최소한 '문화애호가들의 과분한 호사 발언'이라는 견해는 우리 사회에 꽤 널리 퍼져 있다. 재작년에 출범한 '뉴라이트'를 표방하는 어느 문화예술인 단체도 "예술은 시장에 맡겨야 한다(국가가 지원하려 들지 말고)"는 주장을 펼친 바 있다. 유럽의 어느 예술가가 "문화부 앞을 지날 때마다 '문화의 경찰서' 앞을 지나는 기분"이라고 했다던 말이 떠오르는 대목이다. 남미의 시인 옥타비오 파스도 비슷한 생각을 피력한 적이 있다.

> 예술적 창조력이 국력과 관계가 있다는 생각은 대단히 위험하고 야만적인 편견이다. 어떤 이념의 허울을 쓰든 간에, 정치권력의 본질은 인간을 지배하는 것이기 때문에 생산적이지 못하다.
>
> _ 옥타비오 파스, 『활과 리라』

이쯤에서 근본적인 질문 하나를 던질 수 있다. 국가는 문학을 살릴 수 있는가? 그렇다고 답할 사람은 드물 것이다. 문학을 한다는 것은 아마도 옥타비오 파스가 『활과 리라』의 첫 페이지에서 썼던 것처럼, "언젠가 우리가 우리 자신에게 던져서, 그에 대해 답할 수 있을 때까지 끊임없이 우리를 괴롭히는 질문에 대답하려고 애쓰는 것"일 터, 그렇다면 문학을 성장시키는 힘은 존재의 내부에서 솟구친다고 봄이 옳다. 나무가 줄기를 뻗는 것을 외부의 무엇이 조절하거나 조종할 수 없듯이 문학 역시 내재된 에너지로 성장하는 것이다.

오히려, 권력이 예술현장을 간섭했다가 미적 활동의 자유로운 성취를 방해한 사례는 무수히 많다. 개발독재가 일사불란한 경제부흥을 꾀하면서 취했던 산업화 의지나 분단관리세력이 안보이데올로기를 내세워 펼쳤던 반공정책이 문학의 파행을 불사한 예는 얼마나 흔한가. 주목할 것은 권력의 간섭이 '국가보안법'과 같은 통치도구의 작동에만 국한되지 않는다는 점이다. 때로는 유능한 민간세력(?)도 '사회과학적 내정간섭'을 범한다. 가령 문민정부에서 국민의 정부를 거쳐 참여정부에 이르는 동안 경제적 생산체제는 대량생산체제에서 다품종 소량생산체제로 이월해왔다. 여기에 부응하기 위한 문예정책의 방향을 '훌륭한 예술가 혹은 작품의 양성'에서 '문화향수권의 확대' 쪽으로 이동시킨 힘도 문예운동 단체 혹은 문화시민운동 단체의 영향력에서 나왔다. 민중의, 혹은 시민사회의 문화향수권을 확대하는 것이 현장의 전문역량을 희석하고, 당대적 전범(典範)과 키치의 차이를 무화시킬 경우 문화적 투자를 통해 오히려 '몰가치'가 창궐하는 부작용이 발생할 수 있다. 그것이 역대 대선 후보들의 단골 공약이라 할 "지원은 하되 간섭은 않는다!"를 만들었다.

그렇다면 어느 단체가 주장했던 것처럼 예술계의 명운을 아예 시장에 맡기면 될 것을 왜 국가가 나서려고 드는가? 그에 대해 많은 답변이 가능하지만 어느 나라나 첫번째 요소로 드는 것은 '시장실패'이다. 근대 이후 문화예술은 시장의 선택에 맡겨져 있었으며, 최근에 이를수록 더욱 소수의 대중매체기업이 흥행을 선도한다. 모든 예술이 이렇게 시장에 편입되어 대중매체의 영향을 받게 되면 "시장에서 소비자들이 소비하고자 하는 양보다 더 많이 소비되어야 사회적으로 바람직한 재화" 즉 가치재로서의 기초예술은 곤란에 빠지게 되어 있다. 문화예술시장에서 대부분의 소비자들은 문화예술재화에 대한 정보가 부족하여 작품의 존재 자체나 그 질에 대한 소비자 반응을 예측할 수 없는데, 이 같은 '생산자와 소비자의 비대칭적 정보' 현상은 효율적인 시장작동을 불가능하게 만든다. 그리하여 수많은 사람들이 문학과 그 2차, 3차 텍스트들을 통해서 영감을 얻고 창의적 사유를 훈련하며, 그것을 또 다른 재부의 생산에 이용하지만, 정작 작가는 재생산구조를 얻지 못한다. 그래서 '시장실패'에 빠지는 예술에게 이유가 어떻든 시장에서 살아남으라고 말하는 것은 예술이 예술이기를 포기하라고 말하는 것과 같다. 본디 '세계를 향한 개인의 고독한 외침'이었던 예술이 그런 노력을 하다 보면 자꾸만 오락과 유희의 세계로 일탈하기 때문이다.

3.

시장실패를 이해하지 못하는 '순박한 오해들'과 달리 보다 신념화되고 '구조화된 오해'들도 있다. 지난날의 기획예산처를 위시하여 소위 국가살림을 맡는 공직자들에 의하면 문학에 대한 투자는 '생산성'에서는 신흥산업들에게 형편없이 밀리고, '복지성'에서는 실업자와 노숙자를 비롯한 사회적 소외자 정책보다 명분이 많이 기운다. 최근 문학예산의 삭감도 '복권기금'의 사용처로서 부적격 판정을 받은 데 있었다. 문화적 가치에 대한 몰이해의 전형이 이것인데 예술가들이 푸념해도 어쩔 수 없이 '투자의 정의' '분배의 정의'상 공적 예산을 문학정책에 쓰는 것을 낭비로 보는 견해는 이미 일반적이다. 문학예산이 빈곤층 구제보다 우선하는 것이냐고 묻는다면 항변하기 어렵지만 한 걸음 더 가서 생각해보면 빈곤층이 무엇으로부터 소외되지 않기 위해서 '구제' 또는 '긍휼' 같은 말을 들어야 한단 말인가?

문학은 세계를 해석하고 창조할 수 있는 '사회적 언어'를 제공한다. 한국에서 문학이 위축되면서 남긴 후유증이 있다면 그것은 '추상적 가치의 붕괴'일 것이다. 추상적 가치가 붕괴된다는 것은 낱낱의 개인들이 하나로 묶여서 감당해야 할 공동의 이상이 붕괴됨을 의미한다. 오늘날 누구나 부의 습득만이 삶의 목적인 듯이 말하지만, 부가 저절로 삶의 가치를 높여주는 것은 아니다. 부가 또 다른 부의 증식을 위해서만 사용되거나 소비를 통한 하급의 욕망을 해소하는 기회의 남용으로 작동하는 것이 아니라 인간의 자아실현을 위한 토대로 되는 가치관을 확보했을 때에야 비로소 소비로부터의 소외가 삶의 소외로 이어지는 몰가치한 사회에서 벗어날 수 있을 것이다.

그런데 문학이 왜 이 같은 일을 할 수 있다고 말해야 하는가?

문학이 인생의 중요한 시기에 의존할 가치자산이자 인생의 어려움을 헤쳐 나가는 데 필요한 도구임은 분명하다. 중국의 소설가 여화도 "문학은 헤어진 후에도 서로를 사랑하게 만들 수 있다"고 말하거니와, 문학은 삶을 이해시키고 세상살이에 적극 참여할 수 있는 계기와 방법을 제공한다. 우리의 내면세계, 즉 출생, 삶, 사랑, 죽음, 고통, 기쁨, 비참함, 공포, 안도, 성공과 실망의 세계 또한 나름의 발명자와 개척자를 가지고 있다. 삶의 세계에서 우리가 볼 수 없었던 것들을 보여주는 것, 우리가 이해하지 못했던 것들을 이해할 수 있도록 도와주는 것, 그것이 없으면 낱낱의 좌절과 상처들은 극복되지 않는다. 까닭에 우리는 많은 실업자들 속에서도 문학을 이야기해야 하고, 거리의 부랑아를 보면서도 문학을 이야기해야 한다. 잘 배우고 부유한 이들의 전유물이 아니라 방황하는, 불이익당하는, 버려져 있는 모든 약자들 속에서도, 단지 기분전환으로 하는, 즐거움을 얻기 위한 수단이 아니라 보다 성숙한 인간으로 거듭나기 위해서 문학은 꼭 필요하다고 말해야 하는 것이다.

그렇다면 결국, 사회는 부를 늘리기 위해서 세상을 망가뜨리고, 문학은 그러한 사회를 의미 있는 것으로 재창조하기 위하여 부를 낭비하는 셈이다. 까닭에 국가는 자기존속의 거점이 되는 사회집단의 건강성을 지키기 위하여 문학의 전개과정, 미학적 엘리트의 형성, 예술경향들의 분화와 문예현장의 지형도를 검토, 활성화하는 데 적극적인 역할을 할 능력과 의무를 가질 수밖에 없다.

4.

돌이켜보면, 문학의 위기가 시작된 것은 새로운 세기의 징후가 드러나면서였다. 대략 1989년에 베를린장벽이 붕괴되고, 인터넷이 출현하며, 복제 생명이 탄생한다. 이것들은 냉전의 해체, 세계화의 시작, 기성 가치관의 위기를 낳으면서 당대 작가들로 하여금 인문학적 재충전의 필요성을 절감하게 한다. 그러나 재활의 여유를 확보할 수 있는 작가는, 신춘문예 당선과 같은 고급 등용문을 통과한 신인들을 기준으로 해도 결코 20퍼센트에 이르지 못한다. 그 상태에서 불어닥친 IMF 상황은 작가들을 부양하는 임시 서식처라 할 '비정규직 일터'들을 초토화시켜버린다. (사보, 학보, 기타 홍보 매체들의 원고료는 가파른 물가상승률에도 불구하고 자그마치 20년 동안이나 동결되어 있었다.) 어느새 작가들 속에서 인사 소개를 할 때 '전직 작가'라는 자조적인 표현이 유행되기 시작했다. 그렇다면 이 같은 문학적 대량실업 상태를 발생시킨 요인들은 무엇일까?

21세기적 상황이 도래하면서 우리 사회는 줄곧 '문화의 세기'와 문화적 관점에 의한 변화를 강조하는데, 대표적인 예가 국민의 정부가 역설한 '신지식인의 시대'일 것이다. 지난날의 '사회적 전범'이 모두 관리자였다면, 국민의 정부는 그것을 창조자로 바꾸려 했다. 정부가 앞장서서 새로운 창조의 모범을 찾아내고 이를 부각시키려 한 것은 아주 중요한 발견이자 기획이라 해도 좋다. 하지만 국민의 정부는 안타깝게도 그 응용 또는 실제화에서 상당한 실책을 남긴다. 신지식인의 표상을 〈용가리〉의 심형래로 내세우면서 문화의 세기를 문화적 가치가 배제된 모습으로 산업적, 경제적, 수익적 측면에 맞추어 끌고 가는 것이다. 하필 IMF 치하에서 강력한 구조조정의 바람을 타고 문화의 근거지이자 창조의 발원지가 파괴되는 것을 아무도 불평할 수 없게 된다. 이로써 문화와 창의의 본적지가 황폐화되고, 문화의 거점이자 산실이었던 기초예술의 영토가 '장사 되는 문화'에게 일방적으로 수혈당하는 환경을 맞는 것이다. 그 대표적 장르가 문학이었으니, 대다수의 작가들이 상업세계의 바다로 투신하는 것은 당연한 수순이었다.

이후, 많은 수의 작가들을 낙오시킨, 사회 환경적 변화로 인한 좌절을 최소화시킬 안전장치가 한국사회에는 없다. 재활을 돕는 기구도 없다. 위기의 시기에 당시 문예진흥원은 그간의 노선을 비판받으면서 국민의 문화향수권 확대를 위해 예술가 지원 중심의 정책을 나날이 축소해가고 있었다. 만일 문학의 위기에 대한 책임을 새로운 시대상황에 적응하지 못한 작가들에게 돌린다고 하더라도 우리 사회는 미래를 도모할 '새로운 피'를 수혈할 기관마저 없다. 한국예술종합학교에 문학부가 있는가? 무슨 아카

데미와 같은 보완기관이라도 있는가? 여러 대학에 문예창작학과들이 있지만 이들의 문학적 역량은 또 입시교육이 파괴한다. 그렇다고 해서 작가들이 이 모든 것들을 등진 채 시대에 따른 인문학적 높이를 개별적으로 혼자서 해결할 수 있을 만큼 경제적 여유를 확보한 사회인가?

이 같은 상황에서 출현한 것이 '문학 회생 프로젝트'라느니 '문학 나눔 사업'이라느니 하는 민망한 이름을 가진 정책들이었다. 그리고 속수무책의 상태에 처한 '문학의 침몰'을 막을 단기 처방책들로 '올해의 예술가상' '우수작품 지원사업' '우수문예지 지원사업' 따위들을 신설했는데, 그러한 맥락을 놓치고 보는 감각파적 인상들이 "문화적 호사로 보인다" "개인들에게 공금을 나누어주어도 되는가" 같은 비판을 낳고, 그것들이 다시 문학정책의 축소를 부추겨온 것이다. 여기서 재론할 것이, 문화관광부의 가치체계 안에서 문학이 위치할 곳이 어느 지점인가 하는 문제요, 또 문학의 소통형식과 필드의 존재방식에 관한 이야기이다.

한 사회의 문화체계 안에서 가장 원초적인 생명활동인 '예술 창조'의 영역이 고갈되면 '문화의 생태계'는 파괴되고 문화적 자원은 빈사상태에 이른다. 순수예술을 '비상업적 예술이 아니라 당대문화의 기초를 형성하는 예술"이라는 뜻에서 '기초예술'이라 부르고자 할 때 이미 러시아의 비평가 벨린스키가 "예술 중의 예술은 문학이고, 문학 중의 문학은 서정시"라고 말했듯이 문학은 기초예술 중의 기초예술로서 한 사회의 지배적 현상은 아니나 문제적인 현상임에는 틀림없다. 그리고 존재형식에서도 원시적인 틀을 유지하고 있으며, 그 영세성으로 오히려 '규모의 문화'들이 수행할 수 없는 일들을 한다. 그래서 누구나 책을 몇 권 사보는 것으로 문학의 생존방식에 대해서 아는 듯이 생각하지만 사실 문학에도 '필드'가 있는지, 그것이 어떻게 작동되며 보호되어야 하는지를 우리 사회가 전혀 이해하지 못하고 있다는 것을 그간의 문화예술 행정이 적나라하게 보여주고 있는 것이다.

5.

근원이 있는 물이 마르지 않고 토양이 좋아야 좋은 숲이 만들어진다. 한 시대의 문화가 윤택해지려면 '낮고 넓은' 생활예술에서 '좁고 높은' 엘리트예술까지를 한눈에 조망하는 연쇄적 시스템이 확보될 필요가 있다. 그를 위해서는 동호인과 직업인의 차이, 취미활동가와 엘리트의 차이가 고려되어야 할 것이다. 그리고 핵심은 언제나 필드에 두어야 한다. 필드는 '예술적 전범'을 가리는 경기장으로서 그곳에 진출한 예술가에게는 활동 현장이지만 다수의 대중에게는 당대의 교본이 탄생되는 곳이다.

　　최근에 실종된 '우수문예지 사업'은 단기 정책이었지만 '문학의 경기장'을 관리하는 필드 사업으로는 유일한 것이었다. 시각예술에게 전시장이 필요하고 공연예술에게 무대가 필요하듯이 문학의 육체가 놓일 환경으로서 '지면'의 쇠락을 막아보려는 조치였는데, 언어와 출판이 왜 기초예술 관리법이라 할 '문예진흥법'에서 언급되는지도 이해하지 못하는 기관들이 그것을 개인 향응적 사업으로 오해하고 모랄 헤저드 같은 발언을 서슴지 않는 것은 얼마나 우스꽝스러운 일인가?

문인조직 생각하기

1995년에 쓴 글을 소개하는 이유는 둘이다. 하나, 민족문학작가회의는 2007년 1월 총회에서 한국작가회의로 이름을 바꾸었다. 문인조직이 시대상황에 맞게 다시 태어나야 한다는 논의가 1995년부터 시작되었음을 설명하기 위해서이다. 당시에 나는 청년위원장 자격으로 이 문제에 대한 고민들을 정리하였다. 둘, 2005년 평양에서 개최된 민족작가대회를 논의할 때 북측 문인들이 이 글의 정신에 따라 대규모 대회에 합의하였음을 밝힌 바 있다. 나는 글을 쓰게 된 취지를 당시에 이렇게 밝혔다.

"1990년대 이후 우리 사회에 많은 변화가 있었다. 민족문학작가회의도 마찬가지다. 나는 오늘 이 변화에 대해서 이야기하고자 한다. 오늘날 민족문학작가회의가 처한 환경의 변화는 지난 20년을 통틀어 가장 큰 것이라고 해도 과언이 아니다. 따라서 나는, 하나의 조직의 입장에서 볼 때 결코 바람직하다고 볼 수만은 없는 이러한 상황의 변화가 어디로부터 온 것인지, 또 1970년대에 한국 민주화운동의 한 전위로서 출현한 문인단체 하나가 바로 이런 고민을 어떻게 맞아가고 그 출구를 찾아가야 되는지 규명해보고자 하는 것이다."

보론 「문학적 저항의 새로운 기원」은 지역 문예지의 요청에 의해 21세기의 지역 문학운동에 대해서 쓴 글이다.

가지를 떠나면 이파리들은 흩어져 버린다

—민족문학작가회의라는 조직을 생각한다

1. 역사를 견디는 피곤함에 대하여

그냥 하는 얘기지만, 지금은 이미 걷잡을 수 없는 세월이 흘러버린 후인 것 같다. 이제는 예전의 관념들 중 상당 부분이 무용한 것이 되었고 또 사람에 대해서도 새로운 설명들이 필요해졌다. 그것은 어쩌면 나 자신에 대해서도 마찬가지가 되는지 모르겠다. 한 예로, 석 달쯤 전에 나는 또 한 권의 시집을 냈다. '1990년대의 시간들'에 지친 1980년대의 동료들을 위해 내 깐에는 서둘러 출간한 책이었다. 그런데 이 시집은 기대했던 바와는 달리 안 그래도 지쳐 있던 동료들을 더욱 피곤하게만 해놓은 것 같았다.

부끄러운 얘기지만, 시시각각으로 실감을 높여오는 이런 변화의 세월 속에서 근자의 내가 열심히 하고자 한 것이 있다면 그것은 역사의 수모(?)를 회피하지 않으려는 '자리지키기'였다고 할 것이다. 힘들 때 도망가지 않고 제자리를 지켜 존재의 정당성을 확보한다는 것, 지난 1980년대의 문학운동이 궁지에 몰리고 지난날의 믿음들이 한계를 드러낼 때 그것을 고민하는 당사자로 남는다는 것, 그리하여 그것의 끝이 여기가 아니라는 것을 증거한다는 것……, 여기에는 '바로 그러한 자리'가 강제하는 집단적 자기성찰이 필수적으로 있을 테지만 그런 역사의 피곤함을 어떻게든 견디며 새로운 미래를 꿈꾼다는 것, 지나치게 낭만적인 것인지 모르지만 하여튼 나는 그러는 것이 이즈음의 내가 취할 수 있는 가장 바른 태도라고 생각하고 있다.

　내가 특별히 무엇을 잘못했다고 생각해서가 아니다. 세상을 살다 보면 가끔씩 생기게 되는, 자기가 옳더라도 그것을 말해서는 안 되는 경우에 지금 우리가 처해 있다고 느껴졌기 때문이었다. 문제를 둘러싼 주변의 여건이 아직 핵심을 논할 만큼 성숙해 있지 못할 때, 그럴 때는 하나의 이상이 설명되는 데에 마치 푸른 땡감밖에 못 보고 산 여름의 사람들에게 감빛의 붉음을 설명하는 무모함만큼이나 대책 없는 난감함이 따른다. 이상이 이해되자면 적어도 두 가지 중 하나는 있어야 하기 때문이다. 홍시가 있는 가을을 산 경험이 있거나 언술자에 대한 전적인 신뢰가 있거나……. 나는 1990년대를 이 두 가지가 다 없는 시기라고 생각해왔다. 결국 시간을 견디는 겸손을 배우지 않으면 아니될 것이었다. 스스로 익어가다 보면 언젠가 존재가 곧 발언이 되리라 기대하면서.

　한편 이와 달리 나를 정반대로 읽는 경우 또한 없지 않았다. 그러는 경우란 대개 나를, 세상은 전혀 변하지 않았다고 완강하게 고집을 피우는 사람으로 취급하기가 일쑤였다. 아무래도 나의 작품 역량이 미흡해서 생겨난 오해일 테지만, 중요한 것은 사람들의 판단이 예전 같지 않다는 것이다. 『한겨레』 신문을 읽다가, 『말』지를 읽다가, 혹은 동료들의 이야기를 듣다가 나는 너무도 자주 시대정신이 충일한 경우와 역사와 대중 앞에서 기만적인 경우가 제멋대로 뒤집혀서 이야기되는 것을 보고, 또 그들의 판단의 준거틀 자체가 심하게 흔들리는 것을 봐왔다.

하여튼 그런 불확실한 시간들 속에서 나는 꽤 절실한 회의에 봉착해 있었던 것 같다. 그것을 설명하기 위해서는 어쩌면 최근에 내가 즐겨 읽곤 했던 시 이야기가 나오는 것이 더 나을지 모르겠다. 1990년대적 상황이 무르익을 때 나는 왜인지 4 · 19가 끝나고 5 · 16이 오기 전의 어수선한 세월을 사뭇 치열하게 고뇌해준 김수영의 시들에 심취하게 되었다. 그의 시 중에서도 특히 「序詩」는 바로 나 같은 사람들을 위한 시처럼 내면에 닿아 공명을 일으켰다. 첫 행부터가 그랬다.

나는 너무나 많은 尖端의 노래만을 불러왔다
나는 停止의 美에 너무나 等閑하였다

아마 최근의 나에게 이만큼이나 적절한 성찰을 주는 구절은 더 없었을 것이다. 사실 이 시에서처럼 오랫동안 나는 내가 역동적이길 바라왔으므로 그 '역동'이 재고될 때 그에 따른 성찰은 필수적인 것이었다. 스스로 나를 전위들이 있는 곳으로 내몰아온 만큼, 그러한 오르막길의 사람들이 흔히 길가에 선 사람들을 등한히 하듯이 역사의 첨단이 아닌 거의 모든 움직임들을 과소평가해왔다. 그것이 옳은 일이 아니었음은 분명하다. 그리하여 나는 이 시의 서정적 주체를 따라, 숨차게 하늘을 날던 새처럼 이제 더 이상 공중에 떠 있지 않고 지친 몸을 잠시 현실이라고 하는 가지 위에 앉힌다.

나무여 靈魂이여
가벼운 참새같이 나는 잠시 너의
흉하지 않은 가지 위에 피곤한 몸을 앉힌다

　시는 뒤이어서 역사를 사는 현자들의 기여와 절망을 읽어낸 시인들
의 좌절이 있는 동안에도 현실이라고 하는 '나무', 그리고 그 나무를 둘러
싼 또다른 희망과 운동은 지속된다는 것을 노래한 다음, 마침내는 내가 이
시에서 가장 주목하는 구절에 이른다

나는
아직도 命令의 過剩을 용서할 수 없는 時代이지만
이 時代는 아직도 命令의 過剩을 요구하는 밤이다
나는 그러한 밤에는 부엉이의 노래를 부를 줄도 안다

　'명령의 과잉'이 용납되지 않지만 여전히 요구되기는 하는 그런 회
의의 시대에 지지부진한 '명령의 과잉'을 노래 불러야 한다는 것은 고통스
러운 일일 것이다. 시의 주제는 바로 이와 같은 '역사를 견디는 피곤'에 맞
추어져 있다. 여기서 나는 뭔가 사명감에 휩싸여서 교과서처럼 지당한 말
씀만을 반복하고 싶은 생각이 추호도 없건만 그래도 자꾸만, 밤을 지키는
부엉이처럼 지지부진하고 짜증나고 생기 없는 시대적 당위를, 그것도 과
잉되었다고 냉대받을 것이 뻔한 피곤을 감내하면서 노래 불러야 하는 시
인의 숙명을 온몸으로 받아들이고 있다. 그러고 나면 이제 할 말은 더 없
어지는 것이다. 나머지는 시적 후렴 같은 여흥이기 때문이다.
　지나치게 불필요한 말을 내가 지금 하고 있는 것이 아닌지 모르겠

다. 하여튼 바로 이 같은 상태에서 나는 작년에 이어 올해도 역시 민족문학작가회의 청년문학인위원회(이하 작가회의 청년위) 위원장직을 맡게 되었다. 당연히 고민이 없지 않을 수 없었다. 문학적 지성의 확대재생산이 묘연한 이런 활동을 애써 해본다는 것이 전혀 소모적인 열정의 낭비가 아니라고 지금에 와서 감히 누가 보장해줄 수 있다는 말인가? 특히 나를 힘들게 하는 것은, 역사가 우리에게 그토록 다시 태어날 것을 강제함에도 우리는 도대체가 그러지를 못하고 있다는 점이었다. 이를테면 그것은 이런 식이었다. 먼저 내가 가장 최근에 받은 협조문을 소개해보겠다.

제목
가칭 "5·18 민중학살 및 내란 책임자 처벌을 위한 한국 청년 2000인 선언"에 대한 참가요청

1. 민주개혁과 통일을 위해 노력하고 계시는 귀 단체에 경의를 표합니다.
2. 한국민주청년단체 협의회(이하 한청협)에서는 당면한 5·18 민중학살의 진상규명과 내란 책임자에 대한 처벌이 국가기강을 바로세우고 민주개혁을 진전시키는 중요한 문제라 판단하고 있습니다. 특히 현재 진행 중인 검찰 수사가 12·12 사건의 결과처럼 또다시 국민을 기만하는 행위가 되풀이될까 예의 주시하고 있습니다. 이에 귀 단체와 함께 가칭 "5·18 민중학살 및 내란 책임자 처벌을 위한 한국청년 2000인 선언"을 아래와 같이 진행하고자 하니 귀 단체의 적극적인 참여를 기대합니다.

이 협조문은 한청협이 우리 작가회의 청년위에게 보내온 것이다. 그런데 이런 협조문을 받고 나면 나는 마음이 심란스러워 죽을 지경이 된다. 이제부터 내가 왜 그렇게 되는지 이유를 두 가지만 말해보겠다.

하나는 우리 작가회의 청년위 그 어디에도 이런 일에 역동적인 힘을 얹어줄 여지가 남아 있지 않을 만큼 우리의 집단적 유대감이 약화되었다는 데에 있다. 말은 말대로 하자면, 일단은 작가에게 작가다운 실천이 권장되어야 옳지만 나는 오늘날 우리 작가가 스스로 그것을 요구하기에는 재야를 향해 지나치게 오만해 있다고 생각되어 되도록 재야의 일에 한계가 크더라도 재야의 방식으로 동참하고자 노력하는 편이다. 그러나 어쩔 수 없는 것은 어쩔 수 없는 일이다. 솔직히 최근 몇 년간 사회양심세력이 모여 있던 어느 동네를 가봐도 다 해가 져서 집에 돌아가는 분위기였던 것은 사실이다. 작가회의 청년위 역시 마찬가지다. 각자의 집안 사정을 제켜두고 낮시간을 함께했던 동료들은 뿔뿔이 흩어져 이미 잠자리에 들었기 때문에 이제 와서 불러내기란 쉽지 않은 일이다. 한청협이 제안한 일만 해도 물론 그간에 많은 정이 들었으므로 전화승낙을 받아 얼마든지 명단을 채워낼 수는 있다. 그러나 그것은 사실 아무런 의미가 없는 기만적인 실천에 불과한 것인지 모른다. 명단을 만들어내기 쉬운 만큼이나, 아니 동의를 받아낼 때 그들이 아무 고려 없이 이름을 빌려주는 것만큼이나 이것은 국민을 향해서도 역시 '값어치 있는 이름 동원'이 되지 못한다. 부끄러운 얘기지만 그렇지 않은, 작가의 이름을 빌려온 값어치가 제대로 나는 그런 일을 아무 힘 빌리지 않고 순수 작가회의 응집력만으로 수행할 만한 힘이 우리에게 얼마나 있는 것일까?

또 하나는 아직도 재야가 구태의연을 벗어나지 못하고 있다는 데 있다. 예컨대 협조문은 오월항쟁 11주년을 앞두고 5 · 18 학살 및 내란 책임자 처벌이라는 매우 의미 있는 실천을 제안하고 있다. 그런데 그 실천방식이 문제이다. 그를 위해 2000명의 청년이 선언을 한다는 것인데, 우리 작가회의 회원들은 고사하고 우선 그것을 챙겨야 하는 나부터가 '청년 2000인'의 연명 그리고 '선언' 자체에 호감이 가지 않는다. 여기에는 지난날의 상투적인 사고가 아직도 설득력 없이 반복되는 느낌마저 없지 않은 것이다. '2000'이라는 숫자는 크기는 하지만 예컨대 '23'과 같은 작은 숫자와 질이 다른 것이다. 예컨대 하나하나의 실물들의 집합이 아니라 '2000'이라고 하는 관념적 목표량으로서의 어떤 덩어리인 것이다. 여기에는 많은 부실공사가 개입될 수 있다. '2000'을 선발하는 설득력을 갖지 않는다면 이들의 책임감을 사회는 신뢰하지 않을 것이다. 그것은 '선언'이라는 형식에 대해서도 마찬가지다. 기미독립문선언문 같은 것을 떠올려 비교해보면 알겠지만 지금에 와서 이 투쟁형식에는 그 어디에도 투쟁에 따르는 '투쟁으로서의 불이익'이 없다. 이처럼 자기헌신이 뒷받침되지 않은 것은 사실 투쟁이 아니다. 아마도 그래서일 것이다. 지금 사람들은 그런 '선언'과 같은 선구적 활동들에 관심이 없다. 문제의 중요성을 인식했다는 '선구성'에 대해서도 인정치 아니할 것이며 인정하더라도 '선언하고 결단하는 모습'에 대한 미적 이상도 없는 것이다.

　　바로 이 같은 '뻑뻑함'은 작가회의를 둘러싸고 만날 수 있는 거의 모든 일들 속에 그대로 존재한다. 그래서 나는 자동적으로 작가회의 청년 위에서 해야 할 고민의 태반을 시대적 지성의 공백에 맞춰두지 않을 수 없었다. 모든 지식인에게는 어쩌면 김수영의 「序詩」가 말하는 '부엉이'의 숙명이 있어야 하는 것인지 모른다. 왜냐하면 지식인에게는 세계를 아는 순간, 어쩔 수 없이 무엇을 알게 된 자로서의 사명과 책임이 세계를 향해서 주어질 것이 틀림없기 때문이다. 그런데 이런 책임과 사명이 창고처럼 쟁

여겨 있어야 하는 곳이라고 보아도 무방할 단체에 그것이 거의 들어설 자리가 없는 분위기로 가는 것을 당사자가 안타까워하지 않을 수 없다는 것은 너무도 지당한 일일 것이다. 나는 근심하고는 했다. 가지에서 떨어져 나와 한 번 흩어져버린 이파리들은 다시는 자기들끼리 다시 모이지 못하며 제자리로 돌아가지 못한다. 그러면 이제 다음 사람들은 별수 없이 새봄을 기다려 다른 가지에서 다시 태어나는 수밖에 없는 것이다. 그래서 가능한 한 가지에 남은 마지막 잎새들을 잘 붙들고 싶은 심경인데, 도대체가 우리에게 고리타분한 일들은 너무나 많았으며 또 신선한 계기는 너무나 적었다. 작가회의를 둘러싼 나의 고민은 기본적으로 여기에서 시작되는 것이다.

2. 융합집단에서 수열집단으로

더러 안 그렇다고 주장하는 이들이 있지만, 그럼에도 불구하고 어쩔 수 없이 오늘날 민족문학작가회의가 여러 가지로 어려움에 봉착해 있는 것은 사실이다. 그 어려움은 두말할 것도 없이 회원들의 헌신성의 결여에서 온다. 김남주 시의 일관된 주제였으며 또한 1980년대의 주제이기도 했던 이 헌신성이 지금에 와서 크게 떨어지게 된 이유를 개개 성원들의 입을 통해 들어보면 한 네 가지쯤이 된다.

첫째는 현실이 잘 안 읽어지는 어려움이다. 한 예로, 작년 여름 소위 '신공안정국'이라는 국면이 조성될 때에도 그랬다. 당시 청년위 일부에서 현 시국에 대한 강한 대응 촉구가 있었는데 그 대응의 수준, 즉 작가회의 회장단을 중심으로 한 집행부의 판단에 의해 전체 차원에서 대응할 것이냐, 아니면 청년위나 자유실천위원회(약칭 자실위) 등의 한 부서 차원에서 대응할 것이냐 하는 문제를 놓고 가벼운 논란이 있을 때도 핵심적인 문제로 떠오르는 것이 바로 이 '현실읽기'였다. 때마침 『창작과비평』 여름호가 나오고 그 머리말에서 이 문제를 다루고 있어서 집행부는 대충 의견통일이 이루어지고 있었다. 요지는 다음과 같았다.

> 지난 89년 노태우 정권이 문 목사 방북사건 등을 빌미로 한창 공안정국을 펼칠 무렵, 본란(65호「책머리에」)은 "분단체제는 본질적으로 공안체제이며, 적나라한 공안정국과 눈가림하는 공안정국이 대거리하면서 유지되는 체제"임을 지적했다. 동시에 그때로서는 마치 항구적으로 지속될 듯한 느낌도 주던 '적나라한 공안' 국면은 그다지 오래 지속되지 않으리라 내다보았다. 실제로 당시의 탄압국면은 89년 말의 '5공청산' 합의와 90년 초 3당합당의 사전 정지작업이었다. (……) 분단단체의 무리없는 관리·운영이 집권층의 최대 목표인 한, 이번의 '신공안정국'도 영속하지는 않을 것이다.
>
> _『창작과비평』 85호「책머리에」

그러나 이런 현실인식의 정당성 여부와 관계없이 엄연한 사태 앞에서의 '무반응'에 문제제기적인 일부 젊은 회원들은 목소리를 높여 대응을 촉구했다. 그 결과 청년위에서 두 차례에 걸쳐 '1994년 여름 시사간담회'를 열게 되었는데 결론은 얻지 못했다. 집행부의 견해에 동의하지도 못하고 그렇다고 새로운 대안을 내놓지도 못하는 상태에서 논의만 하다가 대응시효가 지나가 버리는 격이 되었던 것이다. 이런 상태에서 조직을 위한 헌신성이 나온다는 것은 역시 무리일 것이다.

둘째는 모임이 잘 안 되는 어려움이다. 얼핏 이 글만 읽은 사람들은 그래도 작가회의는 청년위가 '1994년 여름 시사간담회'를 열 만큼 모임들을 잘해가고 있는 것이 아닌가 하고 생각할 수 있다. 물론 요식적인 것을 따지지 않고 본다면야 작가회의는 제법 모임을 잘하는 단체에 속한다. 아니 실제로 다른 단체와 상대평가해서는 그렇게 볼 수 있을 것이다. 그러나 문제는 질인데, 이와 관련해서 본다면 작가회의의 모임들은 그 내실의 면에서 이미 많은 재고가 필요한 단계에 와 있다 해야 할 것이다. 대개 모임에는 모임 나름의 역사성이 있는 법이다. 작가회의로 보자면 회원 641명(1995년 3월 25일자로 조직정비가 확정되고 95년 4월 14일자로 현 작가회의 회원은 시 352명, 소설 167명, 평론 71명, 아동문학 22명, 희곡 9명, 기타 20명 해서 총원 641명이 되어 있다)이 어느 한날한시에 갑자기 회원이 된 것은 분명 아니다. 모든 회원들에게는 회의에 가입할 만한 동기들이 있었으며 그 동기부여자 혹은 계기부여자가 있었다고 보아야 한다. 또한 대부분이 한때는 모임에 열성이었던 경험들을 가지고 있는 만큼 그렇게 활동을 지속할 만한 의미부여자들이 있었을 것도 사실이다. 만일 작가회의의 인적 구성을 하나의 건축물로 본다면 이 의미부여자들은 각기 기둥들에 해당된다. 한국현대사의 중요한 20년을 경험하고 또 개입해온 작가회의의 역사성이 온전히 지탱이 되려면 말할 것도 없이 그것을 담보하고 있는 641명의 회원들의 결합방식이 그것을 반영하고 있어야 한다. 그러려면 이 의미부여자들이 활발히 모이고 또 모임에 실질적 중추를 이루고 있어야 한다. 그렇지 않았을 때 모임은 김이 빠지고 그냥 관성만 남을 뿐이다. 현재 작가회의는 주요 회원들이 작가회의 바깥에서 (예를 들어 출간행사나 출판사의 편집회의 혹은 뒤풀이 따위)만 맴돌 뿐이다. 이 힘들이 작가회의 내부의 힘으로 육박해오지 못하고 있다.

세번째로 꼽을 수 있는 어려움은 문학 내적인 것으로서, 1990년대적 상황에 작품으로 부응하지 못하는 어려움이다. 작가에게서 글이 잘 안써질 때 생겨나는 열패감이 얼마나 심각한 것인지 그것을 자주 겪어보지 않은 사람은 감히 상상을 할 수 없을 것이다. 작가들에게서 자주 나타나는 모든 징후, 슬럼프라거나 방황이라거나 아니면 과잉된 자신감과 필요 이상의 비관 같은 심리적 동인에 대한 일차적인 혐의는 바로 여기에 있다. 작가는 스스로의 판단에 글이 잘 써지고 있을 때는 거대한 산과 같은 정신적 안정감을 누리는 반면 글이 잘 안 써질 때는 심약한 상태에서 촛불과 같은 불안에 빠지고 또 고통을 느낀다. 작가회의의 성원들에게 있어서 1990년대는 어쩌면 이런 고통을 집단적으로 느껴야 했던 시기가 되는지 모른다. 성원 각자는 보이지 않는 곳에서 고뇌했을 터이나 명실상부하게 시대적 상황에 부응해가는 모범들은 오랫동안 나오지 못했다.

그리고 마지막으로 이야기될 수 있는 또 하나의 어려움은 비평의 정체이다. 1980년대 중후반의 관념적 급진주의는 실제비평이 결여된 공허한 지도비평의 남발과 과잉을 낳았다. 그때 독자들이 의존해간 것이 신문의 역할이다. 공허한 지도비평의 과잉에 지친 독자들은 한때 언론의 문학기사들에 의존해 독서할 대상을 선택하는 경향을 보여왔다. 그러나 이역시 금방 한계에 부딪히게 되었다. 신문의 문학기사들이 전혀 공정성을 인정받지 못한 것이다. 이로써 생긴 회의를 비집고 들어선 것이 광고이다. 그러나 광고카피에는 더욱 공익성이 없다. 더군다나 최근의 컬러사진을 앞세운 인물 이미지 광고는 상당히 환멸을 주기까지 하는 것이다. 도대체 하나의 작가를 소개할 때 무엇을 앞세워야 하는가? 이는 모두 올바른 가치평가의 부재, 비평의 부재에서 나오는 현상들인 것이다. 그리고 이런 현상들은 작가들의 '문화'를 황폐화시킨다. 작가들이 어울려 무엇을 고민하고 나누고 할 필요가 뭐 있겠느냐는 자괴감과 회의를 불러일으키는 것이다.

　　바로 이러한 어려움들이 해소될 기미가 안 보인다는 불평들이 작가회의의 참모습을 다 반영하고 있는 것은 아니다. 그러나 이로써 모임의 어려움이 실재해 있다는 것은 합의될 수 있을 것이다. 그렇다면 이런 어려움의 정체는 무엇일까? 이는 좀 차분하게 생각해봐야 할 문제이다. 세상의 모든 움직임에는 근원이 있는 것이다. 상식적으로 어디선가 동력이 만들어지지 않는데도 혼자 움직이는 것은 없으리라. 예컨대 기차는 기관실에서 힘이 만들어진다. 증기기관차는 물을 끓여서, 화력기관차는 석탄을 때어서, 전기기관차는 전기를 일으켜서 간다. 그렇다면 민족문학작가회의는 어디서 무슨 힘을 어떻게 만들어서 자기운동을 수행할까? 이의 어려움은 바로 이와 같은 차원, 즉 동력의 근원이 퇴화되고 있어서 생겨난 것이다. 그래서 엄밀히 말해서 이것은 시대상으로부터 찾아온 것으로서 작가회의만 고유한 것이 아니며, 어떤 측면에서는 민족문학에 관심을 기울여온 모든 사람들의 기력쇠진에 관여된 문제일 뿐만 아니라 좀 심하게는 그래도 작가회의는 그런 쇠약을 잘 이겨서 비교적 자기 수명을 꽤 오래 늘리고 있는 집단에 속한다고 볼 수도 있다. 그래서 핵심은 여기에 있는지 모른다.

　　지금은 사회양심집단의 해체기이다. 이 해체는 바로 뒤이어서 또 다른 형성으로 옮아갈지 모른다. 그러나 지금 당장 양심집단의 눈으로 본다면 해체의 양상은 어쩔 수 없는 것이요 그것의 재응집은 당분간 요원한 것으로 보인다. 나는 이것을 융합집단에서 수열집단으로의 이동현상으로 생각한다. 이 '융합집단' '수열집단'의 개념은 김우창의 「국제공항」에서 빌려온 것이다. 그는 사르트르의 분석을 빌려 수열집단에 대해서 이렇게 설명한다.

버스정류장의 사람들이(공항의 사람들이나 마찬가지로) 한 곳에 모여서 어떤 집단을 이루고 있는 것은 사실이지만, 이 사람들은 우연히 어느 한 곳에 모인 것일 뿐 어떤 내적인 관계에 의하여 모여 있는 것은 아니다. 그들은 서로 서로에 대해서 무관심하다. 사르트르 식으로 말하여 서로에 대하여 타자이다. 그들은 함께 있어도 서로 따로 있다.

이에 비하여 융합집단은 다음과 같이 설명된다.

뿔뿔이의 수열적 집단에 대하여 사르트르는 '융합집단(le groupe en fusion)'을 대립시킨다. 이것은 그 성원들이 내면적으로 이어져서 참으로 하나가 되어 있는 집단인데, 사르트르의 예로는 전투적 혁명집단과 같은 것이 그 대표적인 것이다. 이 일체적 집단에 있어서 사람은 다른 사람에 대하여 동지애로 결속되고 전체에 대하여서는 혁명적 목표를 통하여 하나가 된다. 거기에는 사람과 사람 사이, 집단과 개체 사이에 간격이 없는 것이다. 이렇게 융합된 집단은 높은 혁명적 열정의 지배 아래 있기 때문에 사람과 사람은 사사롭고 추상적인 이해에 의하여 서로 차단되지 아니한다.

그럼 재야는, 아니 민족문학인들의 공동체는 지금에 와서 왜 수열집단화되어가는 것인가? 그것의 원인은 아마도 크게 한 세 가지 정도로 나누어서 살펴볼 수 있을 것이다. 하나는 세계사적 지평의 변화이다. 대개는 '탈냉전 시대'의 도래라는 언술로 설명들을 한다. 세계사의 보편적 흐름이 냉전에서 탈냉전으로 옮겨온 이유에 대해서는 아직 많은 사람들이 피상적이고 상투적이며 다분히 이데올로기적인 문제들로 이해하고 있다.

꽤 많은 이들이 그것을 오직 사회주의의 패배, 따라서 자본주의의 승리라고 하는 관점에서만 이해하고 있는 것이다.

그러나 이는 잘못된 생각이다. 문제의 현상은 미국의 힘을 우위로 한 국제질서의 재편으로 나타나고 있지만 그것이 곧 자본주의의 승리로 가는 것은 아니다. 그것은 지난 시대의 사람들이 꿈꾸었던 이상과 도전의 실패였던 것이다. 그것을 도정일 교수는 '근대적 기획의 실패'라는 말로 표현한다.

그에 의하면 20세기는 '개발의 신화'가 지배하는 시대였다. 냉전체제는 정치·군사적 패권경쟁에만 머문 것이 아니라 더 근본적으로는 '근대화'와 '산업화'의 경쟁체제였는데 개발의 방식, 전략, 모델에 서로 차이가 있을 뿐 산업화를 통해 물질적 삶의 기반을 풍요롭게 한다는 목표면에서는 사회주의권과 서방세계 간에 별로 차이가 없었다. 문제는 세계 도처에서 자연을 파괴하고 인간 희생과 삶의 고통을 초래해온 서방의 '개발' 이데올로기에 맞선 사회주의권의 대응, 즉 자본주의가 자본주의적 생산관계를 청산하지 못하는 한 그 생산관계에 입각한 사회발전은 근본적으로 제국주의의 구조, 비인간화의 구조, 불평등과 착취의 구조를 벗어날 수 없다는 깨달음에서 출발한 사회주의적 발전모형의 대안이자 주장이 실패로 귀결되었다는 것인데, 그 결과를 놓고 도정일 교수는 계속해서 다음과 같이 말한다.

물론 이 실패는 사회주의적 이상 자체의 전면적 무효화를 의미하는 것도 아니고 현존 자본주의 문명에 어떤 형태의 질적 전환을 가져와야 한다는 인류사의 과제를 후퇴시키는 것도 아니다. 그러나 그 실패의 파급효과는 큰 것이다. 무엇보다도 그것은 자본주의적 사회발전 모형,

전략, 이데올로기의 유효성, 정당성, 유일성에 대한 믿음을 결정적으로 강화해주고 모든 대안적 상상력의 고갈을 가져오는 동시에 자본주의의 전지구화를 현실화하기에 이른다.

_ 도정일, 「문명의 야만성과 세계화 비전」

그래서 시련이 왔더라도 역사가 반전되었다는 판단은 아직 빠른 것이다. 아직도 우리는, "레닌은 목숨을 걸고 인민의 삶을 행복하게 만들려는 세력의 대표였고, 로마노프 왕가는 절대다수인 인민을 억압하면서 비인간적 삶을 강요하는 지배계급의 최상층부였다고 말할 수밖에 없을"(김종철, 「혁명이 사라진 시대의 문화」) 것이기 때문이다. 그러나 어쨌건 이러한 세계사적 흐름이 우리의 응집된 정서를 일단은 깨뜨려놓은 것이 사실이다.

또 하나는 국내 정치상황의 변화를 들 수 있다. 변화의 핵심사안 중 하나인 문민정부의 출현에 대해서만 언급해두기로 하자. 이미 졸고 「지역문학운동의 90년대적 전개를 위하여」에서도 말한 바 있지만, 한국 민주세력에 있어 김영삼 정부의 출현만큼 혼란스러운 것은 없었다. 그것은 어떤 측면에서 보면 틀림없이 역사발전의 한 반영이다. 1988년 총선에서 제1야당의 지위를 놓친 김영삼 그룹이 민정당과 합세하여 3당야합을 이루었을 때 많은 사람들은 그의 집권 가능성을 그리 높게 보지 않았다. 한반도에서 반세기 가까이 분단을 유지시키고 관리해온 거대한 냉전 수구세력을 결코 과소평가할 수 없었기 때문에 아마도 대개는 그를 비관하여, 그는 이용만 당할 것이며 끝내 좌절할 것이라고 생각했던 것이다. 그러나 뜻밖에도 아슬아슬한 곡예와 같은 경쟁에서 참담한 패배를 하여 훗날 추풍낙엽의 길을 걷게 되는 것은 그가 아니라 그의 무시무시한 경쟁자들이었다. 군부를 비롯한 분단관리 세력들이 1980년대를 통해 이미 성장할 대로 성장한 민중의 힘에 밀렸던 것이다. 한마디로 한국 민중은 그들의 집권욕을 받아주지 않았으며 그들은 끝내 권력의 2선으로 퇴진할 수밖에 없게 되었다. 이것이 김영삼 정부의 집권 드라마이다.

이 때문에 김영삼 정부는 들어서자마자 문민정부라는 언술을 앞세워 일부 절차적 민주주의를 제도화시킬 개혁의 기회를 얻을 수 있었다. 기득권을 놓지 않고 싶었지만 그대로 버티기에는 역부족인 분단세력과, 혁명적일 수는 없지만 자신의 주권을 군사폭력에 빼앗길 수준은 넘어선 국민의 힘이 서로 충돌하여 발생된 역사적 여백을 그는 개혁이라는 명분을 앞세워 차지하려고 서두르게 되었던 것이다. 그래서 한국의 역사 안에 민간의 힘이 다소 활발해질 수 있는 공간이 생겨난 것이다. 이를테면 이것이, 군부독재의 후퇴로 지배세력도 물리력을 앞세우기보다 언론재벌 등 여론을 장악하는 방식을 취하게 되고 이에 따라 민주세력의 저항도 육탄전의 시대에서 말싸움의 시대, 힘의 시대에서 지성의 시대로 변화하게 된 원인인 것이다.

그러나 역설적이게도 바로 그 때문에 지난 시대에 비해 상대적으로 좋아진 이 시대를 민주세력은 평화롭게 생각할 수 없었다. 여기에는 명백히 다른 한 측면, '민주세력이 실패한 결과'에 따른 절망이 있었기 때문이다. 민주세력 안에서 군부와의 야합을 통해 선거에서 다수표를 차지한 김영삼 정부는 많은 변절자들을 권력의 사람으로 징발해 갔다. 그리고 그 변절자들의 이벤트에 가까운 개혁 공세는 민주세력을 대단한 혼란에 빠뜨렸다. 국민들 눈에 얼핏 개혁세력에 대해 반감을 가지고 있는 민주세력이 차후 개혁에 걸림돌이 되는 듯한 천덕꾸러기로 보여질 수도 있게 되었기 때문이다. 그것이 개혁에 대한 반감이 아니라 변절에 대한 반감이라는 것을 이미 도덕적으로 훼손당한 입장에서 어떻게 내보일 수 있다는 말인가? 이리하여 한국에는 매우 독특한 국면이 창출되었다. 본질적으로는 엄연히 정의(민중)가 불의(군부)를 이겼음에도 불구하고 현상적으로는 불의(변절자)가 정의(양심세력)를 지배하는 역설이 생겨난 것이다. 이 역설은 양심적인 민주인사들에게 상당한 상처를 입혔다. 이것이 한편으로 역사적 허무주의를 확산시키고 내부 결집력에 타격을 주었던 것은 사실이다.

그리고 또 하나 거론해야 할 것은 한국사회의 괄목할 만한 경제적 변모에 대한 것으로서 '산업사회의 지속적 심화'이다. 여기에 대해서는 아직 단정지어 말할 수준이 못 되므로 기회를 미루기로 하자. 다만 우리보다 발달한 산업사회들은 '수열집단적 성격' 역시 우리보다 더 강하며 우리도 산업사회의 심화와 더불어 수열집단화도 심화되고 있는 것이 사실이다.

객관적인 조건들 말고 주관적인 요소들도 있을 것이다. 어쩌면 오늘 재야의 사회단체들이 자기존속을 어렵게 하는 큰 이유는 객관적인 조건들보다도 주관적인 요소들에 더 많이 들어 있는 것인지도 모른다. 이 주관적 요소의 핵심은 사회양심집단의 자질 저하에 있다. 이 역시 크게 한 세 가지 정도로 이야기될 수 있을 것이다.

첫째는 인문주의적 가치관의 결여이다. 지난 시기의 사회운동에 대해 좌절하는 분위기가 번져나가고 역사적 허무주의가 기세를 올리면서 오늘날 우리 사회에서 가장 간절히 요구되는 것은 사회양심집단의 지성의 회복이다. 예를 들면, 작년 여름 김영삼 정부의 개혁 바람이 한창 기세를 올리던 때에 다른 한편으로 신공안정국이라는 조어를 만들어낼 만큼 냉전 수구세력의 야만적인 도발이 있었다. 한 대학총장은 주사파 척결이라는 선동적인 파동을 불러일으키고, 또 한 월간지는 사단법인화된 단체인 '민예총'을 이적단체로 모함했으며, 연속적으로 황석영, 조정래, 고 김남주 시인에 대해서 심각한 명예훼손을 저질렀다. 그 때문에 청년위에서는 앞서 말한 '94 여름 시사간담회'를 개최했는데 그 자리에서 꽤 목청 높게 제기된 의견이, 해당 월간지를 낸 언론사에 점거농성을 감행하자는 것이었다. 언론사는 본질이 어떻든 민간집단이며, 냉전수구세력이 준동하는 사회분위기로 보아 얼마든지 반공우익단체들이 기습할 수도 있고 그러할 경우 가장 곤혹스러운 것이 민간 대 민간의 좌우대립인바 언론이 이미 국민을 향해 좌도 나쁘고 우도 나쁘다고 양비론을 펼 상황이면 우리는 망신만 당하고 마는 거라고. 지난 시기 우리 사회운동의 교훈을 생각해보자고 아무리 이야기해도 분위기가 바뀌지 않았다. 정말 어떻게 결론이 날지 몰라 다수결에 맡길 수 없는 상황이 된 것이다. 불행하게도 청년위는 가끔 이런 염려스러운 분위기에 휩싸이고는 한다. 그럼 우리는 어떻게 해서 이렇게 지성을 잊어왔는가? 이 역시 여러 이유를 들 수 있겠지만 가장 간단하게 말한다면, 나는 운동이 대중화되면서 자기를 설명할 필요가 없어지자 지성을 탈각해가기 시작했다고 생각한다. 언젠가 실천적 지성이 가시면류관을 쓰고 있었던 때가 있었다. 군사정부가 들어서고 유신시대를 거쳐 광주민중항쟁에 이르기까지 권력은 군인들의 것이었고 세상은 폭력이 지배했다. 그때, 앎은 고통이고 깨어 있음은 유죄였다. 그래서 많은 이들이 이 고통과 유죄의 길을 회피했다. 여기에 당대 역사를 책임감 있게 사는 이들의 외로움이 있었다. 그들은 언제나 사람들의 양심을 향해 자기의 외로움을 설명해 들어갔다. 그럴 때 그 저항적인 자기존재의 이유로서 설명되어지던 내용이 인문주의적 가치관이다.

사회양심집단의 자기존속을 해치는 또 하나의 문제는 책임감의 부재이다. 지난날에 설립된 한국사회운동 단체의 가장 큰 특징은 그것들이 군사독재와의 관계 속에서 자기정체성을 가져왔다는 점이다. 군사정부는 국가보안법이라는 강압적인 폭력기제를 앞세워 체포, 구금, 고문, 조작 따위를 일상화시켰다. 그런 일상화는 투쟁의 익명성 또한 일상화시켰다. 사회민주화운동에 관심을 가지고 사는 한, 일기를 쓴다면 그 일기도, 편지를 쓴다면 그 편지도 다 정치적 피해의 대상이 될 수 있는 것이었기 때문에 대단히 높은 책임감이 요구되는 자리에서도 '익명'을 요구하고 또 보장해주는 것이 관례화되어왔다. 그 길고 긴 관례화 뒤에서는 다시 상당한 정도의 무책임성이 자라오기도 했다.

셋째는 자기가 잘 모르는 것들에 대한 오만이다. 사회운동을 고민하지 않는 집단들 속에서는 일반적으로 연륜과 사회적 기득권을 기준으로 한, 수준은 낮을지언정 비교적 잣대는 분명한 자연적 기준을 가지고 있다. 그러나 양심세력은 많은 것들에 대한 폭로와 실망과 역정을 경험해왔다. 그래서인지 늘 선자의식을 지녀왔고 또 당연한 결과로서 모르는 것들 앞에서 오만하고, 더욱 중요하게는 스스로가 거의 절대적 명제로 생각하는 발등의 불이 아닌 것들에 대한 배려가 많지 않았다. 대학시험을 앞둔 고3 입시생이 어쩌면 그보다 훨씬 중요한 초등학교 1학년짜리가 공부하는 것을 전혀 하찮게 생각하는 것 같은, 이렇게 된 원인 중의 하나로 간과할 수 없는 것은 신념의 기초에 놓인 주관철학의 영향도 있을 것이다. 타자(他者)를 타자로 놓아두지 못하고 끝없이 동일자(同一者)해가려는 욕망을 가진 사회운동의 자기 본성에 의해서 이것은 점점 체질화되었다. 노선상의 갈등과 정치적 분열로 인해서 두 차례의 선거를 치르면서 민족문학 진영에도 이러한 것들은 그대로 반영되었다. 그리고 바로 이런 강압적인 분위기가 학술비평 활동에까지 침습해 들어와 더 이상 민주적 토론문화가 위협받는 상황이 되었을 때 나온 글이 백낙청의 「강압의 시대에서 지혜의 시대에로」였다.

그러나 바로 이 같은 현상을 거의 필수적인 것으로 보는 이들이 있다. 앞에서 말한 융합집단과 수열집단의 문제를 언급한 글에서 김우창은 융합집단이 갖는 가장 큰 문제점으로서 다음과 같은 점들을 지적한다.

> 이렇게 융합된 집단은 높은 혁명적 열정의 지배 아래 있기 때문에 사람과 사람은 사사롭고 추상적인 이해에 의하여 서로 차단되지 아니한다.
>
> 그러나 이러한 집단의 문제는 한편으로는, 사람의 삶이 늘 위기와 투쟁 속에 존재하는 것이 아닌 한, 불가피하게 억압적으로 느껴지기 마련인 단순화를 수반하기 마련이라는 점이다. 사람의 삶은 어떤 단일한 목적이나 계획 속에 포용하기에는 너무나 다양한 것이다.
>
> _ 김우창, 「국제공항」

바로 이러한 우려 때문에 강한 융합집단적 지향에 회의를 갖는다는 것이 자유주의적 지성의 한 조언인 셈이다.

그러나 우리로서는 수열집단화 되는 것을 그냥 방치해서는 안 될 것이다. 응집력에 대한 일방적인 해체로 치닫다 보면 민족문학을 둘러싼 진보적인 문단은 금방 인간의 질서가 존중되지 않는 '자연의 상태'(?)가 되어버릴 것이기 때문이다.

3. 변화가 작가회의에 미치는 영향

지금까지 이야기한 변화들이 작가회의에 미치는 영향들은 다양하다. 우선 그것은 작가회의에 대한 다양한 불만들을 표시하는 것으로 나타난다. 지금에 와서 아마 이의 없이 작가회의가 그냥 지금의 상태를 유지시켜가기만 해도 되리라고 보는 사람은 많지 않을 것이다. 회원들 속에서는, 작가 집단이 자기발언을 할 수 있는 기관지가 없다, 지역 회원들이 소외되고 있다, 불필요하게 숫자가 많아졌다, 조직이 개인들에게 해주는 것이 없다 등 쉼 없는 불평들이 터져 나온다. 그리고 이것들은 직간접적으로 조직적 변화를 촉구하는 것으로 나타난다. 입장은 크게 네 가지 정도로 정리해볼 수 있을 것이다.

가장 먼저 언급되어야 할 하나의 입장은 조직 자체에 대한 회의와 냉소이다. 이런 경향이야말로 1990년대적인 것이라 볼 수 있는 것인데, 가령 민족문학 진영 안에서 발생되는 이 같은 회의와 냉소가 작가회의를 향해 1980년대에는 좌편향적으로 존재했다면 1990년대에는 우편향적으로 존재한다. 그러나 그것이 왼쪽에서 나왔든 오른쪽에서 나왔든 그것 자체는 대단히 바람직하지 못한 것이다. 가장 큰 잘못은 무책임성에 있다. 그러한 견해는 흔히 조직의 성격이랄까 하는 본질적인 문제가 아니라 조직이 무슨 일을 하거나 못하는, 현재 작가회의가 가지고 있는 어떤 실무적 한계를 냉소의 대상으로 삼는다. 한 사람의 작가로서 당대의 작가들이 응당 감내할 사회적 몫을 자신은 비켜서서 바라보고 또 그것의 한계를 지적하고 하는 일은 얼핏 보기에 상당히 합리성을 가진 것처럼 보일 수 있으나 사실은 매우 수준 낮은 것이다. 어느 집단에서건 개체는 집단의 일부가 되는 순간 반드시 그 집단을 위해 당번처럼 헌신을 해야 할 때가 있는 법이다. 바로 자신이 당번을 서야 할 시간에 자리를 비움으로써 공백이 생기고 그래서 다소 긴장과 탄력을 잃게 된 집단을 내부에서 비판함으로 인해, 사람들로 하여금 마치 자기의 이름과 작가회의라고 하는 '작은 사회'의 이름을 같은 비중으로 놔두고 저울질하게 만드는 것, 이는 결코 '지성'이 취할 모습이 아니다.

이런 몰지각과 다른 차원에서, 작가회의에 대한 매우 독특한 입장의 하나로서 '해체론'이 있다. 여기서 해체의 필요성은 두 가지쯤으로 이야기된다. 하나는 조직운동적 상황의 종료라는 현실인식의 문제와 관련되어서이고, 또 하나는 작가조직이 우리 사회에서 할 수 있는 기능과 역할이 변질될 수 있다는 우려와 관련되어서이다. 이런 생각을 가지고 있는 회원들은 다음과 같이 말한다. 지금 시기는 분명히 국가가 강압적인 통치를 하는 시기가 아니다. 이런 시기에 작가가 할 일은 작품을 쓰는 것이지 권력의 거의 절대적인 폭력에 맞선 상황에서 시위나 농성을 하던 때처럼 단체행동을 해야 할 이유 또한 없다. 따라서 갑오농민전쟁 때 일단의 상황이 종료하고 농번기가 되자 농민군을 귀농시켰듯이 작가들도 집필실로 돌아가도록 해야 된다는 것이다. 그리고 또한 하나의 조직은 조직 아닌 것을 향해 어쩔 수 없는 배타성을 갖기 때문에 역사적 필연이 없는 형태로 작가집단이 존속된다면 종국에 가서는 이기적인 활동들을 하는 이익집단으로 변질될 수 있다는 주장도 있다. 바로 이 같은 견해는 그 순수성에도 불구하고 여론화에까지는 미치지 못하고 있다. 지금이 바로 작가들이 모여 집단적인 대응을 할 필요가 없는 때라고 하는 현실인식에 동의할 수 있는지도 문제이려니와 작가회의를 지나치게 무슨 정치적 기능을 위해서만 존재하는 것으로 이해되는 것도 문제라고 생각해서인지 여기에는 개별 성원들의 호응이 그리 높지 못한 것이다. 나는 이것이 작가회의의 역사성을 읽지 못하고 있다는 한계를 들어 여기에 반대하고 싶다. 작가회의는 올해로 21년의 전통을 이어왔다. 이 21년의 연륜 속에는 실로 많은 것들이 축적되어 있다. 그것을 계승하지 못하고 단절시켜도 되는가에 대한 판단이 선행되지 않는 어떤 변화도 나는 궁극적으로 그 변화가 가져다주는 새로운 얻음보다도 21년이라는 나이를 잃는 것이 더 크리라고 생각하는 것이다. 또한 그 역사성 못지않게 중요하게 생각해야 할 것 중의 하나가 작가들의 문화를 바람직하게 형성해가는 것도 중요한 문학적 삶의 일부라는 것을 이해해야 한다는 점이다.

방금 이야기한 두 가지가 작가회의에 대한 기대가 별로 많지 않은 소극적인 견해라면 꽤 적극적인 입장들도 있다. 그러한 입장의 하나가 작가회의를 소수정예화해야 한다는 점이다. 내 생각에 한국의 재야운동을 통해 출현한 모든 대중조직 중에 작가회의만큼 회원에 대한 질적 제고의 문제를 크게 배려해온 데는 없을 것이다. 작가회의는 민주적인 작가들의 대중조직으로서 문단에 데뷔한 자들에게 입회의 자격을 주되 입회 시에 그것을 또 심사까지 하는 3인의 전형위원들을 두고 있다. 그러고서도 1995년 3월 25일자로 회원으로서의 확인이 불가능하거나 한때 동참했더라도 이제 굳이 회원으로서 활동하고 싶지 않은 대상자 총 76명을 제명하기까지 했다. 그럼에도 실속 있는 소수로 정예화되어야 한다는 주장이 나오는 것은 민족문학 진영이 갈수록 위엄을 잃고 있다는 느낌들 때문일 것이다. 대개 이런 느낌들을 이야기하는 회원들은 초기 자유실천문인협의회 시절의 위엄에 대한 추억과 그리움들을 가지고 있다. 그들의 주장의 핵심은 작가회의라는 조직은 본질적으로 반민주세력과의 투쟁을 위해서 생겨난 조직이요 투쟁을 통해서 강화되고 발전을 이루어온 조직이기 때문에 그런 역할을 못하면 자동적으로 약해질 수밖에 없다는 것이다. 그러나 작가회의가 대중화되는 것을 회의하는 것은 매우 일면적인 생각인지 모른다. 왜냐하면 성원의 양적 확장 자체가 이미 성장의 결과로서 이루어진 것이기 때문이다.

민족문학의 위엄을 지킬 만한 소양이 없는 회원들을 대폭 줄이고 보다 질 높은 조직 수준을 유지하자는 다소 과격한 주장에 대비해 다수는 역시 꽤 온건한 주장을 펼친다. 그것은 지금의 상태를 유지하면서 활성화 방안을 찾자는 것이다. 아마 그럴 수만 있다면 그렇게 하는 것이 가장 바람직스러운 일일 것이다. 1974년 11월 18일 자유실천문인협의회를 창립하면서 발표된 문건의 이름은 '문학인 101인 선언'이었다. 그로부터 11년 후인 1985년 8월 1일에 '창작과 표현의 자유에 대한 문학인 401인 선언'이 있었고, 작년 20주년 행사 때 조직성원이 약 720명이었다. 그러니까 작가회의는 20년의 연륜을 이어오면서 일곱 배의 양적 성장을 이뤄온 것이다. 그러나 그것이 실속없이 덩치만 커진 꼴이어서 우리 사회에서 작가회의가 맡아야 할 역할도 못하고, 또 회원들 간의 만남의 분위기도 문학적 보탬이 안 되는 실망적인 것이어서 갈수록 진지한 회원들의 기피현상이 일어나고 있다고 해서 조직틀을 축소시키고 회원을 소수정예화한다면 자칫 문단 전체에 대해 하나의 파벌로만 기능할 우려도 없지 않을 것이다. 그래서 자연스럽게 커지는 대로 성장 발전하되 대외공신력도 높이고 회비만으로는 자기존속이 어려운 난국도 풀어갈 겸 하나의 사회단체로서 여러 지원을 받을 수 있는 형태로 조직틀을 키워가자는 것이 바로 이 입장이다. 그래서 반복 제안되는 것이 사단법인화 문제이다. 그러나 이 역시 가벼운 변화는 아니다. 김영삼 정부가 들어서고 재야의 일부가 권력 속으로 이동해가면서 이것이 최초로 제기될 때는 거기에 명백히 '재야 포기'의 내용이 담겨 있었기 때문에 지금에 와서 다른 차원에서 제기되더라도 이는 분명히 논쟁을 통과해야만 된다. 그렇지 않으면 정서적으로 받아들이지 못하는 일부 회원(이 일부는 재야 작가조직이라는 위상 자체에 대한 애정이 강한 일부이므로 소홀히 취급해서는 안 될 것이다)을 잃게 될 것이다. 뿐만 아니라 시대 변화에 따른 내부의 어려움을 외부의 지원이라고 하는 '밖의 힘'으로 치유하려는 격이기도 하므로 우리 스스로도 국민의 세금을 쓸 만큼 성숙해 있는지 돌아보아야 한다.

　　방금 이야기된 내용들이 현재 우리 작가회의가 안고 있는 고민들의 수준이다. 그러나 이런 고민들만 따라가다 보면 자칫 문제의 초점을 놓치고 만다. 그 때문에 굳이 융합집단과 수열집단이라는 용어를 썼지만 잉크 한 방울이 물에 떨어져서 해체되어가듯이 나는 새로운 시간과 삶의 형태들이 어떤 식으로든지 자꾸만 우리를 해산시켜가리라고 생각한다. 그러나 그렇다고 해산되어야 옳은가? 여기서 생각할 문제가 우리의 존재적 숙명에 대한 확인이다. 우리는 누가 뭐라고 말해도 탈냉전시대에마저 분단의 고통을 벗어나지 못하고 있는 마지막 냉전지대의 작가일 터이다. 따라서 나는 민족문학 진영의 조직은 그 형태가 어떻게 되든 반드시 이 같은 시간적 · 공간적 숙명을 받아들인 것이어야 한다고 생각한다. 당연한 논리로 작가 개인도 또 조직도 그리고 그것을 타산해보고자 하는 이 글도 이 숙명에 대한 점검을 필수적으로 해야 옳다.

　　그런 의미에서 우리가 주요하게 포착할 것은 민족문학 내부의 구심력에 대한 것이다. 모든 어려움에 대한 근원이 사실은 민족문학 내부의 구심력이 되는 지도력의 약화 혹은 지도력의 부재에 있다고 보아야 할 것이기 때문이다. 나는 민족문학에 대한 강력한 1990년대적 지도력이 확보되기 위해서 가장 긴급하게 제기되는 것은 다음 두 가지에 대한 해명이라고 생각한다. 하나는 '조국근대화'로부터 '선진조국' 건설을 관통하는 속도숭배와 물량 위주의 철학, 그리고 그로 인한 살벌한 인간관계와 심각한 자연파괴들을 통해 숨 돌릴 틈도 없이 시간적 · 정신적으로 해체되어가는 이러한 현대의 한국적 구성에 대해서 어떻게 저항할 것인가의 문제이다. 바로 이 문제를 제기한 송두율 교수는 그 대안적 담론으로서 민중을 이야기한다.

급속한 산업화 과정을 겪으면서 농경적인 전통사회가 길러온 공동체적 삶의 양식이 해체되는 것에 저항하는 사상은 현재 '민중'이라는 개념으로 나타나고 있다. 그러나 '나'보다 '우리'의 삶을 지킨다는 저항은 '우리'라는 이름 밑에 '나'를 강제적으로 해체시키는 파시즘적 발상과는 우선 구별되어야 한다. (……) 현대 속에서 원자화되고 '분절(分節)된 개인의 부정과 집단주의적 재구성이 파시즘적인 발상과도 거리가 멀지 않기 때문에 '민중' 속에서 '나'의 극복이 '나'의 파괴로만 나타나지 않고 '민중' 속에서 '나'가 승화되어 '나' 없는 '우리'도, '우리' 없는 '나'도 없는 그러한 '민중'을 창출해야 하는 과제를 우리는 안고 있다.

_ 송두율, 「속도에 대한 단상」

또 하나는 민족문학의 1990년대적 시효성에 대한 것이다. 바로 이 점을 백낙청의 「지구시대의 민족문학」은 다시 한 번 확인한다.

다른 한편, 민족문학의 개념은 "어디까지나 그 개념에 내실을 부여하는 역사의 상황이 존재하는 한에서 의의 있는 개념이고, 상황이 변하는 경우 그것은 부정되거나 한층 차원 높은 개념 속에 흡수될 운명에 놓여 있는 것이다"라고 명시한 점은 지금도 되풀이함직하다고 본다. 그리고 바로 그런 역사적 성격에 유의할수록 민족문학 개념의 유효성이 재확인된다. 아직도 민족분단이 미해결의 과제로 남았다는 점에서 그렇고, 분단체제가 외세의 부당한 개입을 요구하고 허용하는 비자주적 체제라는 점에서도 그렇다.

_ 백낙청, 「지구시대의 민족문학」

거짓 민족주의와 참다운 민족주의, 공격적 민족주의와 방어적 민족주의가 지적되면서 그것이 자칫 질곡으로 작용할 수도 있다는 우려와 경계가 제기되는 새로운 현실 앞에서 그러한 문제의식이 올바르게 반영된 형태의 민족문학이 어떠한 것인지에 대한 확신, 그리고 그에 대한 모범으로서 던져진 작품들을 설득력 있게 분별하고 검증하는 굳건한 비평정신과 실례들이 확보되지 않고 민족문학 진영의 응집력이 다시 생겨난다는 것은 거의 불가능할 것이다. 그래서 어쩌면 오늘날 민족문학 진영과 작가회의를 지탱하는 지도력의 크기는 1990년대에 들어서 개진된 '민족문학론'의 양질과 비례된다고 보아도 무방할지 모른다.

4. 글을 맺으면서

작가회의의 어려움에 대해서 많이 이야기했지만, 그러나 사실은 작가회의가 무너진다고 해서 작가들이 그냥 대책 없이 흩어지지는 않을 것이다. 그것은 닫힌 사회에서 문학을 하는 외로움을 모르고서 하는 말이다. 이념의 장벽, 지역감정의 장벽, 빈부의 장벽, 세대 간의 장벽……, 이런 숨 막히는 단절들이 존재하는 사회에서 작가들은 하나의 조직을 잃으면 결국 어떤 식으로든지 또 다른 형태의 문인조직을 구상하지 않을 수 없다. 그래서 하는 말이지만, 새로 생긴 조직은 기존 작가회의에 있는 관성의 힘이 거세된 것이기 때문에 많은 난관들에 부딪힐 것이다. 나는 이를 대단히 소모적인 것이라고 본다. 그렇다면 어떻게 해야 좋다는 것인가? 이제 내가 생각하는 상에 대해서 말해 보겠다.

미리 말하자면, 나는 작가회의가 '지금의 상태'를 유지하면서 민주적인 문인대중 조직으로서의 활성화를 찾았으면 하는 쪽이다. 그러나 1990년대에 맞는 과감한 체질개선은 있어야 하리라고 본다. 작가회의가 1974년의 자유실천문인협의회에서 1984년의 자유실천문인협의회(이름은 같지만 사회운동에 적극적인 소장파 중심의 체제)로 재창립되고 또 1987년의 민족문학작가회의로 개편될 때보다 지금은 훨씬 큰 내외적 상황 변화를 겪고 있는 것이다. 나는 두 번의 재창립이 기존의 조직에 대한 계승과 혁신이 비교적 잘된, 매우 유연한 것이었으며 또 새로이 조성된 변화의 시간들에도 맞는 것이었다고 생각한다. 채광석 시인이 앞장선 1984년의 재창립은 한없이 격렬하고 가파른 격동의 시간 속을 헤쳐가기 위해 건강하고 씩씩한 젊은 지성들이 일선에 포진하는 변모였으며, 1987년의 재창립은 6월항쟁이 있은 뒤 권력과 민중 간의 힘의 대결이 한층 누그러진 상황에서 조직의 대중화에 부응하면서 집행부가 다시 원로화되는 변모였다. 나는 이로써 작가회의가 그 경로야 어쨌든 1970년대에는 당대 민주화투쟁과 시대정신의 발원지로서의 성격에 맞는 형태를 지켜왔고, 온 시대가 강한 힘의 저항에 휩싸여 있어야 했던 1980년대에는 또 그에 따른 조직형태를 지켜왔다고 생각한다. 그리고 또 '강압의 시대에서 지혜의 시대로', 힘의 시대에서 말의 시대로, 군부세력과 갈등하는 시대에서 언론재벌과 갈등하는 시대로 이동해온 1990년대에는 역시 이에 맞는 형태의 개편이 있어야 하리라고 보는 것이다.

그랬을 때 작가회의가 항시 염두에 두고 지향해가야 할 것은 문인협회의 대안이 되는 것이 아닐까? 지난 시대의 문인협회는 너무도 많은 정치적 타락을 보였다. 조금 다른 차원의 문제이기도 하지만, 나는 작가회의의 앞날에 더 이상 권력과 맞선 비장한 투쟁의 상황이 창출되지는 않을 것이라고 본다. 아니 분단극복의 과정에서 작가집단과 국가권력 간에 발생될 수 있는 심각한 대립이 생기더라도 적어도 그것은 전면적으로 작가회의를 앞세워서 개진되지는 않으리라고 본다. 유럽처럼 젊은 작가 49인 그룹 하는 식으로든 아니면 개별 작가의 정치적 참여를 통해서건 작가들이 지금보다 더 강도 높게 정치활동을 하는 것은 매우 바람직하리라고 보지만 그렇더라도 반드시 이 시대의 문인대중을 한 그릇에 담는 매우 포괄적이고 유연한 조직 하나는 건재해야 한다. 그러한 건재는 내년과 같은 '문학의 해'에 문단의 대표성을 띠게 되고 여타 종교단체들보다 더 앞장서서 남북작가회담을 준비하는 등의 일을 하게 될 것이다. 특히 통일운동과 관련해서는, 예전의 작가회담이 국가보안법이 금기시켜놓은 한계를 깨뜨리기 위한 범법투쟁이었다면 이제는 명실상부하게 남과 북의 작가들이 만나 통일은 정치적 '사건'이 아니라 하나의 기나긴 문화적 '과정'이라는 관점에서 문학을 비롯하여 민족의 삶 전반에 대해 토의해가는 합법활동의 길을 모색하는 것이 좋으리라고 생각한다.

그리고 이를 위해 사단법인화도 되는 것이 더 좋다. 그간 사단법인화 논의는 주로 경제적 지원을 받는 것이 필요하다(긍정)는 주장과 정권의 볼모가 된다(부정)는 고려에서만 진행되어왔는데, 이는 사실 조직운용에 묘를 기하는 기술적인 문제가 아니라 작가회의의 근본적 지향을 결정하는 노선의 문제로 이해될 사안인 것이다. 어떤 의미에서 이는 문학에 대한 민간적 대안으로서 참여문학으로부터 민족문학, 민중문학으로 성장해오면서 쌓인 건강한 문학조류에 대한 국민적 설득력을 높이는 형태의 1990년대적 재탄생의 문제인 것이다.

그랬을 때 제기될 수 있는 하나의 문제는 작가회의가 1980년대에 해오던 강력한 대정부 문인운동체로서의 역할에 대한 의문일 것이다. 다시 말하지만 나는 그를 위해 강도 높은 활동력을 가진 소그룹들이 생겨야지 작가회의 자체가 그렇게 가려고 해서는 무리라고 본다. 그 소그룹이 작가회의 내부에 생기는 것도 괜찮을지에 대해서는 자신 없지만, 하여튼 나는 작가회의와 같은 문인대중조직이 지난 시기의 대통령 선거 때 보여준 바와 같은 강한 정치적 동일성을 회원 상호에게 기대하는 것은 그리 바람직스럽지 못한 것이며 무엇보다도 불가능한 일이라고 생각하는 것이다. 회원 서로는 민주성을 유지하고 우리 민족의 정신적 실체를 담보하고자 하는 작가모임이라는 최소강령으로 만나는 것이 좋겠다는 생각인 것이다. 그러면 이제 결국 일상적으로는 어떤 활동을 하여 작가들의 문학적 삶에 필요한 조직으로서 발돋움할 것인가의 문제가 남는다. 나는 그러한 형식으로서 '베트남을 이해하려는 젊은 작가들의 모임'을 들 수 있을 것 같다. 이 모임은 작가 김남일 씨를 중심으로 회원 상호 간의 친선도가 높은 작가들이 모여 베트남에 대한 초보적인 공부와 토의 따위를 하는데 부담이 적고 관심의 정도에 따라 얻을 수 있는 것이 많아서인지 꽤 인기 있는 소모임이 되고 있다. 작가라고 하는 삶의 형식에 부합되는 새로운 소모임의 하나라고 생각한다.

문학적 저항의 새로운 기원

─이천년대의 지역 문학운동을 위하여

1.

우리는 더 이상 미래를 예언하지 않는다. 장차 도달해야 할 어떤 규정된 지점을 소유하지 않기 때문이다. 아무리 뛰어난 혜안도 예정된 미래를 확보하지는 못한다는 데 이즈막의 우리는 동의하고 있다. 아직도 꽤 많은 이들이 '이미 지나쳐버린 지평선'을 가리키면서 '소멸된 미래'를 꿈꾸고 현실을 불평하지만 '과거의 미래'가 '오늘의 미래'와 동일한 것은 아니다. 그것을 깨달은 것도 역시 문학운동의 어려움을 통해 얻어낸 소중한 합의의 하나라고 볼 수 있을 것이다.

그렇다면 유토피아는 완료형으로 대기해 있는 것이라기보다 우리가 꿈꿀 때만 자라는 생물 같은 것이라고 말해도 되리라. 그리고 오늘, 그 꿈꾸기의 어려움은 우리가 여전히 '과거는 끝나고 미래는 아직 시작되지 않은' 전환기의 모호한 경계에 서 있기 때문에 빚어지는 것이다.

지난날, 격랑의 세월을 헤쳐오면서 우리는 언제나 미래를 보면서 지평선을 이야기했다. 식민지 체험을 겪은 이래 숱한 탄압과 박해를 견딜때, 그 너머에는 언제나 지평선이 있었다. 민족의 독립, 혹은 민주주의의실현, 혹은 민중이 주인 되는 세상 따위의 목표점이 있어서 작가들의 헌신은 주로 그곳을 향해 퍼부어졌던 것이다.

그러나 1999년의 한국문학은 그런 것을 가지고 있지 않다. 강압과혼돈의 시기를 벗어나는 동안 이미 여러 개의 지평선을 통과해버린 것이다. '현실'은 끝없이 발생되고 소멸한다. 그 끝없는 명멸 속에서 어떤 것은실현되었고, 어떤 것은 의미를 잃었으며, 또 어떤 것은 실종되었다. 그리하여 어느 순간 지평선을 놓쳐버린 무력감의 표현이 소위 '전환기'라는 용어를 선포하게 했다. 이것은 오늘의 문학적 항해를 매우 불확실한 것으로만들고 있다.

오늘날 목격되는 꽤 여러 가지의 소모전은 이 '지평선의 실종'에서파생되는 것이다. 한 예로, 그간 한국의 문학운동은 크게 보아 사대적이거나 제국주의적인 것에 자신을 온통 내맡기는 주체상실의 퇴행을 극복하기위한 민족문학운동의 범주를 벗어나지 않는 것이었다. 그러나 지금은 이점에서도 곤혹스런 도전을 받는다. 국제질서에서 방어적이라는 의미의'민족주의 혐의'를 함께 뒤집어썼다는 사실만으로 신동엽이 박정희와 어떻게 다른지를 설명해달라는 주문을 받는 경우가 대표적인 예인 것이다.

이 같은 상황에서 소장 관념적 급진주의 논객들이 맛볼 낭패감은크다. 시대로부터 겸손을 강제당하는 것 같은 이 시련의 순간들을 피해 가지 않았다면 혈기를 잃는 대신에 얻었을 성숙 역시 작지 않았겠지만 불행하게도 대다수의 논객들은 '역사를 견디는 피곤함'을 인내하지 않았다.

그러나 그럼에도 불구하고 어떤 변화 속에서도 삶은 계속되고, 또삶이 계속되면 그만큼의 문학이 생성되기 마련이다. 최근 새로운 명맥을 만들어가는 지역 문예지들의 출현은 우리에게 바로 그 점을 가르쳐준다. 1990년대 문학환경의 변화 속에서 뚜렷한 성과는 없었지만 지역문단의 약진이 매우 각별해 보이는 것은 사실이다. 그것이 문학운동의 성과로서가 아니라 지자제의 도입으로써 얻어진 결과라고 굳이 폄하해도 상관없다. 중요한 것은 전라도에서 강원도까지 새로운 문인단체들(민족문학작가회의의 지부·지회가 대부분이지만)이 속속 들어서고, 연이어 지역적 매체들이 간행되고 있으며, 또한 해당 지역의 특성에 따라 각종의 행사들이 기획되고 있다는 점이다. 물론, 그에 대한 관심이 전국적이고 뜨거운 것은 아니다. 어떤 의미에서는 냉담하기까지 하다. 작금의 환경에서 전국적 관심망을 불러일으키는 어떤 토론회나 문예지의 특집에서도 아직 지역 문예운동의 새로운 흐름과 이후의 전망에 대해 성실한 비평을 제공한 적은 없다.

이 글은 그런 문제의식을 담아보려는 메모 형식의 제언이라 할 수 있다.

2.

1994년이었던 것으로 기억된다. 대전 지역의 문학동인 '새날'의 권유로 「지역문학활동의 90년대적 전개를 위하여」를 쓴 적이 있는데, 내가 아는 바로는 그것이 지역문학운동에 대한 이론적 집착으로는 마지막이었다. 인용해본다.

'삶의 문학'이 활동하던 무렵 한국에는 많은 문학 소모임들이 태동하고 있었다. 지역운동의 일환으로, 혹은 계급계층운동의 일환으로 그것들은 80년대를 통해 한때 민중문학의 한 전성기를 구가하였다. (……) 그들 중 일부는 하나같이 자신들의 실천이 세상을 빛내던 긍지로운 전통과 아름다운 추억들을 간직하고 있다. (……) 고향을 지키는 농민들처럼 이들은 지금 한적한 시골(?)에서 '민족문학의 지구적인 변화'를 견디고 있다.

(……) 이 거대한 변화의 시대에 지역에서, 그것도 크게 이름을 날리지 못한 문인들이 모여 할 수 있는 일은 무엇일까? 여기에 대해 쉽게 말할 수 있는 사람은 많지 않을 것이다. 어쩌면 그것은 지금 아무도 관심을 두고 싶어 하지 않는 문제일지도 모른다. 그러나 우리의 문학적 흐름 안에는 틀림없이 이들이 서야 할 자리가 있다. 지금 이들이 소외되고 있음에도 불구하고 한국의 민족문학은 얼마간 이들의 헌신적인 자원봉사에 빚을 지고 있는 것이 사실이기 때문이다.

가슴으로는 받아들이고 싶지 않지만 이 측은한 어조는 아직도 유효하다. 여기서 지역 문예운동의 곤혹과 딜레마를 쉽게 설명할 수는 없다. 무엇보다도 먼저 선행되어야 할 것은 지금의 변화가 어디에서 시작되었는가를 이해하는 일일 것이다.

1980년대의 문학운동은 삶의 현장에 근거를 두는 동인활동, 무크지를 앞세운 민중문화운동, 지역운동 등과 결합되어 있었다. 그것은 독재정부라고 하는 하나의 강력한 중심에 대한 비판적 기능을 하면서 지역문예의 전성시대를 가져왔다. 1990년대를 경과하며 그 힘이 약화된 데는 여러 가지 이유가 있겠지만 가장 먼저 들 것은 역시 시대적 환경의 변화라 할 것이다. 확실히, 문학적 상황의 변화는 문학보다 큰 세상의 변화로

인하여 강제되었다. 세상은 전혀 다른 방식으로 조직되고 있다. 시국의 변화, 혹은 시대의 변화가 아니라 문명의 변화라고까지 말하는 이유가 여기에 있다.

많은 지식인들은 지금 우리가 맞이하고 있는 이 변화를 '개미 시대의 종말'과 '거미 시대의 도래'로 설명한다. 이솝우화의 '개미와 베짱이'가 말해주듯이 개미는 부지런함, 근면성, 협동성, 조직성을 가진 존재로 현대 산업주의 시대까지의 모든 역사를 통틀어 우리들이 지향했던 가치관의 정점을 나타내왔다. 그런데 생산성 위주의 경제정책과 열심히 일하는 근로자를 높이 사는 '개미의 가치'가 오늘날 많은 도전을 받고 있다는 것이다. 이어령의 경우 「21세기 정보사회의 마인드」라는 글에서 그것을 매우 흥미 있는 비유를 들어 설명한다. 그의 논지는 두 가지이다.

하나는 인간의 근면한 노동가치만을 숭상하는 생산성의 신화가 언제나 선(善)인 것은 아니라는 것이다. 세린스가 쓴 『석기시대의 경제학』은 개미 같은 인간이 결코 미덕이 아니었던 시대도 있었음을 보여준다. 즉 수렵채집사회에서는 근면성의 가치가 지금과 달랐는데, 그 무렵 생태계에는 일정한 먹이의 틀이 있어서(즉 사슴이나 멧돼지의 한정된 수가 있어서) 만약에 부지런한 사람이 나타나서 혼자 거리를 독점하면 자원이 쉽게 고갈되기 때문에 그랬다는 것이다. 당연히 그 시대에는 게으른 사람이 집단에 공헌하는 사람으로 평가되었으므로 그 시절 사람들은 12시간 이상 잠을 잤다는 것이다. 그에 반해 산업사회의 인간들은 잠을 잃어버리게 되었다. 일 때문에, 스트레스 때문에, 혹은 TV를 시청하고 야간 유흥업소를 들락거리느라고 온갖 조명장치를 만들어간 끝에 밤낮의 구별도 없어지게 되었다. 이와 관련하여 근자의 지식인들이 『게으름에 대한 찬양』 같은 책에 주목하는 현상을 보이는 것은 충분히 음미해볼 만한 일이다. 문학에서도 '선시(禪詩)'라는 이름의 초월적 신비주의 현상이 일어나 한때를 풍미했는데, 그것이 바람직하다는 이야기는 물론 아니다. 다만 악착같이 일해서 보란 듯이 풍요를 누려보자는 원념이 변해 발전에 대한 숭배와 무제한적인 탐욕으로 비속한 진행을 거듭하는 것에 대한 반성이 있었으며, 그로 인해 기존 문명의 흐름에서 유(u)턴하려는 현상이 있었다는 것이다. 성수대교 참화, 삼풍백화점 참화 등에 이어 김대중 정부하에서도 씨랜드 어린이 참화, 인천 호프집 참화 등을 내포한 우리의 일천한 '개미 사회적 풍요'를 가장 뼈아프게 조롱해버린 문학적 성과가 윤재철의 시집 『생은 아름다울지라도』라고 해도 좋다고 본다.

> 아프니까 편하다
> 아무것도 안 보고
> 아무 생각도 안하고
> 휴일 식구들 놀러 가는 데도 빠져서
> 혼자 그냥 누워 있으니 참 편하다
>
> _ 윤재철, 「아프니까 편하다」 일부

만일 이 같은 절망이 전후복구 시대를 배경으로 해서 출현했다면 곳곳에서 혹평을 면치 못했을 터이나 1990년대 상황에서는 진정한 삶의 가치를 전면적으로 뒤집어 생각하지 않으면 안 된다는 절박한 각성을 주었다. 그만큼 창조적 전환이 우리에게 필요하다는 얘기가 아닐까 한다.

또 하나는 개미사회의 조직성이 사실은 매우 비효율적이라는 것이다. 개미사회는 여왕개미, 일개미, 군병개미 등 매우 질서 있게 조직화된 어떤 구조물을 만들어 생활하는데, 이어령은 이 개미식 조직화에 어떤 실험의 결과를 예시하여 문제를 제기한다. 실험인즉, 개미 하나하나에 번호를 붙여놓고 특수광선 효과로 비디오 추적을 해본 결과 놀랍게도 개미가 열심히 일한다는 것이 거짓으로 판명되었다는 것이다. 그렇게 바쁘게 왔다 갔다 일하는 것 같은 개미들 중에서 정말로 열심히 일하는 개미는 15퍼센트 정도에 불과하고, 나머지는 괜히 이리저리 휩쓸려 다니기만 했다는 것이다. 그런데 재미있는 것은, 열심히 일하는 개미만을 따로 모아놓았더니 그중에서도 15퍼센트만 일하고 나머지는 놀았으며, 또한 놀던 개미들의 조직에서도 일하는 개미가 15퍼센트 정도 생겼다는 것이다. 이어령은 이것을 조직의 생리상 '일하는 자'와 '조직에 얹혀 사는 자'가 있기 마련인 근대 관료조직의 특성으로 보면서 이를 모든 개개인이 살아서 움직이는 것이 아니라 하나의 집단적인 질서 혹은 관료주의적 리더가 이끄는 오늘날의 회사조직이나 군대조직 등에 비유하여 그 맹점을 지적한다. 결국 우리가 이제껏 개미로 표상되었던, 조직화된 산업주의적 패러다임에서는 볼 수 없었던 새로운 자극과 새로운 환경에 비추어 21세기의 가치 패러다임에 대응할 준비를 해가야 한다고 주장하는 것이다.

문명론자들은 이 개미사회의 마인드를 극복할 새로운 비유를 거미사회로 든다. 땅에 구멍을 파고 사는 개미의 시대가 가고 허공에다 집을 짓고 사는 거미의 시대가 온다는 것이다. 거미는 허공에 거미줄을 쳐놓고 벌레가 와서 잡히기를 기다렸다가 날쌔게 먹이를 채 가는데 정보사회가 바로 그런 원리로 구성된 사회이다. 허공에서 왔다 갔다 하는 전파를 잡는 도구인 안테나며 인터넷 따위를 설치해놓고 자기에게 필요한 먹이가 걸리면 취득하는 시대. 금세기가 가기 전에 10억의 인구가 인터넷 'ID'를 갖게 되는데, 그렇게 되면 10억의 인구가 하나의 '사이버 스페이스'라는 가상공간 속에서 한 식구가 되는 셈이다. 당연히 이제는 돈이 아니라 ID가 없으면 소외되는 세상이 된다. 그래서 세계는 이제 관료주의 국가가 점차 시민 국가로 바뀌어가고, 경제적으로 생산자 위주의 마케팅에서 소비자 구미의 마케팅으로 가치 패러다임의 변화가 온다는 것이다.

이 같은 변화는 포스트모더니즘으로 대변되는 '탈(脫)근대 논의'를 불러일으켰고, 그것은 한국과 같은 제3세계에서 진행되는 민중적 문학운동의 전선을 상실시켰으며 이후의 모색을 어렵게 했다. 옛날 지역 문학운동을 전개하던 때와는 이미 시대가 달라졌다는 푸념이 나오기 시작한 것은 여기서이다. 개미사회가 중시하는 것이 조직이라면 근대를 지탱시킨 가장 강력한 조직형태가 '민족을 단위로 한 국가'였던 셈인데 우리는 이 국가 내부의 민주주의가 확보되지 못한 데서 오는 어려움과 국가 간의 예속 상황에서 오는 질곡의 문제와 씨름해왔던 것이다.

그러나 이제 인류는 더 이상 국가와 민족 단위로만 움직이지는 않을 것이다. 물론 이것은 우리에게는 굴절되어서 나타날 수밖에 없다. 한반도처럼 민족을 단위로 한 근대국가의 성립에 실패한 사회에게 그것을 완성하려는 노력 없이(남북분단은 세계화로 나아가는 데 결정적인 장애가 되고 있다) 국가 간의 경계가 허물어진 형태의 삶이 어떻게 가능하다는 말인가? 휴전선이 있는 한 인터넷 안에서조차도 결코 전방위적으로 열려 있을 수 없다는 사실은 우리에게는 견딜 수 없는 난제일 수밖에 없다. 나는 지난날 문학운동을 외쳤던 민족문학 진영의 일부 딜레마가 여기에 있다고 본다. 과거에 비해 오늘의 상황이 더 복잡해 보이는 것은 지나쳐버린 지평선과 새로운 지평선이 이렇게 겹쳐 있기 때문이다.

하지만 어쨌든 국가라고 하는 강력한 칸막이 안에서의 질서를 뛰어넘으려고 하는 세계화의 경향들은 국가 안에서의 모든 천착을 몰각시켰다. 시야를 광범위하게 열어놓고 있는 터에 정보화에 한참 뒤져 있는 한국의 일개 지방에서 뭔가 희망의 근거가 만들어지리라는 꿈은 애초에 가질 턱이 없었던 것이다.

그러나 그것은 지나치게 성급한 비관이었던 것 같다. 1990년대의 핵심적인 흐름인 '탈(脫)근대' 논의, 혹은 그로부터 촉발된 '근대성' 논의의 결말은 대체로 타자에 대한 존중과 우리의 사고와 행동체계에 있어서 여러 개의 중심들을 상정하는 다원성의 추구로 낙착되었다고 할 수 있다. '많은 것들의 폭력 없는 통일'이라는 이러한 이상은 주로 이데올로기적인 측면에서 개진되었는데, 변화의 한 측면이 '세계화' 못지않게 '지방화'에 있었다는 것을 간과해온 것이 사실이다.

최근 조용한 약진을 거듭하고 있는 몇몇 지역의 문예지운동은 바로 그 간과된 페이지에서 비롯되는 것으로 보인다. 1980년대 중반기의 지역 문화운동이 '근대'라는 정치공간의 중심에 있어왔던 국가 또는 중앙정부의 타락에 대한 비판과 반성이라면, 지금의 지역 매체들은 네트워크화, 국가권력의 분산화에 의존되어 있는 측면이 크다.

이 같은 노력들의 배후에 지방자치제의 발달이 있음은 말할 필요도 없다. 지방자치단체들이 자기 지역의 삶의 향상을 위해서 지방 고유의 축제를 조직하고 광고까지 불사한다는 것은 주목할 현상이다(여기서 지방자치단체마저도 브랜드화되고자 몸부림치는 현상은 상징적인데, 이 역시 지역 문학운동에게 새로운 태도 정립을 요구하는 요소들이다). 하여튼 지역의 문학운동체들은 지방자치단체들과 친화적이거나 갈등하면서 하나의 문화적 공동체를 형성하여 고스란히 21세기의 질서 안으로 이월해갈 것이다. 그리고 그것은 중앙집권적 전통이 강한 한국사회에서 문학에서의 중앙집권적 현상에 대한 새로운 저항의 기원을 만들어갈지도 모른다. 그것은 과거의 군사독재와 전혀 다른 적과 만나 싸우는 형국이 될 것이다.

3.

지금 우리가 당면한 문학적 상황의 문제를 상업주의적 지배, 브랜드에 의한 지배로부터의 탈피에 두는 데에는 대개가 동의하는 것 같다. 상업주의야말로 분단 극복의 장애가 되고 소외된 삶을 좌절시키며 인류가 누려야 할 공동체적 유대감의 형성에 장애를 줄 것이다.

그러나 이 문제를 극복하는 것은 그렇게 간단한 문제는 아니다. 어쩌면 문학작품을 '브랜드화(化)'하는 지배체제는 현재형으로 완료되어 있는 것이 아니라 이제 정착되는 과정에 있는 것이며, 또 그러한 만큼 지금 논의되는 범주에서 대안이 만들어질 성격의 것이 아닌지 모른다.

여기서 우리가 잊지 말아야 할 것은 한 시대의 흐름을 주도하는 미적 기준이 언제나 지배자의 용모에서 나온다는 사실이다. 삶이 현실에 안주할 수 없게 되면 문학은 불가피하게 그 현실이 강제하는 지배자의 용모와 갈등하게 된다.

20세기적 라이프 스타일을 지배한 대량생산체제하에서의 삶이 예술적 지배력을 얻은 것은 1950, 1960년대에 이르러서였다. 그때 출현한 화가 앤디 워홀의 팝 아트가 새로운 제국주의 문화로 작용하는 것을 지적해왔지만 대다수의 개발도상국에서 팝 아트는 오히려 20세기 후반에 이르러 결정적인 삶의 형태로 정착되었다. 그리고 그것을 반성시키는 힘이 고스란히 대안이 되지는 못했다. 오히려 '다품종 소량생산체제'라는 또 다른 지배자의 용모가 그것을 대신한 것이다.

작금의 문화예술상의 변화는 상당 부분 다품종 소량생산체제가 만들어준 것이다. 말하자면 이것은 지배자의 교체에서 오는 현상인 것이다. 대량생산체제의 주도력이 생산자에게 있다면 다품종 소량생산의 주도력은 소비자에게 있다. 모든 상품거래에서 오는 이 변화는 마땅히 문학에도 온다. 주인인 소비자에게 잘 보이기 위한 형태가 주도하는 것이다. 1990 년대 문학질서의 상업화를 만들어낸 것은 상품으로 보자면 애프터서비스 개념을 포함한 다양한 자기어필이다. 작가의 인물 사진을 앞세운 광고, 대형 서점에서 주관하는 독자 사인회 같은 것에서 알 수 있듯이 출판사는 무엇을 앞세웠을 때 독자에게 작가의 강점에 속하는 인상을 심어주느냐에 신경 써왔다. 작품의 내용보다 문화상품으로서의 이미지가 더 중요해진 까닭이 여기에 있다. 싫든 좋든 거의 모든 작품이 제목 선정에서 가장 크게 고심하는 것도 바로 이 '이미지의 제고' 때문이다.

문학적 환경의 이 같은 변화에는 불가피한 것이 있는가 하면 그럼에도 불구하고 대안을 포기할 수 없는 것도 있다. 육체노동의 시대가 저물어가고 지식노동자의 시대가 도래했다는 투의 전환기이론들은 정서적으로는 부정하고 싶지만 현실적으로는 어쩔 수 없는 것이기도 하다. 누가 뭐라고 해도 21세기가 세계화, 정보화, 생태계문제로 변별력을 가지리라는 것은 확실해 보인다. 그러면서 또한 그것은 세계화로부터의 소외, 정보화로부터의 소외, 생태문제로부터의 소외라는 어려운 과제를 인류사에 던질 것이다. 따라서 이 세 가지의 소외를 전면적으로 겪어야 하는 계층이나 지역 혹은 집단이 있다면 그곳은 불가피하게 21세기의 딜레마를 극복하려는 새로운 운동의 현장이 될 수밖에 없을 것이다. 나는 이 때문에 지역 문예지들이 문학적 저항의 새로운 근거지가 될 수 있다고 본다.

4.

과거 문학운동은 강력한 중앙집권적 전횡들과 싸웠음에도 불구하고 그 힘은 언제나 중앙('대안적 중앙'이라고 표현하는 게 옳을지 모르겠다)으로부터 얻어졌다. 자유실천문인협의회로부터 민족문학작가회의로 이어지는 중앙문학운동단체의 건재가 그것을 역설한다. 그러나 앞으로는 민족문학작가회의마저도 과거의 문인협회가 민주화된 상태의 그것처럼 존재할 뿐 자신의 거처를 문학운동의 현장으로 삼지는 못할 것이다. 그것은 단지 문인조직의 총체요, 문학운동의 현장은 소외의 현장이어야 할 것이다. 그런 의미에서 문학운동은 이제 중앙에서 하부를 지도하는 단계가 아니라 하부들이 연대틀을 만들어야 하는 단계가 되었다고 할 수 있다. 왜냐하면 이제 모든 지역적 문화적 공동체들이 중앙을 초월한 하나씩의 단위가 되고 있기 때문이다. 어떤 측면에서는 그것은 과거의 중앙정부보다 지방자치단체들과 더 많은 관련을 맺게 될 것이다. 그래서 발생되는 친목이나 갈등의 문제에 중앙이 개입할 여지도 갈수록 줄어들 수밖에 없다.

여기서 한 예를 들어볼 필요가 있다. 순천 지역의 작가회의는 재작년과 작년에 '갈대제(祭)'에서 시화전을 하고 금년에는 생명환경에 관련된 시 낭송회를 가졌는데, 이는 문학이 삶의 현장에서 세계화로부터의 소외, 정보화로부터의 소외, 생태문제로부터의 소외를 극복하는 노력을 어떻게 수행하게 될 것인지를 예측케 한다. 순천만 갈대밭의 철새 도래지 보호 문제는 순천적인 것이면서 인류적인 것이고, 한국적인 것이면서 또한 세계적인 것이다. 그러면서 그것은 또한 순천 밖에서는 지도력을 만들어낼 길이 없다. 이와 유사한 상황이 울산이나 포항, 혹은 안면도나 영월의 동강에서도 얼마든지 있을 수 있다. 그곳에서 신음하는 것은 그곳 주민의 신음이 아니라 인류의 신음일 수 있다. 바로 이 현장과 현장 간의 연대, 상호공조(경우에 따라서는 문제해결에 도움이 되는 지역들끼리 자매결연할 수도 있다), 이것들이 새로운 형태의 전선이 될 수 있을 것이다. 지금은 개인의 ID를 통해서 어느 지역의 누구라도 관심 있는 문제를 실천하는 현장세력과 결합할 수 있다. 그리고 문학은 그 현장의 에너지를 밑천으로 개화되는 것이다. 따라서 이 같은 현장세력이 살아 있지 않다면 정보산업의 발전으로 인한 가공할 진보적 네트워크는 문학의 현실과는 괴리된 정보부호들만의 '도상(圖上)작전'이 돼버릴 것이다.

그렇다면 지역 문학운동의 어려움은 '근거의 부재'에서 오는 것은 결코 아니다. 지역 문학운동은 조직운용의 미숙이 빚는 개별적 실패를 제외하고는 21세기에 순항한다고 봐도 될 것이다. 문제는 돛대와 삿대를 어떻게 다느냐이다. 근원이 없는 물은 멀리 흐르지 못한다. 유행적인 흐름을 타고 근거를 확보하지 못한 채 생성된 일회적 사조들은 금방 시들고 말 것이다. 여기에 지난 시대의 성과를 자신의 근거로 가지고 있는 지역 문인단체들의 생명력이 있을 것이다. 그러나 이 생명력은 당대에서의 저력을 얻기 위해 몇 가지의 방향성을 잡아야 하리라고 본다. 그 점을 짚어본다면 일단, 어떤 상황에서도 애(愛) 공동체의 문제는 제기될 것이다. 세계화 · 정보화 · 생태계 문제가 전면에 제기된 상황에서 필요한 공동의 선은 무엇인가? 우리는 그것을 찾아서 '또 다른 지평선'으로 삼아야 한다.

둘째, 문학적 지도력의 부재를 극복해야 된다. 이것은 1980년대적 난관을 앞장서 헤쳐온 문학세력들이 인프라를 구축하지 못한 데서 발생한 필연적 결과이다. 1980년대의 문학운동이 획득한 성과로부터 이후의 변화를 주도해갈 이론적 모색이 실종되었다는 것은 뼈아픈 실책이라 아니할 수 없다. 그러나 다수의 작가들에게 창작적 자극을 주는 내용의 확보 없이 매체가 지속될 수는 없는 노릇이다. 아무리 작은 동인지라도 새로운 흐름을 형성하지 못하면 하나의 문학적 발언으로서는 의미를 얻지 못한다.

셋째, 미학적 상상력의 고갈을 이겨야 한다. 시간의 흐름이 단절되지 않는다는 것은 여기에서도 실감되는데, 한국의 문학운동은 그간 폭압적인 정치세력과 맞서는 동안 공간적으로 편협해지고(문학적 타자를 오랫동안 모르고 살아왔다), 시간적으로 폐쇄되었으며(분단 50년의 역사 안에서만 텍스트를 찾았다), 새로운 인문주의적 소양을 얻는 일에 등한해왔다.

이러한 결과는 미학적 정신적 소강상태를 빚어왔으며 오늘의 어려움은 대개는 이 소강상태에서 오는 무력감일 것이다. 이를 전향적으로 이겨내기 위해서 상호연대하여 하나의 뚜렷한 지평선을 만들어내지 못한다면 지금의 지역 문예지들은 언제까지고 집안 행사와 같은 자족적인 매체로만 주저앉아 있을 것이다. 새로운 일보가 필요하다면 바로 지평선을 찾기 위해 공동전선을 펼치는 일이 아닐까?

흩어진 중심

ⓒ 김형수, 2010

초판 1쇄 인쇄일 | 2010년 7월 27일
초판 1쇄 발행일 | 2010년 7월 30일

지은이 | 김형수
펴낸이 | 강병철
주　간 | 정은영
편　집 | 이수경, 최민석
디자인 | 배형원, 배현정
제　작 | 시명국
영　업 | 조광진, 안재임
마케팅 | 박현경, 김정혜

펴낸곳 | 자음과모음
출판등록 | 2001년 5월 8일 제20-222호
주소 | 121-817 서울시 마포구 동교동 165-1 미래프라자빌딩 7층
전화 | 편집부 (02)324-2347, 총무부 (02)325-6047~8
팩스 | 편집부 (02)324-2348, 총무부 (02)2648-1311
E-mail | erum9@hanmail.net
Home page | www.jamo21.net

ISBN 978-89-5707-518-0 (03800)